États primitifs

Du même auteur,
aux Éditions J'ai lu

La trilogie des loups :
1 - Les loups de Fenryder, *J'ai lu* 7985

Alec Covin

États primitifs

J'AI LU

Je dédie ce roman à ma mère.

Préface

Voici donc mon deuxième roman – roman tant redouté !

Mais d'abord, un rappel en manière d'avertissement. Est romancier, selon moi, celui qui comparaît devant la société en jurant de dire la fiction, toute la fiction et rien que la fiction. On ne m'enverra donc pas en correctionnelle, je pense, pour avoir, entre autres délits, pris quelques (petites) libertés avec la ville de New York et la vie politique américaine.

Quant à l'histoire, disons qu'elle continue *Les Loups de Fenryder*. Et qu'il n'est pas nécessaire aux derniers arrivés de lire le premier opus avant de découvrir ce deuxième, l'un et l'autre pouvant s'appréhender séparément – ce qui est heureux pour le lecteur, beaucoup moins pour mon éditeur, je le concède.

Après la campagne, la ville. Après la famille, les amis. Voilà ce que je peux dire de ces deux livres posés devant moi, sur mon bureau, tandis que la nuit tombe. Et peut-être encore ceci :

Quoi qu'on en ait, ils forment moins des romans américains que des romans *sur* l'Amérique en tant qu'elle est l'expression hyperbolique de la vie occidentale. Ce qui est apparu il y a trois mille ans quelque part en Grèce, dans le sang et dans la prière, s'est continué outre-Atlantique, notamment – dans le sang et dans la prière. Mais ici (comme en littérature, d'ailleurs) est bas celui qui ne voit que bassesse.

Empédocle n'est pas mort ; il n'a fait que changer de chaussures.

Prologue

La réalité étant plus que la réalité...

Stanley Holder, *Massacre à Manhattan.*

Harlem, 22 septembre, premier jour de l'automne

1.

Le vieux jardinier noir regardait les mains de l'homme blanc. Ce dernier portait des gants plutôt classe pour un simple plombier, mais le jardinier en avait vu d'autres. Des flics avec des queues de cheval, des pompiers homosexuels…

— Vous voulez que je vous montre ? demanda-t-il, posant son sécateur sur l'escabeau près de lui car il était en train de tailler les rosiers du parc.

— Ne vous dérangez pas, mon vieux. Je trouverai bien tout seul.

Le jardinier n'aimait pas qu'on lui donne du « mon vieux ». Son patron, lui au moins, le respectait. Il fixa ses petits yeux boursouflés sur l'énergumène et le détailla tandis que ce dernier se penchait à l'intérieur de la fourgonnette Chevrolet pour attraper son matériel. C'était un jeune type mal rasé, plutôt beau gosse de sa personne. Il portait une combinaison orange avec, au dos, le nom de la boîte (Matheson & Fils) et son logo (un siphon bleu clair au milieu d'un cercle jaune). Débarrassé de ses taches de graisse, c'était le costume idéal pour la grande parade annuelle de Macy's sur Broadway.

Après avoir claqué la portière derrière lui, le jeune plombier embrassa du regard le parc autour de la maison, puis sourit au jardinier :

— C'est grand, dites ! Ils vont vous faire crever à la tâche.

Le jardinier se contenta de hausser les épaules.

— Votre collègue, il est là depuis dix minutes déjà, releva-t-il d'un ton suspicieux. Comment qu'il s'appelle ? Clark Lyn quelque chose ?

Quel foutu nom pouvait bien porter le collègue ? se demanda le plombier sans rien laisser paraître de son embarras. Était-ce Lynford, Lynley, ou Lynton, ou bien encore Lynwood ?

— Ouais. Clark, commença-t-il. (Vu la situation, ça revenait à passer à l'orange, et il accéléra encore :) Clark Lynwood, mon meilleur pote.

— Bien sûr, je pourrais appeler votre patron, histoire de vérifier que vous êtes bien ce que vous dites, fit observer le jardinier en lui jetant un regard de côté.

— Pas de problème, mon vieux.

— C'est quoi, au fait, son téléphone à votre patron ?

Sans ciller, le jeune homme que le Milieu surnommait « le Chacal » donna le numéro, se félicitant de l'avoir appris avant de venir.

— Appelez-le. Vous verrez. J'attends ici. (Il s'adossa au flanc de sa camionnette, l'air sûr de lui. Au-dessus de sa tête se lisait la devise de Matheson & Fils : « Pour vous, nous serons bien plus que des plombiers. »)

— C'est bon. Je fais confiance. Mais dépêchez. Mon patron, il va pas tarder à revenir. Et deux fourgonnettes dans la cour, ça fait beaucoup.

— C'est l'affaire d'une petite demi-heure. Ne vous frappez pas, mon vieux. Votre patron n'y verra que du feu, je vous le promets.

Le Chacal aimait bien les phrases à double sens, et celle-ci lui plut au-delà de toute expression.

Bon. Réglons la question du collègue, se dit-il en faisant le tour de la fourgonnette pour ouvrir les portes arrière cette fois. La décalcomanie « Plomberie » avec, en dessous, téléphone, fax et même adresse électronique, se divisa en deux avec sur la porte de gauche les premières lettres « Plomb ». À l'intérieur du véhicule, le

Chacal vérifia sa « boîte à outils » et en sortit un pistolet Norinco Type 67 muni d'un silencieux fixe, qu'il glissa dans la poche de sa salopette. Il ne pouvait plus reculer maintenant.

Située sur les hauteurs de Harlem avec une vue imprenable sur la vallée de l'Hudson et Fort Washington Park, la propriété appartenait à la prestigieuse Fondation Walter Skoll. De style Renaissance grecque avec ses colonnades en cyprès et ses balustrades en fonte, elle était, avec la résidence Morris-Jumel dans Edgecombe Avenue, de l'autre côté de Hamilton Heights, l'une des rares demeures du quartier à avoir tenu tête aux vicissitudes de l'Histoire. La Fondation en avait fait l'acquisition bien avant que Harlem n'attirât promoteurs immobiliers et grandes enseignes commerciales et que le président Bill Clinton n'installât, à la fin de ses deux mandats, son bureau au n° 55 de la 125ᵉ Rue. Aucune plaque sur la haute grille à fers de lance qui ceignait le parc n'indiquait son appartenance à la Fondation Walter Skoll. Le domaine était d'ailleurs interdit au public et deux vigiles à l'entrée en assuraient la sécurité jour et nuit. C'était l'un d'eux qui avait dit au Chacal de voir avec le jardinier pour le problème de canalisation.

Le Chacal gagna la maison et, sous l'œil scrutateur du vieux Noir, s'essuya les pieds sur le paillasson extérieur. Dans l'entrée, une femme de ménage d'origine mexicaine passait l'aspirateur, un gros Hoover plutôt bruyant. Elle répondit à son sourire spécial petit personnel, et le laissa passer.

Comme le plan de la maison le lui avait appris, la porte de la cave se trouvait sous le grand escalier. Elle était entrebâillée, et il y avait de la lumière en bas. Le Chacal descendit.

— Salut Clark ! lança-t-il en sautant les deux dernières marches.

Clark machinchose, qui s'appliquait à colmater la canalisation endommagée, se retourna. La surprise se peignit sur son visage.

— Le patron me charge de te dire qu'il est désolé, dit le Chacal.

— Le patron ?

De toute évidence, le patron de Clark machinchose devait être rarement désolé.

— Enfin, je veux dire, mon patron, pas le tien, corrigea le Chacal.

— T'es qui ? finit par demander le plombier.

— Oh ! rien, rien. Si ce n'est ton dernier instant.

Et le Chacal l'exécuta d'une balle en plein cœur.

2.

Grâce à un dispositif d'écoute, le Chacal et son coéquipier Meyerson avaient intercepté l'appel à l'entreprise de plomberie en début d'après-midi. Ils avaient débarqué un petit quart d'heure après chez Matheson & Fils dans l'ouest du Bronx, où, avec application mais sans haine ni plaisir, comme plus tard avec Clark machinchose, ils avaient réduit au silence éternel le patron, la secrétaire et un couple de clients grincheux présents dans les locaux cet après-midi-là. Après quoi, le Chacal et son coéquipier avaient enfilé la combinaison de la maison, puis à bord de l'une des deux fourgonnettes qui stationnaient devant les bureaux, ils avaient filé à Manhattan en empruntant le pont de la 145e Rue Ouest.

Et c'est en arrivant que le Chacal s'était aperçu qu'un plombier de chez Matheson avait déjà été dépêché sur place.

Fallait croire que le destin s'acharnait sur cette petite boîte du Bronx, se dit notre jeune gars tandis qu'il tirait par les pieds le corps de Clark machinchose sous l'escalier du sous-sol.

Puis il remonta au rez-de-chaussée, et marqua un temps d'arrêt pour observer le hall devant lui.

La femme de ménage avait filé au premier étage avec le Hoover. Ce qui était plutôt une bonne chose pour elle. La porte d'entrée, à l'autre bout, était restée grande ouverte. Par-delà la pelouse, se laissait voir dans l'encadrement un morceau du plantureux massif de roses que taillait le jardinier.

Le Chacal remarqua le vieux Noir qui, sa paire de cisailles dans les mains, l'observait du haut de son escabeau. *Regarde donc ailleurs*, lui dit-il en pensée.

Il savait que le bureau de Skoll se trouvait sur sa gauche. Il en prit le chemin.

Walter Skoll était le P-DG de la Flow Corporation, une multinationale pétrolière dont le siège social se trouvait à Houston dans le Texas. Il était aussi le président de la prestigieuse Fondation d'art qui portait son nom et qu'il avait fait bâtir dans la Cinquième Avenue une trentaine d'années auparavant. Depuis quelques semaines, il avait quitté son ranch texan et habitait cette annexe de la Fondation sur les hauteurs de Harlem. Ça, c'étaient les informations que n'importe quel petit malin pouvait avoir en sa possession. Mais le chef du Chacal l'avait renseigné sur ce Walter Skoll.

Sur sa nature réelle. Sur ses capacités aussi.

Il était ressorti de ces informations une règle aussi évidente que concise : ne jamais commettre l'erreur de croiser Walter Skoll. Même de jour, même armé d'un bon flingue.

Ce qui expliquait bien des choses et notamment que ni Skoll ni son annexe dans Harlem n'avaient jamais été inquiétés par les gangs qui avaient régné sur le quartier avant que Giuliani y mît bon ordre.

Du lundi au vendredi, à quatorze heures tapantes, le président Walter Skoll, aussi réglé qu'une montre suisse, quittait Harlem pour gagner en voiture sa Fondation à l'autre bout de Manhattan. C'était ce moment que le Chacal avait choisi pour visiter l'annexe.

Le truc de la réussite, il le savait, c'était une bonne dose de culot ; après, la chance suivait. Toujours.

Il pénétra dans le bureau de Skoll.

— Et maintenant à nous deux ! murmura-t-il en regardant sa montre.

Skoll ne rentrerait pas avant dix-huit heures. Cela laissait plus de temps qu'il n'en fallait pour lui préparer une surprise. Le Chacal imaginait déjà la tête de Skoll à son retour.

3.

Bob Gales était installé dans le poste en verre qui, adossé à la maison de gardien, commandait le grand portail électrique. Le verre était à l'épreuve des balles, et le vigile ne quittait jamais sa place avant que quelqu'un ne vînt le relever. En trente années de service, il n'avait jamais eu de problème ici. À croire que M. Skoll avait la baraka. Ou qu'il avait signé un pacte avec les négros du coin, se demandait souvent Bob Gales qui n'avait rien contre les Blacks ni contre les Portoricains si ce n'est qu'ils n'étaient *quand même pas comme lui, n'importe comment, fallait bien l'admettre*.

À cause de la chaleur, la porte de la guérite donnant sur le jardin était restée ouverte. En cette fin septembre, l'été jouait les prolongations. Et Bob Gales se disait que, son service fini, avant de rentrer chez lui, il irait prendre un *Frappuccino* au moka, grande taille s'il vous plaît, dans un Starbucks de Lower Manhattan.

Le téléphone se mit à sonner.

— Service sécurité, j'écoute, dit-il en tâchant comme à son habitude de donner à sa voix le plus de gravité possible.

— Y a le feu dans la baraque !

C'était Louis McCay, son collègue d'une vingtaine d'années plus jeune que lui. McCay était parti faire sa ronde depuis une bonne dizaine de minutes. Il hurlait dans le téléphone, affolé comme une guenon.

— Quoi ? fit Bob en bondissant de son siège à roulettes, les poils de ses bras hérissés.

Il passa en revue tous les écrans de contrôle qui s'étalaient devant lui sur trois colonnes de quatre moniteurs chacune. Les caméras vidéo ne montraient aucune trace de fumée. Aucun point rouge ne clignotait, aucun détecteur de fumée ne braillait.

— Où donc, Louis ? demanda Bob en professionnel qui ne voyait toujours rien. Dis, où ?

— Dans la baraque, j'te dis, hurla Louis McCay.

— Tu es sûr, bordel ?

— Ouais, fit McCay et il éclata de rire. Je vois une jolie brune qui attend son pompier. Et je peux te dire que je tiens ma lance à incendie toute prête.

— Espèce de connard ! T'as vraiment que ça à foutre de faire le con ?

Le fou rire de Louis McCay redoubla d'intensité. *Quinze ans de métier, et cinq ans d'âge mental. En étant généreux*, se dit Bob Gales.

Un léger mouvement derrière lui attira son regard.

Dans l'encadrement de la porte du jardin se tenait un homme vêtu d'une combinaison orange Matheson & Fils, Plomberie. Il ne l'avait pas entendu venir. *Qu'est-ce qu'il veut encore, celui-là ?* se demanda, contrarié, le vigile avant de réaliser que ce n'était pas l'un des deux hommes qu'il avait fait entrer et que, bon sang ! ledit plombier braquait sur lui ce qui avait tout l'air d'une arme à feu de gros calibre.

Le plombier lui sourit et avec son silencieux lui fit signe de raccrocher.

Obtempérant, Bob Gales reposa le combiné tandis qu'il entendait toujours ce pauvre con de Louis McCay se fendre la gueule au bout du fil. *Oh, non ! On est dans la merde, et toi, tu te marres !* pensa Bob Gales, atterré.

Lorsqu'il raccrocha, il y eut trois petits *psitt*. Les balles l'atteignirent en pleine poitrine, renvoyant aux calendes grecques son *Frappuccino* au moka près de South Street Seaport.

4.

Meyerson, l'homme qui venait de tirer, se campa devant les moniteurs vidéo au moment où le Chacal ressortait du sous-sol. Le premier écran de la colonne de gauche le montrait se dirigeant vers le bureau de Skoll. Ils étaient dans les temps, constata Meyerson en lisant l'heure au bas de l'image.

Puis, se penchant sur la console, il éteignit les alarmes à l'intérieur comme à l'extérieur de la maison. Cela constituait le deuxième objectif de sa mission, après le refroidissement du vigile en faction, et Meyerson, satisfait, se redressa, prêt à passer au troisième.

Dans la famille Lapins, pensa-t-il, *je veux l'autre vigile*. Et il chercha sur les écrans ce petit plaisantin de Louis McKay.

Un des moniteurs du centre montrait en plongée la femme de ménage en train de passer l'aspirateur dans ce qui devait être une des chambres du premier étage. Pour ce qu'il pouvait en juger, le mobilier était plutôt cossu. Normal quand on voyait la baraque.

Pas d'autre présence à signaler à l'intérieur.

Sur un des écrans de droite, il vit enfin Louis McKay qui traversa hilare le champ de la caméra en une longue diagonale. Avec des gugusses comme ça, fallait pas s'étonner qu'il y ait des vols en Amérique. Payé à rien foutre. Et puis quel rire de con ! Meyerson n'avait pas besoin de l'entendre pour sentir que son rire était celui d'un taré.

D'après le moniteur, le vigile, de retour de sa ronde, se trouvait derrière la maison et longeait le garage. Il serait bientôt devant Meyerson.

À ce que je vois, le maître parti, les souris dansent. Meyerson était pressé de faire taire le vigile. Même de taille réduite sur un écran vidéo privé de son, il lui portait sur les nerfs. Un exploit.

Qu'est-ce que t'as bien pu faire au Seigneur pour bosser avec un naze pareil ? demanda Meyerson au cadavre de Bob Gales étendu à ses pieds.

Il passa une main derrière les moniteurs, arracha les fils, éteignant ainsi le mur d'écrans.

Se retournant, il entendit Louis McCay arriver bien avant de le voir. L'autre continuait à se marrer comme une baleine.

Meyerson sortit son silencieux et, n'y tenant plus, se porta à la rencontre de McCay.

Le rire du vigile s'arrêta net dans les secondes qui suivirent.

5.

Le bureau de Walter Skoll respirait l'élégance et la discipline.

Une baie vitrée donnant sur le parc éclairait généreusement la pièce. Au mur du fond était accrochée l'œuvre pour laquelle le Chacal venait de délocaliser six pieds sous terre Matheson & Fils, petite entreprise de plomberie du Bronx, et pour laquelle allaient bientôt mourir une femme de ménage, un vieux jardinier et deux vigiles si Meyerson ne l'avait déjà fait. La peinture sur toile, d'une hauteur avoisinant les deux mètres sur un peu moins d'un mètre de large, montrait un vieillard barbu tenant de la main gauche une espèce de sceptre et serrant de l'autre un enfant plutôt dodu contre sa bouche. Le moutard, tête renversée en arrière, se débattait en hurlant, et pour cause, le vieux lui dévorait à pleines dents sa jolie poitrine d'angelot. Intitulée *Les Démons* et signée Forrest Magnus, l'œuvre était fascinante comme deux millions de dollars, la somme que Walter Skoll avait déboursée pour l'accrocher dans l'annexe de sa Fondation.

Le Chacal contourna le grand bureau orné d'une somptueuse marqueterie d'écaille et s'assit dans le large fauteuil en cuir capitonné. Confortable sans être moelleux, c'était le genre de siège à empêcher tout relâchement chez celui qui l'occupait. Le Chacal s'amusa à pivoter dans un sens puis dans l'autre.

Il ne fut guère étonné de ne voir aucune photo pour agrémenter le bureau. Ni femme ni enfants, ni chien mordillant sa baballe. Walter Skoll n'était pas un type à donner dans le pathos domestique.

Deux gros stylos Mont Blanc (des cultissimes Meisterstück 149 avec leur plume en or 18 carats, dont la confection avait demandé douze longues semaines d'atelier) étaient alignés à droite du sous-main en cuir. Aucun papier ne traînait sur le bureau.

Le Chacal fouilla dans les tiroirs mais là non plus, il ne trouva rien si ce n'est une note rédigée sur du papier à l'en-tête de la Fondation. Le Chacal put y lire : *Il est des routes à ne pas prendre, des troupes à ne pas frapper, des villes à ne pas assaillir et des terrains à ne pas disputer.* C'était une citation de Sun Tzu extraite du chapitre VIII sur les neuf variables de son *Art de la guerre*.

Il sauta aux yeux du Chacal que Walter Skoll n'en ramait pas une.

Le jardinier vint frapper à la baie vitrée.

— Hé, là ! Qu'est-ce que vous foutez ?

Presque sans regarder, le Chacal tendit le bras et tira. La vitre vola en éclats. Plus de petit vieux pour embêter le Chacal.

L'aspirateur à l'étage s'arrêta. La boniche avait dû entendre le fracas de la vitre brisée.

Le Chacal se demanda s'il viserait le cœur ou la tête cette fois. Il hésitait.

Deux minutes plus tard, la Mexicaine s'encadra dans la porte du couloir laissée ouverte et sa bouche s'arrondit de stupeur.

Ce fut la tête.

Volant en arrière, la femme alla s'effondrer contre la paroi de l'entrée, avec sa blouse retroussée haut sur ses cuisses, et cette stupeur imbécile à jamais sur son visage.

Le Chacal se planta devant le cadavre.

— Pourquoi t'es venue voir, hein ? demanda-t-il. T'es bien avancée maintenant.

Il était presque en colère contre elle. Il ne se rendit pas compte de l'aspect quasi métaphysique de ses questions.

Il rempocha son silencieux, puis s'accroupit pour la retourner sur le ventre et lui ôter sa blouse.

Tandis qu'il se relevait, la Mexicaine agrippa son pantalon.

Bon sang, cette conne respire encore !

Il ressortit son arme. Deux coups partirent, mettant un terme définitif aux heures de service de la Mexicaine.

Le Chacal retourna dans le bureau. Il décrocha le tableau, puis l'enveloppa avec soin dans la blouse. *Il est temps de mettre les voiles*, se dit-il.

Dans l'entrée, il constata que la porte avait été refermée. Sans doute par la femme de ménage. Il sentit peser sur son dos le regard d'un intrus. Quelqu'un l'observait dans l'escalier qu'il venait de dépasser. Meyerson ? Il se retourna, pistolet au poing.

C'était Walter Skoll. Il était déjà de retour et, immobile au milieu de l'escalier, il regardait le Chacal. Ses yeux rougeoyaient comme deux cratères bourrés de lave.

Le Chacal comprit qu'en fait Skoll ne s'était jamais absenté. Il les avait attendus chez lui, dans son repaire. La citation sur le bureau en était la preuve manifeste. Elle avait été écrite à l'attention du Chacal. Il se demanda pourquoi Skoll l'avait laissé tuer ses domestiques avant de se montrer. Par cruauté ? Par indifférence ? Non, il devait y avoir une autre raison, qu'il ne s'expliquait pas encore.

Par instinct de conservation, le Chacal ouvrit le feu. Il savait pourtant qu'il n'avait aucune chance. Skoll était un de ces types contre qui, lui avait-on répété, ni le feu ni le fer ne pouvaient rien. Maintenant le Chacal allait le vérifier et bien sûr ce serait à ses dépens.

Les balles atteignirent Skoll en pleine poitrine… et le firent voler en éclats comme une bouteille de verre sur un stand de tir. Sauf que ce ne furent pas des morceaux de verre qui dégringolèrent les marches de l'escalier pour s'éparpiller sur le carrelage de l'entrée, mais toute une ribambelle d'araignées aussi vivantes que venimeuses. Et qui se ruèrent sur le Chacal. *Nom de nom !* pensa-t-il avant de prendre la tangente.

Il se délesta du tableau, le jetant derrière lui, courut à la porte, l'ouvrit.

Le soleil dans le parc l'aveugla un court instant. Avant d'être soudain masqué. Un nuage peut-être ? Eh non. Walter Skoll se tenait à deux pas devant lui, un sourire carnassier aux lèvres. Comment avait-il fait pour sortir si vite ? Son bras droit n'était qu'un grouillement d'araignées agglutinées. Un Arcimboldo vivant fait de tarentules, mygales et autres gracieuses arachnides.

— À prédateur, prédateur et demi, dit Walter Skoll avant de l'attraper.

Car Walter Skoll, en plus, était un moraliste.

PREMIÈRE PARTIE

ACCROCHAGE(S)

PREMIÈRE JOURNÉE

Mercredi 10 décembre (soirée)

*

Où Sarah Widar déguste un cappuccino

De New York elle devait s'avouer qu'elle ne connaissait pas grand-chose malgré les quatre semaines qu'elle venait d'y passer. Elle aurait aimé faire quelques visites comme n'importe quel touriste et, en bonne citoyenne, se recueillir un instant sur le site des anciennes *Twin Towers*, mais le temps lui faisait défaut pour toutes ces choses futiles ou importantes. Souvent elle se promettait de remplir ces devoirs aussitôt que la vie lui en laisserait l'occasion. Ou plutôt si l'occasion qu'elle guettait depuis quatre semaines la laissait en vie une fois qu'elle se serait présentée. Son seul plaisir de New-Yorkaise de fraîche date résidait dans les arômes d'un succulent cappuccino qu'elle dégustait d'ordinaire aux environs de dix-neuf heures au Caffè Reggio.

Rien ne distinguait Sarah des autres clients de l'établissement. Et si, sur ce point, vous demandiez son avis au vieux couple habitué des lieux, là, près de la porte, il ne me démentirait pas, soyez-en sûr. Monsieur et Madame se retourneraient pour jeter un œil sur le sujet qui nous intéresse et découvriraient un peu sur leur droite une jeune femme noire, plutôt menue et franchement jolie, d'un mètre soixante à tout casser et vêtue d'un manteau redingote rouge. Ensuite de quoi, Monsieur et Madame replongeraient le nez dans leur tasse et ne prêteraient plus attention à leur voisine jusqu'à ce qu'ils se rendissent enfin compte de son départ.

Sarah Widar avait quitté sa Louisiane natale depuis peu, dans la précipitation la plus totale. C'est son ami Tim Modin qui l'en avait convaincue. Il avait besoin d'aide ici, à New York ; aussi l'avait-il jointe par téléphone et elle avait accepté. Personne d'autre que Sarah n'aurait topé pour pareille proposition, surtout venant de Tim Modin. Mais attendez un peu de les connaître, Sarah et Tim, et vous comprendrez.

Notre Sarah avait laissé derrière elle un break antédiluvien et les chroniques qu'elle tenait au prestigieux *Tusitala News,* tiré à quelque cinq mille exemplaires. Comme vous le voyez, ce n'était pas le paradis, mais en se rendant dans le New York de Tim Modin, Sarah n'avait pas, loin s'en faut, pris le chemin d'un monde meilleur.

Tim exerçait, quant à lui, le métier de détective privé. Son agence, sise à Brooklyn, comprenait un seul employé : lui-même. Pas de secrétaire, pas d'associé. Tim s'en trouvait très bien ainsi, et c'était tant mieux car les fonds lui faisaient défaut pour penser à l'une comme à l'autre. Au demeurant, un associé l'eût gêné, une secrétaire l'aurait fragilisé, voilà ce dont il était persuadé. Trop d'informations à partager, trop de risques à courir. Son caractère avait développé une propension certaine à la paranoïa. Pas son caractère, les circonstances, corrigerait Tim s'il pouvait me lire. En quoi je dois avouer qu'il aurait mille fois raison.

À son habitude, il arriva au Caffè Reggio avec une bonne dizaine de minutes de retard.

— Bonjour, dit-il, prenant place en face de Sarah.

Ils ne s'embrassèrent ni ne se serrèrent la main. Tim n'aimait pas les contacts physiques et encore moins les effusions. En adepte d'une homéopathie toute personnelle, il ne donnait sa confiance qu'au compte-gouttes, et s'il éprouvait une affection sincère pour Sarah, il ne jugeait cependant pas utile de le lui prouver.

Ce soir-là, il portait à son habitude un bandeau de velours noir sur l'œil gauche. Sarah avait appris à deviner très vite, à certains signes discrets sur son visage, lorsqu'il avait mal. En particulier une ride basse sur son front, qui se creusait quand son œil (ou ce qui lui en restait) le faisait souffrir. La ride justement était là, sillon de terre sombre.

Sarah reposa sa tasse sur sa soucoupe sans le quitter des yeux.

— *Ils* préparent un très sale coup, dit Tim sans autre préambule. Il faut qu'on soit fixés là-dessus, Sarah. Tu comprends ? On ne peut pas les laisser agir à leur guise. Que devient Forrest ? Ça avance ou pas ? Il faut qu'il nous dise quoi, quand et comment ? Et puis qui ? Ouais, surtout qui, tu comprends ? Et combien *ils* seront ? Et si leur chef sera là. Imagine qu'il soit là, bon sang ! Tu imagines ça, Sarah ? Leur chef en personne !

Tim parlait d'un ton calme qui contrastait avec le train fiévreux de ses questions. Depuis qu'elle le connaissait, Sarah ne l'avait jamais vu s'énerver. Un bloc de marbre, ce Tim Modin. Quant aux questions qui se bousculaient dans sa tête, c'était seulement quand il parlait d'Eux. Et surtout de leur chef.

— Forrest est en plein accrochage, dit-elle. La Fondation a reçu hier ses tableaux de Paris. Sa série des *Vitrines*. Enfin, je crois.

Pourquoi avait-elle ajouté « je crois » alors qu'elle en était sûre ? Pour ne pas montrer à Tim qu'elle accordait de l'importance aux œuvres de Forrest et au grand artiste qu'il était. De toute façon, Tim se foutait du travail de Forrest. Celui-ci le savait et ne s'en vexait pas. Tim, après tout, n'était ni critique au *New Yorker*, ni collectionneur d'art. Pour autant Forrest ne le traitait pas en quantité négligeable. Sarah était même persuadée du contraire. Forrest Magnus, c'était l'amitié incarnée.

— L'accrochage progresse rapidement, continua Sarah. Forrest devrait avoir un peu de temps avant le vernissage, la semaine prochaine.

— Bien, bien, fit Tim. A-t-il accès aux bureaux au moins ? C'est pas dans les salles d'exposition qu'il va trouver quoi que ce soit. Faut qu'il se remue, Forrest. Ouais, il doit aller dans les bureaux. Bon sang ! tu te rends compte si leur chef s'amène. Tiens, moi aussi je vais prendre un café. Forrest doit trouver un moment pour aller faire un tour dans les bureaux. (À l'adresse d'un serveur, il fit un petit signe de la main et, lui montrant le cappuccino de Sarah, dit :) La même chose pour moi. (Puis revenant à Sarah :) Si leur chef s'amène, bon sang !

Il se tut. Sarah se voyait dans la vitre derrière Tim. Elle se voyait le regarder.

Et dire que l'Amérique croyait dur comme fer que Ben Laden était l'ennemi à abattre en priorité ! Pourtant, si le terroriste saoudien avait bien réussi à faire sauter deux tours, le pays n'avait pas été mis échec et mat, et, en représailles contre ce fou, il avait lancé ses puissants cavaliers à travers l'échiquier mondial. L'adversaire avait perdu des pièces. Beaucoup de pièces. Et pas seulement des pions. Mais quand les *Autres* attaqueront, lui avait dit Tim un jour, ce sera tout autre chose. Plus de cases blanches et noires, plus d'échiquier.

Ce serait le pays en entier qui deviendrait alors un immense *Ground Zero*.

Le garçon revint avec le café de Tim. Sarah attendit qu'il s'éloignât pour dire :

— Le Sénat va ouvrir une commission d'enquête sur les sectes secrètes. On ferait bien de s'y intéresser. Ils vont peut-être découvrir des trucs.

— Tu parles de politiciens, Sarah, fit remarquer Tim avec mépris tout en portant la tasse fumante à ses lèvres.

— Eh quoi, merde ! Comme si on n'avait pas besoin d'aide ! Nous sommes trois contre eux tous quand un seul de ces types pourrait nous briser comme des allumettes.

— Sarah Widar aurait-elle peur ?

Tim lui souriait à présent, d'un sourire froid et condescendant. Il savait que parler de peur à Sarah Widar revenait à agiter un chiffon rouge sous le nez d'un taureau.

— Va te faire foutre, répliqua-t-elle, touchée au vif.

Se détournant, elle fixa son regard ailleurs. Dans un coin de la salle, une jeune mère tenait un bébé dans ses bras et l'allaitait au biberon. Dieu qu'ils étaient mignons tous les deux, à se sourire et à gazouiller tendrement ! Sarah, émue, se demanda si elle aurait un jour un enfant, elle aussi. Forrest en avait déjà formulé le souhait à maintes occasions. Mais se sentait-elle prête pour cela ? Au bout du tunnel, y aurait-il une vie sinon heureuse, du moins apaisée, pour des gens comme elle et Tim Modin ?

Elle considéra Tim de nouveau dans les yeux et dit après un instant :

— D'ailleurs, il ne s'agit pas de peur, mais d'être le plus efficace possible.

— Crois-moi, on ne lutte pas contre une société secrète en se répandant sur la place publique.

— Je connais de réputation le sénateur March. Ce n'est pas le genre à aimer faire un numéro d'assiettes chinoises devant les médias.

— March, tu dis ? Marvin March ?

Sarah approuva de la tête. Tim prit une nouvelle gorgée de café pour se donner le temps de la réflexion, puis reposant sa tasse :

— C'est vrai, dit-il, qu'il fait d'habitude du bon travail.

— Tu veux rire. Ce type, il vaut mieux l'avoir de son côté qu'à ses trousses.

— Mais il est vieux, Sarah.

— J'ai connu un vieux, Tim, qui t'aurait rendu des points.

— Bon, bon. Si tu penses qu'il peut nous être utile. Après tout, tu es journaliste. La politique, c'est ton rayon.

Il lui resservit son petit sourire qu'elle détestait tant. Un sourire infecté de mépris non pour Sarah, son amie, mais pour l'univers et pour Sarah Widar elle-même dès lors qu'elle avait la faiblesse de s'y englober.

Tim, lui, ne semblait pas de ce monde. Et c'était au point qu'il ne s'était pas senti concerné lorsque les deux Boeing étaient venus heurter à dix-huit minutes d'intervalle les tours jumelles du *World Trade Center*. Contrairement à tant d'autres Américains, il n'avait pas donné son sang pour les blessés. Il n'était pas non plus descendu dans la rue applaudir l'héroïsme des pompiers. Pas une minute, Tim Modin n'avait mis de côté la mission qu'il s'était assignée. Rien d'autre ne pouvait exister à ses yeux et, de fait, rien d'autre n'existait.

— Tiens-moi au courant dès que Forrest a du nouveau, OK ?

Il se leva, sortit un billet froissé de sa veste fourrée et le jeta sur la table.

Songeuse, Sarah regarda la grande silhouette de Tim s'éloigner entre les tables.

Plaisantant à demi, Forrest avait un jour émis l'hypothèse que Tim était amoureux d'elle lui aussi. Mais non, Sarah le connaissait assez pour savoir qu'il nourrissait à son endroit des sentiments d'estime et d'amitié, mais qu'on ne trouverait jamais rien de plus dans son cœur, dût-on le retourner de fond en comble. Et cela sans doute parce qu'il existait entre Sarah et Tim une si forte consanguinité d'esprit qu'elle eût voué à l'inceste toute attirance charnelle.

D'ailleurs, il ne réservait pas ses manières cassantes à Sarah seulement. En fait, il se montrait détestable avec toutes les personnes qu'il côtoyait, hommes et femmes confondus, excepté son vieil oncle Todd chez qui il vivait à Brooklyn. Si Sarah était certaine qu'il n'en pinçait pas pour elle, elle l'était beaucoup moins lorsqu'elle se demandait s'il lui en voulait de s'être mise en ménage avec Forrest. Peut-être considérait-il cet amour comme une faute préjudiciable à leur quête commune. Dans l'esprit sans concessions de Tim, il fallait se montrer d'une blancheur impeccable pour affronter les forces les plus sombres de l'univers. C'était seulement au prix de maints sacrifices personnels que leur serait accordée la victoire finale. Et c'était dans ce dessein que Tim s'était recroquevillé sur sa souffrance et l'avait muée en combustible nucléaire prêt à irradier l'univers tout entier. Un chevalier fanatisé par son Graal, voilà ce qu'il était devenu, un chevalier ardent aux sacrifices les plus sanglants. À tous les sacrifices.

Sarah consulta son bracelet-montre. Il était un peu plus de dix-neuf heures trente, ici, à New York, soit, avec le décalage horaire, seize heures trente sur la côte ouest. Elle sortit son Motorola et composa le numéro de la chambre 84 de la clinique psychiatrique de San Diego en Californie.

— Bonjour, Laureen, dit-elle.

— Oh, bonjour, Sarah, répondit Laureen.

— Y a-t-il du nouveau ?

Les deux jeunes femmes s'étaient connues en Louisiane. Les événements tragiques de Tusitala[1] qui avaient causé la mort de plusieurs personnes dont Johnny Baldwin, le mari de Laureen, les avaient conduites à s'éloigner de cet État à quelques mois d'intervalle, l'une pour gagner la côte ouest, l'autre la côte opposée.

— Non, pas d'amélioration, répondit Laureen Baldwin. Les médecins disent que Scotty souffre d'un blocage psychique post-traumatique. Une sorte de mécanisme de défense. Sarah, c'est gentil à vous d'appeler. Vous êtes à New York si je ne me trompe ?

— Oui, on m'a offert une place dans un journal, dit Sarah préférant mentir, puis après un silence : Votre garçon ne mérite pas ce qui lui est arrivé. Personne ne mérite cela.

— Vous voulez lui parler ? Cela lui fera plaisir de vous entendre.

Sarah fut soudain gagnée par la peur.

Que trouverait-elle à dire à un pauvre bout de chou de six ans qui avait vu mourir son père dans des circonstances aussi atroces qu'étranges, et qui, depuis ce drame, avait perdu, semble-t-il pour longtemps, sinon pour toujours, l'usage de la parole ?

— Oui. Bien sûr, dit-elle, finissant par se ressaisir.

Elle entendit Laureen expliquer à Scotty qu'une ancienne amie voulait lui parler.

— Je vous le passe, Sarah.

Sarah se mordit la lèvre.

1. Voir *Les Loups de Fenryder*, J'ai lu 7985.

— Salut, Scotty. Je suis Sarah, une bonne amie de ta maman.

Elle prit soin d'éviter tout ce qui pouvait ressembler à une question et, quand elle en posait une, de faire immédiatement la réponse à la place de l'enfant tout en se traitant d'idiote à voix haute de poser des questions aussi… idiotes.

Elle lui raconta sa nouvelle vie à New York, les plaisirs nombreux de la Grosse Pomme et ses désagréments, nombreux aussi. Elle lui dit qu'elle raffolait de ces délicieuses cochonneries qu'on appelait *bagels*. Qu'elle n'avait jamais autant marché qu'à New York et que ses pauvres pieds s'en ressentaient et criaient grâce tandis que sa ligne l'incitait plutôt à continuer, ce qui la faisait ressembler un peu au chat du Cheshire dans *Alice au pays des merveilles*. Puis, avec force détails, elle lui décrivit les illuminations de Noël qu'arborait le Rockefeller Center.

Elle lui parla cinq bonnes minutes, étonnée de ne pas ressentir la gêne qu'elle avait tant appréhendée. Elle éprouvait au contraire de l'aisance et aussi autre chose. Comme si elle sentait que le petit Scotty, dans sa chambre d'hôpital à l'autre bout du pays, était heureux qu'on lui parlât.

Quand Laureen reprit la communication, elle confirma à Sarah que son garçon avait souri plusieurs fois, le téléphone à l'oreille.

Et Sarah se dit que, oui, peut-être pour des gens comme elle et Tim, il y aurait une vie meilleure tout au bout du tunnel.

*

Où Jodie Stevenson se dit que la vie n'est vraiment pas juste

Dans le hall d'accueil du service gériatrique de l'hôpital de Stamford, Jodie Stevenson, tout essoufflée, ne comprit pas sur le coup ce que l'infirmière essayait de lui dire. Les larmes lui brouillaient la vue et son cœur faisait un boucan de tous les diables.

Après sa première journée de travail à New York, elle avait couru jusqu'à Penn Station pour attraper de justesse l'Amtrak de dix-huit heures quarante. Le train régional avait mis les cinquante minutes habituelles pour atteindre cette grande ville de la banlieue new-yorkaise qu'était Stamford dans le Connecticut, et Jodie avait profité du trajet pour se reposer un peu. Mais à la gare de Stamford, elle avait dû de nouveau tricoter des jambes jusqu'à la station de taxi où, à bout de souffle et en sueur, elle avait découvert avec contrariété que plusieurs personnes attendaient déjà dans le froid piquant de cette soirée de décembre. Elle avait donc attendu à son tour. Quinze longues minutes à danser d'un pied sur l'autre, le visage cinglé par une bise glaciale. Puis un taxi l'avait conduite ici à travers les derniers embouteillages de la ville. Et aussitôt en était-elle descendue qu'elle s'était remise à courir pour traverser le parking et gagner le bâtiment réservé au service gériatrique.

— Les visites ne sont plus autorisées après vingt heures, lui répéta la grosse femme en blouse blanche qui se trouvait seule à la réception.

— Écoutez, je travaille à Manhattan et j'ai dû parcourir toute la banlieue de New York. Ma mère m'attend. Je vous en prie.

— Je suis désolée, mademoiselle. Les malades doivent se reposer.

Jodie regardait l'infirmière en se demandant si une personne vêtue d'une blouse blanche pouvait avoir une petite idée de ce qu'elle venait d'endurer ces derniers temps.

L'infirmière grassouillette releva le nez de ses papiers pour constater avec irritation que Jodie n'avait pas bougé. C'était une jeune femme blonde des plus jolies malgré sa mine pâlichonne qu'accentuaient ses taches de rousseur. Déficience en fer, diagnostiqua la réceptionniste.

— J'ai été pourtant claire, mademoiselle. Pas de...

— Nous ferons une exception pour Mlle Stevenson, dit le Dr Kyle qui venait d'apparaître derrière Jodie.

Elle se retourna pour le remercier.

Malgré tous ses diplômes et ses trente-six ans passés, le Dr Kyle ressemblait à un grand lycéen déguisé en médecin. Il ôta un Bic bleu de la poche poitrine de sa blouse pour apposer une signature illisible au bas d'un rapport, et dit :

— Votre présence fait beaucoup de bien à votre mère. (Puis, relevant les yeux, il ajouta dans un sourire :) Si vous voulez m'accorder un moment après, je serai dans mon bureau, d'accord ?

Jodie le remercia une nouvelle fois et sentit peser sur son dos les yeux sévères de l'infirmière tandis qu'elle se dirigeait vers les ascenseurs. Elle s'était fait, en trois minutes chrono, une ennemie de plus et n'eut pas le cœur d'en rire, trop fatiguée de son affreuse journée. Elle venait de trouver un emploi, ce qui était une très bonne nouvelle (surtout pour ses finances, mal en point ces derniers mois), mais sa première journée à la Fondation Walter Skoll n'avait pas été de tout repos. Elle sentait qu'il lui faudrait plus de temps que prévu pour prendre ses marques et se faire accepter par ses collègues comme ici par cette infirmière. Elle détestait se sentir la petite nouvelle devant qui les gens se taisaient dès qu'elle entrait dans un bureau, comme elle détestait devoir servir à ces visages revêches ou désagréablement curieux un sourire « meilleur des mondes ». Toute la journée, elle avait été dans ses petits souliers et Dieu sait combien ils avaient été étroits et douloureux, Neil Garson ayant pris un malin plaisir à la faire trotter d'un bureau à l'autre. Elle était sa nouvelle secrétaire. Elle ne comprenait pas l'hostilité qu'il lui manifestait. Lui reprochait-il de ne rien connaître à l'art contemporain ?

Elle pressa le bouton pour appeler l'ascenseur, et un sexagénaire en robe de chambre la rejoignit. Le pantalon de son pyjama portait de vieilles taches d'urine. Il lui décocha un sourire complice.

— Vous aussi, vous perdez la boule ? fit-il.

— Pas encore, mais bientôt.

— Me demandez pas mon nom. Il m'est sorti du ciboulot. Veut pas revenir, ce con.

La cabine arriva. Ils montèrent. Elle se tourna vers lui pour demander à quel étage il allait.

— N'importe, répondit-il. N'importe. Je trouverai bien une chambre où roupiller. Vous voulez pas dormir un peu avec moi ?

Jodie lui rendit son sourire et deux superbes fossettes creusèrent ses joues picotées de taches de rousseur.

— C'est qui que vous venez voir, mademoiselle ?

— Ma mère. Elle... Elle s'appelle Margaret Stevenson. Vous la connaissez peut-être ? demanda-t-elle sans conviction.

— Margaret Stevenson, vous dites ? Tiens, peut-être que nous avons été mariés, cette Margaret Stevenson et moi. Et vous, vous êtes peut-être ma fille ? Je suis si distrait ces derniers temps, si distrait ! Ta mère et moi, on s'est aimés au moins, j'espère. Qu'est-ce qu'elle peut bien faire ici, cette pauvre vieille ?

— Ma mère n'était plus en mesure de s'occuper d'elle-même et elle a été admise ici il y a maintenant un peu plus d'un mois.

— Dis-moi, Melissa. Il s'appelle comment l'endroit où nous sommes ?

— L'hôpital de Stamford, monsieur. Vous savez, ma mère est un grand professeur.

Était un grand professeur, corrigea une petite voix méchante en elle.

Jodie n'arrivait pas à utiliser le passé.

Avant d'atterrir dans ce service, Margaret Stevenson avait en effet enseigné l'histoire à l'Université de Columbia. Considérée comme l'un des meilleurs spécialistes de la guerre de Sécession, elle avait signé chez Doubleday deux études remarquables sur l'œuvre politique de Lincoln ainsi qu'une volumineuse biographie de Kirby Smith. Laquelle biographie (approchant les 1 400 pages) avait été saluée par une presse unanime aussi bien que par les grands pontes universitaires d'ordinaire plutôt avares de compliments. Le général sudiste avait gagné grâce à elle ses galons médiatiques et un projet de film avait même été envisagé avant qu'on ne le jetât au panier faute de financement et que l'on condamnât ainsi Bruce Willis à ne jamais porter l'uniforme gris des Confédérés.

À l'âge de cinquante-neuf ans, Margaret Stevenson avait découvert que la maladie d'Alzheimer pouvait frapper vraiment n'importe qui. Une grande universitaire, par exemple, et qui avait mangé bio presque toute sa vie.

Un matin elle s'était rendue chez le Dr Caldwell, son médecin traitant. Mortifiée, elle s'était trouvée dans l'incapacité de réussir certains des tests psychologiques auxquels il l'avait soumise. Des scanners avaient révélé par la suite une atrophie cérébrale inquiétante dans la zone pariéto-occipitale.

Le Dr Caldwell ne lui avait rien caché de ce qui l'attendait.

De sa voix posée il lui avait expliqué que la maladie d'Alzheimer, affection neurologique dégénérative d'évolution progressive et inéluctable (c'est-à-dire : avec, à coup sûr, la démence au bout) était bien la pire saloperie que l'homme et son médecin aient jamais rencontrée sur terre. Homme intègre, Caldwell avait refusé de mentir sur ses chances de guérison. Il n'existait aucun traitement efficace. Le mieux qu'il pouvait faire était de lui administrer quelques soins palliatifs. En bref, la médecine allait accompagner Margaret tout le long du chemin vers dame Démence et ne lui lâcherait la main qu'une fois arrivée à destination.

En son for intérieur, Margaret Stevenson aurait mille fois préféré un cancer, mais celui-ci n'était pas au menu du jour. Elle était donc rentrée chez elle et s'était abstenue pour le moment d'en parler à sa fille. Elles avaient continué à manger bio, à fréquenter les musées de Manhattan. Margaret prenait soin toutefois de marquer sur son agenda ce qu'elles venaient de voir ou de manger.

Et, ce qu'elle n'avait jamais fait jusqu'à présent, elle y avait inscrit aussi son nom et son adresse ainsi que son numéro de téléphone.

Quelques mois plus tard, elle avait dû renoncer à l'enseignement bien que les pertes de mémoire n'eussent pas encore affecté ses capacités proprement intellectuelles. Celles-là touchaient son existence à un niveau plus trivial et peut-être plus grave. Elles concernaient des informations aussi anodines que sa place de parking ou son numéro de carte bancaire. Ou le nom de son directeur de département.

Ce dernier incident, quand il était parvenu aux oreilles de Jodie, lui avait révélé la gravité de l'état où se trouvait sa mère.

Chavirée d'inquiétude, Jodie avait appris que le professeur Margaret Stevenson avait passé tout un après-midi, enfermée dans son bureau universitaire, à essayer de retrouver le nom de Sony Legrand, le directeur du département d'histoire avec qui elle travaillait depuis plus de trente ans. Si elle se souvenait qu'ils avaient couché ensemble deux ou trois fois après son divorce d'avec le père de Jodie, elle n'arrivait plus à se rappeler son nom. Aussi, constatant avec terreur qu'elle n'y parviendrait pas seule, elle était sortie dans le couloir pour interroger une étudiante. La jeune femme l'avait regardée avec de grands yeux de merlans frits et, quand elle s'était éloignée pour rejoindre ses camarades, elle n'avait pu s'empêcher de chuchoter.

Ce jour-là, Margaret Stevenson avait gagné un nouveau surnom : Super Dingo.

Et cette fois, elle n'avait pu couper à une explication avec sa fille.

Le vieil homme dans l'ascenseur rajusta la ceinture de sa robe de chambre.

— Professeur, tu dis qu'elle est ? Eh bien, merde ! Si on m'avait dit que j'oublierais un jour que j'ai épousé une prof. Ah ! la vieillesse… Melissa, tu sais pas ce que c'est que la vieillesse.

— Détrompez-vous, souffla-t-elle, se rappelant qu'elle avait commencé à le savoir lorsqu'elle avait retrouvé sa mère, hébétée, en robe de chambre à trois heures de l'après-midi, errant par les rues à la recherche de leur maison à Stamford.

La première réaction de Jodie avait été d'éclater de rire, ce qui avait provoqué la stupeur des voisins qui l'avaient alertée. (Peut-être que la fille était aussi givrée que la mère ?) Puis, sans s'arrêter de rire, elle avait pris sa mère dans ses bras, comme une vieille amie qui vous a fait une blague dont vous ne vous remettez pas. Ç'avait été plus tard, une fois qu'elle avait ramené sa mère à la maison, qu'elle avait compris ce que son rire dissimulait d'hystérie anxieuse, de déni criant et immature. Et elle s'était mise à pleurer.

Oui, elle savait ce que signifiait vieillir, et dégénérescence en était le maître mot.

— Il y a ici des Alzheimer presque dans toutes les chambres, dit le vieil homme en pyjama et robe de chambre. Ça fout les jetons, ce truc. Heureusement que je l'ai pas chopé, hein, Melissa ? Enfin, je crois.

Jodie avait bien son idée sur la peur qu'on éprouvait devant le simple terme d'Alzheimer. Ce n'était pas de devenir un légume qui effrayait le plus l'esprit, c'était de voir son identité propre et celle des autres se perdre à jamais dans les sables, c'était de voir le monde se muer en un vertigineux chaos, c'était de voir les rapports acquis dans la joie ou dans la peine n'être plus que vent. Pour le malade, l'univers dégénérait dans ses grandes et petites lignes, le palimpseste comme épuisé s'effaçait pour toujours. Chaos, sables et vent. Plus aucune attache, plus aucun appui, plus rien où se tenir et être protégé. Fracassés étaient les abris, détruites les rampes. Chaos, sables et vent...

L'ascenseur s'immobilisa et les portes coulissèrent dans un tintement.

Elle laissa passer le vieil homme puis sortit à son tour. Quand il se retourna vers elle, son sourire s'élargit :

— Oh, bonjour, mademoiselle, dit-il.

Les larmes aux yeux, répondant à son salut d'une petite voix inaudible, elle se dépêcha de le quitter.

Elle enfila le couloir menant à la chambre 121 et essaya de se rasséréner en pratiquant une série de profondes expirations. Elle ne voulait pas que sa mère la voie s'écrouler à tout bout de champ. Elle devait se montrer forte. Si elle flanchait, qui serait là pour s'occuper d'elles ? Pour tenir tête à la dégénérescence ? Pour endiguer l'avancée du chaos, des sables et du vent ?

— Bonjour, maman, dit-elle, pénétrant enfin dans la chambre.

La vieille dame à chignon allongée sur le lit tourna la tête vers elle et plissa les yeux derrière ses demi-lunes à la fine monture dorée. Jodie sentit son cœur se serrer à l'idée que sa mère allait ne pas la reconnaître et se mettre à crier au loup. Elle savait depuis peu que le donepezil qu'on lui administrait ne parvenait plus à freiner l'évolution de la démence. Bientôt sa mère oublierait jusqu'à son propre prénom et tiendrait son visage réfléchi dans une glace pour celui, désagréable, d'une étrangère. Et pour reprendre l'expression du très lucide Dr Caldwell, la médecine lui lâcherait alors la main pour la laisser dériver seule, loin, très loin.

Mais le visage de Margaret Stevenson s'éclaira.

— Oh, Jodie ! Ma puce.

Un sourire soulagé aux lèvres, Jodie alla s'asseoir près d'elle sur le lit.

— Comment te sens-tu, maman ? demanda-t-elle en prenant sa main décharnée dans les siennes.

Elles essayèrent de parler de leur journée respective mais la discussion s'enlisa vite. Jodie ne voulait pas l'ennuyer avec ses soucis. Quant à Margaret, ses souvenirs des dernières heures écoulées se révélaient brumeux, labiles, incertains. Elle ne tarda pas d'ailleurs à s'endormir sous le regard de celle qui restait sa fille bien-aimée, mais pour combien de temps encore ?

Les choses changeaient (*se dégradaient*) si vite que c'en était terrifiant. Jodie se faisait l'effet d'être emportée dans une spirale descendante quand elle songeait que c'était la semaine dernière seulement qu'elle avait abandonné ses brillantes études de lettres. Jamais, il y avait encore six mois, sa mère et elle n'auraient imaginé connaître ce qu'elles étaient en train de vivre. Sony Legrand, le directeur de département dont Margaret Stevenson avait oublié le nom si ce n'est la vaillance, avait bien essayé de faire revenir Jodie sur sa décision. Il la tenait pour très intelligente et il ne faisait aucun doute à ses yeux qu'un jour elle serait une excellente prof comme sa mère. Elle aussi, elle aurait aimé finir sa thèse de doctorat sur Edgar Allan Poe, mais qui aurait payé le loyer de la maison, les dépenses médicales devenues exorbitantes depuis l'hospitalisation de sa mère, sans parler de ses frais universitaires ?

— Si je peux faire quoi que ce soit pour Margaret et toi, n'hésite surtout pas à m'appeler, lui avait dit Sony, triste et résigné.

Mais lui ni personne ne pouvait plus rien pour elles. La vie leur avait joué un très sale tour, voilà tout. Ce qui attristait le plus Jodie, ce n'était pas qu'elle ait dû sacrifier ses recherches pour sa mère, c'était que sa mère avait définitivement tourné le dos aux siennes, érudites et passionnantes, sur la guerre civile américaine, et qu'elle avait laissé les ruminations gourmandes de la grande Histoire pour entrer de plain-pied dans un âge de ténèbres où ses souvenirs, même des faits les plus récents, se trouvaient aussitôt harcelés par le néant.

Jodie resta au chevet de sa mère une demi-heure, puis elle en fut chassée par une infirmière et se rendit dans le bureau du Dr Kyle au rez-de-chaussée. Une fois de plus, et sans apporter de nouvelles précisions, il lui brossa la situation médicale de sa mère. Jodie sentait qu'elle ne le laissait pas indifférent, ce qui expliquait pourquoi il se plaisait à la recevoir dans son bureau et pourquoi il l'avait autorisée à monter voir sa mère malgré l'heure tardive.

Avant de le quitter, elle s'enquit du nom du vieil homme avec qui elle était montée tout à l'heure.

— Oh ! lui, c'est M. Lee, répondit le Dr Kyle dans un sourire. Robert Lee. Comme le fameux général sudiste, vous savez ?

La vie n'était qu'ironie…

DEUXIÈME JOURNÉE

Jeudi 11 décembre

*

Où Jodie Stevenson fait la rencontre de Forrest Magnus

Pour la sixième fois de la matinée, Jodie pénétra dans le bureau de son patron afin de récupérer le dossier de presse qu'il venait de peaufiner avec son assistante Allison Weiss. Jodie devait entrer les nouvelles corrections sur son ordinateur puis refaire une sortie papier pour une autre relecture. Jusqu'à ce que mort s'ensuive, pensa-t-elle avec anxiété.

Debout, les bras tendus appuyés à son bureau, Neil Garson s'entretenait par téléphone avec Kenneth Foreman, l'un des critiques les plus fidèles aux vernissages de la Fondation. Il avait mis l'appareil en mode mains libres et regardait les différents visuels susceptibles d'illustrer l'exposition Magnus dans les magazines.

En jeune femme bien élevée, Jodie attendit près de la porte, mais il lui jeta à peine un coup d'œil.

— Tu sais bien, Neil, disait le critique, que je ne lis jamais la presse. Dieu m'en garde ! Je me contente de la faire.

Neil Garson fit glisser un des visuels pour le placer juste sous son nez.

— Tu seras là pour le vernissage ? Je crois que ça va être fameux. Il y a des grands formats de Forrest qu'il n'a encore jamais montrés.

— Et le maire ? fit le critique. Il viendra, hein ? J'ai deux ou trois trucs à lui demander.

— On attend la réponse de son secrétariat. Je pense que oui. Je compte sur toi, Kenneth, pour avoir un bon retour de presse.

Il mit fin à la communication et Jodie s'approcha. Sans un mot, il lui tendit le texte barbouillé de grosses ratures, de flèches rageuses et de soulignements en quantité astronomique.

— Avant ça, apportez-moi un café, Jodie. Et magnez-vous un peu, d'accord ?

Neil Garson n'aimait pas sa nouvelle secrétaire et ne cherchait pas même à faire semblant devant elle. De cette franche attitude, on pouvait au moins lui rendre justice.

Jodie obtempéra sans broncher. Après avoir posé le dossier de presse sur son bureau elle sortit dans les couloirs. À la machine à café, près des ascenseurs, elle tomba sur Rosemary, une des assistantes de la directrice générale, Lisa Whittaker.

— Comment ça se passe avec Neil ? demanda l'assistante en se penchant pour attraper le gobelet que la machine venait de remplir.

Jodie dépeignit sa situation en des termes sobres et appuya sur le bouton « Café ».

Rosemary hocha la tête.

— Normal, dit-elle. Lisa t'a préférée à la femme de Neil. Elle postulait pour le même poste. Tu savais pas ?

En tant que responsable des relations avec la presse, Neil Garson avait espéré plus d'égards mais Lisa Whittaker avait tranché en faveur de Jodie, visiblement plus compétente que l'autre candidate. Jodie en éprouva de la fierté en même temps qu'un surcroît d'appréhension : les jours à venir au service de Neil Garson s'annonçaient terribles.

Elle s'empara du gobelet fumant et regagna son bureau. Neil Garson ne lui accorda ni un regard ni un merci. Résignée, elle alla rouvrir le document *Word* nommé « ExpoMagnus » et commença à y apporter les corrections.

Le dossier de presse se composait de deux parties distinctes. La première, biographique, rappelait que Forrest Magnus était né en 1969 dans l'Illinois et que, chose rare dans le milieu de l'art contemporain, il avait eu droit à sa première exposition personnelle au musée des Beaux-Arts de Boston à l'âge de vingt-huit ans seulement. D'un même allant enthousiaste, la Kunsthalle de Vienne l'avait célébré quelques mois plus tard et, depuis, toutes les grandes institutions, du Centre Georges Pompidou à Paris au MOMA de New York, se battaient entre elles pour faire l'acquisition de quelques-unes de ses œuvres les plus marquantes.

Aujourd'hui c'était à la Fondation Walter Skoll, célèbre de par le monde pour son mécénat et ses collections d'art, d'offrir son espace à cet « immense peintre » pour une grande exposition temporaire. Le dossier de presse annonçait des toiles à couper le souffle. Jodie était toute prête à le croire. La veille, n'avait-elle pas entendu Garson raconter que, lors des grandes ventes aux enchères d'art contemporain de la mi-mai chez Christie's, l'un des tableaux de Forrest Magnus, estimé entre 250 000 et 350 000 dollars, avait trouvé preneur à plus de 1 500 000 dollars ? Garson avait cru bon de préciser que le revendeur, un industriel californien, l'avait acquis pour 180 000 dollars seulement deux années auparavant. Attisée par les appels d'air des expositions internationales qu'on lui proposait, la cote de Forrest Magnus n'avait cessé de flamber jusqu'à coudoyer celle d'un Maurizio Cattelan, voire d'un Jeff Koons. Ces deux derniers noms semblaient aussi célèbres et vantés qu'ils étaient inconnus de Jodie. Mais elle s'était un peu consolée de son ignorance en se disant qu'elle avait fait des études de lettres et non d'art contemporain.

La deuxième partie du dossier, formée d'une analyse des œuvres exposées, la replongea pour de bon dans un sentiment aigu d'infériorité. On y parlait de « défocalisation post-duchampienne », de « phénosignifiance arborescente ».

Jodie devait bien admettre qu'elle n'y comprenait goutte. Aussi se contenta-t-elle de taper le texte sans se poser plus de questions que si elle avait affaire à du chinois et encore, une forme dialectale parlée dans la région du Hunan en des temps très lointains.

Quand elle eut terminé, elle rafla la souris optique et cliqua sur *Fichier* puis sur *Imprimer*. La machine cracha les six pages en un rien de temps. Jodie s'apprêtait à se lever lorsque Neil Garson s'encadra dans la porte de son bureau et lui demanda de descendre aux salles d'exposition chercher la liste définitive des œuvres de Forrest Magnus. Phil Flanagan, le commissaire invité de la Fondation, devait être quelque part en bas. À Jodie de se débrouiller pour mettre le grappin dessus.

— Vous voulez pas que je vous tienne la main, non ? fit Neil Garson.

Seule dans l'ascenseur, elle se dit que son absence, même momentanée, allait peut-être soulager les nerfs à vif de Garson.

Elle appuya sur le bouton du rez-de-chaussée tout en regardant celui placé en haut de la colonne, le seul à être rouge sur fond noir. Ne jamais appuyer dessus, lui avait répété trois fois Allison Weiss.

L'ascenseur amorça la descente.

La veille, l'assistante de Garson lui avait fait visiter les lieux afin de la présenter à toute l'équipe et de l'aider à s'orienter dans les différents services. Puis tandis que l'ascenseur les ramenait au cinquième, Allison avait tapoté la plaque de cuivre où s'alignaient les boutons des étages.

— Tu peux monter et descendre où ça te chante, ma belle. Mais le sixième étage est interdit, compris ? Tu n'as rien à y faire. D'ailleurs personne ne doit y monter sous peine d'être lourdé dans la demi-heure.

Jodie avait pensé à la chambre de Barbe-Bleue. Et elle y repensa tandis qu'elle descendait, seule dans l'ascenseur.

L'espace réservé aux salles d'exposition couvrait tout le rez-de-chaussée à l'exception du grand hall central que Jodie traversa alors que deux techniciens, montés sur des échelles, y fixaient à trois mètres de hauteur un immense calicot rouge, annonçant en grosses lettres blanches :

Exposition
FORREST MAGNUS
« ***Les Vitrines*** »
17 décembre-15 février

Les salles bourdonnaient d'une agitation d'abeilles sentant l'arrivée imminente d'une bande de frelons, lesdits frelons étant en l'espèce les critiques invités au vernissage presse dans six petits jours. D'habiles électriciens, armés de visseuses, faisaient courir derrière les plinthes les fils des spots ; ailleurs, des peintres énergiques couvraient de blanc les hautes cimaises. Certains rouspétaient, d'autres avaient l'esprit à la rigolade.

Dans le labyrinthe des salles, Jodie demanda à plusieurs personnes où elle pouvait trouver Phil Flanagan. Les réponses furent tantôt trop contradictoires, tantôt trop évasives, pour lui servir, et elle continua d'avancer, ou plutôt de se perdre. Au passage, elle remarqua que sur certains murs étaient déjà accrochés quelques-uns des tableaux de Forrest Magnus. C'était la première fois qu'elle voyait de si près des œuvres d'art contemporain. Elle leur trouva de l'intérêt. Elle en fut heureuse.

Comme l'annonçait le dossier de presse, c'étaient des toiles de facture hyperréaliste au format impressionnant. Elles étaient peintes à l'huile et montraient des étalages de magasin : ici, des mannequins en plastique arboraient des bikinis et des chapeaux de paille ; là, des rayonnages supportaient une profusion de pâtisseries alléchantes ou bien des paires de chaussures neuves flanquées de leurs prix. Tout était propre et rangé, offert au regard, soumis au désir de la possession. Comme dans un vrai magasin, songea Jodie, amusée. Elle regrettait cependant qu'il n'y eût nulle part la moindre trace de vie.

Deux salles plus loin, elle découvrit enfin le commissaire de l'exposition.

Phil Flanagan, la cinquantaine bien cuite, était de petite taille et dangereusement stressé. La moue qu'il produisit à son approche fut un véritable chef-d'œuvre de condescendance.

— Mais il faut voir ça avec Forrest, mademoiselle, dit-il sur un ton sec.

Elle n'osa pas lui demander où se cachait « Forrest » et préféra s'éloigner. À la Fondation, pensa-t-elle, il y avait donc au moins un Neil Garson par étage.

Au sortir de la salle, elle avisa Ron Flint, un grand Noir débonnaire qui se tenait à l'écart de l'agitation générale en compagnie d'un Blanc aux cheveux châtain clair, vêtu d'un ample bleu de chauffe. Taillé en nageur olympique, Ron Flint exerçait les fonctions de vigile avec une décontraction souriante. Il avait été le seul employé de la Fondation à se montrer aimable avec Jodie lors de sa première journée. Elle ne l'avait pas oublié et fut ravie de solliciter son aide. Le sourire de Flint s'élargit quand il la vit s'approcher.

— Vous survivez, mademoiselle Jodie ?

Elle savait qu'il pensait à Garson et lui renvoya son sourire pour toute réponse.

— Je cherche Forrest Magnus.

— C'est le gars à qui l'on doit tout ce cirque ? demanda le collègue de Flint en bleu de chauffe. Vous aimez ?

— Je crois bien que oui. Je parle des œuvres, pas du cirque. Savez-vous où je pourrais le trouver ?

Le collègue haussa les épaules et Ron Flint l'imita, souriant de plus belle.

— Pourquoi dites-vous que vous croyez aimer son travail ? s'enquit le collègue. On aime ou on n'aime pas, d'ordinaire.

— Le peu que j'en ai vu me plaît assez. Mais ça manque peut-être de vie.

Le sourire de l'homme se fit resplendissant :

— De vie, vraiment ? Venez, je vais vous montrer quelque chose.

Il l'emmena dans la salle où étaient accrochées les œuvres qu'elle avait vues tout à l'heure. Ron Flint les suivit d'un air goguenard.

— Que voyez-vous ? demanda leur guide improvisé, une fois qu'ils furent devant les mannequins vêtus de bikinis.

Jodie le lui dit. Ron Flint ajouta de son côté quelques détails.

— Parfait. C'est tout ? Allons, allons. Regardez mieux.

Jodie se rapprocha et remarqua en haut à gauche une forme à laquelle elle n'avait pas fait attention. C'était comme un reflet. Non, c'était un reflet : le reflet d'un visage d'homme. Elle comprit alors l'ampleur de sa méprise. Le peintre plaçait son regardeur non pas dans la vitrine, mais devant. Entre les marchandises peintes et l'œil s'intercalait une paroi en verre, elle-même si bien représentée qu'on ne la décelait qu'en y prêtant une attention extrême. Ainsi le tableau ne montrait pas seulement un étalage mais aussi, par réflexion, des passants faisant du lèche-vitrines.

— Magnus dit que ce ne sont pas des trompe-l'œil qu'il peint, mais des trompe-l'esprit. Que ce qui compte ce n'est pas le reflet des choses, mais ce que les choses reflètent. Ce type est un joli cinglé, pas vrai ?

Jodie était admirative.

Ron Flint, fasciné lui aussi, remarqua à son tour un autre reflet situé plus bas que le premier. Il laissait voir la poche d'imperméable de l'homme devant la vitrine.

— Bon sang ! s'exclama Flint. Le type a un flingue dans sa poche. Il s'apprête à commettre un meurtre. À moins qu'il veuille la caisse du magasin.

— Bravo, Ron. Tu as de la suite dans les idées. Voilà pourquoi Magnus t'aime bien.

Jodie continua d'examiner la scène. D'autres silhouettes se devinaient. Une petite fille malicieuse, tenant une sucette en bouche. Une vieille dame au regard chargé de réprobation... Tout un monde de rue émergeait de proche en proche, avec ses interdits, ses pulsions.

L'ami de Flint, qui ne l'avait pas quittée des yeux, demanda à Jodie :

— Vous êtes nouvelle dans le milieu, pas vrai ?

Elle se sentit rougir. Qu'avait-il besoin de la mettre ainsi à la question ? Ne lui suffisait-il pas de lui avoir administré une leçon d'esthétique ?

— Je ne voulais pas vous gêner, fit-il. Ron et moi, on aime bien les nouveaux. Quant à ce Forrest Magnus dont vous aimez les œuvres mais pas le cirque fait autour d'elles...

— Oui, fit Jodie pour l'inciter à poursuivre.

— Eh bien, jusqu'à plus ample informé, c'est moi.

Le rouge aux joues, elle réussit à maintenir un semblant de fermeté dans son regard.

— Vous m'imaginiez différent, à ce que je vois.

— Non. Enfin si, plus vieux, dit-elle, confuse.

— Je suis désolé de vous avoir joué ce sale tour, Jodie. La prochaine fois, je tâcherai de vieillir un peu, promis !

Il lui tendit la main en clignant de l'œil :

— Et de grâce, appelez-moi Forrest.

Sa simplicité eut raison des dernières craintes de Jodie. Elle lui apprit pourquoi elle le cherchait.

— Je monte avec vous voir Neil. À plus, Ron !

Dans l'ascenseur, il demanda :

— Il ne vous fait pas trop de misères au moins, ce brave Neil ?

— Il est charmant, répondit-elle sans trop de conviction.

— C'est vrai. Neil est aussi charmant qu'un rottweiler.

Ils se sourirent, les yeux dans les yeux cette fois. L'indicateur d'étage annonça le cinquième.

— Je vais vous venger, dit-il.

Elle voulut le prier de n'en rien faire, mais la porte s'ouvrait déjà.

— Neil, tu vas me revoir le dossier de presse, s'écria Forrest Magnus en pénétrant d'un pas décidé dans l'antre du rottweiler. C'est quoi cette sémiologie d'attardé mental ?

Jodie eut tout juste le temps de s'abriter derrière l'écran de son ordinateur pour dissimuler son fou rire.

*

Où Forrest Magnus découvre
qu'il est un homme vulnérable

Ce fut seulement vers vingt et une heures dix, après une longue journée passée à la Fondation à superviser l'accrochage de ses œuvres, que Forrest regagna son bel appartement au 176, Perry Street, l'une des deux petites tours blanches en bordure de l'Hudson River, dessinées par l'architecte Richard Meier.

Dans le taxi qui l'avait ramené, il avait prêté une oreille attentive au bulletin d'information de vingt et une heures. La police avait découvert du nouveau sur le braquage de l'annexe appartenant à la Fondation Walter Skoll dans le nord de Manhattan, braquage qui, comme l'avait rappelé la journaliste, avait eu lieu trois mois plus tôt et avait causé la mort de plusieurs personnes. Les responsables du carnage couraient toujours mais le chef de la police de New York avait bon espoir de les voir sous les verrous avant le Nouvel An. Une cellule à Rikers Islands leur était d'ores et déjà réservée, avait assuré le chef. Quant au tableau volé, intitulé *Les Démons*, les services d'Interpol avaient été sollicités afin d'en empêcher la revente dans le monde entier.

— Ces gars-là, on leur mettra jamais la main dessus, s'était exclamé le chauffeur de taxi en parlant par-dessus la pub. Sûr, ce sont des pros qui ont fait le coup. Mon avis, c'est que le tableau, il doit être maintenant planqué quelque part dans un coffre, pas vrai ?

Forrest n'avait rien répondu, se disant en son for intérieur qu'il donnerait beaucoup lui aussi pour connaître le sort qui avait été fait à ses *Démons*. Lorsque, en septembre, il avait appris le vol de cette toile, il n'en avait pas été peiné plus que cela. Mais maintenant, l'exposition arrivant, il regrettait de ne pas pouvoir la montrer. Dans la septième et dernière salle de la Fondation, *Les Démons*, il le savait, auraient été de toute beauté.

Parvenu à destination dans le West Village, Forrest grimpa au quatrième étage de la tour blanche à l'élégance minimaliste très prisée. C'était un ami qui lui prêtait cet appartement de grand standing. Outre le plaisir mondain de compter Nicole Kidman comme voisine du dessous, l'appartement offrait une vaste et lumineuse surface d'habitation puisqu'il occupait (comme tous les autres, d'ailleurs) un étage entier à lui seul. Il présentait aussi, aux yeux de Forrest, l'avantage d'être assez près de la Fondation et à seulement quelques rues de son atelier d'artiste dans le Meatpacking District.

Sifflotant un vieux tube de Bowie, Forrest introduisit la clé dans la serrure et poussa la porte d'entrée. Dans le hall, en apercevant le voyant de l'alarme qui clignotait, il comprit tout de suite que quelque chose clochait. À pas de loup, il avança vers le salon et gagna son bureau à travers la pénombre. Là, il ouvrit l'un des tiroirs et en fouilla l'intérieur. Le pistolet Glock, que Sarah lui avait fait acheter en prévention du danger, ne s'y trouvait plus.

— Je t'avais pourtant dit de faire attention, fit Sarah derrière lui.

Elle lui plaqua le canon de l'arme entre les côtes.

— Désolé, m'dame.

Forrest se sentait en faute et, comme toujours en pareil cas, il cherchait à plaisanter.

— Arrête ! dit Sarah. *Ils* sont…
— Dangereux, je sais.
Piteux, il se retourna vers Sarah et elle lui enfonça le Glock un peu plus dans les côtes. Elle était furieuse.
— Alors, merde, pourquoi n'es-tu pas armé ? *S'ils* découvrent le pot aux roses, *ils* ne prendront pas le risque de te buter à la Fondation, mais ailleurs, peut-être ici. *Ils* ne se gêneront pas, crois-moi. (Elle lui jeta le pistolet automatique dans les mains.) D'ailleurs même avec ça, tu ne ferais pas le poids. Si tu n'es pas prêt dans ta tête, tu es déjà mort, Forrest. Je te l'ai pourtant dit plusieurs fois, non ?
— Mille fois, convint-il. Mais c'est tellement incroyable, cette histoire.
— Je croyais avoir balayé tes derniers doutes.
C'était vrai, à tel point que si elle lui annonçait maintenant que John Lennon était ressuscité, il la croirait, elle, Sarah Widar.
— Pardon, fit-il en l'attirant à lui pour l'embrasser.
Elle le laissa faire, répondit à son baiser. Il l'aimait comme il n'avait jamais aimé aucune femme. Il recula son visage et demanda :
— Quand es-tu rentrée ?
— Vers dix-neuf heures. Peut-être avant, répondit-elle.
— Que t'a dit Tim ?
— Plus tard, fit-elle en l'entraînant dans leur chambre à coucher.
Les murs de cette pièce s'ornaient d'un seul tableau : une œuvre tout en longueur, peinte à la gouache par Forrest dans sa jeunesse obscure. Il l'avait appelée le *Escher pornographique,* en hommage à Maurits Cornelis Escher, l'un des plus grands génies de l'art et l'un de ses artistes préférés. Graveur néerlandais mort au début des années soixante-dix, Escher avait réalisé des œuvres où de fallacieuses symétries se combinaient avec des métamorphoses affolantes autant pour l'œil que pour l'esprit. L'une d'elles, très célèbre, montrait, au sommet d'un bâtiment imposant, des gardes encagoulés qui

montaient ou descendaient un escalier absurde car horizontal et qui les condamnait à un infernal mouvement perpétuel. Sur une autre estampe tout aussi connue, une planche représentant un entremêlement de crocodiles dessinés au crayon laissait s'échapper par un bord quelques-uns de ces reptiles qui, devenus « vivants », faisaient un petit tour sur les objets environnant la feuille de papier pour la regagner à l'autre bout et redevenir pur dessin. Forrest adorait.

Mais jamais, à sa connaissance, M. C. Escher n'avait fait d'œuvre érotique, alors Forrest s'en était chargé un beau matin. Il avait peint un couple à différents moments de leurs étreintes, pris dans un processus général de métamorphose, où le sexe de l'homme se muait de proche en proche en sexe féminin et vice versa, où les seins de la femme se résorbaient peu à peu à mesure que se gonflait la poitrine de l'homme. Métamorphose réciproque où le pénétré devenait le pénétrant et inversement.

— Cette toile est une vraie cochonnerie, affirma Forrest en se déshabillant.

Sarah, complètement nue, alla décrocher la toile et la posa contre le mur, face cachée.

— Ainsi tu n'auras pas de mauvaises idées, dit-elle.

Ils firent l'amour, Sarah, à son habitude, au-dessus de lui.

Entremêlement, renversement. Un peu comme dans le pseudo-*Escher*, dut s'avouer Forrest, ravi que l'art vînt résonner jusque dans sa vie sexuelle.

Pour ce qui était de Sarah, il savait que la façon qu'elle avait de faire l'amour ne relevait pas d'un penchant à la domination, mais bien plutôt d'un instinct de protection visant à ne jamais perdre le dessus. Forrest pensait savoir que cela remontait à son enfance en Louisiane. Tusitala, se disait-il, devrait être rayée de la carte.

Ils jouirent à l'unisson, et le beau visage de Sarah s'illumina d'un sourire.

Elle se pencha sur lui pour l'embrasser sur la bouche, puis elle roula à ses côtés et, en silence, regarda avec lui le plafond.

Forrest eût aimé que ce moment de communion durât mais il savait qu'elle allait lui parler de la Fondation, qu'elle ne pourrait s'en empêcher. Quand la voix de Sarah se fit entendre, il ferma les yeux, se demandant si elle ne l'avait embrassé que pour préparer ce moment.

— Tim veut que tu ailles faire un tour dans les étages supérieurs de la Fondation. Tu pourrais te tromper de bouton dans l'ascenseur...

Par étages supérieurs, elle entendait le dernier.

— C'est plutôt risqué, finit par répondre Forrest en rouvrant les yeux. L'accès au sixième est formellement interdit. Même Neil Garson ne monte pas là-haut comme il veut, et j'ai cru comprendre qu'il en avait plutôt la frousse.

— Est-ce que tu as déjà vu quelqu'un y monter ?

Forrest prit le temps de réfléchir avant de répondre par la négative.

— Même Lisa Whittaker ? demanda Sarah, soucieuse.

— Même elle. Son bureau se trouve au cinquième avec celui de Garson.

— Mais elle est supposée être la directrice, non ?

— Elle en possède tous les attributs, sauf celui ayant trait au sixième. C'est pourquoi Garson ne la prend pas au sérieux. Il sait que c'est une potiche de style Ming, mais une potiche tout de même. Les vraies couilles, elles sont au-dessus.

— Alors qu'est-ce qu'il y a là-haut ?

— Garson m'a dit qu'il y avait une salle de réunion si vaste qu'elle occupe presque tout l'étage à elle seule. Deux fois l'an, Walter Skoll et un quarteron de bailleurs de fonds y convoquent la direction au complet pour faire le point et donner le cap à suivre. Whittaker et Garson n'en mènent pas large, mais, vois-tu, leur bulletin de paye est un sédatif révolutionnaire.

— À part ces deux-là, qui sont les autres ?

— Il y a le directeur administratif et le directeur technique. Garson n'est pas directeur, mais c'est tout comme. Il a la haute main sur la communication.

— Quels sont les rapports que ces quatre-là entretiennent entre eux ?

— Au cinquième étage, tout tourne autour de Whittaker et de Garson. Lisa se sent menacée par l'ambition de Neil Garson qui, de son côté, se tient pour sous-employé. Leurs rapports sont exécrables en tout point. Quant aux deux autres directeurs, ils louvoient au plus près du vent.

— Et, à part la salle de réunion, qu'y a-t-il d'autre au sixième ? Le bureau de Walter Skoll ?

— Aucune idée.

Sarah se leva pour se diriger vers la salle de bains. À la porte, elle se retourna et dit :

— Eh bien ! débrouille-toi pour visiter la maison. Après tout, tu es un génie, non ?

Il croisa les bras sous sa nuque.

— Sarah, est-ce que tu m'aimes ? Je veux dire…

Il s'arrêta, Sarah s'étant retirée dans la salle de bains.

Souvent, oui, quand il la tenait dans ses bras, il se demandait s'il était à ses yeux autre chose qu'un cheval de Troie pour infiltrer cette Fondation Walter Skoll qui les obsédait tant, elle et leur ami commun Tim Modin. L'aimait-elle un peu pour sa participation à leur quête de vérité ? Pour tout ce qu'il acceptait de faire pour elle, pour eux ? L'aimait-elle un peu pour ce qu'il était aussi, un artiste renommé, un compagnon de lit, une épaule amicale ?

Mais peut-être Sarah était-elle le prix à payer pour le mal qu'il avait pu faire à Oscar Watts.

Oscar Watts dont Neil Garson avait pris soin d'effacer le nom du dossier de presse. Sa galerie dans la 57e Rue Est avait subi le même traitement à la soviétique. Elle n'était pas une seule fois mentionnée. *Exit* Oscar et bravo à Neil pour ses talents de prestidigitateur. De son chapeau magique était sortie une biographie de Forrest qui commençait à ses vingt-huit ans et au musée des Beaux-Arts de Boston. Une bio pasteurisée, nickel. Et tant pis si le scandale Oscar Watts était encore présent dans la mémoire de certains.

Forrest Magnus avait lui aussi son sixième étage. Un étage où personne ne montait, où nul ne savait ce qui s'y trouvait vraiment. Un étage où pourrissait le cadavre d'Oscar Watts.

Il avait lu ce matin dans *Village Voice* qu'on avait catalogué son nom parmi les *schibboleths* du New York branché et qu'on le tenait pour « l'un des plus beaux archanges de la nouvelle Babel ». Pourtant s'il y avait un archange dans son histoire, ce n'était pas lui mais Oscar. Il le savait.

Parmi les galeristes de New York, Oscar Watts s'était taillé une réputation d'excellence. Son flair pour trouver de jeunes artistes « ayant du potentiel », comme il aimait à le dire, défiait toute mesure. Il semblait infaillible, mais c'était très simple : préférer toujours les nouveaux talents aux nouvelles tendances, là était sa formule gagnante, sa martingale de galeriste. On parlait à propos des jeunes peintres et sculpteurs qu'il prenait sous contrat, d'« écurie Watts ». Il suffisait d'être de l'écurie Watts pour voir la cote de ses œuvres grimper du jour au lendemain, – la formule « *Il suffisait* » étant ici purement ironique car l'écrémage auquel procédait Oscar se révélait des plus drastiques. « Pauvres naïfs qui entrez en ces lieux, abdiquez toute espérance », aimait lancer Mme Rosenbaum, son assistante très dévouée, aux jeunes gens qui se pressaient à la galerie, avec un carton sous le bras, plein de leurs prétendus chefs-d'œuvre, et des rêves impossibles dans la tête. Oscar ne se montra jamais méchant avec aucun d'eux, même le plus dépourvu de talent, mais il ne transigea jamais sur sa conception élitaire de l'art.

Forrest n'eut pas besoin de venir à la galerie pour se faire connaître de lui. Une de ses amies aux Beaux-Arts de Chicago, par ailleurs nièce de Mme Rosenbaum, se trouva un jour de passage à New York et alla montrer au galeriste une toile dont Forrest lui avait fait cadeau.

Le cœur battant, Oscar Watts prit le premier avion pour l'Illinois avec la ferme intention de ramener Forrest ou de se brûler la cervelle. Il avait attendu cette révélation depuis si longtemps qu'il avait fini par la considérer comme un symptôme décadent de romantisme, et il fut le premier étonné de la vivre enfin.

Le jeune homme qu'il découvrit le séduisit au-delà de ses plus folles espérances, et il le séduisit dans tous les sens du terme.

Oscar Watts s'était marié à l'âge de vingt et un ans pour satisfaire aux convenances ; de cette union était née une fille nommée Judith ; mais la nature profonde d'Oscar le tournait vers les garçons. Cependant il n'osa jamais déclarer sa flamme à Forrest, trop conscient que celui-ci avait autant de génie qu'il était enclin à l'autre sexe.

Oscar n'eut aucun mal à convaincre le jeune Forrest de la nécessité de quitter son Illinois natal pour s'établir à New York. Il le ramena donc, tout plein du sentiment de revenir non pas avec un beau Michel-Ange dans la soute à bagages, mais avec Michel-Ange en personne, assis à ses côtés en classe affaires.

Il le logea, lui fit découvrir la ville, rencontrer des gens. Il organisa une exposition de ses œuvres pour révéler au monde entier l'ampleur de ses dons. Forrest devint vite la coqueluche des intellectuels et esthètes new-yorkais.

Pourtant, s'il maîtrisait avec un égal brio toutes les techniques de peinture, de l'aérographe au lavis à l'encre de Chine, ses œuvres manquaient de quelque chose. Un petit rien leur faisait encore défaut, un petit rien qui était tout : le souffle de la création, le supplément d'âme qui fait de quelques couleurs assemblées autre chose justement que des couleurs assemblées.

Une nouvelle fois, les conseils d'Oscar Watts lui furent providentiels.

Dans un restaurant de SoHo où ils dînaient en tête à tête, le galeriste lui fit remarquer que son art ne pourrait toucher le public en profondeur et devenir inoubliable que par l'existence d'une couche sous les autres couches, d'une couleur connue de lui seul sous les couleurs étalées, d'une forme invisible sous les formes montrées. Cette couche secrète, cette forme comme indécelable, le public ne la verrait jamais, bien sûr, mais il en sentirait malgré tout la présence, en reconnaîtrait malgré tout la force, comme une beauté celée qui propagerait un rayonnement de vie ou de mort à des kilomètres à la ronde. Une marque obscure, salvatrice ou mortifère. Un sceau venu de Dieu ou du Diable. Un monogramme secret.

« C'est quand il montre moins qu'il ne cache que l'artiste tape dans le mille, Forrest. Les chefs-d'œuvre peuvent s'acquérir à prix d'argent mais jamais personne ne les possède. Excepté l'artiste, nous sommes tous marron dans l'affaire. »

Cette remarque, qui était aussi un conseil avisé, fondé sur la foi dans les Mystères de l'Art, devait faire la fortune de Forrest, et causer la perte effroyable d'Oscar.

Car le destin fit bientôt rencontrer à Forrest, en quête de son monogramme secret, des gens que, par euphémisme, il qualifierait aujourd'hui de peu fréquentables. Non pas des délinquants, non pas des prostituées, non pas de grands malfrats, non pas des terroristes imbus de leur sanglant jihad, mais des personnes bien plus dangereuses encore. Bien plus noires.

Sous leur influence, il s'initia à la cocaïne et à des actes barbares, dont le simple souvenir le jetait aujourd'hui dans l'épouvante et le remplissait de nausée et de remords.

Sur le coup, pourtant, la peinture de Forrest y trouva son compte. Elle gagna un redoutable éclat. Oscar ne connut jamais la vérité mais, ainsi qu'il l'avait dit dans ce restaurant de SoHo où il s'était fait l'apôtre du Mystère en art, il ressentit très fortement la présence d'un monogramme hermétique et splendide.

Puis, comme dans une nuit de mauvaise ivresse, les événements se précipitèrent, et ce fut bientôt mort et scandale.

Un matin, Mme Rosenbaum, qui ouvrait la galerie à dix heures, trouva Oscar baignant dans une mare de sang, le corps méconnaissable tellement il avait été martyrisé. Le rapport de police établit par la suite qu'Oscar Watts avait subi de graves sévices présentant des caractères sataniques évidents. Le ou les assassins l'avaient torturé à mort, lui infligeant de nombreuses mutilations de type sacrificiel avant de l'éviscérer. Aucune des œuvres présentes dans la galerie n'avait été volée, pas plus que n'avaient été dérobés les deux mille dollars que contenait le portefeuille de la victime.

Mais l'affaire Oscar Watts ne commença qu'un peu plus tard, quand elle quitta le milieu perplexe des enquêteurs de police pour se répandre, par une gifle, dans le Landerneau de l'art contemporain, à gros bouillons de rumeurs et de cancans.

La tragédie, dans un premier temps, ne sembla pas atteindre l'œuvre ni la personne de Forrest qui, avant même que les larmes de Mme Rosenbaum eussent commencé de sécher, partit signer chez un galeriste concurrent ayant pignon sur la Cinquième Avenue. Lors du vernissage qui suivit, une jeune femme décharnée s'approcha de l'artiste et, sans prononcer un seul mot d'explication, le gifla à toute volée. Puis elle quitta les lieux, sans précipitation, d'un pas très digne, dans un silence médusé. Une âme charitable, escortée d'une flûte de champagne et de curiosité, s'empressa d'éclairer la lanterne de Forrest. La jeune femme s'appelait Judith. Judith Watts, évidemment. C'était la fille d'Oscar. Le regard de fouine que darda sur lui son informateur tout en assenant ces renseignements, Forrest devait le retrouver par la suite chez nombre de ses interlocuteurs, version mondaine du bon vieux supplice chinois de la goutte d'eau. Il eut cependant toujours le front d'en rire.

Qu'il ait pu, de près ou de loin, avoir trempé dans le meurtre d'Oscar ajouta encore quelques carats au sombre scintillement de sa gloire. Il flottait autour de lui un opulent parfum de scandale et de mort, qui étourdissait les femmes qu'il rencontrait. Suaves, elles se pâmaient devant lui comme devant une rock star et lui glissaient dans la poche la clé de leur appartement, souvent enveloppée de leur petite culotte.

Forrest n'ignora bientôt plus rien de la lingerie féminine.

Il visita beaucoup d'appartements.

Alors qu'il aurait dû le faire, Forrest ne renonça pas non plus à ses « mauvaises fréquentations ». Il lui semblait que son art, à défaut de sa réputation, en dépendait.

Puis, une nuit, à peu près quatre mois après la disparition tragique d'Oscar Watts, il fit un rêve.

Il rêva d'une jeune femme à la peau brune, dont l'affolante beauté semblait relever du pur fantasme. Elle ne prononça aucun mot, posa sur lui un interminable regard. Ils restèrent ainsi, face à face et muets. Et plus il la regardait, plus il ressentait l'intensité de ses yeux verts fouissant en lui comme un poignard. Il finit par comprendre qu'il y avait un autre regard derrière ce regard, qu'il se cachait d'autres yeux derrières ces yeux. Qu'il se trouvait en présence d'un sombre monogramme enfoui dans cet être de beauté et que ce monogramme n'était autre qu'Oscar Watts.

Il se réveilla et se mit à pleurer. Ce qu'il n'avait pas fait à la mort de son mentor, ses obscurs amis et la cocaïne, dont il dépendait pareillement, ayant su étouffer en lui tout sentiment de faute.

À la suite de ce rêve, il décida de mettre un terme à ses addictions.

Il s'enfuit à Boston superviser l'exposition de ses œuvres au musée des Beaux-Arts. Puis il gagna l'Europe, laissant en Amérique ses noires fréquentations et les cuillers de poudre blanche.

Une année s'écoula, puis revinrent les rêves.

C'était toujours la même jeune femme à la peau brune et à l'indéchiffrable beauté. Elle ne disait rien, se contentait de le fixer de toute l'audace de ses yeux verts, avec une torturante insistance. De son côté, il ne cherchait pas à lui parler, endurait le supplice avec résignation.

Un après-midi il reçut un appel de New York. La prestigieuse Fondation Walter Skoll voulait lui consacrer une grande exposition.

Le lendemain, il accepta l'offre et regagna New York sur un vol American Airlines. Il emménagea dans l'appartement qu'on lui prêtait à West Village, visita plusieurs fois la Fondation et eut toute une série d'entretiens avec la directrice, Lisa Whittaker.

Depuis qu'il avait regagné New York, la jeune femme noire n'était plus revenue hanter ses rêves. Forrest attendit.

L'attente dura à peine plus d'un mois.

Il la reconnut tout de suite quand son ami Tim Modie, qu'il avait fréquenté gosse à Chicago, la lui présenta dans un restaurant libanais de Brooklyn. Il ne la quitta pas des yeux, craignant à tout instant de la voir s'évanouir pour toujours. À la fin du repas, il lui dit qu'il l'aimait depuis longtemps déjà. Elle posa alors sur lui ses grands yeux vert émeraude et garda le silence comme dans ses rêves. C'était Sarah. Et il apprit qu'elle venait d'arriver de sa ville natale, Tusitala en Louisiane.

Ce soir-là, il l'emmena dans son atelier sous le prétexte de lui montrer ses œuvres. Sarah s'offrit à lui sans même prendre la peine de s'intéresser à sa peinture. Pour ces deux choses, il l'en bénit, sentant que Sarah le libérait de lui-même, de ses mauvais fantômes.

Il apprit plus tard que, pour elle non plus, leur rencontre dans le restaurant de Brooklyn n'avait rien eu de fortuit. En fait, elle avait prié Tim de les mettre en contact et Tim avait sauté sur l'occasion du petit dîner entre amis. Sarah et Tim avaient besoin de Forrest. Ils voulaient se servir de lui. Sarah le lui avoua dès cette nuit-là. Le plus étonnant, c'est qu'il ne le prit pas mal. Peut-être parce que Sarah était le nom de son rachat.

Il ne lui parla jamais d'Oscar, même au plus fort de leur intimité. Oscar Watts devait rester dans son sixième étage à lui. Un étage inviolable, où lui-même évitait de s'aventurer. Peut-être qu'un jour il monterait saluer Oscar et ce serait alors avec Sarah. Mais pas maintenant. Il s'en sentait incapable et l'idée seule le terrifiait.

*

Où Sarah et Forrest pistent Walter Skoll

Les diodes du radioréveil marquaient minuit cinquante-trois quand ils furent réveillés par le téléphone mobile de Sarah. C'était Tim au bout du fil.

— Il y a du nouveau. Rappliquez-vous illico, Forrest et toi.

Sarah n'envisagea pas même une seconde de refuser. L'excitation de Tim s'était dans l'instant communiquée à elle, et elle bondit hors du lit pour s'habiller.

Ils arrivèrent un quart d'heure plus tard en vue de la Fondation. Tim sortit de sa voiture avec une Thermos de café. Il s'installa à l'arrière du BMW X5 de Forrest, de mauvaise humeur.

— On a fait aussi vite qu'on a pu, se justifia Sarah qui avait conduit.

C'était la stricte vérité mais Tim Modin eut une moue sceptique. Il lui lança la Thermos.

— Ça va vous réveiller, les tourtereaux.

Située dans la Cinquième Avenue à deux pâtés de maisons du Rockefeller Center, la Fondation Walter Skoll avait été bâtie sur le modèle de l'édifice dessiné par le célèbre architecte Frank Lloyd Wright pour la société Larkin à Buffalo, dans l'État de New York. Extérieurement, elle ressemblait à un gros cube noir de six étages. À sa construction en 1970, les riverains l'avaient surnommée la pierre tombale, avant de finir par s'habituer à sa silhouette sombre et massive. L'intérieur, au dire de Forrest, était élégant, et offrait de grands volumes finalement lumineux.

Depuis quelques semaines, Sarah et Tim surveillaient à tour de rôle les abords de la Fondation la nuit, laissant à Forrest le soin de l'observer le jour tandis qu'on accrochait ses œuvres dans les salles du rez-de-chaussée. La planque commençait vers les vingt-deux heures et s'achevait au petit matin. Elle n'avait rien donné jusqu'à cette nuit.

— Alors ? demanda Forrest en étouffant un bâillement.

Tim sortit de sa parka son reflex numérique et leur montra sur l'écran de contrôle les photos qu'il avait prises quelques minutes avant son coup de fil.

— Lui, dit-il, tapotant du doigt l'écran du Nikon, c'est Walter Skoll, le très mystérieux président de la Fondation.

Après Sarah, Forrest regarda à son tour la photo.

Grand, de forte carrure, la cinquantaine massive, Walter Skoll portait un complet trois-pièces et un pardessus anthracite. Ses Berluti, frottées de cire, luisaient sombrement sous la lumière des lampadaires.

Au dire de Tim, Skoll s'était présenté sur les minuits devant l'interphone de la grille surveillée par des caméras vidéo et, sans qu'il eût besoin de s'annoncer, le portillon s'était ouvert aussitôt avec un bruit métallique. Puis Walter Skoll avait franchi l'esplanade et s'était engouffré dans le hall à demi éclairé de la Fondation.

Sarah releva les yeux sur Forrest.

— Tu le connais ?

— Jamais vu, répondit-il. C'en est *un*, tu crois ?

Sa gorge était sèche.

— En tout cas, il n'est pas venu régler des questions d'art contemporain, fit remarquer Tim dans un bougonnement rauque.

Cinq minutes plus tard, leur apprit-il, un autre type était arrivé, puis un petit groupe de trois, suivi de peu d'un autre groupe de deux. Les photos montraient que tous étaient venus à pied à la Fondation, que tous étaient des hommes de forte carrure et vêtus de la même façon. Tim précisa qu'aucun d'eux n'avait eu besoin de décliner son identité à l'interphone.

— Il ne leur manque que le chapeau melon, murmura Forrest, les yeux sur les photos.

Il n'arrivait pas à se défaire de l'idée que ces types ressemblaient à Magritte peint par lui-même, avec quelque chose de plus dans leur maintien, quelque chose de menaçant. Ils respiraient la puissance et l'argent. Et le danger, aussi.

Sarah se mordilla la lèvre avant de demander à Tim :

— As-tu réussi à voir leur main droite ?

— Non, ils avaient tous les pognes fourrées dans leur pardessus. Faut dire que ça caille.

— Tu crois que ce sont tous des... ? demanda Forrest.

Il ne crut pas utile de terminer sa question ; ni Sarah ni Tim ne se donnèrent non plus la peine de lui répondre.

Vingt minutes s'écoulèrent, durant lesquelles il n'y eut plus aucun mouvement devant la Fondation. Sarah était sur le point de croire que l'assemblée était au complet lorsque le grand portail automatique s'ouvrit, juste avant qu'une limousine Lincoln noire à six portes n'arrivât. La voiture ralentit à peine en traversant l'esplanade bordée de topiaires et s'engouffra dans le parking souterrain à l'usage exclusif de la Fondation.

— Qui ça peut être ? interrogea Sarah. Leur chef ?

Le portail se refermait déjà. Le calme se rétablit devant le bâtiment.

Sarah nota l'heure à sa montre, se disant qu'ils tenaient quelque chose d'important.

Une heure et quart plus tard, Walter Skoll ressortit seul de la Fondation. Tim le mitrailla de nouveau avec son Nikon tandis qu'il retraversait l'esplanade.

— Qu'est-ce qu'on fait ? demanda Forrest qui, à cette apparition, s'était redressé sur son siège.

Parvenu sur le trottoir, Skoll s'arrêta. Il ôta les mains de ses poches pour boutonner son pardessus et Forrest put apercevoir le gant de cuir sombre qu'il portait à la main droite. L'autre main était nue. C'en était un, bon sang !

— On le suit, décida Sarah comme électrisée.

— Et les autres ? demanda Forrest.

— Tim, tu restes ici pour les surveiller. Forrest et moi, on s'occupe de celui-là.

— J'aime quand tu prends les choses en main, baby, fit Tim en ouvrant la portière.

Il sortit et regagna sa Ford Taurus garée derrière.

À une cinquantaine de mètres devant eux, Skoll traversa pour obliquer à droite dans la 47e Rue en direction de l'ouest.

Sarah attendit qu'il eût disparu au coin de la rue avant de tourner la clé de contact. La voiture se glissa dans la circulation plutôt fluide à cette heure de la nuit et commença à descendre la Cinquième Avenue. Puis elle bifurqua à droite à son tour.

Dans la 47e Rue, Skoll marchait d'un pas décidé au milieu des bijouteries aux stores baissés. Arrivé au croisement avec la Sixième Avenue, il prit de nouveau à main droite et remonta l'artère direction Central Park.

Trois blocs plus loin, il s'arrêta un instant devant le Radio City Music Hall aux grandes enseignes lumineuses jaune et rouge. Puis il se remit en marche vers le nord.

— Prions pour qu'il n'entre pas dans le parc, ne put s'empêcher de dire Forrest.

Mais quelques pâtés de maisons plus haut, Walter Skoll pénétrait dans Central Park.

— Merde. Qu'est-ce qu'on fait ? demanda Forrest.

Pour Sarah, la question était plutôt : que ferait Tim s'il était à leur place ? Sensément ils ne pouvaient continuer de le filer en voiture à l'intérieur du parc à moins de courir le risque d'être repérés.

— Je vais le suivre à pied, dit-elle, la main sur la poignée de la porte.

Forrest s'étrangla.

— Tu vas quoi ?

— Fais le tour avec la voiture et attends-moi vers la Taverne.

Il n'eut pas le temps de discuter. Sarah était déjà partie. On klaxonna derrière et, jurant, il dut se mettre au volant. Puis, roulant vers Columbus Circle, il jeta un coup d'œil dans son rétroviseur et vit Sarah disparaître dans le parc. Il pria pour la retrouver saine et sauve sur la route transversale qui raccordait les parties est et ouest de la 65e Rue.

*

Où Sarah se retrouve dans Central Park

Elle entra par la Porte dite de l'Artiste et passa devant les trois statues équestres coulées dans le bronze. Sarah crut tout d'abord avoir perdu leur homme.

Un vent glacial, qui avait fraîchi dans la soirée, soufflait par rafales de l'East River. Regrettant la chaleur douillette de son lit, la jeune femme se maudissait d'être partie sans ses gants. Mais comment aurait-elle pu imaginer qu'elle quitterait l'affût de sa voiture pour partir randonner de nuit dans Central Park ? Par chance, la veste en laine qu'elle portait était de couleur foncée, idéale pour une filature, et présentait l'avantage d'être munie d'une capuche. Sarah s'en couvrit la tête tout en continuant de fouiller des yeux les alentours. Avec ses grands arbres dégarnis de toutes leurs feuilles, le parc offrait un spectacle lugubre et malgré l'éclairage axial et huit années de Giuliani à la mairie, il demeurait peu recommandé de s'aventurer dans ses allées la nuit tombée.

Sarah souffla dans ses doigts engourdis, et remarqua le mouvement d'une silhouette à quelque cent mètres devant elle. C'était Skoll. Comme tout à l'heure, il marchait sans se presser et ne jetait autour de lui aucun regard. Rien dans son comportement ne manifestait la moindre inquiétude quant aux lieux solitaires qu'il traversait. Assuré de sa force, il ne paraissait concentré que sur ses pensées.

Fourrant les mains dans sa veste, Sarah le reprit en chasse.

À bonne distance l'un de l'autre, ils contournèrent l'Étang puis, parallèlement à Central Drive, remontèrent vers la patinoire Wollman qu'ils surplombèrent bientôt par son côté nord. Il n'y avait pas un chat ni sur la glace ni autour.

Ils marchaient contre le vent. Le froid mordait les joues de Sarah et lui picotait les yeux. Des rafales plaquaient le col de son manteau contre son visage puis le rabattaient aussitôt. La tête rentrée dans les épaules, elle continua d'avancer.

Skoll semblait se diriger vers le Zoo quand, soudain, il quitta le chemin et, coupant par la pelouse, prit la direction des rochers qui affleuraient au sommet de la butte surplombant la patinoire. Sarah attendit qu'il eût disparu de l'autre côté, puis monta à son tour. Elle se mit à courir pour ne pas le perdre de vue trop longtemps. Le gazon, givré, craquait sous ses bottes en cuir.

Elle arriva essoufflée parmi les rochers et aperçut Skoll qui filait à présent vers le nord. Elle se retourna, indécise.

En contrebas du monticule, la patinoire déserte luisait sous les lampadaires. Derrière le parc se dressaient l'Essex House, identifiable à son enseigne placée tout en haut du gratte-ciel et, plus à l'est, la façade de l'ancien hôtel Plaza.

La prudence la plus élémentaire voulait qu'elle rebrousse chemin sans plus attendre, son cortex le lui répétait en tout cas, à grands coups d'influx nerveux.

— On ne s'enfonce pas de nuit dans Central Park, murmura-t-elle comme pour mieux s'en convaincre. Et à plus forte raison quand on est sur la piste d'un type du calibre de Walter Skoll !

Mais en elle la curiosité s'amalgamait avec la peur pour former un mélange qui ne laissait pas de prise aux calculs. La fuite comme l'action n'obéissaient qu'à son instinct de journaliste. Et cet instinct de journaliste l'incitait plutôt à poursuivre la filature.

Elle hésita encore quelques secondes, puis se remit à suivre Walter Skoll. Après avoir passé la 65e Rue transversale, il bifurqua sur la gauche, vers les collines boisées de la Prairie aux Moutons.

Sur le chemin, quelque chose bondit devant Sarah, la faisant sursauter. Ce n'étaient que des écureuils qui partirent se chamailler derrière un banc public.

Quelques minutes plus tard, marchant de nouveau plein nord, Skoll traversait l'immense surface gazonnée entourée d'arbres comme une clairière. Le vent mugissait dans les branches. Dans le ciel noir, des nuages gris filaient au-dessus de Manhattan.

Sarah se tapit derrière un arbre en bordure du gazon, et attendit de pouvoir traverser l'espace à son tour. Elle se retourna pour scruter ses arrières. Ne vit personne.

Quand son regard revint sur la pelouse, Walter Skoll avait disparu une nouvelle fois. C'était impossible. Elle ne l'avait quitté des yeux qu'une poignée de secondes.

Avait-il soudain accéléré le pas pour gagner les arbres aussi vite ? Ou s'était-il tout simplement volatilisé ?

Délaissant le couvert du sous-bois, elle avança sur les pas de Skoll avec le sentiment que c'était bien la dernière chose à faire. Tout en marchant, elle ne cessait de jeter des regards à la ronde. Les environs boisés regorgeaient de lourdes ténèbres, qui la menaçaient.

Bientôt elle fut au milieu de la Prairie. Par cette nuit venteuse, elle avait du mal à imaginer ce même espace sous un soleil d'été avec des hommes et des femmes allongés sur des serviettes de plage et des enfants courant çà et là. C'était comme un autre lieu, une autre terre.

Une question la titillait depuis que Skoll avait quitté les abords de la patinoire : pourquoi passait-il par là alors que son premier mouvement avait été de se diriger plutôt vers l'est ?

La réponse la frappa par son évidence : *Parce qu'il se sentait filé et qu'il voulait s'en assurer*.

Ce devait être chose faite maintenant qu'elle marchait à découvert.

Central Park était peut-être l'aire de chasse que Skoll et ses confrères s'étaient choisie. Et si c'était le cas, il l'avait conduite ici, à dessein, pour la tuer plus au calme, et elle avait foncé tête baissée dans le piège.

Les arbres alentour se mirent à gémir sous une puissante rafale. Sarah sentit le froid s'infiltrer à travers la gabardine de son jean et frissonna.

Derrière, une branche craqua. Elle sut que c'était de mauvais augure et fit volte-face.

Quatre hommes encagoulés avaient surgi des bois. Ils étaient armés de fusils-mitrailleurs et de lance-grenades M-79, et se tenaient à quelques mètres de Sarah. L'un d'eux, le chef de l'expédition selon toute apparence, lui dit :

— Doucement, Princesse ! Doucement ! Notre patron nous a chargés de prendre soin de vous. Skoll vous a repérée depuis un bon bout de temps et, si vous voulez mon avis, vaudrait mieux ne pas s'attarder ici plus longtemps.

— Où est-il passé ? demanda-t-elle avec une frustration évidente.

— Il nous observe, et je dis que nous devrions nous dépêcher de rebrousser chemin. Votre ami vous attend. Allez, venez !

Son ton ferme et calme dénotait un grand sang-froid, car malgré tout l'arsenal guerrier dont ils disposaient, ses hommes et lui se trouvaient par l'imprudence de Sarah dans une situation de catastrophe imminente.

— Mais qui êtes-vous, nom d'un chien ? demanda-t-elle laissant parler une dernière fois la journaliste en elle.

— Eh bien, Princesse, répondit l'homme, mettons que nous sommes les quatre roues de votre carrosse.

TROISIÈME JOURNÉE

Vendredi 12 décembre

*

Où Forrest prend une initiative

Le lendemain, Forrest appela Tim chez lui. Il était déjà à la Fondation et téléphonait avec son mobile. Il était plutôt tendu. Normal après la nuit qu'ils avaient passée.

— Ne compte pas sur moi, dit-il, pour laisser Sarah jouer les casse-cou une nouvelle fois à ta place. Elle a fait ça pour t'épater, tu le sais au moins ?

— Je me demande qui lui a envoyé ses anges gardiens dans le parc.

— Tu appelles ça des anges ? Des types armés de lance-grenades en plein New York ! s'exclama Forrest tout en prenant soin de ne pas trop élever la voix. Dans la petite salle où il s'était mis à l'écart, un électricien juché sur un escabeau finissait de régler les rampes de spots éclairant les œuvres.

— Ils lui ont sans doute sauvé la vie, fit remarquer Tim, imperturbable.

— Merci de t'en rendre compte. Je vais leur faire livrer du champagne pour les remercier. Dommage qu'ils ne nous aient pas laissé leurs coordonnées !

Après cette mésaventure, ils avaient décidé de lever la planque. Il était évident que leur stratégie présentait plus de risques que d'avantages. De plus, il fallait croire qu'ils n'étaient pas les seuls à surveiller la Fondation.

— Ce qu'il faut, dit Tim, c'est que tu nous trouves un moyen pour monter à l'étage interdit.

Forrest se retourna pour s'appuyer du dos au mur et fixa son attention sur Jodie Stevenson qui venait d'entrer dans la salle, sans doute à sa recherche.

— J'y ai pensé, figure-toi, et je crois avoir trouvé la solution. Je vais même l'inviter à dîner chez nous.

— Tu vas quoi ? aboya Tim avant que Forrest ne mît fin à la communication.

*

Où tout ce petit monde se rencontre

Tim avait poussé de grands cris en apprenant que Forrest avait invité Jodie Stevenson à rejoindre leur croisade. Il connaissait trop le danger que constituaient Skoll et ses acolytes pour que son idolâtrie du secret relevât seulement d'un délire paranoïaque de persécution. Face à de pareils adversaires, la paranoïa était autorisée, voire recommandée.

Avec son sens bien connu de la mesure, Tim avait proposé aussitôt à Forrest de lancer une grande campagne de recrutement à travers tout le pays, hospices compris. La chance aidant, ils pourraient ainsi obtenir le soutien de quelques jardiniers et secrétaires de direction à la retraite. Comment diable n'y avait-il pas pensé avant ?

Sarah l'avait laissé s'emporter, sachant que sur la forme il avait toutefois raison. Forrest aurait dû leur en parler avant de prendre pareille initiative. Quant au fond de l'affaire, il fallait se montrer plus nuancé et reconsidérer certains points de la doctrine Tim Modin, doctrine plus à cheval sur le secret que le Vatican lui-même. Car un problème se posait à eux avec l'insistance d'une migraine carabinée : comment accéder à ce fameux sixième étage réservé à la véritable direction de la Fondation sans éveiller les soupçons ? La réponse sautait aux yeux et c'était peut-être justement son évidence qui agaçait au dernier point l'intraitable Tim Modin.

Lorsque vers dix-huit heures, il fit son apparition chez Forrest, celui-ci sut se montrer conciliant. Si Jodie ne plaisait pas à Tim, alors elle n'entrerait pas dans leur confrérie. On en resterait là, voilà tout. En guise d'accord, Sarah se contenta de hausser les épaules. Elle ne donnait pas cher de la pauvre secrétaire. Tim allait se montrer odieux, et si elle restait avec eux jusqu'au plat principal – un délicieux risotto au *monterey jack* et aux petits pois –, ce serait déjà un vrai miracle digne d'être signalé à la commission du Saint-Siège à Rome.

Jodie Stevenson, la victime toute désignée de Tim Modin, arriva la dernière à l'appartement du 176, Perry Street. Elle n'était pas en retard ; c'était Tim qui était arrivé en avance. Il s'était installé dans le canapé et pendant que Sarah et Forrest finissaient de dresser la table, il n'avait pas desserré les dents. Dans le rôle du père ronchon, il était parfait.

Sarah constata avec anxiété que Jodie était aussi petite et menue qu'elle. Sarah surcompensait ces données physiques par son caractère et son courage, mais il n'en était peut-être pas ainsi de la pauvre Jodie. Aussi lui serra-t-elle la main, en la plaignant à part elle.

Forrest essaya de mettre à l'aise leur invitée en allant la présenter à l'ogre au bandeau de pirate qui était affalé dans le canapé. L'ogre ne daigna pas se lever, lui tendit une main sans chaleur et maugréa un salut inamical. Jodie en fut très impressionnée.

Sarah sortit sa botte secrète.

— On a oublié le vin, Tim. Alors si tu as soif, tu ferais bien d'aller chercher une bouteille à l'épicerie du coin.

— Parce que, en plus, vous n'avez rien à boire ! fit Tim au comble du mécontentement.

Forrest leva des yeux interrogateurs vers Sarah. Trois bouteilles de vin attendaient dans la cuisine qu'une main experte vînt les déboucher. Sarah lui intima le secret d'un froncement de sourcils. Elle voulait éloigner

Tim de sa proie quelques minutes, histoire de ne pas la faire fuir avant le hors-d'œuvre.

Tim, ronchonnant, se leva du canapé. Il alla prendre son manteau et son écharpe de laine. De son seul œil valide, il fixait leur invitée avec une attention frôlant la déclaration de guerre.

— Laissez. Je vais y aller, dit Jodie Stevenson. Je suis confuse. Je n'ai rien apporté.

Oh non, se dit Sarah qui voyait déjà la catastrophe arriver. La pauvre fille flanquée d'un Tim Modin remonté.

— Je vous avais dit de venir sans rien, lui rappela Forrest avec son charmant sourire de casque bleu.

— S'il vous plaît. J'y tiens vraiment.

— Eh bien, on va y aller ensemble, Dolly et moi, déclara Tim en finissant d'enfiler son manteau sans la quitter des yeux.

Sarah le foudroya du regard. Elle savait qu'il avait fait exprès de se tromper de prénom. Tim avait une mémoire excellente. La fausse méprise faisait partie de ses techniques d'humiliation préférées. Sarah lui en voulut de se montrer si cruel.

Quand ils furent seuls dans le hall, Jodie demanda de sa petite voix polie :

— On prend l'ascenseur ?

Il ne lui répondit pas et, se plantant devant la cage, pressa le bouton d'appel.

Derrière lui, Jodie s'occupa comme elle put en boutonnant son cardigan. Cinq boutons, seulement. Elle aurait aimé qu'il y en eût des centaines de milliers. Car après le cinquième, que ferait-elle de ses pauvres mains ?

L'ascenseur monta à vide. Ils y prirent place.

Dans la rue, il fit comme si elle n'existait pas. Il ne la regarda pas une seule fois ; pas une seule fois, il ne lui adressa la parole. Il marchait vite. Jodie était presque obligée de courir à côté de lui. Les gens sur le trottoir s'écartaient pour laisser passer ce colosse au bandeau de pirate. Dans son sillage, Jodie se sentait aussi ballottée qu'une boule de flipper, et elle se demandait pourquoi cet homme et le monde en général se montraient si hostiles envers elle.

À l'épicerie, il entra le premier et ne lui tint pas la porte. En connaisseur des lieux, il se faufila entre les rayons jusqu'aux vins. Sans même s'enquérir de ce qu'elle aimerait boire, il choisit une bouteille de chardonnay sec, plutôt un bon choix pour le risotto qu'avaient préparé Sarah et Forrest. Puis il se rendit à la caisse.

Il la laissa payer, évidemment.

Dehors, il reprit son grand pas de forban. Jodie essaya de ne pas le perdre, mais il la distançait.

Elle se faisait l'effet d'être sa pauvre mère, malade, déambulant, perdue, dans un labyrinthe sans pitié ni sens. À l'angle de Perry et de Hudson Street, elle s'arrêta. Elle était épuisée, transie de froid. La peur la tenaillait, la peur de lâcher pied, de tout laisser tomber faute de pouvoir faire face aux problèmes de sa mère, à ses collègues de travail, à cet homme qui venait de la laisser loin derrière lui. *Ne pleure pas*, se dit-elle.

Un gros type la heurta et ne trouva rien de mieux comme excuse que de la traiter de salope.

Elle se rencogna contre une porte. Des larmes scintillaient au bord de ses yeux. Ses lèvres frémirent.

Ne pleure pas. Surtout ne pleure pas.

Elle sentit une main se poser sur son épaule et, levant les yeux, vit dans la vitrine le reflet de Tim.

— Je suis désolé, dit-il. Je ne suis qu'un sale con.

Et un sourire se peignit sur ce visage rayé d'un bandeau noir.

*

Où tout ce petit monde dîne enfin ensemble

Sarah s'apprêtait à passer un savon à Tim s'il avait terrorisé Jodie Stevenson. Quelle fut sa surprise en ouvrant la porte de les découvrir sur le palier, riant à gorge déployée, bras dessus bras dessous.

Le repas fut des plus animés.

Forrest et Sarah n'avaient jamais vu Tim d'aussi bonne humeur. C'était un autre homme, un homme qui appréciait leur risotto au *monterey jack* et aux petits pois, et qui servait le vin à tout le monde, et qui parlait ! Sur quel bouton de cette mécanique Jodie Stevenson avait-elle appuyé pour obtenir ce résultat ? Sarah l'ignorait.

Après le dessert, une renversante tarte aux amandes achetée chez un pâtissier de Greenwich Village, elle interrogea des yeux Tim quant à la suite qu'ils entendaient donner à la soirée.

— Jodie est quelqu'un en qui nous pouvons placer notre confiance, déclara-t-il à voix haute.

Il était bien conscient aussi qu'ils avaient besoin d'elle pour percer les mystères de la Fondation Walter Skoll. *Si tu ne peux rester aux abords d'un lieu, eh bien ! pénètre à l'intérieur*. C'était ce que son frère Kevin lui répétait toujours. Aussi était-il décidé à regarder ce qui se passait dans la boîte noire.

— Merci, dit Jodie, baissant les yeux sur ses mains.

— Ne me remercie pas. Ce que nous allons te révéler n'a rien de très agréable.

Et comme la jeune femme pâlissait un peu, il ajouta :

— Rassure-toi, nous ne sommes pas des terroristes. Non, c'est de tes patrons que nous voulons te parler.

Jodie jeta un coup d'œil circonspect vers Forrest. Après tout, ils travaillaient ensemble. Il lui retourna son regard et dit :

— Il faut vraiment que tu saches qui se cache derrière la Fondation.

— As-tu entendu parler du général Fenryder ? demanda Sarah sans grand espoir d'obtenir une réponse positive de sa part.

— C'était un général confédéré si je me souviens bien, commença Jodie en souriant à Sarah. Le « neuvième général du Sud », comme ses soldats l'appelaient. Un homme courageux jusqu'au fanatisme. Il est mort, je crois, dans la toute dernière bataille de la guerre de Sécession alors qu'il amenait en renfort ce qui restait de son régiment aux troupes de Kirby Smith dans les environs de Shreveport en Louisiane. C'était le 26 mai 1865. Il est tombé dans une embuscade et beaucoup de ses hommes ont péri avec lui ce jour-là.

Tim et Forrest émirent ensemble un sifflement admiratif.

— Comment sais-tu tout cela ? demanda Sarah en haussant les sourcils.

— Ma mère est une spécialiste de cette période. Enfin elle *l'était*, avant qu'elle ne tombe malade. Elle a écrit plusieurs livres et des centaines d'articles là-dessus. C'est elle qui m'a transmis le virus.

— Eh bien, à nous de te sidérer, lança Tim. Le général Fenryder est toujours vivant.

Le sourire de Jodie s'élargit.

— Vous me faites marcher, c'est ça ?

Sarah soutint son regard, l'air le plus sérieux du monde.

— Que sais-tu d'autre sur Fenryder ? demanda-t-elle. Je veux dire, avant qu'il soit tenu pour mort dans les livres d'histoire.

— Ma mère m'a appris qu'il était un riche planteur de Caroline du Sud et que...

Et Jodie rappela quelques-uns des faits saillants de la biographie du général.

Le 6 novembre 1860, Lucius Ewel Fenryder avait bien fait partie des « Mangeurs de Feu » de Charleston, ces activistes qui, un drapeau au palmier à la main, s'étaient bruyamment réjouis de l'élection du républicain antiesclavagiste Abraham Lincoln à la Maison-Blanche car ils y voyaient la confirmation éclatante de leurs vues jusqu'au-boutistes, à savoir l'impossibilité, pour leur État, de rester plus longtemps dans l'Union. Fenryder fut ainsi de ceux qui placèrent la Caroline du Sud à la pointe du mouvement sécessionniste et qui poussèrent le gouverneur Pickens à faire tonner le premier canon de la guerre. Premier à combattre, Fenryder devait être aussi le dernier à déposer les armes, qu'il rendit avec son âme.

Ce fut dès la fin de cette funeste année 1860 que la réputation d'intransigeance de Fenryder parvint jusqu'aux oreilles de la Maison-Blanche où les radicaux en firent alors la cible de leurs pamphlets, déversant sur lui de repoussantes vérités et de non moins repoussants mensonges. De ce côté de la ligne Mason-Dixon, on refusa toujours de reconnaître que Fenryder, à l'égard de ses Noirs, s'était montré jusque-là un maître éclairé. Mais ses anciens esclaves, eux, devaient plus tard s'en souvenir en combattant à ses côtés jusqu'à la mort.

Du reste, Fenryder était le genre d'homme qu'un politicien, même en y mettant la meilleure volonté du monde, ne pouvait comprendre. Instruit et cultivé, refusant de nourrir des préjugés contre ce qu'il n'avait pas connu d'expérience, il avait tenu dans les années 1850 à visiter son pays d'une côte à l'autre, mais ce qu'il avait vu à New York comme à San Francisco l'avait horrifié. Cupidité et sauvagerie, selon lui, y régnaient en maîtres absolus. Il avait vu la violence des gangs, il avait vu la fièvre de l'or, il avait vu l'horreur des usines. Et maintenant il savait.

Il savait que Dieu avait déserté cet enfer primitif comme pour mieux faire fleurir ce nouvel Éden qu'était, à ses yeux, sa Caroline du Sud.

Il revint donc chez lui, heureux mais aussi inquiet, car il savait que le temps tournerait bientôt à l'orage.

La guerre déclarée, il servit son camp comme général, d'abord sous les ordres de Beauregard.

Les premiers temps, les troupes fédérales essuyèrent de durs et humiliants revers, malgré leur écrasante supériorité numérique. Fenryder ne se sentait plus de joie. Il estimait que les jours de Lincoln étaient comptés à la Maison-Blanche.

Mais à Gettysburg, le vent de l'Histoire finit par tourner. Et les deux dernières années du conflit virent les armées des États rebelles être défaites les unes après les autres, tandis que les populations civiles, épuisées par les rigueurs de la guerre, accueillaient les nouveaux maîtres sans plus de résistance. Le Vieux Sud semblait de toute évidence une cause perdue autant qu'un souvenir défunt. Pourtant le général Fenryder, que l'on surnommait le « général Enfer », continua de déployer jusqu'au bout des trésors de fanatisme.

Ainsi, lorsqu'il commença à manquer de soldats, il leva une armée parmi ses propres esclaves. Des Noirs fanatisés par leur maître, et qui formèrent le sinistre « bataillon à tête de mort ». Afin de marquer les esprits à Washington mais aussi ceux qui à Richmond faiblissaient, ses troupes torturaient à mort des soldats ennemis, souvent des jeunes recrues imberbes au regard implorant, décapitant ensuite leurs cadavres pour ficher leurs têtes sur des pieux à la lisière des forêts de Louisiane où Fenryder s'était replié.

Le professeur Margaret Stevenson avait dit un jour à sa fille que cela ressemblait à de gigantesques messes noires pratiquées dans le but de conjurer l'imminence de la défaite, et que ces choses inhumaines se savaient à Washington. À preuve, elle avait montré à Jodie une caricature de l'époque dépeignant un Fenryder aux pieds fourchus, hissé sur des cadavres d'enfants et de femmes, avec pour légende cette phrase sarcastique : « Le dernier rempart de la civilisation ! » Jodie avait dix-sept ans lorsque sa mère lui avait montré ce dessin, et elle avait frissonné comme elle frissonnait encore en parlant à Tim, Sarah et Forrest ce soir-là.

Vers la fin de la guerre, tandis que ses derniers hommes entonnaient le *Bonnie Blue Flag*, l'un des hymnes de la Confédération, Fenryder fit brûler en effigie cette « fripouille de Lee » dès qu'il eut vent de sa « trahison » à Appomattox. Le non moins héroïque général Johnston connut bientôt les mêmes « égards ».

Dieu lui était témoin, répéta pour l'occasion Fenryder avec une mauvaise foi évidente, qu'il n'avait pas voulu cette guerre que Lincoln et ses « charognards » lui avaient imposée, mais Dieu lui était témoin aussi qu'il refuserait jusqu'à son dernier souffle cette capitulation qui serait l'humiliation du Sud, sa mise en coupe réglée par ceux qu'il appelait les « nouveaux barbares ». Mieux valait donc tout détruire, tout massacrer puis mourir soi-même dans un ultime bain de sang plutôt qu'accepter les bras croisés cette catastrophe aussi funeste que la chute d'Adam. « Si le Paradis ne peut être sauvé, disait-il dans l'une de ses toutes dernières lettres, alors que le pire des enfers soit instauré à sa place ! Alléluia. »

Et celui qu'on nommait le général Enfer avec un mélange de fascination et d'épouvante sema jusqu'au bout, comme il l'avait promis, la mort et la désolation sur son passage, empalant tout prisonnier portant l'uniforme de l'Union, mais aussi éventrant femmes et enfants sudistes sous prétexte d'intelligence avec l'ennemi. Ces crimes sans nom expliquaient pourquoi, quand il fut enfin abattu, le soulagement ne toucha pas seulement les mères de famille du Nord et pourquoi l'on racontait que la guerre l'avait détruit bien avant de le tuer...

Tim interrompit Jodie pour lui demander :

— As-tu entendu ta mère parler de certaines expériences que le Général aurait faites avant la guerre ?

— Avant la guerre ? répéta la jeune femme en se concentrant. Ah ! oui, je vois. Quelques-uns de ses amis ont raconté qu'il s'intéressait aux sciences occultes et aux rites magiques. On a dit que si Fenryder avait couru le pays dans les années 1850, c'est qu'il était à la recherche d'un savoir autre. LE savoir. Le savoir suprême. Il aurait même visité les sœurs Fox à Hydesville !

— En effet, dit Sarah, dans une de ses lettres, il les qualifie de « petites greluches mythomanes ».

— Est-ce que le mot *tarhq-sagogh* te dit quelque chose ? interrogea Tim.

— Non, fit Jodie, réfléchissant de nouveau. Qu'est-ce qu'il signifie ?

— Ça, nous aimerions bien le savoir. Sarah et moi avons fait quelques recherches dans les archives de la bibliothèque publique de New York et nous avons mis la main sur une lettre datée du 10 juin 1865, soit quinze jours après la mort de Fenryder et de ses hommes près de Shreveport. Elle a été écrite par Horace Lebayou, l'ancien contremaître noir de la plantation du Général, qui était devenu pendant la guerre son aide de camp. Forrest, tu en as un exemplaire ici, n'est-ce pas ?

Forrest se leva, sortit une feuille d'un tiroir, puis se réinstalla à table en faisant glisser le papier jusqu'à Tim.

— Nous en avons fait des copies, reprit Tim. Hélas ! le début de la lettre manque et certains passages sont illisibles. Et puis il y a ce foutu mot de *tarhq-sagogh* à la fin, qui nous demeure incompréhensible.

Il se mit à lire la lettre :

« *Je l'ai conduit en lieu sûr. Tout son visage était couvert de sang séché. Les salopards de Yankees ont vidé leurs armes à même son front. Ils ne lui ont laissé aucune chance...*

« *... Vers deux heures du matin, il a commencé à revenir. Je l'ai vu toute de suite à ses mains. Elles se sont mises à trembler. Au début c'était pas bien visible mais les minutes passant, il n'y avait plus aucun doute à avoir. J'ai dit : « Ça y est ! Nom de nom, ça y est ! » J'ai lavé son visage et j'ai retiré son uniforme tout souillé. J'ai remercié le Ciel même en sachant que c'était pas lui le responsable de ce miracle.*

« *Ils l'ont pas tué et, crois-moi, ils l'auront jamais, notre Général. Ils peuvent pas le tuer, comprends-tu donc. Avec lui, nous l'aurons, notre revanche.*

« *Je t'embrasse. Je suis un tarhq-sagogh maintenant.* »

— Voilà. Ça finit ainsi.

Tim reposa le papier sur la table.

— Que cette lettre existe n'implique pas que ce qu'elle raconte soit vrai, fit remarquer Jodie.

Mais elle se sentait plutôt mal à l'aise. Sarah, les coudes sur la table et les mains croisées sous son menton, lui donna le coup de grâce :

— J'aimerais te dire que tu as raison, que cette lettre est l'œuvre d'un dément. Mais il se trouve que Tim et moi avons d'autres preuves, disons, visuelles, celles-là, et très récentes. Avant tout, il faut que tu saches que Fenryder n'est pas revenu d'entre les morts en abandonnant sa volonté de revanche sur les États-Unis. Il a créé une société secrète, les Loups de Fenryder, qu'il dirige toujours.

— Une société secrète ? répéta Jodie en déglutissant avec peine.

— La confrérie du général Fenryder, expliqua Tim, est l'une des sociétés secrètes les plus fermées et, sans conteste, la plus redoutable de toutes. La police ne sait rien de sa hiérarchie ni de ses chefs, rien de ses rites ni de ses objectifs, tout simplement parce qu'elle ignore jusqu'à son existence. C'est au point, d'ailleurs, qu'on pourrait se demander si les Loups ne relèvent pas de résidus mythologiques liés au traumatisme de la guerre de Sécession. Une sorte de demi-légende pour effrayer les Noirs, un peu comme le Ku Klux Klan.

— Mais ce n'est pas un fantasme d'illuminés, crois-nous, dit Sarah. Les Loups sont bien plus dangereux que les plus givrés de tous les klanistes.

Tim poursuivit ses explications.

Comme dans toute société secrète, il y avait un rite d'entrée. Celui des Loups consistait en un carnage où le nouveau venu sacrifiait tous ses proches, et Tim cita le cas de Charlie McNeice qui, en 1933, lors du bal donné pour ses vingt ans, avait fait périr ses parents dans un monstrueux incendie. Les Loups se reconnaissaient enfin à un gant de cuir noir qu'ils portaient à la main droite, et qui leur conférait force et pouvoir.

— Quel pouvoir ? demanda Jodie sur un ton presque craintif.

— Celui de rendre réelles les peurs les plus intimes de leurs victimes, répondit Tim. Je sais, ça semble incroyable mais Sarah a vu à Tusitala ce que l'un d'eux était capable de faire et j'ai moi-même été témoin de leurs exactions à Chicago.

Il y eut un moment de silence pendant lequel Jodie, incertaine, regarda à tour de rôle ses trois amis qui la considéraient calmement.

Elle décida d'attaquer par un autre angle :

— Quand bien même toute cette histoire serait vraie, en quoi cela me regarde, Tim ?

— Eh bien, soupira Tim en se redressant sur son siège, figure-toi que Fenryder est ton patron.

— Mais… essaya-t-elle de protester.

— Oui, je sais. Tu vas me dire que Walter Skoll est le patron de la Fondation qui porte son nom. Mais cela revient au même car Walter Skoll est un des Loups de Fenryder.

Là-dessus, Sarah récapitula plusieurs mois de patientes investigations.

Le Texan Walter Skoll avait fait fortune dans le pétrole à la tête de la Flow Corporation, une multinationale dont le siège se trouvait à Houston. Cette compagnie avait des succursales en Europe, notamment en Norvège où elle contrôlait Managarm, une entreprise spécialisée dans le fret maritime.

Depuis sa création en 1867, la Flow Corporation avait bénéficié de très heureux « concours de circonstances » comme la disparition soudaine, dans les années trente, de la McNeice Oil Compagny, sa concurrente la plus sérieuse basée dans le nord de la Louisiane.

Son P-DG, Walter Skoll, était l'un des hommes les plus riches et les plus secrets des États-Unis. Aucune photo du personnage ne circulait dans la presse. C'était, à n'en pas douter, l'antithèse de Donald Trump. Il dirigeait ses affaires depuis son ranch texan, une forteresse impénétrable qu'il ne quittait presque jamais. On savait seulement que sur ses fonds propres, il avait décidé un jour de 1970 de faire bâtir en plein Manhattan la Fondation d'art qui portait son nom et où Jodie venait d'être embauchée comme secrétaire.

Et que depuis quelques semaines, il avait quitté son ranch texan pour habiter l'annexe de la Fondation, sur les hauteurs de Harlem.

— Nous avons de bonnes raisons de croire, conclut Tim, que le sixième étage de sa Fondation sert de lieu de réunion aux Loups de Fenryder. Nous avons surpris une de leurs assemblées pas plus tard que la nuit dernière.

À ces mots, Jodie se souvint de ce que lui avait dit Allison, l'assistante de Neil Garson : *Tu peux monter et descendre où ça te chante, ma belle. Mais le sixième étage est interdit, compris ? Tu n'as rien à y faire. D'ailleurs personne ne doit y monter sous peine d'être lourdé dans la demi-heure.* Oh, Seigneur ! pensa la jeune femme, cette mise en garde ne donnait-elle pas quelque crédit aux affirmations de ses nouveaux amis ?

— Tiens, dit Tim, qui s'était levé pour sortir une pochette de son manteau. Voici les photos que j'ai prises cette nuit et qui montrent Skoll ressortant de la Fondation. Regarde un peu sa main droite.

Jodie constata qu'elle était en effet gantée, contrairement à l'autre.

Tim enfonça le clou.

— Libre à toi de ne pas croire à l'existence des Loups de Fenryder, il n'empêche que tu ne peux nier que Walter Skoll et son sixième étage font plutôt bizarres dans le tableau.

C'était on ne peut plus juste. Outre ce sixième étage si mystérieux, il y avait ces hommes qui se réunissaient la nuit à la Fondation, et ce gant de cuir noir qu'ils portaient à leur main droite. Oui, tout cela était pour le moins troublant. Gagnée par le doute, Jodie se passa la langue sur les lèvres. Elle songea : *Se peut-il que Fenryder ait par sorcellerie réussi à braver les lois du temps après avoir bafoué celles de l'humanité ?*

Tim et ses amis semblaient le croire. Et, ce qui était le plus flippant pour elle, c'était que son cortex n'opposait plus de veto à cette hypothèse.

— Admettons que tout cela soit possible, dit-elle, se tortillant sur sa chaise. Qu'attendez-vous de moi ?

— Que tu nous aides à découvrir ce qu'il y a là-haut, dans ce sixième étage, répondit Forrest.

— Je... Je ne sais pas si je pourrais. Et quand bien même je le pourrais, je ne pense pas vouloir courir ce risque. On m'a défendu d'y monter, vous savez, et on m'a bien fait entendre que je serais remerciée sur-le-champ si jamais je... Il faut que vous compreniez que j'ai vraiment besoin de ce travail.

— Ce n'est pas grave, fit Sarah avec un demi-sourire.

Jodie sentait cependant que Sarah était embêtée, sinon déçue, par son refus.

Nerveuse, elle consulta sa montre.

— Je suis désolée. Je dois filer. Le dernier train pour Stamford part dans une demi-heure. Je ne peux le manquer. (Puis, elle ajouta après un instant :) J'espère que vous ne m'en voulez pas.

— Allons donc ! dit Tim. Je vais te raccompagner chez toi.

Et il se leva, suivi de Forrest disant :

— Je peux payer un taxi à Jodie si ça t'ennuie de rouler jusqu'à Stamford.

Tim refusa l'offre tandis que Sarah lui décochait un sourire bourré d'ironie, dont il perça le sens.

— Sarah, tu regardes trop les séries télé, dit-il. Faut vieillir un peu. *Dawson*, c'est fini.

Sarah voulut répliquer mais s'en abstint. Au fond, elle était heureuse pour lui.

*

Où Tim raconte à Jodie ce qui s'est passé à Chicago

Ils sortirent de Brooklyn par l'autoroute 278. Tim possédait une Ford Taurus bleue, qu'il conduisait avec aisance.

De la neige fondue tombait du ciel noir. Le bruit régulier des essuie-glaces avait quelque chose de rassurant pour la jeune femme après ce que ses nouveaux amis lui avaient appris.

D'abord Jodie et Tim parlèrent de choses et d'autres, sans prêter attention à la radio qui annonçait une chute de température pour le lendemain.

Après avoir quitté la ville et comme il fallait s'y attendre, Jodie finit par ramener la conversation sur les Loups de Fenryder. Elle voulait connaître les raisons qui poussaient Tim et ses amis à se lancer dans cette dangereuse aventure.

— Tu sais ce que je crois ? fit-il en haussant les épaules, les deux mains sur le volant. Un homme se définit tout entier par ce qu'il veut expier. Une femme par ce qu'elle cherche à sauver. Homme et femme ne sont pas du même côté de la faute. La femme s'efforce de l'éviter, l'homme de la réparer. Ça revient à se demander ce que Sarah veut sauver. Le monde ? Non. Trop vaste et trop abstrait, même pour une ambitieuse comme Sarah. Alors quoi ? Peut-être elle-même.

L'idée le fit sourire.

— Ouais, peut-être elle-même.

— Et toi ? demanda Jodie. D'après ce que tu viens de dire et sachant que tu es un homme, tu dois avoir quelque faute à réparer.

Il lui jeta un rapide regard en coin.

— Mon frère Kevin, dit-il, fixant de nouveau la route.

— Tu as un frère ? Il vit à New York, lui aussi ?

— Non, répondit Tim dans un souffle. Il... Il est resté à Chicago. Tu sais quand tu m'es apparue pour la première fois tout à l'heure, j'ai cru voir Kevin... Tu as des taches de rousseur et deux fossettes exactement comme lui. C'est... c'est fou.

Il attendit un moment avant de continuer :

— Quand on était gosses à Chicago, Kevin et moi, on était inséparables. Il était mon aîné d'un an et demi seulement. On nous prenait pour des jumeaux. La seule chose qui nous séparait, c'était que j'avais le don de ressentir des choses rien que par mes mains.

— Quelles choses ?

— Des ondes, des vibrations. J'ai découvert mon pouvoir vers les treize ans, par hasard. Kevin et moi, on passait près d'un champ appartenant à un certain Straub. On a vu Straub qui arpentait son terrain avec son fils Jack à la recherche d'une source d'eau qu'ils savaient être quelque part sous leurs pieds. Ils avaient déjà creusé à différents endroits mais sans trouver une seule goutte. Straub n'arrêtait pas de jurer. Je ne sais pas ce qui m'a pris. J'ai quitté le chemin pour traverser le champ. C'était comme si j'étais attiré par la flotte. Je suis allé me mettre pile poil où je ressentais le plus de vibrations et j'ai crié aux Straub de venir creuser à cet endroit précis. Le père Straub m'a promis une récompense si je disais vrai et un coup de pied au cul si je me payais sa tête. J'étais tellement sûr de moi que je les ai aidés à creuser. On n'a pas eu à creuser longtemps car l'eau s'est bientôt mise à sourdre en abondance. Straub a été impressionné et m'a rétribué comme il me l'avait promis. Je crois que jamais Kevin n'a été plus fier de moi que ce jour-là.

Le visage éclairé par le tableau de bord, il eut un sourire mélancolique.

— J'ai commencé à gagner du fric comme ça. Je localisais des sources pour les voisins, je retrouvais des objets perdus. J'ai fini par en faire mon métier. Radiesthésiste. Un nom barbare pour une activité si naturelle. Kevin, lui, est entré dans la police. Sa façon à lui de localiser les sources, de remettre la main sur les objets perdus. Il s'est révélé excellent dans sa partie et est monté en grade assez vite. Il lui est arrivé souvent de faire appel à mes talents. Il ne s'agissait plus de trouver une étendue d'eau sous l'herbe d'un pré, mais des objets volés, des caches d'armes, parfois même des restes humains. J'étais heureux de travailler avec mon frère, même si mes heures n'étaient pas payées par la mairie et même si l'aide que j'apportais aux enquêtes devait rester officieuse. Ce n'était pas grave. Je n'avais besoin ni d'argent ni de publicité. J'avais ouvert une boutique spécialisée qui me rapportait un revenu confortable. Les amulettes et les horoscopes étaient très prisés par ma clientèle de yuppies et les livres sur la radiesthésie se vendaient bien, surtout sur la côte ouest. Mes recherches pour la police étaient donc désintéressées. Je ne les négligeais pas pour autant, et Kevin m'en savait gré, même s'il persistait à appeler ma boutique le grand bazar des charlatans.

» Tout allait bien pour nous alors, et tout est bien allé jusqu'au soir du mardi 8 novembre 1994. Après ç'a été...

Il voulut dire l'enfer mais c'était encore un euphémisme.

— Connais-tu un peu Chicago ? demanda-t-il dans la demi-obscurité de la voiture.

— Pas trop, répondit Jodie.

— Au nord de la ville, à cette époque, il y avait un terrain vague, entouré sur trois côtés par des bâtiments désaffectés ayant appartenu à l'armée de terre. C'était un lieu de rassemblement pour toute une faune, bigarrée et violente, de punks et de skinheads. Un indic avait appris à Kevin que l'endroit renfermait une cache d'armes. La police avait passé les lieux au peigne fin mais avait fait chou blanc. Kevin, lui, était sûr du tuyau autant que de son indic.

» Ce mardi 8 novembre, on devait aller dîner au restau pour fêter sa promotion. Kevin venait d'être nommé inspecteur au service antigang de la police de Chicago et nous étions fous de joie. Mais avant il a voulu qu'on fasse un petit tour là-bas. « Ça ne te prendra pas de temps », qu'il m'a promis. En fait, ça nous a pris nos deux vies. La nuit était déjà tombée depuis une bonne heure quand nous sommes arrivés sur place et…

*

Où Tim et Kevin s'aventurent
en terrain dangereux

Oui, la nuit était déjà tombée quand ils arrivèrent sur place, et Tim sortit son pendule pour le laisser osciller un moment au bout de ses doigts. La boule de laiton tournoyait faiblement, ce qui n'indiquait rien de spécial. En tout cas pas dans la rue où ils se tenaient, devant le haut grillage qui fermait le terrain de l'ancienne base militaire.

— RAS, dit-il en réponse au coup d'œil de Kevin.

— Bien, allons à l'intérieur.

Tim jeta un regard inquiet aux bâtiments dont la haute silhouette sombre se détachait sur un ciel d'un bleu profond.

— Kevin, on ferait peut-être mieux d'attendre qu'il fasse jour.

— T'inquiète, vieux frère. (Kevin brandit une torche électrique d'une main, puis tapota de l'autre son holster sous sa veste.) J'ai tout l'attirail qu'il faut.

Et il ouvrit la voie en se faufilant sous le grillage dont les allées et venues des marginaux avaient fini par relever des coins entiers.

Ils traversèrent le terrain vague baigné d'une lune gibbeuse et se trouvèrent bientôt dans l'ombre du bâtiment central. L'armée, avant de partir et en attendant la revente des lieux, avait barricadé les portes et les fenêtres avec des planches pour en interdire l'accès à d'éventuels squatters. Ces efforts avaient été dépensés en pure perte. Les quelques planches encore en place s'ornaient de phallus tagués ; les autres avaient servi de combustible aux feux de joie des camés et SDF du coin. Des bouteilles, des seringues et des préservatifs entouraient les trois ou quatre tas de cendre. Mais il n'y avait pas âme qui vive malgré la relative douceur de cette nuit-là.

Les deux frères avisèrent une ouverture dans la partie inférieure d'une porte et se coulèrent à l'intérieur. Kevin alluma sa Maglite.

C'était une immense salle de réfectoire où il faisait beaucoup plus froid que dehors. Les longues tables métalliques, qui autrefois avaient dû être soigneusement empilées deux par deux, étaient renversées et saccagées pour la plupart. Il y régnait une odeur de vieille urine et de moisi. Des tags jaillissaient sous le faisceau de la torche, dansant sur les murs comme une peau reptilienne suintante d'humidité.

Tim ressortit son pendule qui, cette fois, se mit à osciller d'avant en arrière.

— Il y a quelque chose par là, dit-il désignant l'une des portes tout au fond du réfectoire.

Ils traversèrent la longue salle, écrasant sous leurs semelles des gravats de plâtre, et derrière ils découvrirent le hall d'entrée. Le passage était plongé dans un demi-jour bleuté qui tombait d'une verrière, saccagée aux trois quarts, où s'encadrait la lune. Là aussi, sur les murs, des tags mêlés de sombres moisissures dessinaient de gigantesques écailles de serpent.

Selon le pendule, un puissant flux de vibrations émanait de la droite.

Tim passa en avant, fasciné par ce qu'il ressentait, et s'enfonça dans le hall.

Le pendule indiquait à une dizaine de mètres devant lui l'entrée d'un escalier qui devait mener au sous-sol et dont Tim ne voyait à la faveur de la lune que le petit palier en béton, le reste des marches se perdant dans d'épaisses ténèbres.

Tim s'en approcha, suivi de son frère.

Le mouvement giratoire du pendule gagna encore en puissance. Ce qui se trouvait sous leurs pieds avait plus de magnétisme que le Triangle des Bermudes.

— Qu'est-ce qui se passe, bon sang ? demanda Kevin à voix basse en soufflant des bouffées de vapeur blanche.

— Il y a quelque chose là-dessous, murmura Tim sans quitter des yeux son pendule. Quelque chose de pas clair.

La boule en laiton fendait l'air en sifflant, traçant des cercles toujours plus amples. La chaîne qui la retenait formait un angle de plus de 70° avec sa position verticale initiale.

Ils continuèrent d'avancer vers l'escalier.

Le mouvement du pendule s'accéléra encore. À présent, le pendule ressemblait à une fronde meurtrière, et Tim n'avait plus qu'une envie : le lâcher ; mais il craignait de blesser Kevin ou de se blesser lui-même. Il chercha donc à s'éloigner de l'escalier d'où montaient de si puissantes ondes, mais le pendule, comme devenu fou, continua de gagner en vitesse. Il se produisit l'impossible. La chaîne se rompit. Tim n'eut pas le temps de se garer. La boule transperça son œil gauche et fractura son arcade sourcilière ainsi que le haut du maxillaire supérieur.

Tim se plia en deux sous le coup de la douleur. Kevin, qui était resté près de la porte, se précipita à son secours.

— Tim ! Nom de Dieu, Tim !

L'œil était crevé et pissait l'hémoglobine surtout à cause de l'arcade sourcilière.

— Oh ! nom de Dieu ! ne put que répéter Kevin.

Une main sur son œil, Tim se dégagea de l'étreinte de son frère. Il avait l'impression d'avoir le crâne brisé en mille morceaux comme si on lui avait broyé avec un casse-noix, et il ressentait en lieu et place de son œil un foyer de brûlures atroces qui irradiaient dans toute sa tête. Par réaction, son autre œil se mit à ruisseler de larmes.

Kevin lui posa une main sur le dos.

— Faut se tirer d'ici.

— Non, marmonna Tim. Non, pas tout de suite. C'est toi qui as voulu venir, alors non, on ne se tire pas.

Il y avait de la colère dans sa voix.

— D'accord, j'ai eu tort, dit Kevin. Je suis désolé. Allez, viens, je te conduis à l'hosto.

Tim l'attrapa par la manche de sa veste.

— Je veux savoir ce qui m'a amoché. Je veux savoir ce qu'il y a là-dessous.

Kevin lança un regard vers la porte de la cave, puis ses yeux revenant sur Tim :

— D'accord, mais toi tu vas m'attendre dans la voiture et après on file à l'hosto.

C'étaient les derniers mots que les deux frères échangèrent, et Tim devait s'en vouloir de les avoir jamais prononcés.

Grimaçant de douleur et à demi courbé, il ressortit du réfectoire et retraversa le terrain vague tandis que Kevin, arme au poing, s'approchait du renfoncement gorgé de ténèbres pour inspecter les lieux.

*

Où Kevin descend aux enfers

Son cœur cognait comme un dément contre le capitonnage de sa poitrine.

Kevin, sans avoir le don de son frère, sentait bien par tous les pores de sa peau qu'il y avait danger.

Perplexe, il fit glisser le pinceau lumineux de sa Maglite le long des marches noyées dans les ténèbres.

Parce qu'il était payé par la mairie de Chicago pour fourrer son nez en ce genre d'endroit, il sut tenir tête à sa peur et commença à descendre, bras tendus devant lui, main gauche tenant la lampe torche et soutenant l'autre main refermée sur le.45.

S'il y avait une présence hostile en bas, elle devait être à présent informée de sa venue, et l'imagination de Kevin ne trouvait rien de mieux à faire que de lui montrer la scène d'un autre point de vue. Ainsi il voyait, comme s'il était tapi quelque part en bas, le faisceau d'une lampe torche s'aventurer dans l'obscurité en tressautant, et un type en jean et blouson descendre les marches prudemment, très prudemment, un gros calibre dans son autre main.

La lampe et le flingue étaient siens. Ce type, c'était lui. Kevin n'était pas très rassuré de le savoir dans cette situation.

Il essaya de freiner les débordements de son imagination pour se concentrer sur ce qu'il voyait vraiment, c'est-à-dire pas grand-chose : une volée de marches en béton se perdant dans le noir. Son cœur battait à grands coups dans sa poitrine. Inutile de le nier, c'était bien la frousse de sa vie. Il continua malgré tout à descendre, en flic consciencieux qu'il était, l'esprit comme mis en pilotage automatique. Il connaissait les procédures et, se les répétant, trouvait refuge en elles : ne tirer qu'en cas de légitime défense, maintenir la lampe torche sur les suspects afin non seulement de ne pas les perdre de vue mais de les empêcher de nuire en les aveuglant, leur lire leurs droits, etc.

La discipline, les règles appliquées. Les automatismes qui rassurent.

L'imagination de Kevin cessa de s'agiter.

Vers le milieu de l'escalier, la voûte céda la place au plafond du sous-sol et il put enfin balayer les alentours avec sa torche.

En face, il y avait une porte métallique à la peinture verte écaillée par la rouille, et sous cette porte un rai de lumière jaunâtre.

Déglutissant, Kevin quitta l'escalier sans faire de bruit, sa torche et son pistolet braqués sur le panneau métallique.

Quand il ne fut plus qu'à deux petits mètres, la lumière sous la porte s'éteignit.

L'avait-on entendu venir ? Et était-on en train de décamper par une autre porte ? Non, impossible. Du moins, il savait que sa dernière supposition était impossible. Il avait étudié les plans du bâtiment jusqu'à en connaître les moindres recoins. Cette pièce n'avait qu'une issue et cette issue se trouvait là sous ses yeux.

On l'avait entendu, oui, et on l'attendait.

On l'attendait dans le noir.

Kevin se passa la langue sur les lèvres, puis :

— Police ! hurla-t-il. Sortez de là, les mains en l'air !

Plus besoin d'y aller en douceur. Et crier ainsi donnait du cœur au ventre.

D'un coup de pied, il ouvrit la porte, qui alla battre contre un butoir en vibrant.

— Allez, sortez de là ! répéta-t-il sans obtenir plus de résultat que la première fois.

Après un moment d'hésitation, arme et torche braquées, il pénétra dans le noir et découvrit une immense réserve dont il ne restait que quelques rayonnages fixés aux murs.

Un homme intercepta soudain le faisceau de la Maglite.

Il se tenait au centre, debout, parfaitement immobile. Il regardait Kevin et bien que la lampe torche éclairât en plein son visage, il ne semblait pas en être aveuglé ni même gêné. Il ne ferma pas les yeux ni ne grimaça, pas plus qu'il ne fit le moindre geste. Non, il fixait Kevin. Ses yeux, d'un bleu d'acier, avaient autant de vie que ceux d'un requin.

— Hé ! vous, les mains en l'air ! cria l'inspecteur.

Mais l'homme ne bougeait pas et continuait de le regarder.

C'était un Blanc bien mis de sa personne, costume de bonne coupe et cravate à l'avenant, mâchoires carnassières, yeux bleus profondément enfoncés, la quarantaine, dans les un mètre quatre-vingts. Signes distinctifs : il portait un gant de cuir noir à la main droite et ses cheveux, plaqués en arrière, étaient peroxydés.

Pas vraiment le genre de gibier que la police de Chicago avait l'habitude de chasser dans les parages.

Kevin hésitait. Était-ce un yuppie venu ici se procurer de la came ? ou bien un promoteur immobilier alléché par le terrain à vendre ?

— Monsieur Modin, nous ne sommes pas armés, déclara l'homme aux cheveux jaunes avec une indéniable prestance.

Bordel ! Comment connaissait-il son nom ?

Kevin eut la désagréable impression que le type lisait dans son esprit.

— On se connaît ?

— Nous connaissons un peu tout le monde, monsieur Modin. (Puis, après un silence, il demanda :) Que venez-vous faire ici en dehors de vos heures de service ?

C'était finement joué de rappeler à l'inspecteur Modin cet important détail. S'il faisait usage de son arme, il aurait à en répondre devant une cour de justice avec un procureur dans le rôle de la vierge effarouchée.

— Ici c'est moi qui pose les questions, mec, répliqua le jeune inspecteur.

Ne jamais s'en laisser imposer, même quand on est pris en défaut : c'était la règle de base du flic en situation difficile, et Kevin la mit en application avec, toutefois, quelques sérieux doutes quant à ses résultats.

La suite devait confirmer le bien-fondé de ses craintes.

— Vous feriez mieux de déguerpir, monsieur Modin, dit l'inconnu sur un ton glacial.

Une sueur froide s'empara de Kevin. Avait-il bien entendu le type le menacer ? Bon sang ! Et le gars n'avait toujours pas les mains en l'air !

— Vous les levez, vos pattes ou merde ! aboya-t-il une nouvelle fois, de plus en plus nerveux.

Son cerveau l'alerta qu'il n'avait pas encore pris en compte une particularité linguistique dans les mots prononcés par l'homme qui se tenait devant lui. Celui-ci avait dit « nous » à plusieurs reprises. Était-ce un nous de majesté ou un vrai pluriel ?

Kevin fit pivoter rapidement son flingue et sa lampe pour vérifier les environs.

Il découvrit un autre homme, *nom d'un chien !* puis un troisième. Tous vêtus de la même façon chic, tous immobiles, le regard rivé sur lui et la main droite gantée de cuir noir.

Derrière eux apparut un quatrième individu, différent des autres en ce qu'il semblait plus « humain » et donc moins dangereux. Il portait des lunettes à monture dorée et serrait contre lui une mallette en écaille comme pour se protéger.

— Ne tirez pas ! Je suis avocat, lança-t-il dans un hoquet de frayeur quand ce fut son tour d'être éclairé.

S'il semblait terrorisé, ce n'était pas forcément à cause de Kevin.

Kevin releva un autre détail : il y avait juste sous le fermoir de la mallette une petite surface ronde et réfléchissante. Sans doute, l'objectif d'une caméra cachée. Il se promit de fouiller la mallette un peu plus tard.

— Vous, l'avocat, mettez-nous de la lumière !

Contrairement à ses compagnons, l'avocat obtempéra et alla presser l'interrupteur à côté de lui.

Avec la lumière revenue, Kevin se sentit à peine moins menacé que dans le noir.

Les trois autres n'avaient pas bougé d'un cil et le fixaient toujours avec un sang-froid terrifiant.

— Que faisons-nous de lui ? demanda celui de droite à l'homme aux cheveux jaunes coiffés en arrière, comme si Kevin était devenu transparent malgré son insigne de flic et son puissant.45.

— Amusons-nous un peu, répondit le type au regard bleu acier et aux cheveux couleur paille.

Et les trois individus marchèrent droit sur Kevin.

Ce que virent les yeux de ce dernier était, pour autant que son cerveau le lui certifiât, rigoureusement impossible, et pourtant ils le virent bel et bien.

Le regard des trois hommes s'était mis à briller d'un éclat rouge infernal, comme si leurs pupilles étaient devenues des creusets de fonte bouillante, et leur visage, *oh Seigneur !* s'altérait pour se métamorphoser en autre chose.

En quelque chose de radicalement inhumain et de sauvage.

Oubliant sur le coup qu'un procureur pourrait un jour lui en demander compte s'il se tirait de ce pétrin, Kevin vida son chargeur sur ses agresseurs. En proie à la terreur la plus folle, il se mit à hurler tandis que ses jambes l'entraînaient à toute vitesse vers l'escalier. Il grimpa les six premières marches avant d'être rattrapé. Il sentit une douleur atroce à son genou gauche et fut happé en arrière. À terre, alors que les trois *Choses* le ramenaient dans la pièce en le traînant comme un vulgaire sac de jute, il vit sa jambe gauche restée derrière lui au bas de l'escalier, perdue dans une mare de sang.

La porte métallique se referma.

Et l'univers tout entier pour l'inspecteur Modin ne fut plus que douleur et hurlements.

*

Où Tim mène son enquête

La police retrouva le corps de Kevin plus tard dans la nuit, sur les indications de son frère.

On s'était acharné sur le jeune inspecteur avec une fureur étrange car méticuleuse comme si l'on avait voulu jouer avec lui en le dépeçant membre après membre. On suspecta les toxicos du quartier, les accros au crack.

Il y eut des arrestations, des gardes à vue. Personne cependant ne fut jamais inculpé pour le meurtre de l'inspecteur de police.

Si l'enquête échoua, c'est qu'elle ne prit pas assez en compte la déposition de Tim Modin qui disait avoir vu quatre hommes sortir du terrain vague alors que, blessé à un œil, il attendait dans la voiture de son frère. Sur la foi de son témoignage, la police avait dressé des portraits-robots qui, pour trois d'entre eux, n'avaient rien donné et qui finirent donc dans les limbes d'un casier métallique. Quant au quatrième, un suspect correspondant en tout point au signalement fut appréhendé, puis formellement identifié par Tim lors d'une confrontation. Il s'agissait de Fred Charleston, un avocat d'affaires établi à Manhattan. L'enquête cependant se révéla dans l'incapacité de prouver que ce Fred Charleston-là se trouvait à Chicago le jour de la mort de Kevin Modin. L'alibi que Charleston avançait était blindé comme le coffre-fort dans son bureau et aussi difficile à démonter que les Rubik's Cubes qu'il collectionnait l'étaient à reconstituer. Fred Charleston n'était pas avocat pour rien. Il fut donc relâché, et les poursuites abandonnées.

Contrairement à la police, Tim n'oublia pas ces visages et aussi ce détail vestimentaire qu'il avait tenu à faire noter dans sa déposition : trois des quatre hommes portaient, la nuit du crime, un étrange gant de cuir noir à la main droite. Combien ce détail lui avait déjà paru plus important que leurs complets trois-pièces de rupins et même que la couleur jaune des cheveux de celui qui semblait être le meneur.

— Alors j'ai revendu ma boutique de radiesthésiste à Chicago, dit Tim à Jodie tandis qu'ils entraient dans l'agglomération de Stamford, et je me suis fait flic. Enfin, flic à ma manière.

Le métier de détective privé à New York n'avait rien de romanesque à ses yeux. Les trois quarts du temps, il s'agissait de simples enquêtes financières pour le compte d'entrepreneurs s'estimant à tort ou à raison victimes d'espionnage industriel. Le reste des affaires concernait des différends familiaux sans grand relief : pensions alimentaires impayées, filatures dans le cadre d'adultères, problèmes de droit de garde des enfants, parfois même du chien, etc. Le boulot ne manquait pas et avait permis à Tim de rencontrer pas mal de monde dans la ville. Des monsieur et madame Comme-Vous-et-Moi, des gens, aussi, avec un casier plus épais qu'une encyclopédie.

C'est à New York que la piste de l'avocat avait conduit la police et c'est donc là qu'il s'était rendu pour mener ses propres investigations.

Son oncle Todd, qui possédait une maison en *brownstone* à Brooklyn, s'était offert de l'héberger. Et depuis cinq années, ils vivaient ensemble.

— Qui n'a pas rencontré oncle Todd ne sait pas ce qu'est la bonté, confia Tim à Jodie, les yeux sur la route.

Son oncle avait fait bien plus que l'accueillir, il l'avait soutenu dans ses recherches en vrai mécène de la justice privée. Après avoir découvert que Fred Charleston était un avocat d'affaires renommé, les deux hommes s'étaient relayés pour surveiller les allées et venues au cabinet Charleston & Parker, avec l'espoir de retrouver la trace d'un des hommes vus en la compagnie de l'avocat la nuit du meurtre de Kevin.

Leurs efforts demeurèrent infructueux durant de longs mois jusqu'au soir où oncle Todd vit entrer un homme portant un gant de cuir noir. Il le prit en photo avec son Polaroïd au moment où il ressortait de chez Charleston & Parker, une petite heure après y avoir pénétré.

Tim apprit par la suite que l'homme s'appelait Walter Skoll, qu'il était aussi rare que riche, et qu'il avait une fondation d'art sur la Cinquième Avenue. Skoll n'était pas l'un des assassins de Kevin, mais il leur ressemblait diablement. Ce Walter Skoll ne s'attarda pas à New York, puisque deux jours après avoir traité de ses affaires avec son avocat, il regagna son Xanadu texan en forme de ranch.

Dans l'intervalle, en fait le lendemain de la visite de Skoll, oncle Todd, qui rentrait chez lui, fit une attaque. Le vieil homme dut rester en observation à l'hôpital plusieurs semaines, et Tim continua seul leur enquête, se partageant entre son oncle malade et quelques affaires en cours traitant de vol de brevet ou de garde d'enfant, même s'il en avait réduit le nombre.

— Je voulais aller fouiner du côté du Texas, expliqua Tim à Jodie, mais avec oncle Todd malade, j'ai préféré remettre cela à plus tard.

Puis, un peu plus de sept ans après le meurtre de Kevin, le cabinet Charleston & Parker avait été la cible de cambrioleurs. Ces « enfoirés » (*dixit* Fred Charleston) avaient eu l'idée de soulever l'opulente tapisserie Renaissance figurant Actéon dévoré par ses chiens, et avaient découvert le coffre blindé planqué derrière. Comme un malheur n'arrive jamais seul, ils avaient réussi à le forcer et à repartir sans déclencher les alarmes, dans lesquelles pourtant le cabinet Charleston & Parker avait englouti des millions.

À la suite de ce vol, Fred Charleston avait eu la sagesse de se brûler la cervelle.

Des bruits avaient couru selon lesquels une espèce de *snuff movie* de deux minutes trente avait été trouvé parmi ses dossiers secrets. Un *snuff movie* se passant quelque part à Chicago...

Tim n'avait pas mis longtemps à comprendre que l'avocat avait filmé en cachette le meurtre de son frère, sans doute par précaution, pour se prémunir contre ses mystérieux clients au gant de cuir noir, pour le cas où il lui arriverait malheur.

Simplement la « précaution » s'était retournée contre l'avocat, car sitôt le film volé, il avait pressenti quel sort ses clients allaient lui réserver dès que sa « petite cachotterie » leur parviendrait aux oreilles.

Tim ne réussit jamais à découvrir ce qu'il était advenu du film et qui l'avait volé chez Charleston & Parker malgré des rumeurs insistantes laissant entendre qu'un certain caïd surnommé 10-13 aurait été sinon dans le coup, du moins en relation étroite avec les voleurs.

*

Où Tim montre son visage

Quand Tim eut terminé de raconter l'histoire, ils étaient arrivés à Stamford devant la maison où Jodie louait un appartement. Tim se gara et coupa le moteur.

Comme il l'avait dit, son frère Kevin était resté à Chicago.

Au cimetière de Washington Memory Gardens, pour être précis.

— J'ai perdu beaucoup de choses ce jour-là. Mon frère, mon œil et mes illusions sur la justice.

Il ôta son bandeau de velours noir et se tourna vers Jodie. À la lumière des lampadaires, elle vit que la boule en laiton était encore fichée dans l'orbite.

— À l'hôpital j'ai refusé tout net qu'on me la retire. Tu dois me trouver affreux, hein ?

— Non, pas du tout, murmura-t-elle en souriant avec douceur.

Le jeune médecin Kyle aux joues désespérément imberbes lui paraissait affreux par contrecoup.

Il se pencha vers elle et l'embrassa.

— Je voudrais te demander une chose, dit-il.

— C'est mon autorisation que tu voulais ? fit-elle, un rien espiègle.

— Non. J'aimerais que tu refuses notre offre.

— Je n'avais pas l'intention d'accepter. Je te l'ai dit, j'ai… J'ai trop besoin de ce boulot à la Fondation, Tim. Ce n'est pas très moral, je sais. Je suis désolée.

— Il n'y a aucune raison que tu le sois, crois-moi.

Tim, à la vérité, semblait même soulagé par cette décision. Jodie lui paraissait bien trop vulnérable pour affronter le moindre Loup.

QUATRIÈME JOURNÉE

Samedi 13 décembre

*

Où Jodie rencontre Walter Skoll

Plusieurs incidents devaient émailler la journée de Jodie Stevenson à la Fondation.

Le premier se produisit dès qu'elle arriva aux environs de huit heures trente. Elle expliqua au vigile qu'elle venait une demi-heure plus tôt afin de s'avancer dans son travail, et Ron Flint, son habituel sourire aux lèvres, la plaignit comme la veille et l'avant-veille de faire équipe avec « cet enfoiré de Garson ». Il la laissa entrer.

Jodie prit la direction des ascenseurs, appuya sur les boutons d'appel et attendit.

Elle ne le vit pas arriver derrière elle et ne se rendit compte de sa présence que quand elle se retourna pour faire un petit signe à Ron Flint à l'autre bout du hall. Elle eut un petit sursaut mais il ne lui prêta pas attention. Les mains dans les poches de son pardessus, il suivait la descente de l'ascenseur sur l'indicateur d'étages. C'était un homme de belle corpulence, presque aussi grand que Tim mais deux fois plus épais. Sous son pardessus à la fois sobre et cossu se laissaient voir une cravate et un trois-pièces qui l'étaient tout autant. Son crâne puissant et ses yeux noirs enfoncés dans leurs orbites conféraient à son visage une mâle autorité un rien inquiétante.

Le cœur battant, Jodie reconnut Walter Skoll, le président de la Fondation. Il ressemblait trait pour trait aux photos que Tim lui avait montrées chez Forrest.

L'ascenseur arriva et ils montèrent dedans. Jodie se mit dans un coin tout au fond de la cabine, Skoll se plaçant, quant à lui, en plein milieu.

— Quel niveau ? demanda-t-il, la dévisageant.

Jodie lui répondit et elle le vit appuyer sur le bouton du cinquième puis sur celui du sixième, l'étage interdit, son étage.

C'est alors qu'elle prit conscience que la main droite avec laquelle il avait sélectionné les étages était gantée d'un beau cuir sombre, et les propos échangés la veille avec ses amis lui revinrent aussitôt en mémoire. Elle chercha à voir l'autre main de l'homme mais celle-ci resta enfouie dans la poche du pardessus.

Entre le deuxième et le troisième, l'homme fit tomber quelque chose par terre et Jodie, qui s'était baissée, le lui rendit. C'était une clé USB, un utilitaire de stockage de données informatiques, pas plus gros qu'un doigt. Il la remercia puis se remit à l'ignorer.

Elle descendit au cinquième et, lorsque l'ascenseur se referma derrière elle, elle fit volte-face et leva les yeux vers l'indicateur d'étages. Le chiffre six s'y alluma bientôt.

Qui pouvait bien être cet inquiétant Walter Skoll ? Un président de fondation aimant à jouer les Barbe-Bleue modernes ou, comme le prétendait Tim, un guerrier à la solde d'un vieux général sudiste ressuscité ? Elle ne savait plus trop qu'en penser et fut parcourue d'un frisson à l'idée qu'elle venait de monter en compagnie d'un tel homme.

Mais elle avait appris au moins une chose : il y avait un ordinateur au sixième étage et quelqu'un pour s'en servir.

Ce premier incident ne devait trouver son épilogue qu'en fin de journée. Le deuxième se produisit entre-temps, un peu avant le déjeuner.

La matinée avait filé à toute vitesse. Jodie n'avait cessé de taper du courrier et de courir les étages à la recherche de Garson pour le lui faire signer.

Un peu avant midi, elle se tenait devant son ordinateur lorsqu'elle reçut la visite de la directrice générale. Lisa Whittaker était une grande femme rousse vêtue d'un tailleur beige clair élégant.

La surprise de Jodie fut à son comble quand elle l'entendit lui dire dans un vaste sourire :

— Je suis navrée de ne pas avoir pu vous présenter moi-même la Fondation. J'ai été débordée ces derniers jours. Vous a-t-on fait bon accueil au moins ?

La porte de Neil Garson étant restée entrebâillée, il avait tout entendu. Il réagit aussitôt.

— Je peux vous parler une minute, fit-il à l'intention de Lisa Whittaker en glissant sa tête dans l'encadrement de la porte. Seul à seul, s'il vous plaît.

Lisa Whittaker adressa un sourire désolé à Jodie du style « Je reviens tout de suite » et suivit Garson qui referma la porte de son bureau sur elle.

À peine à l'intérieur, il explosa. Jodie entendit tout de leur échange, la précaution de la porte fermée se révélant purement formelle.

— Vous commencez à m'emmerder, Whittaker, hurlait Garson. Si vous voulez la guerre, vous allez l'avoir. Je vais tout mettre en œuvre pour que vous tombiez au prochain conseil, je vous en donne ma parole. Non seulement vous m'imposez une secrétaire que je n'ai pas choisie, mais en plus vous avez le culot de venir vous en vanter devant ma porte. Vous allez voir ce dont je suis capable ! Vous allez voir !

Lisa Whittaker se rengorgea :

— Ah ! c'est donc ça. Mais vous n'êtes qu'un con, Garson, et ça, ce n'est pas une découverte pour moi. Les ordres venaient de beaucoup plus haut, Garson. De beaucoup plus haut. Alors, allez donc caqueter vos récriminations auprès de qui de droit ! Profitez-en, *il* est là-haut !

Puis Lisa Whittaker réapparut et quitta le service de presse en adressant un nouveau sourire d'excuse à Jodie.

Les heures qui suivirent furent très pénibles pour Neil Garson.

Il venait de commettre deux erreurs qu'il pensait être fatales à son plan de carrière à la Fondation. Déclarer la guerre à Lisa Whittaker sur un coup de tête était la première. Whittaker n'était pas femme à se laisser intimider et elle possédait dans sa manche peut-être plus d'atouts qu'il ne supposait en avoir lui-même. La seconde faute était d'avoir cru que Lisa Whittaker avait une quelconque responsabilité dans l'embauche de Jodie Stevenson.

*

Où le sénateur Marvin March reçoit Sarah

— Le sénateur Marvin March va vous recevoir, fit la secrétaire, une petite brune au chignon impeccable.

Sarah se leva et la suivit. Elles enfilèrent un long couloir aux murs couleur sable ornés de caricatures du sénateur le dépeignant sous la forme tantôt d'un roquet, tantôt d'un molosse. Visiblement March semblait apprécier le surnom de « Pitbull » que ses amis aussi bien que ses adversaires lui donnaient avec un mélange confus d'admiration et de crainte.

Sarah n'en fut pas étonnée. Elle savait, pour avoir lu le long portrait que *Newsweek* lui avait consacré, que sa réputation de type intègre et cogneur n'était pas plus surfaite que son nom aux résonances guerrières n'était usurpé. March le « Pitbull » ne lâchait jamais prise quand il mordait, et il avait souvent eu des choses à mordre en Amérique ces trente dernières années.

C'était lors du Watergate et en tant qu'avocat diplômé de Harvard que Marvin March avait donné ses premiers coups de crocs dans l'arène politique. De tous les hommes de loi réunis dans la commission judiciaire chargée de préparer la destitution de Nixon, il s'était montré le plus acharné contre le Président en cherchant à le poursuivre non seulement pour l'affaire des « plombiers » mais aussi pour avoir donné l'ordre secret de bombarder le Cambodge pendant la guerre du Vietnam.

March s'était taillé, du jour au lendemain, cette réputation de « pur et dur » qui ne devait plus jamais le quitter.

Cette année 1973, il avait eu pour voisine de bureau à la Commission judiciaire une certaine Hillary Rodham, jeune et brillante avocate venue de Yale, et qui allait devenir quelques années plus tard, sous le nom de Clinton, l'une des plus fameuses Premières Dames des États-Unis. March et Hillary s'étaient jaugés deux longs jours durant, mais très vite leur détestation commune de Nixon, plutôt morale chez March, davantage intellectuelle chez Hillary, avait transformé ces deux surdoués de la Commission en de véritables amis s'estimant à leur juste valeur. Du moins jusqu'à ce que l'époux de Hillary fît lui-même l'objet d'une procédure de destitution à la suite de l'affaire Monica Lewinsky. Entre-temps, à la fin des années quatre-vingt, Marvin March avait quitté le barreau pour se faire élire sénateur de l'État de New York sous l'étiquette démocrate, et depuis cette victoire il n'avait jamais perdu son siège au Congrès ni son appétit de pureté morale car si ses cheveux étaient tombés, si son dos s'était voûté, ses convictions, elles, n'avaient pas changé. Ce qui l'avait mis hors de lui à trente-huit ans le hérissait encore à soixante-dix ans passés : le mensonge, la corruption, toutes choses qu'il abominait et qui déchaînaient en lui le « Pitbull » avec toujours autant de férocité.

L'un de ses coups de crocs les plus retentissants avait été sans conteste lorsque, joignant sa voix à celle de Joe Liebermann, sénateur démocrate lui aussi, il avait blâmé, sur les plateaux de télé, l'inconduite et les mensonges du président Clinton empêtré dans le Monicagate. Inutile de dire que, ce jour-là, Marvin March remonta de plusieurs points dans l'estime des républicains. Le sénateur « Pur et Dur » ou le « Pitbull », comme on le surnommait, ne transigeait décidément pas sur les principes, dussent-ils mettre en cause son propre parti, que ce fût pour une affaire de plombiers ou de robe souillée. Mais ces mêmes républicains, quand il se mit en tête de s'en prendre aux délicieux mollets du président Bush fils, lui retirèrent bien entendu tous les points qu'ils avaient pu lui accorder…

La secrétaire toqua à la porte du sénateur, puis l'ouvrit et s'effaça pour laisser entrer Sarah.

À toi de jouer, s'encouragea la jeune femme en avançant.

Le sénateur était au téléphone. Il était tel qu'on pouvait le voir dans les médias : pas très grand, plutôt mince, le crâne totalement dégarni. Il fit signe à Sarah de s'asseoir dans l'un des deux larges fauteuils en cuir qui lui faisaient face. Le genre de situation qu'elle détestait par-dessus tout : attendre, comme une potiche, qu'on veuille bien l'écouter. Par chance, le sénateur mit bientôt fin à la communication et raccrocha.

— Je suis à vous, mademoiselle Widar. Mais avant que vous m'exposiez les raisons de notre entrevue « de toute première importance », selon vos propres termes, je vous prierai dans votre intérêt comme dans le mien d'aller droit au but. Je n'ai, hélas, pas de temps à perdre. Je vous écoute, parlez.

Ça, c'était du March. Direct, un tantinet cassant.

Aussi décida-t-elle de laisser les préambules pour un autre jour tandis que le sénateur attrapait un dossier à côté de son sous-main en cuir.

— Monsieur le sénateur, en tant que président de la commission d'enquête sur les sectes satanistes, vous devez avoir eu connaissance du cercle de Fenryder.

Elle attendit une confirmation de sa part, mais aucun muscle de son visage ridé ne bougea.

— Nous avons de bonnes raisons de penser, reprit-elle après un moment, que cette société secrète a une base, ici même, à New York.

— Qui ça, *nous* ? grogna-t-il sans lever les yeux de son dossier.

— Des amis à moi.

Il prit un stylo devant lui et corrigea une erreur de ponctuation sur le dossier.

— Les amis, ça n'existe pas, mademoiselle Widar.

— Les miens sont pourtant réels... et sûrs.

— Leurs informations, en tout cas, ne le sont pas.

— Je ne parierais rien là-dessus, monsieur le sénateur.

Le sénateur lui décocha un regard sceptique, puis corrigeant au stylo une nouvelle faute :

— Premièrement, commença-t-il, je n'aime pas les paris. Deuxièmement je ne crois pas même en mes amis. Enfin, dernier point : je n'ai pas de temps à perdre. Sur ces trois points, je constate que nous divergeons, mademoiselle Widar. Je suis navré que vous vous soyez déplacée pour vous en rendre compte. On doit sans doute vous attendre ; aussi je ne vous retiens pas. Au revoir.

Sarah se leva et, du plat de la main, frappa sur le bureau.

— Ajoutez donc à votre liste un quatrième point de divergence, monsieur March. Je vérifie toujours mes informations. Toujours. Et vous feriez bien d'en faire autant car la Fondation Walter Skoll m'a tout l'air d'un repaire de Loups en plein New York.

Puis elle lui tourna le dos et se dirigea vers la porte. Elle entendit :

— Mademoiselle Widar, rasseyez-vous. S'il vous plaît, rasseyez-vous.

Le vieux sénateur avait levé le nez de son bureau. Il lui désigna de la main le fauteuil qu'elle venait de quitter.

— S'il vous plaît, répéta-t-il, puis, tandis qu'elle regagnait sa place : Ce que je vais vous confier ne doit pas sortir d'ici. Ai-je votre parole ?

Sarah la lui donna.

— Bien. La Commission sénatoriale que j'ai l'honneur de présider a été créée en vue de recenser les groupes sectaires satanistes sévissant sur le territoire national et d'en déterminer la dangerosité. En fait, comme vous le savez sans doute, cette commission a été mise en place à la suite des mystérieuses tueries perpétrées à Tusitala, en Louisiane. Mon assistante m'a informé que vous étiez là-bas lors de ces deux drames, n'est-ce pas ? Je ne vous rappellerai donc pas ce qui s'est passé à la piscine municipale de cette petite ville ni, par la suite, sur ses hauteurs, dans le domaine des Baldwin. Mais à propos de ce dernier massacre, vous ignorez sans doute, les autorités n'en ayant rien dit à la presse, que, cette nuit-là, cinq autres corps ont été retrouvés dans les bois alentour : deux agents de la DEA et quatre hommes de main d'un certain 10-13, de son vrai nom Colin Tyron. Tout laisse à penser que les agents fédéraux ont essayé d'appréhender ces individus et qu'ils y ont réussi, du moins dans un premier temps. Car il semblerait qu'après ils aient croisé le chemin d'un des Loups de Fenryder.

— 10-13, c'est un trafiquant de drogue, n'est-ce pas ?

— Entre autres choses illégales, en effet. La DEA cherche à mettre la main dessus depuis cinq ou six ans.

— Que faisaient quatre de ses hommes près du domaine des Baldwin ?

— Nous avons lieu de croire que 10-13 cherchait et cherche encore à capturer un des affidés de Fenryder pour remonter jusqu'à lui.

— Que lui veut-il ?

— D'après ce qu'on m'en a dit, il s'agirait d'une sombre histoire de vengeance.

Sarah repensa aux hommes qui l'avaient sortie de Central Park et lui avaient sans doute sauvé la vie. Ces drôles d'anges gardiens n'étaient visiblement pas des enfants de chœur.

— Monsieur le sénateur, comment avez-vous découvert que les Loups de Fenryder étaient derrière ces tueries ?

— Un informateur bien placé m'a remis il y a quelques mois un dossier classé Secret Défense sur les activités des Loups de Fenryder. Comme vous le savez, cette société secrète n'est pas vraiment une secte sataniste, mais il nous intéresse de la considérer ainsi. Afin d'investiguer sur elle et de la faire tomber un jour. Une cellule spéciale du FBI a été constituée en parallèle pour enquêter sur ses activités et mettre au jour ses prétendus pouvoirs surnaturels. La sécurité nationale est en jeu.

— Pourquoi alors ne pas en informer l'opinion publique ?

Le sénateur passa une main sur son crâne lisse.

— Disons que ce n'est pas de croyance courante, ces choses-là, non ? Des hommes capables de matérialiser devant vous vos pires cauchemars...

— On vous croirait pourtant, vous.

— Peut-être. Mais nous préférons attendre de les avoir tous mis hors d'état de nuire avant de répandre l'info dans les médias. Il faut à tout prix éviter la panique. J'espère pouvoir vous rassurer en vous disant que leur arrestation est en bonne voie, une opération d'envergure étant à l'étude. Vous comprendrez que je ne puisse vous en dire plus.

Le vieux sénateur se renfonça dans son fauteuil, les avant-bras posés sur toute la longueur des accotoirs.

— Et maintenant, continua-t-il, à votre tour, mademoiselle Widar. Que savez-vous des Loups et de leur Général ? Que savez-vous d'eux *précisément* ?

Sarah comprit à cet instant qu'elle n'avait pas le droit à l'erreur. Si le vieux sénateur jugeait sans intérêt les informations qu'elle allait lui fournir, elle pourrait dire adieu à toute collaboration sérieuse avec la Loi. Elle se lança et répéta ce que Forrest, Tim et elle-même avaient dit à Jodie l'autre soir et qui représentait l'état le plus complet de leurs connaissances sur Fenryder et ses sbires. Pas une seule fois pendant son exposé, le sénateur ne se servit de son stylo. C'était plutôt mauvais signe.

— C'est tout ? demanda-t-il quand elle eut fini.

— Nous n'avons pas les grandes oreilles de la NSA, répliqua-t-elle.

— Nous sommes au moins d'accord sur ce point. Partant de ce constat, vous devez convenir qu'il n'y a pas de place pour une enquête privée dans cette affaire. Je ne saurais trop vous conseiller de vous tenir à l'écart. Fenryder représente un danger dont vous n'avez pas idée. Vos... « informations » sont trop maigres pour nous être utiles, mais elles suffisent à vous mettre en danger, vous et vos amis. Je vous demande de vous retirer de ce mauvais pas sans plus tarder et de laisser agir les services compétents.

— Vous parlez des urgences médicales ou des pompes funèbres ?

— Une impertinence de plus, mademoiselle, et je vous fais raccompagner dehors, compris ?

Sarah se demandait pourquoi il ne le faisait pas. Après tout, elle lui faisait perdre son temps. À moins qu'il attendît d'elle une information qu'il n'avait pas encore dans ses dossiers.

— Je vais vous proposer un marché, reprit-il. Je vous demande de bien y réfléchir avant de vous engager, d'accord ? Vous allez me donner le nom de vos amis afin que j'informe le FBI de votre existence, puis vous allez me jurer sur l'honneur que vous laisserez le champ libre aux fédéraux pour régler cette affaire, et en retour (il fit un geste impérieux avant que Sarah n'essaie de l'interrompre)... et en retour, disais-je, je ne vous fais pas inculper pour obstruction à une enquête sénatoriale.

— Alors écoutez-moi bien, monsieur le sénateur. J'ai pris quelques précautions au cas où il m'arriverait malheur et sachez que je considère comme un malheur l'éventualité d'une inculpation. Dans pareil cas, j'ai le regret de vous informer que tout un dossier irait atterrir dans les plus grandes salles de rédaction de notre bon vieux pays. Il y a eu suffisamment de morts mystérieuses dans cette affaire pour reléguer le procès de Saddam aux pages intérieures pendant de très longues semaines. Je suis navrée de vous rappeler que je suis une journaliste et que je sais comment fonctionnent mes congénères.

— Bordel de merde ! s'écria Marvin March en tapant du poing sur l'accotoir de son fauteuil, mais pour qui vous prenez-vous à la fin ? !

Sarah ne cilla pas. Elle savait qu'elle venait de reprendre la main.

— Très bien, très bien ! dit-il. Libre à vous de risquer votre vie et celle de vos amis. Simplement je vous aurai mise en garde.

Sarah voulut pousser son avantage et demanda tout de go :

— Est-ce que vous faites filer les Loups de la Fondation ?

— Nous n'en avons pas besoin.

— Vous avez donc quelqu'un à l'intérieur, pensa-t-elle à voix haute.

— On ne peut rien vous cacher, rétorqua le sénateur, ironique.

Sachant qu'elle n'obtiendrait pas de réponse, elle ne prit pas la peine de demander l'identité de l'informateur.

— Ne faites rien qui puisse nuire à notre informateur ou je vous préviens que je m'occupe de votre carrière jusqu'à ce que vous ne puissiez même plus postuler pour une place de manutentionnaire.

De la part de Marvin March le « Pitbull », ce n'étaient pas des menaces en l'air.

*

Où Jodie découvre le sixième étage de la Fondation

En fin d'après-midi, Jodie put souffler un peu. Neil Garson venait de quitter la Fondation pour assister à un séminaire intitulé « Communication postmoderne et Intersubjectivité ». Pour la première fois depuis qu'elle travaillait à la Fondation, elle fut heureuse que ce genre de choses existât.

Il ne restait plus qu'une demi-heure avant la fin de la journée quand le téléphone se mit à sonner dans le bureau de Garson. C'était un appel intérieur. Jodie décrocha.

— Où se trouve Garson ? demanda une voix d'homme avec une calme autorité.

Jodie le renseigna et proposa de prendre le message. Il y eut alors un silence puis :

— Vous êtes mademoiselle Stevenson, n'est-ce pas ? (Silence.) Nous nous sommes vus ce matin. (Nouveau silence.) Dans l'ascenseur.

Jodie sentit un frisson lui parcourir l'échine.

— Je désirerais lire le dossier de presse. Voulez-vous bien m'en apporter un exemplaire ?

— Euh… Oui, tout de suite.

Pouvait-elle refuser ?

Elle raccrocha puis consulta sa montre en soupirant. Il fallait qu'on demande à la voir une demi-heure avant la sortie des bureaux.

Dans le couloir, elle croisa Allison Weiss.

— Où tu cours comme ça, ma jolie ? lui demanda l'assistante de Garson. Je venais justement te filer du boulot.

Quand Jodie lui dit où elle se rendait, un sourire indulgent se dessina sur les lèvres d'Allison Weiss.

— Tu dois te tromper, ma belle. Personne n'est autorisé à monter là-haut et surtout pas le petit personnel. (Sa voix insista avec délectation sur les trois derniers mots.) Il faut un laissez-passer de la Kommandantur, tu comprends ?

Jodie saisit l'occasion de la moucher en lui racontant le coup de téléphone qu'elle venait de recevoir.

— Et Walter Skoll t'a appelée par ton nom ? ! Merde, quand Garson va le savoir, il va faire une de ces têtes !

Déjà celle d'Allison Weiss donnait à Jodie un très bon avant-goût du spectacle.

Jodie laissa l'assistante de Garson à ses supputations et appela l'ascenseur avec le sentiment terrifiant de devoir traverser un champ de mines pour quelque chose comme un dîner aux chandelles avec le diable.

Quand, à l'étage interdit, les portes s'ouvrirent, ses pauvres jambes flageolèrent et elle dut se raidir pour avancer sur le palier cossu qui se présentait à elle.

Une porte (la seule de l'étage) faisait face à l'ascenseur. Sur un de ses battants, une plaquette de cuivre indiquait sobrement SALLE DU CONSEIL.

Jodie alla frapper. N'obtint pas de réponse. Elle attendit quelques secondes avant de se décider à entrer. L'immense salle qui s'offrit à ses yeux couvrait la quasi-totalité de l'étage. Au centre trônait une table en bois précieux très sombre et qui s'étirait sur toute la longueur de la pièce. Des savonaroles, c'est-à-dire des fauteuils curules avec dossier, la flanquaient, tous espacés d'au moins trois bons mètres. L'unique exception à cet ordonnancement résidait dans le siège du président, qui tenait le haut bout, à l'opposé de la porte. Le siège lui-même se différenciait des autres par ses formes. Son dossier montait plus haut et seuls ses accotoirs s'ornaient de têtes de loup en bel ivoire. Enfin, devant chaque fauteuil était disposée une lampe de table qui, signée du célèbre Gallé, représentait trois champignons en verre soufflé à l'ocre intense et vénéneux. La seule à être allumée n'était pas celle du président mais celle à sa droite. Elle éclairait à peine la silhouette assise de Walter Skoll.

Jodie se passa la langue sur les lèvres, puis avança, l'estomac noué.

Tout en marchant le long de la table, elle prit conscience qu'une particularité architecturale renforçait l'inquiétante majesté du décor : l'étage n'était percé d'aucune fenêtre.

Comme un bunker, pensa Jodie en proie à une claustrophobie naissante.

Elle ramena son regard sur la lumière rouge vers laquelle elle progressait. L'homme, qui était assis là, avait disparu. Jodie fouilla de ses beaux yeux inquiets la pénombre mais ne le vit nulle part.

Elle arriva au bout de la table, un peu plus nerveuse encore.

Sur le sous-main en cuir vert sombre, un portable Toshiba dernier cri, écran fermé, côtoyait une pendulette de voyage de facture ancienne.

Soudain une voix :

— Avez-vous le dossier de presse ?

Jodie ne put s'empêcher de sursauter. L'homme se tenait juste derrière elle, et il émanait de sa personne la même sensation de puissance implacable qu'elle avait ressentie ce matin, non sans malaise.

— Oui, souffla-t-elle en lui tendant le dossier.

Il le prit de sa main gantée pour le lancer à côté du portable sans même y jeter un œil. Il dit :

— Étrange pièce, n'est-ce pas ? (Il regardait autour de lui comme s'il découvrait les lieux pour la première fois, lui aussi.) Frank Herbert, l'architecte qui a bâti cet immeuble, détestait New York, mademoiselle Stevenson. C'est pourquoi je l'ai choisi. Je n'aime pas cette ville. Je ne l'ai jamais aimée. Elle me répugne, voyez-vous.

Ses yeux caves revinrent se poser sur Jodie, la transperçant de leur noir abyssal, et il ajouta :

— Vous nous avez caché la vérité.

Jodie sentit un grand froid pénétrer en elle.

— Pardon ? fit-elle, le souffle coupé.

— Vous ne nous avez rien dit de la maladie de votre mère.

— Ah, non, je..., bredouilla-t-elle, respirant de nouveau.

— Nous sommes très sincèrement peinés pour elle. Je vous prie de croire à toute notre sympathie. J'ai beaucoup aimé sa biographie du général Kirby Smith. Beaucoup aimé, oui. Y a-t-il des chances pour que l'état du professeur Stevenson puisse connaître une amélioration ?

— Je l'espère de tout cœur mais les médecins se montrent plutôt réservés.

— Nous comprenons.

Il se rassit, s'accouda à la table, les doigts de ses puissantes mains entrecroisés devant son menton.

Alors les yeux de Jodie s'arrachèrent à ceux de Walter Skoll pour se porter sur ses mains et elle ressentit comme un choc. La main gauche de Skoll ne portait pas de gant contrairement à l'autre, comme le lui avaient dit Tim et ses amis.

Jodie dut se mordre la lèvre inférieure pour ne pas blêmir.

L'homme désigna d'un léger mouvement d'index l'horloge portative.

— Votre journée est finie. Dépêchez-vous d'aller visiter votre mère et s'il y a du nouveau, je vous en prie, tenez-nous informés.

Elle le remercia, soulagée de quitter cet homme plus qu'étrange et cette salle trop grande et trop sombre.

Quand elle se retourna à mi-chemin, elle vit que le dossier de presse avait atterri dans la poubelle à côté du siège et que Walter Skoll, les doigts toujours entrecroisés devant son menton, ne l'avait pas quittée pas des yeux. Elle se hâta de regagner le palier, convaincue pour le coup que le dossier de presse n'avait été qu'un prétexte. Quand il avait appelé, Walter Skoll savait que Garson ne serait pas à son bureau et qu'il tomberait sur Jodie. C'était à elle que Walter Skoll voulait parler. L'algarade de ce matin entre Lisa Whittaker et Neil Garson lui revint alors en mémoire et elle comprit qu'elle ne devait sa place qu'à la biographie de Kirby Smith écrite par sa mère, il y avait une quinzaine d'années.

Il était clair, aussi, que Walter Skoll ne s'intéressait pas à ce que pouvaient faire les étages du dessous et encore moins aux expositions d'art contemporain qu'ils étaient censés monter. Il travaillait dans un bunker situé à une trentaine de mètres de hauteur, ignorant superbement tout New York alentour. Mais que faisait-il alors dans ce lieu ? Et qui englobait-il lorsqu'il disait « Nous » ?

*

Où le sénateur Marvin March réfléchit

Après le départ de Sarah, le sénateur Marvin March resta un long moment pensif.

Puis il ressortit du tiroir, où il l'avait jeté, le carton d'invitation à l'exposition Forrest Magnus. Comme pour chaque vernissage important se tenant à New York, il en recevait un, et comme pour chaque vernissage important, il se retrouvait à manger des petits-fours et à boire du champagne en compagnie du maire et du gouverneur (qui n'était autre que son vieil ami et néanmoins beau-père Edgar Prospero). Mais cette fois-ci, ce serait différent.

Avec tout ce qu'on lui avait appris, oui, il savait que ce serait *forcément* différent.

Le vernissage était fixé au mercredi 17 décembre, soit dans un peu moins d'une semaine.

Tout serait-il prêt à temps ? se demanda-t-il avec inquiétude. La réponse était oui. Oui car les choses avançaient et oui car il le fallait.

C'était pendant le vernissage que l'opération devait être déclenchée. Le moment idéal pour frapper un grand coup, lui avait-on assuré. Aussi travaillait-il en étroite collaboration avec le FBI, qui le tenait informé tous les jours. Il valait mieux si le président de la Commission qu'il était voulait conserver la totale direction des événements. Bien sûr, il y avait encore beaucoup de détails à régler. Aucun élément, si minime fût-il, ne devait être négligé et c'est pourquoi il avait convaincu Sarah de l'appeler chaque fois qu'elle et ses amis (plutôt débrouillards, à vrai dire) découvriraient du nouveau sur les Loups de Fenryder.

Alors oui, tout se mettait peu à peu en place. Et le vieux sénateur se promit une fois encore de ne pas démériter de sa bonne vieille réputation. Il ne lâcherait pas son objectif avant de l'avoir traité.

Il consulta l'heure sur sa belle Cartier en or. C'était Dolores qui la lui avait offerte pour ses soixante et onze ans. Il avait encore cinq minutes avant son prochain rendez-vous. Il soupira, fatigué, et inspecta des yeux son large bureau sur lequel trônait la photo de sa jeune épouse. La fraîcheur de ses vingt-neuf ans et la beauté de ses traits constituaient le meilleur des remèdes contre les doutes qui l'assaillaient et la fatigue qui pesait sur ses épaules. Rescapé d'un récent triple pontage coronarien, il supputait parfaitement le prix de la vie et la valeur de la jeunesse. Et il savait qu'ils étaient inestimables.

Il n'y avait pas si longtemps encore, une autre photo accompagnait le portrait de Dolores, celle de son fils né d'un premier lit. Eliot avait deux ans de plus que Dolores, mais ce n'était et ne serait jamais qu'un gosse.

— Un sale gosse, corrigea le sénateur entre ses dents dans un murmure réprobateur.

Leur mésentente durait depuis des années.

Eliot n'avait jamais cherché à le comprendre et il s'était plu à revêtir de haine leurs relations déjà bien assez difficiles. Il n'était pas venu à son remariage, n'avait envoyé aucune fleur, aucun mot. Dolores l'avait excusé, pas lui. La coupe était pleine depuis trop longtemps ; son second mariage lui avait donné l'occasion d'en prendre enfin conscience.

Le vieux sénateur frissonna.

Que faisait-il à présent, ce mauvais fils ? Où diable traînait-il sa rancune devenue stérile à force d'être entretenue ?

Eliot s'était transformé en un ennemi acharné. En une médiocrité hostile.

Le sénateur ne le craignait pas, il était simplement fatigué de son animosité. Eliot lui avait reproché tant de fois de n'avoir jamais été là pour s'occuper de lui et de sa mère qu'il avait fini par comprendre qu'Eliot n'avait pas assez de maturité pour endosser ses propres ratages et qu'il aurait toujours besoin de son bon vieux père pour porter le fardeau à sa place.

Il pivota sur son siège et scruta le ciel nocturne.

L'hiver ne lui valait rien, dut-il reconnaître en se massant la nuque.

Le froid et la grisaille ne lui rappelaient que trop son âge, et la mort qui le guettait.

Le « Pitbull », pourtant, devait tenir jusqu'au vernissage.

*

Où Tim accompagne Jodie visiter sa mère à l'hôpital

Tim attendait devant la Bibliothèque publique de New York, à côté de Courage, l'un des deux lions de pierre qui flanquaient l'entrée. Il savait que Jodie passerait par là et il la vit bientôt apparaître vêtue d'un manteau de laine rouge et d'un bonnet assorti, marchant derrière un groupe de cadres en costume-cravate. Il quitta l'affût des marches pour se porter à sa rencontre.

Elle sourit en l'apercevant, ses jolies fossettes se creusant parmi ses taches de rousseur. Elle était heureuse de le revoir. Surtout après son entretien avec Walter Skoll.

— Ma voiture est à deux pas de là, dit-il. À moins que tu préfères les transports en commun.

— Je ne rentre pas chez moi tout de suite. Je vais voir ma mère.

— Je peux t'accompagner… si cela ne te dérange pas, bien sûr.

Tim était-il un ange venu des cieux pour réparer son éprouvante journée à la Fondation ? Elle se le demanda tout en acceptant son offre dans un sourire encore plus resplendissant.

Ils marchèrent jusqu'à sa voiture.

Puis elle le retint par le bras et se campa devant lui.

— Dis, tu ne m'as pas embrassée.

— C'est vrai. Je n'ai pas osé. Je te trouve si belle, Jodie, si… Tu es presque irréelle pour moi.

— Je doutais aussi de ta réalité humaine, figure-toi.

Elle se hissa sur la pointe des pieds et vint coller ses lèvres aux siennes. Il répondit à son baiser avec passion, la serrant contre lui.

— Pauvre Dr Kyle, fit-elle quand ils se séparèrent pour monter dans la voiture.

Et devant l'air d'incompréhension de Tim, elle ajouta :

— C'est le toubib qui s'occupe de maman. Je crains qu'il ne soit amoureux de moi.

— Merde. Ta mère va se retrouver flanquée dehors à cause de moi.

Et ils partirent d'un même éclat de rire.

À l'hôpital de Stamford, ledit Dr Kyle se méprit sur leur relation.

— Votre frère, je suppose, fit-il, serrant la main à Tim.

— Non, un ami, répondit-elle.

Le sourire qu'elle adressa à Tim annihila sur-le-champ les dernières illusions du Dr Kyle.

— Je t'attends ici, annonça Tim. Il vaut mieux que tu la voies seule, n'est-ce pas ?

Elle laissa donc les deux hommes ensemble et monta visiter sa mère.

Elle la trouva assise sur son lit, une brosse sur les genoux, à essayer de se regarder dans un miroir de poche. Ses cheveux gris, dénoués, lui pendaient sur les épaules. La glace tremblait dans sa main de façon pathétique.

— Je n'y arrive pas, dit-elle tristement en apercevant sa fille.

Jodie vint prendre place à côté d'elle.

— Donne-moi la brosse, maman. Je vais le faire.

Avec douceur elle commença à coiffer ses longs cheveux d'argent.

Quand elle eut fini, elle reposa la brosse sur le lit et étreignit sa mère pour l'embrasser.

Elle essaya de lui parler un peu de Tim mais déjà le regard de sa mère se noyait dans le vague. Jodie sentait avec un pincement au cœur qu'elle la perdait chaque jour un peu plus.

Elle lui prit alors la main et elles restèrent assises côte à côte sur le lit à contempler en silence la nuit par la fenêtre.

Puis, sans qu'elle sût pourquoi, du moins sur le moment, Jodie se mit à lui parler des Loups de Fenryder. Elle raconta leur histoire et dit :

— Tim et ses amis ont l'air si convaincus de leur existence que devant Skoll, j'ai eu peur, maman.

Elle n'osa pas lui avouer qu'elle y croyait, elle aussi, maintenant.

Alors se produisit chez sa mère une réaction inhabituelle sur laquelle elle avait tablé plus ou moins consciemment en l'entretenant de ce sujet. Margaret Stevenson sembla sortir des limbes qui l'emprisonnaient et, se tournant vers sa fille, lui dit :

— Le général Fenryder, c'était le diable à la puissance mille, Jodie. Je n'ai jamais rien écrit sur lui. J'ai... j'ai toujours eu peur. Il y a eu beaucoup d'horreurs commises durant la guerre civile. Il y a eu des tas de salauds, des deux côtés. Mais lui... Je n'ai jamais compris qu'on puisse écrire une bio de gens comme Hitler, Staline ou Pol Pot. Il faut un minimum d'empathie pour ça, non ?

Jamais, depuis qu'elle était tombée malade, Margaret Stevenson n'avait autant et si clairement parlé. Jodie en fut bouleversée et lui sourit à travers ses larmes.

— Oh, maman..., fit-elle, à la fois triste et heureuse, en posant son visage sur l'épaule de sa mère.

Quand elle redescendit un peu plus tard, elle trouva Tim sirotant un café dans le hall. Le Dr Kyle n'était pas resté pour lui tenir compagnie. C'était prévisible.

— Tu vas m'en vouloir, dit-elle après avoir passé son bras sous le sien.

— De quoi ?

— Je crois que je vais vous aider, toi et tes amis.

— Tu es sûre ?

Elle hocha la tête, un fin sourire aux lèvres.

— Tu es bien consciente que cela peut être dangereux ? Très dangereux ?

Nouveau hochement de tête.

— Et puis-je savoir ce qui t'a fait changer d'avis ?

Elle lui raconta d'abord l'algarade entre Neil Garson et Lisa Whittaker et comment celle-ci lui avait appris que c'était Skoll lui-même qui avait décidé de l'embaucher. Elle lui raconta aussi sa visite au sixième étage et ce qu'elle y avait vu, et ce que l'inquiétant Walter Skoll lui avait dit à propos des recherches universitaires du professeur Stevenson. Elle lui raconta enfin son entretien avec sa mère tout à l'heure, et son inespéré retour de mémoire quand elle avait évoqué Fenryder.

— Je dois bien ça à maman, tu comprends ? C'était une grande historienne. Elle aurait aimé connaître la vérité, j'en suis certaine.

*

Où Forrest découvre un nouveau tag « SAMO is NOT dead »

Après cette nouvelle journée d'accrochage à la Fondation, Forrest Magnus s'était rendu en taxi chez Gagosian, dans Chelsea, pour y voir une exposition de photographies qui l'intéressait. Au sortir de la galerie, trois quarts d'heure plus tard, éprouvant le besoin de s'aérer, il décida de rentrer chez lui à pied et se mit à marcher d'un bon pas dans l'air vif de cette soirée de décembre, les mains enfoncées dans son épais manteau.

Il prit la Dixième Avenue et s'arrêta un peu plus bas, dans la 22e Rue pour y examiner un tag qui, sur tout le long du rideau métallique d'une galerie, annonçait « SAMO is NOT dead ».

Bombé à la peinture noire, ce graffiti dénotait une connaissance de l'art moderne, qui intriguait Forrest. Il faisait référence au peintre Jean-Michel Basquiat qui avait exercé ses talents d'abord sur la scène new-yorkaise du Graffiti Art, sous le nom de SAMO, et qui se tournant en 1979 vers les galeries, avait dit adieu à la rue en graffitant sur les façades de SoHo son fameux « SAMO is dead ». Dans le tag de la 22e Rue, l'hommage avait été poussé jusqu'à tracer sous la lettre O le cercle frappé d'un C, symbole pour copyright, comme le faisait le vrai SAMO.

Ce n'était pas la première fois que Forrest découvrait ce tag mélancolique et profond.

Depuis quelques mois, on pouvait le lire un peu partout dans Manhattan, et pas seulement sur les rideaux d'acier des galeries de Chelsea. Deux jours auparavant, Forrest l'avait même vu orner le flanc d'un Hummer, au grand dam du propriétaire.

Le type qui s'amusait ainsi s'exposait tôt ou tard à de gros problèmes avec la police, surtout depuis que Giuliani avait fait graver « Tolérance Zéro » en lettres d'or sur le fronton de la mairie. C'était tag contre tag, d'une certaine façon, l'un et l'autre se disputant la scène brute des rues.

Mais Forrest voulait voir dans ce « SAMO is NOT dead » plus qu'un simple plagiat et bien plus encore qu'un stupide acte de vandalisme. À le relire encore et encore, il se convainquait de la vérité triste de son évangile. Oui, tous les grands artistes disparus ressemblaient au chat de Schrödinger : ils étaient à la fois morts ET vivants. Victime d'une overdose, Basquiat *alias* SAMO ne dérogeait pas à ce paradoxe de physique quantique, qui n'était qu'une évidence de plus aux yeux de la Grâce. La mort formait la troisième main de l'artiste, tout comme l'Éveil dessinait le troisième œil du bouddhiste.

Les génies n'étaient pas les seuls à connaître cet état de non-mort. Il y avait aussi les fantômes. Les fantômes comme Oscar Watts, que Forrest avait cru enfermer pour toujours dans le sixième étage de son esprit.

Ce matin quand Sarah lui avait annoncé qu'elle avait rendez-vous avec le sénateur March, il en avait eu le souffle coupé.

— Tu le connais ? l'avait-elle interrogé, trop perspicace pour ne pas remarquer son trouble.

— Pas plus que ça, avait-il fait avec un haussement d'épaules.

Mais il avait été le premier à détourner les yeux. Et, la connaissant comme il la connaissait, il ne faisait pas de doute que Sarah reviendrait sur la question dès qu'elle en aurait l'occasion.

Pourtant il ne lui avait menti qu'à moitié.

C'était le nom de March, et non le sénateur lui-même, qui l'avait troublé. Il n'avait jamais rencontré le « Pitbull » et souhaitait ne jamais avoir à le faire. Par contre, il avait bien connu son fils Eliot. Eliot March, oui, ce gosse de riche en perpétuelle rupture de ban, la tête pleine de chimères aussi dangereuses que de trouer la peau de son paternel…

Sarah pourrait-elle un jour découvrir quelque chose concernant ses anciens liens avec Eliot March ? Non, c'était impossible, pensa Forrest. De lourdes portes interdisaient l'accès à son sixième étage, emprisonnant à jamais les fantômes qui s'y trouvaient.

Et il valait mieux pour Sarah n'en forcer aucune. Oui, il valait mieux pour elle et pour eux tous, se répéta Forrest. Les fantômes d'Oscar Watts et d'Eliot March ne devaient jamais venir hanter autre chose que l'étage barricadé de son cerveau.

Laissant le tag à la froidure de cette nuit de décembre, Forrest se remit à marcher.

Au coin de la rue, il vit un taxi en maraude et s'avança pour le héler.

*

Où Sarah reçoit un étrange appel d'un étrange ami

Contre toute attente, Sarah ne lui posa aucune question.

Sans doute avait-elle déjà oublié son attitude de ce matin, et Forrest ne l'en aima que plus.

Elle lui parla avec enthousiasme du vieux sénateur, et de savoir qu'elle n'avait rien découvert sur lui et ses fantômes rendit le nom de March beaucoup moins pénible à ses oreilles.

Sarah l'entretint aussi du caïd 10-13 dont le sénateur lui avait révélé l'existence.

— Tu crois que ce sont ses hommes qui t'ont... (Il allait dire « secourue » mais se reprit :) aidée dans Central Park.

— J'en suis sûre, comme je suis certaine qu'il va chercher à nous joindre sous peu.

— Pourquoi ferait-il cela ? demanda Forrest.

— Déjà pour nous faire la leçon. Et puis j'imagine qu'il ne m'est pas venu en aide sans raison.

— Et qu'attend-il de nous, d'après toi ?

— Des infos qu'il n'a pas, peut-être. Il veut les Loups pour lui tout seul, d'après ce que j'ai compris. Là où 10-13 se trompe, c'est penser qu'il est de taille.

— Tu le penses bien de toi, objecta Forrest avec bon sens.

Sarah eut un sourire plein d'indulgence.

— Je suis une journaliste, chéri. Je fourre mon nez partout, et ensuite j'alerte les autorités compétentes.

— March, notamment.

— Oui, et le sénateur a tout le FBI derrière lui. C'est autre chose, crois-moi. Il sait ce qu'il fait. Quant à nous, on ne joue pas au justicier solitaire. Ce que 10-13 risque de gagner dans cette affaire, c'est se retrouver coincé entre deux feux.

— Entre les fédéraux du sénateur March et les Loups de Fenryder ?

Elle hocha la tête :

— Au mieux, il va finir coffré ; au pire, six pieds sous terre.

— C'est un tueur, Sarah. Tous les jours, il joue avec sa peau. Tu as l'air de l'oublier.

— Il m'a tirée d'un sale pas. Ce n'est pas que j'ai de l'affection pour ce type, mais bon...

Vers vingt et une heures, son mobile sonna dans le vide-poches de l'entrée, apportant à ses dires une éclatante confirmation.

— La Prairie aux Moutons n'est pas l'endroit que je préfère à Central Park, dit une voix d'homme étrangement sereine au bout du fil.

Sarah sut tout de suite à qui elle avait affaire.

— Confidence pour confidence, fit-elle pour masquer sa curiosité, ma mère s'est toujours montrée très stricte sur un point : ne jamais parler à un monsieur que je ne connais pas. Je vais donc vous dire au revoir avant de raccr...

— Disons, Sarah, que je suis un pauvre âne. Appelons-le Onyme. Le plus beau des noms.

— J'espère que vous ne lisez pas que des Agatha Christie, monsieur « l'âne Onyme ».

— Bon, eh bien, disons alors que je suis le ver dans la Grosse Pomme.

— Je tombe des nues. Je croyais que New York était la ville de la tolérance zéro.

— De la quoi ? Jamais entendu parler de ça.

— De Giuliani, non plus ?

— Mes affaires ont survécu à ce pizzaïolo. Sarah, vous prenez souvent le métro à ce qu'on m'a dit.

— Vos hommes doivent préférer le métro à Central Park ?

— Détrompez-vous. Je les ai convertis aux grands espaces. Ils souffrent le martyre, enfermés sous terre. Le bruit, la pollution, la promiscuité. Ils préféreraient sans doute que vous preniez le bus, mais bon, ils serrent les dents.

— Soyez gentil de leur dire que je ne me rends à aucun bal en douce. Pas besoin de chevaliers servants. Et puis je lace très bien mes souliers de verre. Aucun risque d'en perdre un en cours de route.

— Bizarre, on m'a laissé entendre le contraire. Les douze coups frappés, j'ai toujours peur que vous montiez dans la première citrouille venue.

— Pourquoi faites-vous ça ? demanda-t-elle enfin sérieuse.

— J'ai promis à un vieil ami décédé de veiller sur vous. Vous devriez suivre les conseils de prudence de votre pauvre mère, Sarah. Traîner dans un parc à deux heures du matin, est-ce tout à fait raisonnable ?

— Vous draguez ma mère ou quoi ?

— Vous et moi avons des intérêts communs, je crois. La nature. La guerre de Sécession.

Nous y voilà, se dit Sarah. Son mystérieux interlocuteur semblait très bien renseigné sur le général Fenryder et ses Loups.

— Et vous êtes de quel côté ? demanda-t-elle pour en avoir le cœur net. Du Bien ou du Mal ?

— La vie est un ruban de Möbius. On croit être de ce côté-ci, et puis voilà qu'un peu plus loin, mince ! on se rend compte qu'on est de l'autre bord. En fait, Sarah, il n'y a tout simplement pas de côté.

— Des intérêts bien compris, alors.

— Intelligente avec ça. Nous allons nous rencontrer, Sarah.

— Laissez-moi un peu de temps pour cacher ma joie.

— Rappelez-moi de vous conter l'histoire du rat et de l'égoutier. Vous allez adorer.

Et sur ces mots, le caïd 10-13 mit fin à son appel.

CINQUIÈME JOURNÉE

Dimanche 14 décembre

*

Où Forrest se trouve à son atelier

Le dimanche 14, au matin, Forrest travaillait dans son atelier. Celui-ci, dans le Meatpacking District, occupait le dernier étage d'un ancien entrepôt à la façade en pierre grise. Tout d'une pièce et très haut de plafond, l'endroit était aussi froid l'hiver qu'il était étouffant l'été, mais Forrest s'y sentait suffisamment bien pour ne pas vouloir en chercher un autre où abriter ses œuvres.

Des toiles de tous formats reposaient au sol, dos retourné, appuyées contre les murs, par piles obliques de cinq ou six. Encadrant la porte et s'étalant sur toute la cloison en longueur comme en hauteur, plusieurs centaines de livres garnissaient une énorme bibliothèque en chêne sombre, pareille à un tympan d'église gothique.

L'atelier de Forrest était son antre, son repaire. Personne n'était autorisé à y venir, à l'exception d'une femme qui n'était pas Sarah mais une certaine Shirley Zimmer.

Et Shirley Zimmer, justement, arriva.

— Je t'ai apporté de quoi te restaurer, fit-elle, agitant un sac de beignets.

Brune, la quarantaine ensorceleuse, Shirley Zimmer était l'une des critiques d'art les plus respectées de la côte est. Elle avait rencontré Forrest à ses débuts grâce à Oscar Watts, son ancien galeriste, et depuis avait toujours soutenu son travail dans de longs articles intelligents et fouillés.

Tous les dimanches, sur le coup de dix heures, elle venait passer un moment en sa compagnie. Personne n'en savait rien car il leur plaisait d'entourer leurs rencontres d'un rideau de mystère comme s'ils étaient amants tous les deux.

À leur habitude, ils s'assirent par terre, côte à côte, devant la grande toile de deux mètres sur trois à laquelle travaillait Forrest (un rayon de surgelés rendu dans ses détails les plus infimes) et, grignotant leur beignet, se mirent à parler d'art.

— Shirley, je te parie un dîner chez Jean-Georges que tes confrères ne verront dans mes *Vitrines* que des natures mortes postmodernes figurant des marchandises à la place des fleurs, insectes et crânes de la tradition picturale. Peinture de genre, diront-ils et ils auront raison, dans une certaine mesure, du moins. Car c'est vrai, j'aime les codes de la peinture de genre. J'aime jouer avec les règles. Mais combien de mes critiques y percevront autre chose ?

— Tu veux parler des reflets ?

Chacune des *Vitrines* qu'il avait peintes s'animait de réverbérations quasi invisibles trahissant la présence de personnages à la fois quotidiens et mystérieux comme un homme avec un pistolet, à côté d'une gamine mangeant une sucette. Ou comme, ici, deux petits vieux barbotant des surgelés et les cachant sous leur manteau. Aucun de ces détails n'avait échappé à l'œil aiguisé de Shirley.

Forrest lui jeta un regard de côté et hocha la tête.

— Oui, les reflets sur mes *Vitrines* qui montrent des gens, des expressions, des attitudes. Combien y devineront les portraits derrière les natures mortes et derrière ces portraits la rue, les paysages ?

— Je comprends. Tes *Vitrines* ne peuvent être réduites à des natures mortes même si elles sont *aussi* cela. Tu sais quoi ? elles m'ont tout l'air d'être des pièges à regard.

— Un genre peut en cacher un autre, ou plusieurs autres. Ça m'a toujours plu, cette idée. Au regardeur d'aller y regarder de plus près.

— Il faut qu'il ait l'œil intelligent. Et la culture qui va avec. Tu demandes beaucoup à notre époque paresseuse.

— Savoir regarder, c'est avant tout se libérer des préjugés. Celui qui n'aime pas les natures mortes ne verra dans mes *Vitrines* que des natures mortes. En ce sens, tu as raison, mes *Vitrines* sont des pièges. J'aime beaucoup ce paradoxe bouddhiste, tu sais : « Le reflet est toi mais tu n'es pas le reflet. »

Ils se turent un moment, dégustant leur beignet et les idées qu'ils venaient d'échanger. Puis Shirley relança la conversation.

— Lorsque j'ai visité la bibliothèque de Sarajevo en ruine après les bombardements serbes, tu sais ce qui m'a frappée le plus ? Eh bien, ce sont les brins d'herbe qui poussaient déjà entre les gravats. C'est là que j'ai compris. La vie n'est qu'un chaos surmonté avec plus ou moins de réussite, et l'art le sentiment stylisé de cette victoire et de sa précarité.

— En somme, tu considères mes toiles comme de jolis brins d'herbe sur des décombres.

— La beauté, Forrest, a toujours parasité l'horreur du Néant. Regarde les grottes de Lascaux, regarde Goya, regarde Van Gogh. C'est peut-être pourquoi il n'y a pas de grand art qui ne soit pas à la fois beau et inquiétant. Ça n'a rien à voir avec le repoussant.

— J'aimerais être capable de peindre jusqu'à ma mort pour avoir le plaisir de toujours t'entendre.

— Te souviens-tu de ce que tu as répondu au journaliste qui te demandait si tu étais vraiment en passe de devenir un nouveau Basquiat ?

Il fit non de la tête et Shirley lui rappela :

— « Coucher avec Madonna et me faire pisser dessus par Warhol ? Non, merci, très peu pour moi. »

Ils partirent d'un même éclat de rire.

— C'est vrai, dit Forrest après un instant. Qu'est-ce qu'on peut être con parfois !

Puis son sourire s'effaça pour laisser place à une expression soucieuse.

— C'est bizarre que tu me parles de Basquiat. Depuis quelque temps, il y a de drôles de tags dans Manhattan.

— Des tags façon Basquiat ?

— Ouais. « SAMO is NOT dead. »

— Oh, fit Shirley en hochant la tête.

— Le plus incroyable, c'est que je suis sûr de connaître le type qui écrit cette phrase partout.

— Un ami artiste ?

— Pas vraiment.

Il se tut, ne voulant en dire plus.

— Ne me dis pas que c'est Eliot ?

Shirley Zimmer était l'une des rares personnes à connaître l'histoire de Forrest avec le fils du sénateur March, à l'époque où il exposait à la galerie Oscar Watts.

— Non, c'est pas Eliot, répondit Forrest sur un ton grave. Pas lui. Tu sais, il serait incapable de concevoir un truc aussi futé. Eliot, quand nous nous sommes brouillés, était trop englué dans son Œdipe pour faire quoi que ce soit d'autre que buter son père.

— Alors qui ?

— Quand j'ai fait les Beaux-Arts à Chicago, il y avait un type étrange. Plutôt doué. Mais il n'a pas continué et a préféré accepter un emploi dans une entreprise de design industriel.

— Et pourquoi ce serait lui qui ferait ces tags ? Il est sans doute resté à Chicago, dans sa boîte de design.

— Aux Beaux-Arts, je l'ai vu la griffonner plusieurs fois sur son carnet.

— Griffonner quoi ?

— Eh bien, la phrase « SAMO is NOT dead ».

— Oh ! fit simplement Shirley. Il serait donc ici, quelque part dans les rues de Manhattan.

— Peut-être qu'il est venu rejoindre son frère. Tu sais, Eric Welling ?

— Le courtier en art ?

Forrest opina de la tête.

— Le hic, ajouta-t-il après un silence, c'est que Welling m'en aurait parlé.

— Pourquoi ? Tu le vois souvent, ce gros con ?

— Figure-toi que c'est lui qui a servi d'intermédiaire entre moi et la Fondation Walter Skoll.

— Pour acheter la série des *Vitrines* ?

— Exact. Et pour *Les Démons* aussi, c'était lui.

— Ça n'a pas porté chance à ton tableau. On l'a dérobé à la Fondation quelques jours après.

— Ce n'était pas à la Fondation mais dans son annexe de Harlem. Quant à Welling, reconnais que c'est pas la faute du courtier si on vole la marchandise après qu'il l'a vendue. Walter Skoll n'avait qu'à mieux faire garder son annexe.

— Toujours est-il que si le jeune frère tagueur est comme son aîné un connard de stricte obédience, eh bien, je dis : bonjour la famille !

— Je crois que les frères Welling ne se ressemblent pas du tout. Michael était plutôt du genre introverti.

— Alors bénis soient les saints mystères de la génétique ! s'exclama Shirley en se remettant debout.

Forrest se leva lui aussi. Ils se dirigèrent vers la porte.

— Tu le vois toujours ce type avec un bandeau de pirate ? demanda-t-elle.

— Tim ? Ouais, pourquoi ?

— Tu as toujours eu de drôles de relations. Il est un peu effrayant, non ?

— Tim, c'est un copain d'enfance. Quand on vivait à Chicago, on se voyait quasiment tous les jours. Rassure-toi, Shirley. Mes amis Tim et Sarah sont les meilleurs antidotes que je connaisse à tous les Eliot March de la terre, crois-moi. Et toi, raconte un peu comment va la vie ?

Shirley Zimmer eut un sourire radieux.

— Je sors avec un éditeur. Un type super.

— Ce beau salaud a de la chance de t'avoir trouvée, Shirley.

— Lorsque tu le rencontreras, tu te rendras compte que c'est moi qui ai été servie par la chance. Je vais m'y accrocher, cette fois.

— Comment s'appelle-t-il ?

— Roy. Roy Shane. Il publie pas mal de fantastique, genre Stanley Holder et consorts. Tu sais ce qu'il y a de plus fort que de rencontrer un homme heureux et intelligent ? C'est d'en rencontrer un qui rend heureux et intelligent.

— Je vois ce que tu veux dire. Je suis content pour toi, Shirley. Tu mérites d'être aimée. Dis, tu viendras pour le vernissage ?

Elle soupira.

— Tu sais bien que je déteste la foule. En art, je suis monarchiste. Surtout ne le répète à personne !

Ils se tenaient devant la porte.

— Oscar me manque, dit Forrest de but en blanc.

— À moi aussi. C'était un grand galeriste et un type humainement épatant. Tu sais qu'il en pinçait pour toi, n'est-ce pas ? Et il t'aimait d'autant plus fort qu'il te tenait pour un génie. Ne doute jamais de toi après cela, Forrest. Ce serait criminel.

— J'ai fait des bêtises dans ma vie dont je ne suis pas fier, Shirley.

— Mais tout ça, c'est fini maintenant. C'est bien fini, n'est-ce pas ?

Forrest ne répondit pas, préférant se pencher vers une de ses toiles posées dans un coin.

Elle le fit se redresser et l'embrassa sur la joue.

— Ce serait bien que tu me présentes ta Sarah et je te présenterais mon Roy. Que fais-tu cet après-midi ?

— Je compte me remettre au travail, dit-il en désignant la grande toile au milieu de l'atelier.

— Et ce soir ? Tu as des projets pour ce soir ?

— Ouais. Et si je te les disais, tu ne me croirais pas !
— Encore des bêtises ?
— Ça oui, je le crains, dit-il en l'étreignant.

*

Où Forrest et ses amis s'introduisent dans la Fondation

La journée fut aussi froide qu'ensoleillée. Le thermomètre flirta avec les 0 °C de manière insistante, si bien qu'on aurait pu l'inculper pour harcèlement caractérisé.

Ce dimanche, l'énigmatique 10-13 ne se manifesta pas à Sarah pour lui conter son histoire, celle du rat et de l'égoutier que, la veille au téléphone, il lui avait promise. En revanche, ce fut au tour de Tim de recevoir un drôle d'appel sur son portable. Le courtier en art, Eric Welling, l'homme que Shirley Zimmer avait qualifié dans la matinée de « connard de stricte obédience », voulait un rendez-vous avec le détective pour le lendemain après-midi.

— C'est notre ami commun, Forrest, qui m'a donné vos coordonnées, expliqua le courtier en art. Je cherche un privé. Un privé qui soit capable et discret. Ce que vous êtes, à ce que Forrest m'a dit. Vous êtes capable et discret, n'est-ce pas ?

— Désolé, dit Tim. Je ne prends plus d'affaire.

Il préférait consacrer son temps à la chasse aux Loups mais se ravisa quand Eric Welling lui indiqua la raison de son appel.

— Voyez-vous, Tim. Je peux vous appeler Tim, au moins ?

— Bien sûr, Eric, répondit le détective du tac au tac.

— OK, super. (Il se racla la gorge.) Tim, j'aimerais m'entretenir avec vous des *Démons*.

— *Les Démons* ? Vous parlez bien du tableau de Forrest... ?

— Qui a été dérobé en septembre par un commando armé, compléta Eric Welling sur un ton proche de l'agacement. Oui, oui, c'est bien de cette œuvre-là que j'aimerais vous parler. On pourrait se voir, disons (il y eut un bruit de pages d'agenda qu'on tourne) demain quatorze heures.

— À votre cabinet de courtage, je suppose.

— Non, pas là. Je préférerais un autre endroit. Sur le pont de Brooklyn, par exemple. Je pourrais vous attendre sur la passerelle, près du pylône côté Manhattan.

— OK. Demain quatorze heures.

Et Tim raccrocha.

Que cet appel ait eu lieu un dimanche et que le courtier en art ait demandé à voir Tim le lendemain même, tout cela laissait subodorer une certaine urgence, sinon une urgence certaine, dans la situation d'Eric Welling.

Quant aux « bêtises » annoncées par Forrest au programme de ce dimanche, elles commencèrent un peu après dix-sept heures, lorsque Jodie frappa à la grande porte en verre Securit de la Fondation Walter Skoll et qu'au bout d'un moment, Ron Flint finit par sortir de son bureau pour lui ouvrir.

Jodie lui servit son plus beau sourire.

— Je suis confuse, dit-elle quand il eut déverrouillé l'entrée.

— Vous avez oublié quelque chose hier ? demanda le vigile noir en refermant la porte à clé derrière elle.

Jodie tâcha d'être convaincante. Elle lui débita qu'elle avait oublié son téléphone portable près de son ordinateur (ce qui était la stricte vérité, d'ailleurs) et que, comme elle était venue aujourd'hui à New York pour admirer les illuminations de Noël, elle avait eu l'idée (tiens donc !) de faire un saut à la Fondation avant de rentrer chez elle.

Ron Flint hocha la tête d'un air de compréhension amusée.

— Le problème, Jodie, c'est que je ne peux pas vous laisser monter. Les ordres, vous comprenez. Avec les risques d'attentat, faut faire gaffe. Remarquez bien que je dis pas que vous êtes une terroriste infiltrée.

Souriant, il se gratta la tête avec sa clé.

— Bon, écoutez. Vous allez m'attendre dans mon bureau et moi, je vais monter vous chercher votre téléphone. Y a du café chaud, vous avez qu'à vous servir.

Elle le remercia et prit la direction de son bureau tandis qu'il s'éloignait dans le hall.

Il débloqua les portes d'un des ascenseurs et prit place dans la cabine en adressant de nouveau un sourire débonnaire à Jodie.

Dès que les portes de l'ascenseur se furent refermées, Jodie se précipita vers la galerie tout en sortant de sa poche une petite lampe torche. Elle l'alluma avant de s'enfoncer à travers les sept salles obscures, la peur au ventre à l'idée que l'un des détecteurs de mouvement se mît à hurler. Mais comme Forrest le lui avait assuré, tous avaient été bidouillés la veille et aucune alarme ne se déclencha. D'après leurs calculs, ce pauvre Ron Flint mettrait un peu plus de quatre minutes vingt pour monter jusqu'au cinquième étage, déverrouiller la porte du bureau de Jodie, trouver son téléphone près de l'ordinateur, refermer la porte et redescendre. Pas de quoi traîner en chemin. Jodie déboucha dans la dernière salle et chercha l'issue de secours avec sa lampe. Elle la trouva sur sa gauche et comme Forrest le lui avait encore indiqué, l'alarme qui en gardait l'accès avait été, elle aussi, déconnectée. Jodie appuya sur la barre d'ouverture et poussa. L'issue, qui ne pouvait s'ouvrir que de l'intérieur, donnait sur l'arrière du bâtiment où attendaient ses trois amis.

— Plus que quarante secondes, fit Tim, un chronomètre en main.

Jodie repartit aussitôt.

Elle était en sueur et pas seulement parce qu'elle courait à bride abattue, vêtue de son épais manteau. Il y avait aussi la peur. Une peur atroce, qui lui tenaillait le ventre. Ce qu'elle venait de faire pouvait lui coûter sa place, et peut-être même plus, si ses amis ne se trompaient pas sur Walter Skoll.

Elle mit une demi-minute à retraverser la sombre enfilade des salles et quand elle franchit le hall d'accueil, elle vit que l'ascenseur redescendait. Il se trouvait déjà au premier étage. Elle pénétra en trombe dans le bureau du vigile, versa un peu de café dans un gobelet, puis elle ferma les yeux et se concentra sur sa respiration.

Le vigile apparut.

— Voilà votre portable, dit-il, avec son invariable sourire. Faudra faire attention la prochaine fois. Les patrons sont plutôt regardants sur la sécurité. Avec Ben Laden et Cie, c'est bien normal, pas vrai ?

Ron Flint abaissa son regard sur le gobelet qu'elle tenait.

— Merde, vous avez réussi à boire mon café. J'ai oublié de vous dire que je l'avais fait un peu fort.

— Non, il est très bon, dit-elle avec aplomb.

Et, portant le gobelet à ses lèvres, elle se força à ne pas grimacer quand la boisson, plutôt corsée, coula dans sa gorge.

Puis avec son téléphone, elle désigna le mur de moniteurs devant elle.

— Vous avez toute la Fondation à l'œil.

— Non, pas toute la Fondation. Juste le rez-de-chaussée. C'est pour ça que je ne peux laisser monter personne.

De ses discussions plus ou moins anodines avec Ron Flint, Forrest avait retenu cette information capitale. Tim et lui en avaient aussitôt déduit qu'une fois résolu l'épineux problème du hall, ce serait un jeu d'enfant pour eux de visiter les étages.

Jodie jeta son gobelet vide dans la corbeille de Flint.

— Bon, je vais vous laisser. Encore merci, Ron.

— Tout le plaisir a été pour moi, déclara le vigile, tout sourires, en la raccompagnant à la porte d'entrée.

Il fit jouer sa clé dans la serrure et ouvrit la porte.

— À demain, Ron, dit-elle et elle se faufila dehors sur l'esplanade.

Elle ressortit par le portillon, contourna l'enceinte de la Fondation et gagna l'arrière du bâtiment où elle gratta à la porte de secours. Tim lui ouvrit aussitôt.

— Bravo, Jodie, chuchota-t-il. Viens, les autres nous attendent dans la première salle.

Guidés par la lampe torche de Tim et jouissant de l'impunité que leur conférait le sabotage des systèmes de détection, ils rejoignirent Sarah et Forrest qui scrutaient avec circonspection le hall éclairé.

Par la vitre de son bureau, le gardien n'avait pas une vue directe sur la galerie, et les moniteurs de surveillance ne le renseignaient pas non plus sur elle. Ceux qui avaient conçu la sécurité du bâtiment avaient dû penser que les systèmes d'alarme qui truffaient les salles d'exposition feraient l'affaire et ils avaient économisé les caméras pour les concentrer sur le hall où la moindre intrusion, fût-ce celle d'une souris, serait immédiatement détectée. Sarah avait fait remarquer que le dispositif de sécurité révélait la véritable nature de la Fondation. Moins un centre d'art qu'une planque pour les Loups. La protection des œuvres passait après la sécurisation du hall qui était le point névralgique du bâtiment puisqu'il commandait par les ascenseurs l'accès aux étages. À tous les étages.

Les ascenseurs étant bloqués la nuit, le seul moyen de monter était l'escalier situé un peu en retrait du hall mais juste en face du bureau du vigile. Il fallait donc, pour l'atteindre, non seulement traverser le champ de mines qu'était le hall mais aussi passer sous le nez du gardien.

La seule chance de réussite reposait sur ce dernier. Comme dans tout dispositif technique plutôt sophistiqué, le facteur humain, même réduit au minimum, constituait l'irréductible faille.

Or Ron Flint vidait sa vessie toutes les vingt-cinq minutes au dire de Forrest. Et il restait aux toilettes entre trois et quatre minutes.

Quand ils avaient appris ce renseignement, Sarah et Tim avaient béni d'un même allant le café et la prostate du vigile. Et ils avaient aussitôt échafaudé un plan.

Sarah consulta sa montre : dix-sept heures onze. Ils attendirent. Dix minutes passèrent, puis quinze, puis vingt. À dix-sept heures trente-cinq, Ron Flint n'avait toujours pas bougé de son bureau. Sarah foudroya du regard Forrest qui, pour toute réponse, haussa les épaules. Excédée, elle alla s'asseoir près de Jodie et de Tim, installés derrière, et laissa Forrest surveiller seul le vigile.

Huit longues minutes plus tard, Forrest leur fit signe de venir voir et ils se levèrent tous ensemble. Ron Flint, rappelé à l'ordre par sa vessie, traversait le hall en direction des toilettes derrière les cages d'ascenseur.

Forrest se retourna vers Sarah avec un air de triomphe. Elle haussa les épaules à son tour.

— On y va, souffla Tim dès qu'ils entendirent la porte des W-C se refermer derrière Flint.

Ils gagnèrent l'escalier en courant. Parvenus au premier étage plongé dans l'obscurité, ils s'arrêtèrent un instant pour souffler, le cœur battant et l'oreille aux aguets, moins effrayés à l'idée que Ron Flint les eût repérés qu'inquiets de ce qu'ils allaient trouver dans l'étage interdit.

Chacun alluma sa lampe et, l'un derrière l'autre, ils poursuivirent leur ascension.

Au cinquième, le faisceau tressautant des torches électriques buta sur un mur. L'étage supérieur n'était pas seulement privé de fenêtres ; il n'avait pas non plus d'issue de secours. Seuls les ascenseurs permettaient d'y accéder, or les ascenseurs étaient bloqués en bas...

— Merde, firent en même temps Sarah et Tim, dépités.

Ils examinèrent la cloison. L'issue n'avait pas été murée ; elle n'avait pas même été conçue.

— C'est râpé pour nous, dit Forrest, le moral au plus bas.

Après avoir pris tant de risques pour rien, il ne leur restait plus qu'à espérer ressortir de la Fondation comme ils y étaient entrés : sans être vus.

— Attendez, fit Sarah que rebutait l'idée de filer sans avoir rien découvert. Avec un peu de bol, on peut passer par une des cages d'ascenseur.

Décidant d'aller vérifier, ils poussèrent la porte coupe-feu de l'étage et se dirigèrent vers les ascenseurs.

Ils essayaient d'en ouvrir un quand les lumières de l'étage s'allumèrent.

— S'il vous plaît, s'il vous plaît, fit calmement une voix derrière eux, n'abîmez pas nos ascenseurs ! Ils nous coûtent les yeux de la tête en frais d'entretien. Et puis vous commettriez une vilaine effraction.

Jodie ferma les yeux, priant le Ciel pour qu'il la fît disparaître sous terre. Puis, comme les autres, elle se retourna, le feu aux joues.

Neil Garson se tenait sur le palier. L'œil fatigué, la chemise défraîchie, et armé d'un démonte-pneu.

— Que personne surtout n'ait le toupet de me demander ce que je fous ici à cette heure. (Le directeur de la comm' se mit à glousser puis, reprenant son sérieux :) J'ai bien cru que vous ne réussiriez jamais à atteindre ce foutu escalier. Je commençais à trouver le temps long, les amis.

— Vous nous avez vus entrer ? demanda Jodie d'une voix blanche.

— Jodie, ah ! petite Jodie de mon cœur. Il y a des écrans de contrôle partout dans le bureau de la grande cheftaine. Vous l'ignoriez à ce que je vois. Toute votre cavalcade y a été enregistrée sur bande magnétique. Bon sang, quand Lisa va voir l'étendue insoupçonnée de vos capacités, elle comprendra la légitimité de mes réserves à votre égard ! Pas vrai, Jodie ?

Il s'avança soudain vers eux et Tim se plaça aussitôt devant Jodie pour la protéger.

— Vous, prenez plutôt cela, fit Garson en lui tendant brusquement le démonte-pneu.

Aux regards perplexes qui convergèrent sur lui, il répondit :

— Moi aussi il me taraude de savoir ce que notre grand manitou Walter Skoll peut bien foutre là-haut.

Garson empestait le whisky et Jodie se dit qu'il avait dû passer la journée à picoler dans son bureau.

Tim s'empara du démonte-pneu sans oser dire merci et glissa le bout pointu dans l'une des portes d'ascenseur, qui finit par s'ouvrir.

Sarah se pencha dans le vide pour examiner la cage avec sa lampe. Tout en bas, se devinait le plafond de la cabine.

— À votre gauche, vous trouverez une échelle, fit Garson derrière eux sur un ton des plus urbains.

— OK, dit Sarah. Je propose qu'on se divise les tâches. Jodie, Forrest et vous (elle désigna Garson qui se mit au garde-à-vous) vous vous occupez de récupérer les bandes magnétiques. Tim et moi, nous allons visiter le sixième.

— Hé ! minute, intervint Garson. Moi, je veux en être !

— Désolée, mon vieux. Mais avec ce que vous tenez, vous iriez faire du trampoline sur la cabine, cinq étages plus bas. On vous racontera. Je vous le promets.

— Venez, monsieur Garson, dit Jodie en lui prenant le bras. Sarah a raison. Vous pourriez vous faire mal.

— Je suis déjà foutu, Jodie, fit Garson soudain piteux.

Toutefois il se laissa emmener sans résistance. Sarah attendit qu'ils aient tourné les talons, puis elle adressa un sourire à Tim.

— Après toi, vieux frère.

Tim passa devant elle et, sa lampe torche entre ses dents, il se mit à grimper à l'échelle comme un pirate à l'abordage d'un vaisseau espagnol.

*

Où Tim et Sarah découvrent le sixième étage

Parvenu au sixième, Tim s'aida du démonte-pneu pour ouvrir la porte de la cage. Elle finit par céder et il put se faufiler sur le palier de l'étage. Sarah le rejoignit et se figea à ses côtés. Ils dirigèrent le faisceau de leurs lampes sur la porte juste en face d'eux, faisant luire dans le noir la plaquette de cuivre où se lisait « SALLE DU CONSEIL ».

Ils avancèrent en même temps. Contre toute attente, la porte n'était pas fermée à clé. Elle ne grinça pas non plus sur ses gonds quand Sarah l'entrouvrit.

Tim balaya la salle de sa torche, éclairant l'un après l'autre les fauteuils curules autour de la longue table de conférence. Puis il figea le faisceau lumineux sur l'ordinateur portable Toshiba qui, comme Jodie l'avait indiqué, se trouvait près du siège du président.

— Je m'en occupe, dit-il pénétrant dans la pièce.

Sarah lui emboîta le pas.

Il sortit son ordinateur de son sac à dos et le raccorda à celui des Loups par un câble USB. Il les mit en marche puis, après les quelques secondes nécessaires à la préparation des paramètres, il lança la copie du disque dur du Toshiba vers son portable.

Pendant ce temps, Sarah entreprit une visite en règle des lieux.

Le mur du fond présentait, juste derrière le siège réservé au président, un renfoncement de deux mètres de haut sur deux de large et à peu près un mètre de profondeur. La niche était inoccupée et Sarah se demanda ce qu'elle était supposée abriter. Cet espace vide, qui regardait la longue table de conférence, ne lui disait rien qui vaille.

Puis, éclairant le mur un peu plus loin sur la droite, Sarah trouva une porte dissimulée dans la cloison.

— Il y a une autre pièce derrière, chuchota-t-elle.

Tim s'approcha.

— Voyons ce que notre Barbe-Bleue y a planqué, fit-il et il poussa d'une main le battant tout en dirigeant de l'autre sa lampe dans l'ouverture.

La pièce était plongée dans le noir, elle aussi.

Sans aller plus avant, Sarah et Tim en fouillèrent l'intérieur avec leurs torches, croisant et décroisant leurs faisceaux lumineux.

— Si je m'attendais à ça ! murmura Tim dans l'encadrement de la porte.

Le même étonnement se lisait sur le visage de Sarah.

*

Où l'on rappelle qu'il faut toujours se méfier des apparences

Au cinquième étage, Jodie et Forrest découvrirent avec stupeur que Neil Garson ne s'était pas contenté d'abuser du whisky. Il avait aussi mis à sac le bureau de Lisa Whittaker.

— Moi et mon démonte-pneu, nous comptions avoir une petite entrevue avec Lisa demain matin. Elle m'a toujours reproché de jouer petit bras. Je pense que ma nouvelle approche va l'emballer, la Lisa. Hein, qu'en dites-vous, Jodie ?

Garson s'avança à travers les meubles et tableaux renversés, frayant un chemin à Jodie et à Forrest qui le suivaient.

— Ce grand con de vigile n'a rien vu tout à l'heure. Tu te rends compte, Forrest ! rien vu. Merde ! et on paie des types comme lui pour garder nos instruments de travail. J'vais te dire, l'Amérique fout le camp.

De sa main droite il fit un moulinet cafouilleux vers une petite pièce attenante au bureau de Whittaker.

— Big Brother est là-bas.

Jodie et Forrest allèrent jeter un œil. Le local avait été relativement épargné par l'ouragan Garson. Si les étagères avaient été arrachées du mur, les moniteurs et magnétoscopes se trouvaient à leur place et fonctionnaient toujours, montrant et enregistrant tout ce qui se passait au rez-de-chaussée, y compris dans le bureau de Ron Flint (qui était en train de se curer le nez avec allant). En bas à droite, un écran était réservé au parking.

Tandis que Jodie délestait les appareils de leurs cassettes compromettantes, Forrest prêta attention aux cartons, en grande partie écrasés, qui jonchaient le sol. Ils dégorgeaient de bandes magnétiques étiquetées.

Appuyé à l'encadrement de la porte, Garson fixait Jodie avec une trouble satisfaction.

— De tels agissements de votre part, Jodie, ne m'étonnent guère, vous savez. De toute façon je ne vous ai jamais aimée.

— Si tu la mettais un peu en veilleuse, Neil, proposa Forrest qui s'était accroupi pour mieux fouiller dans les cartons.

Il éparpilla les cassettes devant lui et en retira une du tas.

— Regarde ça, Jodie.

Sur l'étiquette la jeune femme put lire la mention : « Parking, jeudi 11 décembre. »

Il se redressa.

— On va enfin savoir qui se trouvait dans la limousine, tu sais, le soir de la réunion des Loups ici même.

Préférant ne pas se rappeler la manière dont cette nuit-là s'était terminée pour Sarah en plein Central Park, il glissa la bande dans un des magnétos et la fit défiler rapidement. Le compteur des heures et des minutes affichait ses données à toute vitesse. Quand il arriva vers 1 h 45, Forrest ralentit le film.

Le parking, plongé dans l'obscurité, était surveillé par une seule caméra. C'était une caméra infrarouge, fixe et haut placée, qui offrait une vue d'ensemble des lieux et de la rampe d'accès située juste en face d'elle, à l'autre bout du parking. Se trouvant du côté de la caméra, seuls les ascenseurs échappaient à son contrôle.

Les emplacements, numérotés au sol avec des chiffres réfléchissants, étaient tous déserts, à l'exception d'un seul, occupé par une petite Toyota que Forrest reconnut comme étant celle du vigile Ron Flint.

Lorsque l'heure en bas de l'image indiqua 01 h 56 min 35 s, la limousine noire apparut. Pleins phares, elle descendit la rampe, puis s'avança entre les piliers de béton, droit sur la caméra. La plaque d'immatriculation avait été retirée, empêchant toute identification.

La limousine s'approcha encore, encore et… disparut du champ visuel en se garant sur le seul emplacement du parking à l'abri de la surveillance vidéo, juste sous l'angle de l'objectif, à quelques pas des ascenseurs.

Tout en bas de l'image s'allongea bientôt l'ombre oblique d'un homme. Il venait de sortir de la voiture et longeait le mur, bien à l'abri de la caméra. Trois mètres plus loin, l'ombre s'immobilisa, et un trapèze de lumière orange se répandit au sol. L'homme montait dans un ascenseur. Puis l'ombre et le trapèze orangé s'étrécirent avant de disparaître. Les portes de la cabine s'étaient refermées ; l'ascenseur emportait l'homme-mystère vers les étages.

Il fallait être bien renseigné pour connaître cet angle mort. Les hypothèses se bousculaient dans l'esprit de Forrest. Était-ce Fenryder ? Le général Fenryder venu inspecter ses troupes nuitamment ? Ou était-ce quelqu'un d'autre ? Quelqu'un qui ne tenait pas à se montrer. Les Loups s'étaient déplacés à pied, Walter Skoll compris, mais pas l'inconnu. On avait dû l'informer de l'emplacement des caméras dans le hall et le parking, et il avait choisi d'arriver en limousine pour les éviter. C'était plutôt futé.

Forrest comprit que la vidéo ne leur apprendrait rien sur son identité et, déçu, il se redressa.

— Frustrant, pas vrai, les amis ? fit soudain la voix de Ron Flint derrière eux.

Et le vigile, armé de son pistolet, poussa Neil Garson à l'intérieur du local pour se camper à sa place dans l'encadrement.

— Arrête la bande, Forrest, ou je vous descends, toi et tes complices.

— Ce n'est pas ce que tu crois, Ron, dit Forrest tout en obtempérant.

La cassette s'arrêta. Il se retourna vers le vigile :

— Laisse-moi t'expliquer. J'espère que tu n'as pas appelé les flics.

— Qui te parle d'appeler les flics, l'ami ? À la Fondation, nous réglons nous-mêmes nos problèmes.

Les mots du vigile ne sonnaient pas vraiment comme une promesse de règlement à l'amiable, et Jodie se blottit contre Forrest qui passa un bras autour de ses épaules.

— Oh ! vous regardez mes mains. Désolé, je ne suis pas un Loup. Mais je sers la Confrérie depuis mon plus jeune âge. Mon maître était aussi celui de mon père comme il était aussi celui de mon grand-père.

— Une grande et belle histoire de famille, en somme, dit Forrest avec amertume.

Il n'arrivait pas à masquer sa déception concernant Ron.

Le vigile s'esclaffa.

— Sacré Forrest ! Tu vises toujours pile poil et sans jamais te prendre au sérieux. Tu vas me manquer, va !

— Merde ! mais de quoi parlez-vous, les gars ? fit Neil Garson soudain dégrisé par la situation.

— Tu vas bientôt le savoir, vieux, répondit Ron Flint, son éternel sourire aux lèvres.

*

Sarah et Tim au sixième étage (suite)

— Si je m'attendais à ça ! répéta Tim, à côté de Sarah, tous les deux immobiles sur le seuil de la pièce secrète dont il venait d'ouvrir la porte.

Éclairé par leurs torches, un salon s'offrait à leurs regards surpris, avec ses boiseries de chêne brun et ses canapés en cuir rouge capitonné. À deux hampes flottaient des drapeaux confédérés : un de la Louisiane, un autre de la Caroline du Sud, reconnaissable à son palmier. Ils flanquaient une grande carte des États-Unis épinglée au mur. À l'autre bout de la pièce, des vitrines protégeaient une incroyable collection d'appelants de chasse, pour l'essentiel des canards en bois peint, cèdre ou liège, avec des queues en moleskine. Tim savait qu'il y en avait pour une fortune, certains de ces leurres, dont on se servait autrefois pour attirer le gibier à plumes, s'échangeant à plus de quatre mille dollars sur le marché des antiquités.

À l'instar de la grande salle de réunion juste derrière, le salon était dépourvu de fenêtres. Aussi Sarah fit-elle jouer l'interrupteur du plafonnier sans crainte d'attirer l'attention sur leur petite intrusion dominicale. Elle éteignit sa lampe puis, sans un mot, pénétra dans la pièce. Tim lui emboîta le pas.

La carte avait pour titre « LE SOMBRE EMPIRE DU VÉRITABLE ». Elle n'avait pas de rapport immédiat avec la guerre de Sécession, pas plus qu'avec les activités officielles de la Fondation, et concernait l'implantation des Loups de Fenryder à travers les États-Unis. Sarah et Tim étaient conscients d'avoir sous les yeux un document de première importance.

Tim alla chercher son appareil photo dans son sac et prit une dizaine de clichés tandis que Sarah examinait le reste de la pièce.

Plus qu'un salon de réception, c'était une véritable salle d'état-major avec sa carte géante et ses drapeaux. Sarah n'en revenait pas.

Sur une étagère basse reposaient entre deux serre-livres en forme de loups une vieille bible et le manuel de Sun Tzu. Question harmonie, il y avait mieux.

Sarah s'empara du manuel et le feuilleta. Elle tomba sur un verset surligné en jaune : « Tout l'art de la guerre est basé sur la duperie. »

Elle remit le manuel à sa place puis s'intéressa à la bible et l'ouvrit à l'endroit marqué d'un signet.

— L'Apocalypse de saint Jean, releva-t-elle à l'adresse de Tim.

Elle ne savait s'il fallait se réjouir, ou au contraire s'inquiéter, que Walter Skoll eût de si édifiantes lectures.

Soudain, un petit déclic suivi d'un léger bruit de moteur et de câbles. C'était le groupe générateur de l'ascenseur. Il s'était remis en marche.

Quelqu'un montait.

— Merde, souffla Tim

Il se rua dans la grande salle et jeta un regard anxieux à la barre qui, au centre de l'écran de son ordinateur, indiquait en pourcentage l'état d'avancement de la copie.

Seulement 57 % des fichiers avaient été dupliqués.

— Dépêche-toi, foutue machine, dit-il en maugréant.

Puis il se tourna vers Sarah.

— Tu ferais bien d'éteindre les lumières.

Elle sortit son Glock 18 de sa poche et se précipita sur l'interrupteur. Le salon replongea dans l'obscurité. Elle ne put se défendre du sentiment qu'ils n'étaient pas seuls à l'étage.

La porte du palier, grande ouverte, laissait voir l'indicateur d'étages. L'ascenseur monta au deuxième, puis au troisième, puis au quatrième.

Au cinquième, il s'arrêta.

Sarah et Tim n'en éprouvèrent aucun soulagement. C'était l'étage où se trouvaient Jodie et Forrest.

*

Où Garson réalise son souhait d'aller visiter le sixième

Tandis que l'ascenseur arrivait à leur étage, Ron Flint les fit sortir du bureau de la directrice. Puis il leur ordonna de s'asseoir dans le couloir, à l'exception de Garson.

— Toi, tu prends l'ascenseur. On te demande là-haut.

— Moi ? s'étrangla Garson.

En guise de confirmation, Flint pointa son arme sur la tête de Garson. Celui-ci, les bras tremblants et à demi levés, avança vers la cabine qui s'était immobilisée sans que ses portes s'ouvrissent.

Il y trouva un sérieux motif d'inquiétude et préféra s'arrêter à bonne distance du palier.

— Avance ! dit Flint qui le tenait toujours en joue.

Les jambes flageolantes, il se remit en marche. Au moment où il arriva devant l'ascenseur, les portes coulissèrent avec un tintement.

La cabine était vide.

Plus circonspect que jamais, il prit place à l'intérieur.

— Ne pisse pas dans ton pantalon, marmonna-t-il entre ses dents.

Quand les portes se furent refermées derrière lui, il s'empressa d'appuyer sur le bouton du rez-de-chaussée mais la commande n'obéissait pas et, au lieu de descendre, l'ascenseur se mit à monter.

En route vers le sixième étage, Neil Garson déglutit non sans mal tout en sentant ses testicules se rabougrir dans son caleçon.

*

Sarah et Tim au sixième étage (suite)

L'ascenseur avait repris son ascension et fut bientôt au sixième.

Sarah sentit son pouls s'emballer et sa main se crispa sur son pistolet. Elle avait peur, aucun doute là-dessus, mais elle vendrait chèrement sa peau si d'aventure les Loups voulaient s'amuser avec elle.

Les portes s'ouvrirent, crachant un Neil Garson blanc comme un linge.

— Garson ? fit Tim. Mais qu'est-ce que vous foutez, bon Dieu !

La bouche pâteuse, il leur expliqua la situation.

Sarah comprit tout de suite. Son intuition se trouvait justifiée. Ils n'étaient pas seuls au sixième et on leur avait envoyé Garson pour le leur faire savoir.

— Descendons, dit Sarah.

— OK, approuva Tim. Je vais chercher mon portable.

La copie était terminée. Il débrancha le câble USB et fourra l'ordinateur dans son sac à dos.

Tous trois sursautèrent quand les portes de l'ascenseur se refermèrent et qu'il redescendit à vide.

— Quelle est ta plus grande peur, Sarah ? demanda Tim d'un air soucieux.

Il voulait savoir ce qu'il allait leur advenir.

— Je te le dirai lorsque tu m'auras confié tes appréhensions personnelles, répliqua Sarah, qui excluait de se dévoiler avant que les Loups ne la forcent à le faire.

Tim tendit son menton vers Garson.

— Et vous ? Que craignez-vous le plus ? Les rats, les requins, les araignées ?

— Non, rien de tout cela. Je ne crois pas, non.

— Cherchez bien, mon vieux. Parce que nous allons bientôt être fixés.

— Vous n'avez jamais eu peur ? insista Sarah à son tour.

— Si, bien sûr que si.

— Quand était-ce, la dernière grande trouille de votre vie ?

— Je ne sais pas. Arrêtez avec ça, merde ! Pourquoi vous me posez cette question à la fin ?

Puis l'alcool et la peur aidant, il finit par accéder à leur souhait.

— Je fais tous les mois le même cauchemar. Voilà, vous êtes heureux ? Vous l'avez, votre scoop.

— Racontez-le-nous, dit Tim.

— Quoi, mais vous n'êtes pas psy, que je sache.

— Garson, bon sang !

— Je rêve que je suis à la Fondation et que le sol soudain...

Et le sol soudain...

*

Jodie et Forrest (suite)

Assis dans le couloir du cinquième, Jodie et Forrest entendirent les cris de leurs amis retentir au-dessus de leurs têtes, et Forrest chercha à se lever.

— Tout doux, lui intima Ron Flint avec toute la persuasion de son arme de poing. Ton tour viendra, je t'assure. Après elle.

Il souriait de toutes ses dents, prêt à tirer.

Forrest se laissa retomber contre le mur.

— Pourquoi fais-tu cela, Flint ? Tu ne seras jamais un Loup. Regarde-toi dans une glace et tu verras qu'il y a comme qui dirait un petit problème de peau. Les Loups sont d'anciens Blancs massacreurs de nègres. Tu n'as pas oublié ce détail, quand même ?

— Tout juste, Auguste. Mais les nègres ont changé. Et cette fois, tu n'as pas la bonne couleur, Forrest. C'est toi et tes amis, les négros.

Il passa la main sur la visière de sa casquette et son sourire se fit moins éclatant quand il ajouta :

— C'est une sacrée connerie de s'imaginer qu'un homme est ce qu'il fait. Il est simplement ce que les autres lui laissent la possibilité d'être. Choisissez bien vos maîtres, voilà mon petit conseil du jour, les gars, et tous vos problèmes de peau, de cul, de fric, disparaîtront comme par enchantement. (Puis fixant Jodie, son sourire reprit tout son éclat et il dit :) Allez, debout, poupée. Ça va être ton tour.

Forrest tenta d'attraper le pistolet du vigile mais celui-ci para l'attaque et lui assena un violent coup de genou en plein visage. Puis il braqua son flingue sur Jodie.

— Tu veux que je la bute ici ? dit-il.

Vaincu, Forrest se rassit. Du sang lui coulait dans les yeux.

— Allez, ma belle, fit le vigile, de nouveau tout sourires. Prends l'ascenseur.

Tremblante, Jodie obtempéra. *Voilà ce qui arrive aux salariés qui contreviennent au code du travail*, ricanait une petite voix cruelle dans sa tête. Elle marchait dans une sorte de couloir de la mort, avec au bout, en guise de chaise électrique ou de chambre à gaz, un ascenseur de cauchemar menant à un étage de cauchemar.

Lorsqu'elle fut sur le palier, une forme située à la limite de son champ de vision attira son regard. Deux hommes, tout de noir vêtus, se cachaient plaqués au mur qui filait sur la gauche vers la machine à café. L'un d'eux lui fit signe de se taire. Puis les choses allèrent très vite. D'un bond, ils se décollèrent de la cloison et ouvrirent le feu sur Flint.

Celui-ci s'écroula sans tirer un coup de feu.

Le commando s'approcha.

— Je suis d'accord avec lui, fit l'un des hommes en noir. Faut bien choisir ses maîtres.

Forrest, les jambes en coton, parvint à se redresser en s'appuyant au mur.

— Vous êtes de la police ?

Les deux hommes se regardèrent avant d'éclater de rire.

— Dieu nous en garde ! dirent-ils en même temps.

Forrest jeta un coup d'œil incertain au corps du vigile. Il n'y avait pas la moindre trace de sang.

— Est-ce qu'il est mort ? demanda-t-il.

— Non, seulement K-O.

Ils rangèrent leurs flash-ball dans un de leurs deux grands sacs et sortirent de l'autre des MP5 Heckler & Koch qu'ils chargèrent et armèrent.

— Lui, on le voulait vivant, précisèrent-ils.

*

Sarah et Tim (suite)

Garson n'avait pas été envoyé au sixième seulement pour les prévenir. C'était sa peur qu'on voulait utiliser contre eux.

Sa peur irraisonnée du vide. Sa peur de la chute libre dans un vide abyssal sans fin.

— Le cauchemar typique du carriériste, ironisa Tim pour dissimuler sa nervosité.

À moins que ce fût, chez Garson, une manifestation subconsciente du néant qui grignotait sa vie.

Toujours était-il que le vide auquel ils avaient affaire ne présentait plus aucune trace de sens métaphorique. Il s'était glissé au cœur de leur réalité, grâce au pouvoir des Loups. Et il était devenu réel, dangereusement et follement réel.

Un abîme tiède et sombre se découvrait sous leurs yeux interdits en plein milieu du palier, et comme une espèce de trou noir absorbant la matière environnante, il s'agrandissait en résorbant le sol autour de lui.

C'était impossible, et pourtant, il n'existait plus d'étages sous eux, plus de fondations. Il n'y avait tout simplement plus de matière. Rien qu'une béance vertigineuse qui allait s'élargissant. Le sol ressemblait à une feuille de papier trouée par la flamme d'une allumette. Des bouffées fétides et chaudes montaient de ces ténèbres sans fond ni raison.

Se plaquant contre la cloison de droite, ils continuèrent d'avancer vers l'ascenseur, Tim en tête, suivi de Sarah, Neil Garson fermant la marche.

D'un doigt énergique, Tim pressa le bouton d'appel de l'ascenseur.

Se retournant vers Sarah, il vit que l'abîme s'évasait toujours plus et que le sol, à présent, se réduisait au pourtour du palier comme la promenade carrée d'un cloître.

Il appuya une nouvelle fois sur le bouton, sans plus de résultat. L'ascenseur ne viendrait pas.

Ce qui était devenu une espèce de route de corniche se réduisit encore jusqu'à ne plus mesurer qu'une petite vingtaine de centimètres.

— Il vaudrait mieux ne pas rester ici, fit remarquer Sarah.

— OK, fit Tim. Rebroussons chemin.

Ils se mirent à longer la corniche, Garson se retrouvant à leur tête dans une étrange cordée sans pitons ni corde, menée par un ivrogne au bord d'un précipice impossible.

— Dépêchez-vous, Garson ! ordonna Tim. Dépêchez-vous !

Ils passèrent l'angle droit et longèrent la cloison mitoyenne de la salle du conseil. Ils n'étaient plus qu'à deux petits mètres de la porte restée ouverte lorsque l'étroite bande de sol qui en constituait le seuil disparut, soudain avalée par le vide.

— Oh non ! gémit Sarah.

— Grouillez-vous de sauter de l'autre côté, fit Tim en poussant Garson par-dessus l'épaule de Sarah.

— Je ne peux pas, fit le directeur de la comm' tétanisé.

— Alors reculez qu'on puisse passer, dit Tim dont l'égoïsme apparent était en fait pure inquiétude pour la vie de Sarah.

Mais Garson ne les laissa pas non plus passer devant lui, incapable qu'il était de prendre la moindre décision.

Et comme Tim hésitait à demander à Sarah de contourner Garson (le passage était trop étroit pour que deux personnes s'y croisent et Garson dans sa panique pourrait très bien avoir une réaction dangereuse), ils laissèrent filer leur unique chance de survie. Il était trop tard pour sauter à présent, même pour des personnalités plus trempées que celle de Garson. Le sol devant les portes avait été englouti et déjà le vide s'élançait à leur rencontre, l'espace se rétrécissant comme une peau de chagrin non plus seulement en largeur mais aussi, maintenant, en longueur à partir des portes.

À pas hésitants, Tim, Sarah et Garson reculèrent jusqu'à l'angle puis le long de la paroi suivante.

Bientôt ils ne purent plus avancer et se figèrent. Seule la pointe de leurs pieds avait appui à présent et ils se collaient de tout leurs corps au mur qui, désespérément lisse, n'offrait aucune prise à leurs mains.

Cependant, le passage cessa pour un temps de s'amenuiser en largeur, l'abîme préférant poursuivre sa dévoration dans le sens de la longueur, mettant ainsi (et proprement) le vide aux trousses de Garson.

Gagné par la terreur, Garson essaya de prendre la place de Sarah en agrippant sa manche.

— Laissez-moi passer ! hurla-t-il, affolé. Par pitié, laissez-moi passer !

— Calmez-vous, lui ordonna Tim, conscient du risque que leur ferait courir tout mouvement précipité.

Mais se calmer n'entrait pas dans les intentions de Neil Garson. Et Sarah dut lutter avec lui.

— Je vais tomber, pleurnichait-il. Vous ne comprenez donc pas que je vais tomber ?

— Garson ! hurla Tim.

Si Garson s'accrochait à Sarah, ils tomberaient tous les deux.

Alors Tim tendit son bras droit en travers du dos de Sarah, empoigna la glotte de Garson et la pressa.

— Ne me forcez pas à vous tuer, Garson. Ne me forcez pas à le faire.

Ainsi contraint, Garson revint à un semblant de raison. Il cessa de pousser Sarah.

Mais l'abîme se rapprochait toujours.

— Ô sainte Vierge Marie, mère de Dieu, se mit-il à prier, les doigts plaqués sur le mur.

Son pied gauche fut bientôt à demi dans le vide et il le fit glisser par à-coups près de son autre pied.

—… priez pour nous, pauvres pêcheurs.

Le néant rattrapa le pied fugitif et tout le corps de Garson en frissonna d'horreur. Il ferma les yeux, le visage convulsé aplati sur la paroi. Pressé contre Sarah, il ne se tenait plus que sur un pied.

Le vide rongea encore un peu du sol, et Sarah déglutit, sachant ce qu'elle allait voir.

Neil Garson finit par tomber dans l'abîme de ses cauchemars.

Il tomba sans un cri, sans même chercher à se retenir à Sarah.

Presque en héros.

La jeune femme suivit des yeux sa chute infinie et frissonna.

C'était son tour maintenant. Le vide s'avançait vers ses pieds, à la façon d'un acide se répandant sans que rien ne puisse le contenir.

Grimaçant, elle se tassa un peu plus contre le flanc de Tim.

— Accroche-toi à moi, Sarah, lui conseilla-t-il, l'encourageant des yeux.

Il étendit ses bras en croix pour s'aplatir le plus possible contre le mur.

Sarah glissa son pied gauche entre les siens et, se tenant à l'épaule de sa veste, se colla derrière lui. Puis elle ramena son autre pied et, à l'instant même, le vide dévorait l'emplacement qu'elle venait de quitter.

Pressée contre son ami, la tête collée à son sac à dos, elle essaya de se faire aussi légère que possible pour ne pas faire basculer Tim qui résistait de toutes ses forces sur la pointe des pieds, les bras toujours plus écartés comme une ventouse vaguement christique.

Il sautait aux yeux qu'ils ne tiendraient pas longtemps dans cette position, quand bien même l'abîme cesserait de grignoter le reste de l'espace. Une simple chiquenaude et ce serait le grand saut pour tous les deux.

Quelque part il y eut l'enclenchement d'un mécanisme. Sarah comprit après quelques secondes que c'était l'ascenseur. Il remontait.

Ils entendirent les portes coulissantes s'ouvrir avec un tintement. L'ascenseur était là. Mais ni Sarah ni Tim ne pouvaient le voir, ayant tous deux la tête tournée dans l'autre sens et n'osant bouger d'un poil, de peur de verser dans les ténèbres.

Soudain tout près d'eux, des rafales de pistolet-mitrailleur déchirèrent leurs tympans.

— Magnez-vous de grimper ! hurla une voix étrangement proche.

— On ne vous voit pas, bordel ! cria Tim, qui sentait ses dernières forces le fuir.

Une main l'empoigna par l'épaule.

— Que votre amie s'accroche à vous, dit la voix. Je vais vous tirer jusqu'à la cabine.

Et la main les tira.

*

Où l'on se concerte sur la position à tenir

Dix minutes plus tard, Sarah et ses amis regagnaient la voiture de Tim, garée dans la 44e Rue Est. Engourdi par le froid de la nuit, Manhattan ne prêta aucune attention à ces quatre silhouettes qui allaient furtivement.

Tim, déjà, tirait pour lui-même quelques conclusions utiles.

Les hommes qui leur avaient porté secours étaient selon toute apparence des spécialistes ès mauvais coups, envoyés par le caïd 10-13, celui-là même qui avait déjà sauvé Sarah à Central Park et lui avait promis un petit tête-à-tête et une histoire de rat. L'attitude de ces hommes n'avait laissé place à aucun amateurisme, Tim en était bien conscient. Après les avoir aidés, Sarah et lui, à redescendre vivants du sixième étage, ils avaient encore fait montre de sang-froid en pensant à emporter les enregistrements vidéo compromettants. Ils étaient repartis aussi avec le gardien Ron Flint, la raison même de leur intrusion à la Fondation, à ce que Tim avait fini par comprendre.

En ex-journaliste du *Tusitala News*, Sarah leur avait posé quelques questions. À beaucoup d'entre elles, ils n'avaient répondu que par d'opiniâtres sourires. Cependant l'un d'eux avait bien voulu leur préciser qu'il ne s'était pas trouvé de Loup ce soir-là au sixième étage – fort heureusement d'ailleurs, pour eux tous, avait ajouté l'homme.

Mais alors, avait demandé Sarah, *s'il n'y avait pas eu de Loup, comme elle l'avait cru, qui donc avait matérialisé le cauchemar de Garson là-haut ?*

L'homme avait répondu que le sixième étage était pourvu d'une espèce d'alarme magique qui fonctionnait à la manière des Loups et qui ne visait pas à dissuader les intrus mais à les anéantir. Seuls les Loups ou une personne autorisée par eux pouvaient monter sans péril à cet étage. Ce que Sarah et Tim avaient subi là-haut ne leur donnait qu'un petit aperçu du véritable pouvoir des Loups.

Et les coups de feu ? avait-elle répliqué, n'en démordant pas. *Pourquoi avoir tiré s'il n'y avait personne à abattre ?* À quoi l'homme avait répondu que s'ils avaient truffé les murs de balles 9 mm, c'était histoire de signifier à Walter Skoll qu'ils ne le craignaient pas et qu'ils se sentaient assez forts pour venir voir jusque sa tanière.

Les quatre amis montèrent en silence dans la Ford Taurus, Tim au volant, Sarah à côté, Jodie et Forrest à l'arrière. Tim démarra et prit la direction du FDR après avoir contourné Grand Central. Il ne cessait de repenser à ce qu'ils venaient de vivre tout en se disant qu'il avait trop longtemps recherché ce genre de situation, forcément dangereuse, pour regretter après coup d'en avoir couru le risque. Comme disait souvent son frère Kevin, à Chicago : « Si tu dois aller quelque part, mettons dans un labyrinthe, fais-en le tour plusieurs fois, histoire de t'assurer que c'est bien là-dedans que tu es censé te fourrer. Ensuite de quoi, mon vieux, fourres-y-toi jusqu'au cou ! » Le conseil de son frère n'était pas resté lettre morte. Ils avaient tourné assez longtemps comme ça autour de la Fondation Skoll. Il ne regrettait pas d'y avoir fourré son nez. Et même après l'échec de cette nuit, même après avoir risqué de mourir, il n'éprouvait pas le moindre doute sur le bien-fondé de sa quête, aussi aventureuse qu'elle fût. Mais d'ailleurs venaient-ils vraiment d'essuyer un échec ? Ils avaient bien failli y passer, d'accord, mais ils s'en étaient tirés et savaient maintenant que les Loups étaient bien ce qu'ils prétendaient être. Et puis, et c'était le plus important aux yeux de Tim, avec les fichiers informatiques qu'ils venaient de voler, ils ne rentraient pas bredouilles.

Non, à la vérité, pour lui, le seul point noir de cette nuit d'action, c'est qu'il avait eu peur. Oh, pas pour sa vie, ça non, mais pour Sarah et Jodie, et pour Forrest. Oui, il avait eu peur pour eux.

Aussi lorsque Garson, en proie à la terreur, s'était accroché à Sarah au risque de la faire basculer dans le vide, Tim n'avait eu aucun scrupule à menacer le pauvre type. Et même maintenant, l'esprit à froid, il n'éprouvait pas le moindre remords envers le défunt.

Pas plus, d'ailleurs, qu'il n'avait de pitié pour le gardien, contrairement à Forrest qui avait demandé aux hommes de 10-13 où ils l'emmenaient ainsi, mal à l'aise à l'idée que Ron Flint, tout salopard qu'il était, pût partir avec ces types, tout sauveurs qu'ils s'étaient révélés. Mais que faire d'autre ? Prévenir la police et se faire tous embarquer. Comment auraient-ils alors expliqué aux flics ce qu'ils pouvaient bien fabriquer tous ensemble un dimanche soir à la Fondation. Au mieux, Ron Flint les aurait fait boucler en déposant contre eux ; au pire, il les aurait laissés ressortir libres pour mieux les donner plus tard à ses maîtres les Loups.

Ron Flint était donc parti avec ces hommes vers une mort aussi certaine que pénible, et Tim reconnut qu'il s'en lavait les mains. Tous ceux qui entraient dans le rayon d'action des Loups, pour servir leurs desseins comme Ron Flint ou pour y faire obstacle comme lui, Tim Modin, devaient savoir à quels dangers ils s'exposaient. Ses trois amis venaient, cette nuit, de l'apprendre eux aussi et chacun avait réagi à sa manière.

Tim jeta un regard rapide à Sarah, assise à côté de lui.

Elle tenait le coup. Bien sûr elle avait eu peur. Quel gros bras dans une situation pareille n'aurait pas fait dans son pantalon ? Mais elle n'avait pas paniqué comme Garson. Pour son baptême du feu, elle s'était montrée plus qu'à la hauteur. Si la vie en avait décidé autrement, elle aurait fait un excellent reporter de guerre, Tim n'en doutait pas. Et, bien qu'elle semblât maintenant silencieuse et pensive, il était prêt à parier que ses pensées ne se rapportaient ni à Garson ni à Flint ni même à la mort qu'elle avait frôlée de très près.

Puis Tim jeta un coup d'œil dans le rétroviseur.

À l'arrière de la Ford, Jodie et Forrest semblaient plus secoués. Sans doute parce qu'ils étaient les moins préparés à ce qu'ils venaient de vivre. Jodie était parcourue de frissons nerveux. Cette nuit, Neil Garson avait trouvé la mort, et elle et ses amis avaient manqué périr. Ce n'était plus un jeu. À la vérité, ce n'en avait jamais été un.

Forrest surprit son regard dans le rétroviseur et lui demanda d'une voix plutôt mal assurée :

— Et que fait-on maintenant ?

Sarah répondit à sa place :

— Nous allons raccompagner Jodie chez elle, puis nous irons à ton appartement. Nous avons des infos à déchiffrer, Tim et moi.

— Et… Et pour demain ? demanda-t-il, le front collé à sa vitre.

Les rues illuminées de New York ne lui avaient jamais paru aussi désolantes que cette nuit-là.

— Jodie doit retourner travailler comme si de rien n'était, et toi aussi, Forrest, dit Tim tout en regardant alternativement la route et Forrest dans le rétroviseur.

— Comme si de rien n'était ? répéta Forrest. Tim, bon sang ! Un homme a trouvé la mort cette nuit et un autre a été enlevé par des types qui ne valent certainement pas mieux que lui, et tu voudrais que nous fassions comme s'il ne s'était rien passé !

— Exactement. Tu m'as bien compris. Mais tu as peut-être une meilleure proposition à mettre aux voix ?

Sarah intervint de nouveau pour calmer le jeu.

— Réfléchis, Forrest. Personne ne sait que nous étions cette nuit dans les murs de la Fondation. Les vidéos ont été retirées et les témoins ont tous été… (Sarah ne finit pas sa phrase et se retourna vers Jodie et Forrest :) À votre avis, que va penser Walter Skoll si l'artiste et l'une des secrétaires de sa Fondation se mettent aux abonnés absents comme par hasard juste après cette intrusion ?

— Il pensera que l'artiste et la secrétaire ont des choses sur la conscience, fit Tim avec un petit haussement d'épaules.

— J'ai compris, dit Forrest. Pas la peine de me faire un dessin. Bon Dieu ! dire qu'il va falloir tenir jusqu'au vernissage.

DEUXIÈME PARTIE

VERNISSAGE

Venez, venez, venez ! Partons à présent.
C'est l'heure. Allons-nous-en par la nuit.

NIETZSCHE.

SIXIÈME JOURNÉE

Lundi 15 décembre
(Les Démons)

*

Où Jodie retourne à la Fondation

Au bureau, Allison Weiss, un café dans les mains, faisait les cent pas devant Jodie. Elle semblait bouleversée.

— Je savais Neil impulsif mais pas au point de se défenestrer. Tu te rends compte, il s'est suicidé sans même laisser un mot !

Jodie n'avait pas besoin de feindre la tristesse. La sienne était sincère. Assise devant son ordinateur, qu'elle venait d'allumer, elle se sentait presque coupable.

Quant à Allison, si elle était catastrophée, c'est qu'à ses yeux le suicide de Garson s'apparentait à une faute professionnelle. Non seulement il leur refilait un surcroît de boulot à deux jours du vernissage, mais en plus il n'avait même pas eu le tact de leur laisser un « Merci, les filles » ou la moindre directive, histoire qu'elles puissent se dépatouiller sans lui.

Parmi les autres chambardements de la journée, Jodie avait remarqué, dès son arrivée à la Fondation, la présence d'un nouveau vigile à l'entrée. Ron Flint avait disparu dans la nuit, avait-on cru utile de lui apprendre. Et le bureau de la directrice artistique avait été vandalisé. Rien ne filtra de ce qui avait pu se dérouler au sixième étage, et Jodie acquit la conviction que personne à la Fondation n'était en mesure d'imaginer qu'on pût être assez fou pour monter là-haut.

Dans la journée, presque aussi vite qu'on avait remplacé Ron Flint à la surveillance du bâtiment, Allison Weiss se trouva bombardée directrice de la comm'. Elle ne fit aucun effort pour dissimuler sa joie, et Jodie comprit très vite (à ses dépens) que la nouvelle promue entendait se faire obéir comme ce « pauvre Neil ».

*

Où l'on retrouve Ron Flint

Vers dix heures, Cumming et Wilkinson s'accordèrent une pause bien méritée dans le garage insonorisé de ce dernier.

— La semaine prochaine, vacances, dit Wilkinson en se lavant les mains dans l'évier.

— Espèce de veinard. Tu comptes aller où ?

— Ma femme et moi, on va emmener les gosses respirer dans le Connecticut. Rachel a de la famille là-bas. Son frère aîné. Je t'ai déjà parlé de lui. Tony, tu sais.

— Attends. Le type qui vend trois cents frigos dans la semaine ?

— Ouais, c'est Tony. Ma femme, elle l'adore. Elle dit que c'est un boulot comme le sien que je devrais faire.

— Laisse. Elle peut pas comprendre, dit Cumming qui alla sortir deux Perrier du réfrigérateur.

Il les décapsula et en tendit un à Wilkinson.

— Merci, vieux. Parfois je me dis que le Tony, il s'est bien démerdé. Tu verrais un peu sa baraque. Et puis il a les domestiques avec. Remarque, j'ai rien contre lui. Tony, je l'aime bien, ce mec. Chaque fois qu'on se voit, il a plein de trucs à nous raconter.

— C'est un gros bavard, ton beau-frère ?

— Oh, ça oui ! Pas comme ce connard, fit Wilkinson en désignant du menton Ron Flint qui était ligoté à une chaise à l'autre bout de la pièce, le visage en sang. Qu'est-ce qu'on essaie maintenant ?

Cumming lui donna une tape sur la joue.

— Te frappe pas, Wil. Le patron nous a donné jusqu'à dix-huit heures. On va prendre le temps qu'il faudra.

Il but une nouvelle gorgée de Perrier tout en regardant Ron Flint.

— Ton beau-frère Tony, il pourrait pas m'avoir un frigo avec trois ou quatre balconnets pour les canettes ? Pour un prix raisonnable, s'entend.

— Sûrement qu'il pourrait. Tony, tu sais, il peut tout te trouver.

Cumming parcourut des yeux l'établi à côté du frigo.

— En parlant de trouver, sais-tu où j'ai bien pu foutre les allumettes ?

— Regarde un peu dans la boîte à outils, fit Wilkinson en rotant.

Cumming se baissa pour tirer à lui la boîte à outils rouge. Il l'ouvrit.

— Dans le mille, Émile. Comment t'as fait ?

— Fastoche. Suffit de se demander où l'on s'attend le moins à les trouver et c'est généralement la bonne réponse. Tony, il dit que c'est pareil pour les hommes qui réussissent. Toi, tu te dis : ils peuvent pas être là, et, merde, qu'est-ce que tu vois ? Les types surgissent là justement où tu les attends pas.

Cumming frotta une allumette et la présenta devant le chalumeau qui se mit à cracher une longue flamme bleue.

— Une foutue stratégie que la vie, fit-il, hochant la tête.

— Tony, il dit que les perdants, c'est toujours les mecs qu'on voit venir.

Cumming pointa la flamme du chalumeau vers Ron Flint.

— Lui, il peut pas nous voir venir. Il voit plus rien.

Ce qui fit s'esclaffer ce bon vieux Wilkinson.

*

Où l'on retrouve Sarah en train de cogiter

À dix heures trente, assise devant son ordinateur posé sur la table de cuisine, Sarah se resservit une pleine tasse de café. Forrest l'avait trouvée ainsi en se levant ce matin et il l'avait laissée là en partant pour la Fondation. Elle récapitulait sur son PC les informations qu'ils avaient réussi à étudier dans la nuit. Le prochain Pulitzer était en bonne voie, avait-elle dit, tout excitée, à Forrest tandis qu'il étouffait un bâillement dans un sourire.

Pour sûr, ils avaient peu dormi cette nuit.

Après avoir reconduit Jodie chez elle, ils avaient travaillé ensemble avec Tim sur les documents dérobés au sixième étage de la Fondation, et Tim les avait quittés sur les cinq heures pour rentrer chez lui dormir un peu. Ce que Sarah et Forrest avaient fait eux aussi après son départ. Le repos avait été de courte durée mais Sarah se sentait d'attaque pour une nouvelle journée d'investigations.

Aux yeux de l'ancienne journaliste du *Tusitala News*, ce qu'ils avaient réussi à tirer des informations volées à la Fondation était déjà en soi très substantiel. Bien sûr, le temps et certains moyens techniques leur avaient fait défaut pour tout analyser mais elle avait bon espoir d'obtenir aujourd'hui bien d'autres résultats.

À la vérité, les documents trouvés sur le portable de Skoll les avaient tout d'abord surpris. *Primo* parce qu'ils se composaient uniquement de fichiers images. *Deusio* parce que aucun mot de passe n'était nécessaire pour ouvrir ces fichiers. Sarah et ses amis avaient donc pu découvrir sans problème plusieurs dizaines d'œuvres picturales ou photographiques, numérisées avec soin et qui avaient pour point commun d'être violentes, parfois jusqu'à l'insoutenable. Il y avait des Goya, des Bacon, des Velickovic, et le fameux *Crâne* d'Andy Warhol ; des clichés, aussi, montrant quelques installations morbides des frères Chapman ainsi que la terrible série *Sang*

Royal d'Erwin Olaf, le tout mêlé à des photos d'une performance de l'actionniste viennois Hermann Nitsch et à d'autres, encore plus épouvantables, consacrées au supplice chinois dit des cents morceaux.

Si l'existence de ces images sur son ordinateur trahissait assez bien la véritable nature de Walter Skoll, il n'y avait là cependant aucun élément criminel susceptible d'être porté à l'attention de la justice. Elles relevaient plus ou moins de ce que pouvait s'autoriser la sublimation artistique, mais, au bout du compte, n'avaient rien à voir avec la pédophilie ni avec l'univers du *snuff movie*. Pas plus qu'avec les vraies occupations des Loups. Rien donc de répréhensible. Alors pourquoi diable Skoll les avait-il stockées sur le disque dur de son portable ? Voulait-il en acquérir les originaux ? Les étudier ? Ou s'en servait-il à d'autres fins qu'esthétiques ?

En les repassant en revue, Tim avait eu la subite intuition que Skoll y avait peut-être encodé des informations : du texte mais aussi d'autres images. C'était faisable, et indétectable à l'œil nu. Les terroristes d'al-Qaida le savaient et utilisaient les sites pornographiques pour communiquer entre eux. Le problème, selon Tim, était d'avoir un logiciel capable de décrypter le message dissimulé parmi les pixels. Sarah avait alors pensé au sénateur March et l'avait joint à deux heures du matin, sans égard pour son sommeil ni pour sa réputation de pitbull. Elle avait bien fait. Le sénateur leur avait demandé de lui envoyer sans plus attendre une copie de ces fichiers à son adresse électronique, et leur avait promis de les informer de ses résultats dès qu'un de ses amis, expert en cryptanalyse, aurait étudié les images en question.

Ne pouvant rien faire d'autre qu'attendre pour ce qui était de ces fichiers, Sarah et ses amis avaient passé le restant de la nuit à se concentrer sur la carte des États-Unis découverte dans le salon secret du sixième étage et dont Tim avait pris plusieurs photos.

Le titre de la carte (LE SOMBRE EMPIRE DU VÉRITABLE) annonçait déjà la couleur et cette couleur était du genre « mégaténèbres sur fond super noir ». Il ne fallait pas être grand clerc pour deviner que sous le mot de « Véritable » se cachait le général Fenryder, le créateur et Grand Maître des Loups.

Quant à la carte, elle était divisée au feutre rouge en quatre grandes zones appelées « Hordes », partagées à leur tour en trois ou quatre sous-parties (marquées, elles, d'un trait noir). À l'intérieur de chacune de ces quatre grandes zones rouges figuraient, écrits dans la même couleur, le nom du territoire et celui de son responsable. Par exemple, la zone Sud portait la mention : « Horde du Sud/Grand Loup Walter Skoll. » Quant aux subdivisions noires, on avait aussi inscrit le nom de leurs responsables, lesquels avaient titre de Loup seulement.

La découverte de cette carte était d'importance.

Elle ne renseignait pas seulement sur le nombre des Loups et sur leur territoire ; elle donnait aussi une assez bonne idée de l'organigramme de la société secrète.

À la tête du « Sombre Empire » siégeait le « Véritable », le Grand Maître Fenryder. Il était secondé par un collège de quatre « Grands Loups » commandant chacun une « Horde ». Les Grands Loups se nommaient Walter Skoll, William Hasty, Daniel Surt et Joseph Koil ; ces trois derniers étaient inconnus de Sarah et de ses amis. Chaque « Horde » comprenait entre trois et cinq Loups (jamais plus) qui avaient en charge un morceau du territoire de la Horde (les zones en noir). La plus importante des Hordes obéissait au Grand loup Walter Skoll et était basée dans le sud des États-Unis.

Sarah porta sa tasse à ses lèvres et but plusieurs gorgées de café.

Plus elle étudiait cet organigramme, plus il lui apparaissait que Walter Skoll devait être le bras droit du général Fenryder. Il était le plus puissant des Grands loups et c'était lui qui détenait l'argent, étant à la tête de la Flow Corporation, la multinationale pétrolière qui finançait la Fondation.

L'étude de la carte les avait renseignés aussi sur le terme de *tarhq-sagogh* qui les avait si fort intrigués dans la lettre qu'avait écrite en 1865 Horace Lebayou, l'ancien contremaître noir, juste après avoir ramené à la vie le général Fenryder. En effet, près de certaines grandes villes figurait, en petits caractères, un chiffre suivi chaque fois des initiales t.-s. Que ces deux lettres « t.-s. » fussent là pour signifier « tarhq-sagogh », Sarah avait été la première à en émettre l'hypothèse. Quant au chiffre, il s'agissait sans aucun doute du nombre de tarhq-sagogh pour chaque ville désignée. Ainsi, à New York, les Loups comptaient-ils à leur service deux tarhq-sagogh.

Sarah ne savait toujours pas ce que ce mot composé signifiait au juste, mais elle en devinait un peu mieux le sens. Les Loups, vivant le plus souvent à l'écart de la société, avaient besoin d'hommes de main pour leur servir d'intermédiaires ou d'informateurs. Les tarhq-sagogh devaient être quelque chose comme les âmes damnées des Loups. Et si le vigile Ron Flint était selon toute vraisemblance l'un de ces tarhq-sagogh, restait à déterminer qui pouvait bien être le deuxième à New York.

C'était l'une des énigmes de la carte.

Sarah repensa aussi aux deux problèmes que Tim avait soulevés juste avant de rentrer chez lui se coucher. Deux détails avaient attiré son attention. D'abord il avait relevé que Chicago se trouvait dans la zone contrôlée par la « Horde du Nord », et que cette zone était placée sous l'autorité du Grand Loup William Hasty. Tim en avait déduit que William Hasty devait être l'homme aux cheveux jaunes que son frère Kevin avait surpris en compagnie de deux de ses Loups et de l'avocat d'affaires Fred Charleston dans le bâtiment A de l'ancienne base militaire. Tout aussi logiquement, il avait inféré que ce William Hasty n'était pas à New York la nuit où s'était tenue la réunion, sinon il l'aurait immédiatement reconnu à sa chevelure peroxydée.

À moins que Hasty se fût trouvé dans la mystérieuse limousine cette nuit-là, lui avait objecté Forrest.

Mais Tim avait eu raison de cette hypothèse. Pourquoi seul ce Grand Loup serait-il arrivé en voiture alors que Skoll lui-même était venu à pied ?

Un autre fait que Tim avait remarqué fit réfléchir Sarah.

Sur la carte, Walter Skoll n'était pas le Grand Loup de la Horde de l'Est mais de celle du Sud. Que venait-il donc faire à New York, lui qui ne quittait presque jamais son ranch texan ? Sa présence ici, comme Tim l'avait subodoré, laissait bien entendre que quelque chose d'important se préparait.

Sarah reposa sa tasse.

Oui, même si nombre de questions demeuraient en suspens ils en savaient maintenant plus long sur leurs ennemis les Loups.

*

Où Tim parle avec son oncle

À la même heure, de l'autre côté de l'East River, Tim petit-déjeunait en compagnie d'oncle Todd. Ce dernier possédait à Brooklyn, dans le quartier chic de Park Slope, l'une des plus belles maisons en *brownstone*. Il l'avait achetée dans les années soixante avec les bénéfices de son affaire, une entreprise spécialisée dans les balises maritimes, et il l'avait conservée lorsqu'il était arrivé à la retraite il y avait huit ans de cela. Avec Melinda, ils avaient longtemps caressé l'idée de finir leurs jours en Californie une fois sa société revendue, mais depuis qu'elle était partie, il ne désirait plus quitter New York où ils avaient été tous les deux si heureux.

Le vieil homme vint s'asseoir devant Tim en faisant glisser sur la table son mug à l'effigie de Popeye, un cadeau que Kevin, enfant, lui avait fait.

— Dis-moi un peu, Tim. Quand comptes-tu me présenter cette jeune personne ?

— Eh bien… Que dirais-tu de ce soir ? On pourrait dîner tous les trois à la maison.

La joie illumina les yeux fatigués d'oncle Todd.

— Est-ce que Jodie aime le homard au moins ? demanda-t-il avec une tendre inquiétude.

Un sourire aux lèvres, Tim fit oui de la tête.

Quand, enfants, Tim et son frère Kevin venaient ici passer leurs vacances, tante Melinda fêtait toujours leurs retrouvailles par un premier repas aux homards. Après quoi ils allaient tous les quatre voir un film au cinéma. Souvent un film fantastique dont oncle Todd raffolait. Le rituel des retrouvailles n'avait jamais changé et, pour les enfants comme pour leur tante et leur oncle, manger du homard était devenu le meilleur synonyme du mot bonheur.

Depuis la disparition de Melinda, ils n'en avaient plus jamais mangé.

Tim porta sa tasse à ses lèvres sans quitter des yeux oncle Todd.

Il aimait regarder ce vieil homme non seulement parce qu'il lui rappelait sans cesse les moments de bonheur que son frère et lui avaient pu vivre ici, à Brooklyn, mais aussi parce que la douceur infinie de son visage traduisait à merveille la bonté de son cœur. Ses cheveux blancs toujours en bataille, ses joues perpétuellement colorées, ses yeux mélancoliques à n'en plus finir, lui conféraient un aspect de vieux marin écossais rêvant sans cesse à la mer, lui qui n'était jamais monté à bord d'un bateau, fût-ce une simple barque. Par son travail, il savait pourtant fort bien ce que la mer était capable de faire aux hommes et il avait voulu autant que possible conjurer le danger des flots en fabriquant des balises toujours plus performantes. La mer représentait à ses yeux un ennemi dont on pouvait sinon combattre la force et les ruses, du moins essayer de les déjouer. Et toute sa vie professionnelle il s'y était évertué, avant que des tempêtes d'une tout autre espèce vinssent faire chavirer son existence heureuse en plein Brooklyn.

Oncle Todd enroula ses deux grosses mains autour de sa tasse fumante.

— La nuit a été mouvementée, pas vrai ?

Tim eut envie de répondre : « Non, pas tant que ça. J'ai seulement manqué périr dans un foutu gouffre. »

Mais il se contenta de hocher la tête, ne voulant pas jouer avec l'inquiétude de son oncle.

Oncle Todd se passa la main sur son menton rasé de frais.

— Faudrait que vous soyez plus prudents, toi et tes amis. Je suis sérieux, Tim. À cause de toi, je vais me faire engueuler par Melinda lors de nos retrouvailles.

Tante Melinda reposait en paix au cimetière de Greenwood. Il l'avait adorée de son vivant et la vénérait morte. Sa disparition à l'âge de cinquante-huit ans des suites d'une leucémie foudroyante l'avait plongé dans un océan de ténèbres avec pour seules balises ses deux neveux, Tim et Kevin, que Melinda et lui aimaient comme les enfants que le Seigneur Très Mystérieux n'avait pas voulu leur accorder.

Son plus grand regret concernant Melinda avait toujours été justement de ne pas avoir pu lui donner d'enfant. Ils n'auraient pas été de trop mauvais parents, aimaient-ils à penser, Melinda et lui, avec cette modestie des gens au cœur immense et qui valent mille fois mieux que ceux qui ne doutent jamais de leur qualité. Par malheur, oncle Todd était stérile. Après des examens, à l'hôpital, on lui avait expliqué que ses spermatozoïdes peinaient à traverser la glaire cervicale et qu'ils n'arrivaient donc jamais à bon port. Là où d'autres auraient remarqué une inqualifiable ironie pour un concepteur de balises, lui avait vu un encouragement à aimer davantage tous ceux qu'il pouvait aimer : sa Melinda, leurs deux neveux chéris et ses balises de plus en plus sophistiquées et efficaces, sans oublier le Seigneur malgré ses bien cruels Mystères.

Lorsque oncle Todd avait appris la mort de Kevin à Chicago, il avait fait un malaise et avait dû être hospitalisé de toute urgence. Il avait perdu sa Melinda deux années auparavant et avec ce nouveau deuil, cette fois, il avait eu du mal à ne pas en vouloir au Seigneur. Dieu voulait-Il donc lui arracher une par une les balises de son cœur ? Voulait-Il donc le perdre dans une mer ténébreuse jusqu'à ce qu'il s'y noie après avoir nagé dans le désespoir et l'amertume ? Étant incapable de méchanceté, il lui avait pourtant pardonné, à ce Dieu tempétueux, et avait continué d'aller prier sur les sept heures du matin à l'église du quartier.

Tim, lui, quand il pensait au Seigneur, se demandait souvent s'Il reconnaissait vraiment les siens. Un homme comme oncle Todd aurait bien mérité d'avoir au moins une dizaine d'enfants et de vivre un bon millénaire avec sa moitié non moins méritante qu'était tante Melinda. Et un frère comme Kevin aurait mérité lui aussi une vie fort différente.

Tim et son oncle ne parlaient jamais de Dieu ensemble. De même ils évitaient les sujets trop douloureux, au premier rang desquels figuraient Melinda et Kevin.

Ces deuils, presque coup sur coup, avaient altéré la santé du vieil homme et il avait dû vendre son entreprise à la concurrence. Ce fut pendant cette période déprimante que Tim lui avait demandé s'il pouvait venir vivre chez lui. Oncle Todd avait accepté, les larmes aux yeux, un peu soulagé à l'idée de n'être plus seul dans cette grande maison hantée par Melinda et Kevin.

— Le plus dur a été fait cette nuit, dit Tim pour le rassurer à propos de la Fondation. Si les documents que nous avons dupliqués apportent la preuve de ce que sont les Loups de Fenryder, alors ce sera à la police d'agir.

Tim était en fait beaucoup moins optimiste qu'il ne le laissait croire.

Après tout, quand bien même le sénateur March découvrirait, grâce aux documents, de quoi faire intervenir le FBI, ces documents avaient été acquis d'une manière pour le moins illégale et ils ne seraient donc pas forcément recevables par une cour de justice. De plus, ce que Tim et ses amis avaient mis au jour ne l'incitait pas à l'euphorie. Car si les effectifs de Fenryder se montaient à guère plus d'une vingtaine de Loups, cela suffisait à donner des sueurs froides à quiconque savait la menace qu'un Loup représentait à lui seul. L'une des maximes que s'était forgées Kevin, devenu inspecteur de police, rappelait qu'on ne comptait pas des ogives nucléaires comme de simples œufs. Ce qui revenait à insister sur la nécessité de toujours discriminer les périls. Tim saisissait beaucoup mieux à présent ce que son frère entendait par là.

— Et le vigile, il n'avait aucun pouvoir ? demanda oncle Todd.

— Non, aucun des pouvoirs de ses maîtres, sinon un bon flingue et une obéissance de damné. (Tim observa une pause, comme embarrassé par ce qu'il allait ajouter :) Il n'avait pas non plus de signe distinctif.

— Du genre gant de cuir noir à la main droite ?

— En effet, il ne portait pas le gant des Loups. Et c'est ce qui m'embête le plus avec les tarhq-sagogh. Tu comprends, oncle Todd, ils peuvent être n'importe qui.

— Ne sont-ils pas tous Noirs ?

— Comme Ron Flint ?

— Oui, et comme Horace Lebayou avant lui. Souviens-toi, le contremaître de Fenryder et le premier des tarhq-sagogh.

La question méritait d'être posée.

— Sarah le pense aussi. Pour ma part, je ne crois pas que ça soit si simple.

— Un tarhq-sagogh pourrait être absolument n'importe qui, alors ?

— La seule chose certaine, c'est qu'il y en a un deuxième à New York et New York, c'est grand. Ça peut être un Noir, un Blanc ou un Jaune. Un vigile ou bien un courtier en art, par exemple.

— Tu penses à ce Welling qui veut te voir.

Oui, la question méritait d'être posée.

Tim lui parla aussi de William Hasty, le Grand Loup qui régnait sur la Horde de l'Est.

— Et c'est ce fumier qui aurait tué Kevin ? demanda oncle Todd avec une expression douloureuse.

Tim acquiesça de la tête.

— Et où est-il, ce William Hasty ?

— Ça, j'aimerais bien le savoir.

*

Où l'on se retrouve sur l'océan Atlantique

Depuis trois semaines, les hommes d'équipage avaient peur.

Il n'était pas besoin d'être docteur en psychologie diplômé de Yale pour s'en rendre compte. Et le commandant du *Ragnarök,* un supertanker de cinq cent mille tonnes battant pavillon norvégien, savait aussi que ce sentiment les avait gagnés juste après qu'un navire de ravitaillement les avait accostés en pleine nuit alors qu'ils doublaient le cap de Bonne-Espérance. Ils ne manquaient pourtant de rien à bord et cette apparition les avait étonnés, avant d'éveiller en eux de légitimes inquiétudes. Quelques jours auparavant, le pétrolier avait rempli ses cuves au terminal de l'île de Das, dans le golfe Persique et il filait à la vitesse constante de dix-sept nœuds livrer son chargement au port de Jersey City, sur la rive du New Jersey faisant face à New York.

Avec derrière lui vingt-six années de navigation au long cours, Lars Dreyer était un capitaine intelligent et, à la vue de ce vaisseau, il avait envisagé toutes les hypothèses.

La première étant celle de pirates venus dérouter leur cargaison d'hydrocarbure. Mais le commandant savait que l'Atlantique n'était pas le détroit de Malacca, le lieu de prédilection pour ce genre d'attaque. Aussi avait-il rejeté cette supposition. Des terroristes, alors ? Des sbires de Ben Laden ? Si c'était le cas, il fallait demander aux vingt-cinq hommes d'équipage de s'armer au plus vite afin de prévenir l'éventualité d'un assaut bien qu'il fût évident qu'ils ne résisteraient pas longtemps face à des ennemis nombreux et décidés. Il se préparait donc au pire lorsque la radio avait dissipé ses inquiétudes en annonçant que M. William Hasty se trouvait sur le mystérieux navire et qu'il demandait l'autorisation de monter à bord. C'était une demande de pure forme, évidemment. Quand on était le directeur de la société Managarm, filiale norvégienne spécialisée dans le transport maritime de la compagnie pétrolière américaine Flow Corporation, on pouvait embarquer sur n'importe lequel des huit supertankers de sa flotte. Et à n'importe quelle heure.

Le commandant Dreyer avait respiré mais l'inquiétude ne devait pas le quitter pour autant. Ce qui le chiffonnait encore, un peu moins de trois semaines après cet accostage de nuit et tandis qu'il ne se trouvait plus qu'à deux cents milles de New York, c'est que l'homme qui s'était présenté devant lui à la passerelle de navigation était bien William Hasty avec ses cheveux peroxydés et sa mâchoire carnassière. Que diable un grand ponte comme lui venait-il faire sur un de ses superpétroliers, embarquant, en outre, au beau milieu de la nuit sans prévenir personne ? Et pourquoi pas Walter Skoll lui-même, le patron de la maison mère, pendant qu'on y était !

Le prétexte – car c'en était bien un – qu'avait allégué William Hasty devant l'équipage justifiait moins son apparition nocturne qu'il ne la rendait plus suspecte encore. Hasty voulait voir comment travaillaient les hommes de sa flotte ! Tu parles ! Pendant les vingt jours de traversée passés ensemble, Hasty n'avait prêté attention à rien ni à personne, si ce n'est à ce qu'il avait apporté avec lui cette nuit sur le navire, au large des côtes sud-africaines.

Car William Hasty n'était pas monté seul à bord du *Ragnarök*. Un conteneur noir avait été hissé en même temps que lui. Et à voir comment Hasty surveillait le transbordement, le commandant s'était pris à songer qu'il avait dû prendre la fuite avec tout l'or de Johannesburg. Mais non. Il ne se trouvait pas d'or dans le conteneur. Simplement un bassin.

Un foutu bassin.

Il l'avait découvert la nuit même de l'arrivée de Hasty lorsque celui-ci lui avait demandé de l'accompagner sur le pont près des mâts de charge avec deux hommes munis de lampes. La lune était haute dans le ciel cette nuit-là. De longs nuages échancrés l'occultaient de temps à autre, leur ombre glissant sur la main courante. Quand ils étaient arrivés devant le conteneur, Hasty leur avait demandé de l'ouvrir. Les hommes avaient grimpé dessus au moyen d'une échelle et avaient décadenassé la petite trappe qui y était pratiquée. Suivi du commandant, Hasty était monté les rejoindre sur le toit.

Se penchant par-dessus l'ouverture, le commandant avait d'abord cru que le conteneur était vide mais, en regardant mieux, il avait fini par noter une lueur jaunâtre qui émanait du fond. Il avait sursauté quand Hasty lui avait posé une main sur l'épaule pour l'écarter de la trappe.

L'un des hommes avait hissé l'échelle jusqu'à eux, puis l'avait fait descendre à l'intérieur.

« Attendez ici », leur avait dit le P-DG de Managarm, sa Weston droite déjà posée sur l'un des barreaux. Dreyer et ses hommes ne se l'étaient pas fait dire deux fois, trop soulagés de rester au-dehors.

Mais là encore le soulagement du commandant avait été de courte durée. Deux minutes après être descendu, Hasty l'avait prié de le rejoindre. Incertain, Dreyer avait regardé ses hommes qui n'en menaient pas large. Il avait dégluti puis s'était exécuté.

Trois semaines après, il se demandait encore si tout ce qu'il avait vu cette nuit-là et les suivantes était bien réel tant cela semblait impossible. Mais la chair de poule qui couvrait ses bras aussitôt qu'il y pensait attestait qu'il n'avait rien rêvé.

Le conteneur était vide, excepté une sorte de grand bassin qui, dressé verticalement contre la paroi du fond, faisait penser à un énorme cadre à taille humaine. Ses bords massifs, en métal noir, étaient ouvragés comme un chef-d'œuvre d'orfèvrerie baroque avec des damasquinages d'or et d'argent représentant une meute de loups en chasse. Mais le plus fort n'était pas là. Le bassin n'était pas vide. Il contenait une substance liquide qui irradiait cette lumière jaune que le commandant avait remarquée de la trappe, et quoiqu'il n'y eût pas la moindre paroi pour le retenir, le liquide ne se déversait pas sur le sol. Et ça, ça défiait toutes les lois de la physique connues, établies et vérifiées, et Dreyer en avait éprouvé une frayeur primitive qui l'avait fait frissonner de tout son long.

Sa peur s'était encore accrue lorsqu'il avait pris conscience que la surface jaunâtre remuait.

En perpétuel mouvement, elle était parcourue non de vagues, mais de pulsations d'une grande diversité de formes et d'amplitudes, qui n'avaient rien à voir avec le tangage du pétrolier. C'étaient tantôt des ridules dessinant de frêles cercles concentriques qui allaient s'élargissant, tantôt de petits tourbillons plus ou moins profonds qui disparaissaient aussi vite qu'ils se créaient, tantôt des remous obliques qui venaient clapoter jusque dans les angles.

Ça ressemblait à la surface d'un étang, troublée par à-coups d'un grouillement de vies secrètes.

Ça bougeait, oui. Ça semblait vivant.

Et ça émettait des ondes franchement maléfiques.

Lars Dreyer en avait été secoué de frissons, et comme chaque fois que son sonar intérieur se détraquait, il avait pensé à sa femme Kristen. Kristen avait fait du feng shui la religion officielle de leur grande maison à Trondheim. Les ondes plus ou moins bénéfiques, c'était sa partie et il savait que Kristen n'aurait pas été contente de le savoir là, confronté à la nocivité manifeste de ces vibrations.

Repensant à cette nuit, Dreyer se souvint aussi qu'il n'avait pas remarqué sur le coup la petite table qui se dressait sur la droite du bassin, les pieds scellés au sol du conteneur.

C'était Hasty qui avait attiré son attention sur elle.

Il n'avait pas mis longtemps à lui assener le second choc.

— Je veux, commandant Dreyer, que vous veniez ici toutes les nuits à la même heure, vous et vous seulement. Vous apporterez un plateau-repas que vous déposerez sur cette table. Puis vous remonterez et refermerez la trappe. Je vous conseille de contempler le ciel étoilé en pensant au churchill que vous fumerez de retour chez les vôtres. Vous attendrez quinze minutes avant de redescendre chercher le plateau. Ai-je besoin de vous dire que vous devrez garder le silence le plus total sur tout cela. Si vous vous avisiez d'en parler à qui que ce soit, je me dois de vous prévenir, Dreyer, que je ferais en sorte que tous ceux que vous aimez, Kristen, Bjorn et Sonja, soient les premiers à ne plus être en état de vous en faire le grief.

Lars Dreyer en était resté sans voix, avec au cœur cette tumeur maligne qui ne devait pas cesser de grandir et de le débiliter – et qui n'était autre que la peur.

Avait-il bien entendu son patron le menacer ? C'étaient bien des menaces, ça ? Et puis, nom d'une pipe, comment ce type savait-il que sa femme s'appelait Kristen et ses enfants Bjorn et Sonja ?

Le dossier d'embauche, répondit une connexion neuronale quelque part dans son cerveau.

Ce type est ton employeur. Il a dû consulter ton dossier avant de faire son numéro. D'accord. Très bien. Mais pour le cigare ? Ça, il en était sûr, ce n'était pas mentionné dans son dossier. Et pour cause, c'était une espèce de rituel secret. Chaque fois qu'il revenait chez lui en Norvège, il avait pris l'habitude de fumer un cigare et un seul. Et toujours un churchill, comme l'avait *deviné* Hasty. Le reste du temps, il ne fumait jamais. Aucun de ses hommes ne l'avait vu avec une cigarette aux lèvres. Alors, comment Hasty avait-il bien pu savoir pour le churchill ?

Ce type, décidément, était aussi étrange que le bassin dans le conteneur. Et aussi menaçant.

Le cœur battant, Dreyer avait alors pensé à sa femme et à leurs deux enfants à Trondheim. Il avait même cru entendre Kristen lui dire en brandissant sous son nez ses manuels de feng shui :

— Lars, ne contrarie jamais les mauvaises ondes !

Il avait, en bon mari, approuvé sa femme et dès lors, *pour ne pas contrarier les mauvaises ondes*, il avait très scrupuleusement observé les consignes de William Hasty. Toutes les nuits, il était venu déposer un plateau-repas sur la petite table, et toutes les nuits, il avait attendu un quart d'heure avant de redescendre le chercher entièrement vidé de sa nourriture. Et toutes les nuits, il avait eu chaque fois un peu plus peur de ne pas ressortir vivant de là.

La trouille n'avait pas empêché l'esprit de Dreyer de fonctionner. Tout au contraire. Il avait compris dès la première nuit qu'il devait se trouver quelque chose dans le bassin pour manger la nourriture qu'il apportait, quelque chose de vivant et qui en sortait la nuit. Quant à déterminer ce que c'était, eh bien ! la peur l'avait châtré de toute curiosité. Il préférait n'en rien savoir plutôt que découvrir une raison supplémentaire d'avoir la frousse, à telle enseigne, d'ailleurs, que quand Hasty avait demandé que son nom ne figurât pas sur le rôle d'équipage, pas plus que le conteneur noir sur le connaissement, Lars Dreyer avait accepté, ajoutant en pensée que Hasty et son conteneur ne figureraient pas non plus dans le récit qu'il ferait de sa traversée à ses enfants.

Pour lui, William Hasty était la définition même du genre de type qu'on n'aimerait pas rencontrer au coin d'un bois. Malheureusement pour l'équipage du *Ragnarök*, il s'était invité à bord et, plus malheureusement encore, il en était le grand patron. Il n'y avait pas d'avarie pire que celle-là et…

La voix de l'officier de quart, tout près de lui, fit sursauter Dreyer.

— Quoi ? bougonna-t-il en se tournant vers l'homme.

— Je disais, mon commandant, que nous serons bientôt à destination.

L'officier paraissait soulagé à cette perspective. Mais qui ne le serait pas après une pareille traversée ? se demanda Dreyer.

De la passerelle haute comme un immeuble de huit étages, ils avaient une vue plongeante sur le pont et ses quatre cents mètres de long. Quand il voulait donner une petite idée de cette étendue à son fils et à sa fille, il évoquait plusieurs stades mis bout à bout. C'était beaucoup plus parlant pour des enfants de dix et douze ans. D'ordinaire, il n'y avait pas si longtemps encore, quand il y faisait son jogging matinal, il trouvait cette comparaison ô combien légitime. Mais depuis l'embarquement de

Hasty, le pont ne lui semblait plus aussi long et la distance qui le séparait du conteneur noir et de ce qu'il y avait à l'intérieur lui paraissait beaucoup trop courte. Lui et ses hommes n'avaient plus fait de jogging durant cette sombre période.

Ils avaient tout simplement abandonné le pont au conteneur et à son mystère. Et ils crevaient de frousse.

Le commandant jeta un coup d'œil à l'horloge de la timonerie. Il était onze heures passées de trois minutes. Si tout allait bien (et Lars Dreyer pria pour cela tous les dieux de la mer et du feng shui), le pétrolier serait à quai dans le port de Jersey City avant minuit.

*

Où Sarah reçoit une visite

À onze heures trente, Sarah finissait de taper ses notes quand elle entendit sonner à la porte.

Elle referma son document *Word* et rabattit l'écran du Compaq. Se leva pour s'emparer du Glock sur le plan de travail, et tout en vérifiant qu'il était bien armé, alla regarder par l'œilleton de la porte le visage de l'importun. C'était le sénateur March.

Sarah déposa son Glock dans le vide-poches de la console et tourna la clé.

— Puis-je entrer ? demanda le vieux sénateur, un sourire las aux lèvres.

Il paraissait plus soucieux que Moïse conduisant son peuple hors d'Égypte.

Elle proposa de prendre son imperméable mais il refusa. Il avait froid.

— La fatigue, dit-il.

Comme eux, il avait peu dormi cette nuit mais lui n'était plus tout jeune.

Ils s'installèrent dans la cuisine où Sarah prépara de nouveau du café. Le sénateur s'assit à la table et ramena sur ses genoux un pan de son Burberrys. Il semblait vraiment en petite forme.

Tout en versant l'arabica dans le filtre, Sarah récapitula les informations qu'ils avaient pu tirer de la carte du Sombre Empire et les hypothèses qu'ils avaient formées à propos de l'organisation interne des Loups : le général Fenryder au sommet, quatre Grands Loups, juste dessous, dont Walter Skoll et un certain William Hasty, enfin, à la base, une quinzaine d'autres Loups de rang inférieur avec, pour les servir, des tarhq-sagogh comme Ron Flint, le vigile de la Fondation.

Le sénateur hochait la tête avec gravité.

Sarah plaça le porte-filtre sur la verseuse, mit le tout dans la cafetière et appuya sur ON.

— Ce que nous ignorons toujours, continua-t-elle, c'est le nom de la personne qui était dans la limousine le soir de la réunion à la Fondation. Nous avons aussi à résoudre trois autres énigmes maintenant. D'abord qui est leur deuxième tarhq-sagogh à New York ? Ensuite pour quelle raison Walter Skoll est-il ici, et non pas dans son ranch ? Enfin, et surtout : où se trouve actuellement le « Véritable » c'est-à-dire le général Fenryder ?

Le café enfin passé, elle s'assit devant le sénateur, qui lui fit remarquer :

— En somme, vous avez trouvé plus de questions que de réponses.

— C'est toujours comme ça, la vie, convint Sarah dans un sourire.

— Oui, et c'est bien dommage, dit le sénateur.

Sarah mit cette réaction sur le compte de la fatigue. Elle n'imaginait pas un seul instant que ce dont souffrait le « Pitbull » pût être plus grave et nécessiter autre chose qu'un bon café.

— Et vous ? fit-elle en le servant. Est-ce que l'analyse des images a donné des résultats ?

— Votre ami Tim avait vu juste pour ces fichiers. Ce sont bien des messages codés. Nous avons réussi à tous les décrypter sauf un.

Il sortit une chemise cartonnée de son imperméable et la lança sur la table en direction de Sarah. La jeune femme la fit pivoter puis l'ouvrit. Elle découvrit des feuillets sur lesquels les messages avaient été retranscrits en clair.

— On dirait des délibérations.

— En effet, dit le sénateur en portant sa tasse à ses lèvres. Ce sont des comptes rendus de séances.

Il s'interrompit le temps de boire une gorgée de café.

— Laissez-moi vous avertir tout de suite, mademoiselle Widar, que vous ne trouverez pas dans ces documents d'éléments susceptibles de faire tomber les Loups ou de résoudre leurs énigmes. Il n'y a là, je le crains, ni pierre de Rosette ni aveux.

Était-ce pour cette raison qu'il ne semblait pas dans son assiette ? se demanda Sarah en lui jetant un regard par-dessus les papiers. La déception de n'avoir rien trouvé de solide malgré tous leurs efforts ?

— Et qu'est-ce que ça raconte ? demanda-t-elle.

Reposant sa tasse, le sénateur lui en fit une synthèse.

En ouverture du journal avaient été inscrits le nom des quatre présidents de séance ainsi que l'année où ceux-ci étaient entrés dans la confrérie de Fenryder. Le plus ancien, Walter Skoll, avait été fait Loup en 1879 ; puis venaient William Hasty en 1880, Daniel Surt en 1895 et enfin Joseph Koil en 1908. Les assemblées se nommaient « réunions du Conseil du Phénix ». Elles avaient lieu une fois tous les ans. La première remontait à mai 1908, date à laquelle le dernier des Grands Loups avait été créé.

Un court texte indiquait que ces quatre hommes avaient titre de Grands Loups parce que le « Véritable des Véritables », « le Grand Maître des Loups », le « Chef des Hordes » les avait personnellement choisis afin d'« avoir des guerriers incomparables capables de dominer les populations après la Grande Nuit ». Ce qui signifiait *a contrario* que les autres Loups n'avaient pas été créés par le général Fenryder lui-même, mais sans doute par ses Grands Loups, pour former des Hordes de quatre à six individus.

De toute évidence, fit observer le sénateur, depuis le temps qu'elle existait, la confrérie n'avait pas cherché à faire du nombre. Les entrants semblaient triés sur le volet.

Pour chaque compte rendu étaient mentionnés la date et le lieu de l'assemblée. Les réunions du Phénix s'étaient tenues jusqu'en 1970 dans l'État du Texas. Puis, à partir de 1971, à New York, au sixième étage de la Fondation que Walter Skoll venait de faire bâtir.

Les quatre Grands Loups n'étaient pas seuls à ces réunions qu'ils présidaient. Il y avait aussi d'autres Loups, de rang subalterne, et des « invités », parfois, qui n'étaient jamais nommés. On parlait du « Premier Invité de la réunion », du « Deuxième », du « Troisième » et ainsi de suite lorsqu'ils étaient plusieurs, ou de « l'Invité » quand il n'y en avait qu'un seul.

Il était à noter qu'aucun tarhq-sagogh n'était jamais convié à ces assemblées du Phénix, fût-ce à titre de simple domestique.

Quant au sujet des réunions, il portait sur les « orientations » données à la confrérie de Fenryder, et ces orientations étaient retranscrites dans les comptes rendus en des termes généraux et abstraits.

Par exemple, une recommandation datée du 3 avril 1931 indiquait : « Préparer les esprits les plus réceptifs à notre domination future sur le pays » sans définir quels étaient ces « esprits » ni ce qui était entendu par « domination future ». Une autre, du mois d'octobre de l'année suivante : « Prendre le contrôle des cercles les plus avancés », se formulait avec le même mélange subtil de franchise martiale et de non-dits. Il en allait ainsi pour tout le reste.

L'avant-dernière réunion du Phénix avait traité de « la préservation du secret ». Le rapport mentionnait un « problème S. H. » et se concluait par un laconique « Régler au plus vite le problème S. H. ». Sarah ne put réprimer un frisson en subodorant que « le problème S. H. » n'était autre que l'écrivain Stanley Holder. Elle savait comment « le problème » avait été réglé en Louisiane.

Son attention redoubla quand elle découvrit le texte de la dernière assemblée.

Celle-ci avait eu lieu le 11 décembre, la nuit même où Sarah et ses amis se trouvaient devant la Fondation. Exceptionnellement, le Grand Loup William Hasty n'y avait pas participé. Ce qui donnait à penser qu'il était occupé ailleurs, à une tâche plus importante que de présider le Conseil du Phénix avec ses comparses.

Il n'y avait eu qu'un seul invité, cette nuit-là. Et Sarah savait au moins qu'il était venu en limousine.

« L'Invité a attiré l'attention du Conseil sur la présence de certaines complications. Il a été notifié à l'Invité qu'il devait poursuivre ses efforts en vue du règlement final des complications évoquées. »

Le compte rendu s'achevait sur ces mots : « Ne rien modifier au plan. Le mener à bien à la date convenue. »

Malgré le climat de menace diffuse qui sourdait de ces lignes elliptiques, Sarah dut reconnaître avec le sénateur qu'il n'y avait là rien qui pût leur servir à traîner les Loups devant un tribunal. Elle se montra cependant moins pessimiste pour ce qui était des informations qu'on pouvait en tirer. Après tout, le compte rendu de la dernière réunion écartait l'hypothèse que le général Fenryder se fût trouvé dans la mystérieuse limousine. Il n'était pas dit où il se cachait, mais on pouvait inférer qu'à la date du 11 décembre Fenryder n'était pas (ou pas encore) à New York. De plus, on savait maintenant que l'inconnu de la limousine était venu seul et, puisque désigné comme « Invité » du Phénix, qu'il n'était pas un Loup et encore moins un tarhq-sagogh.

Sarah fut interrompue dans ses pensées par le sénateur.

— Mon expert en cryptanalyse a fait apparaître deux autres « messages ». L'un d'eux était caché dans une des reproductions de Goya mais son message a été surcodé.

— Surcodé ? répéta Sarah avec un air d'incompréhension.

— Le message a été crypté deux fois, si vous préférez, et au moyen de deux codes différents. Nous avons réussi à casser le premier, le second reste à découvrir. Regardez la dernière feuille de la chemise. C'est inintelligible.

En effet, ledit feuillet comportait, en lieu et place de mots, plusieurs séries de chiffres apparemment sans suite ni logique :

6/1 ; **5**/3 ; **8**/1 ; **10**/3 ; **2**/1 ; **3**/3 ; **16**/1 ; **26**/1 ; **21**/9
9/3 ; **17**/1 ; **21**/1 ; **27**/1 ; **11**/1 ; **3**/4 ; **4**/1 ; **5**/3 ; **3**/3
22/1 ; **12**/1 ; **8**/1 ; **13**/3 ; **27**/4 ; **25**/1
9/5 ; **27**/3 ; **5**/4 ; **5**/1 ; **27**/2 ; **20**/2 ; **14**/1 ; **13**/1
6/7 ; **13**/3 ; **3**/3 ; **22**/1 ; **13**/1 ; **7**/1 ; **4**/1 ; **24**/8 ; **11**/6
17/1 ; **5**/3 ; **15**/4 ; **27**/1 ; **19**/1 ; **2**/1
25/1 ; **11**/1 ; **6**/1 ; **9**/4 ; **27**/2 ; 6/7 ; **10**/1 ; **18**/1 ; **26**/1
8/1 ; **13**/1 ; **27**/1 ; **6**/1 ; **24**/15

Le sénateur poursuivit :

— Ce message se différencie aussi des autres en ce que sa source est étrangère au portable de Skoll. Il a été envoyé à Walter Skoll par courrier électronique, le 18 septembre de cette année. J'ai tout lieu de croire qu'il pourrait s'agir d'un ordre du général Fenryder.

— Qu'est-ce qui vous fait penser cela, monsieur le sénateur ?

— Eh bien, voyez-vous, ce message a été envoyé depuis un ordinateur localisé en Afrique du Sud. Or, c'est à cette même adresse électronique que les comptes rendus du Phénix ont tous été transmis chacun en leur temps.

— Le Grand Loup Walter Skoll, pensa Sarah à voix haute, informe donc le général Fenryder des opérations de la confrérie.

— Cela expliquerait, en tout cas, pourquoi ils encodent leur correspondance sous la forme de photos ou de peintures. Ils limitent ainsi les risques d'interception par la NSA.

— Et l'autre message est surcodé lui aussi ? interrogea Sarah.

Elle le cherchait parmi les feuillets de la chemise cartonnée mais elle n'en vit pas trace.

— Il n'est pas avec les autres, confirma le sénateur en se passant une main sur son crâne chauve. Nous l'avons découvert dissimulé dans la trame du *Crâne* peint par Warhol. Vous souvenez-vous de cette image ?

— Oui, ce n'était pas la pire de toutes celles qui se trouvaient sur l'ordi de Skoll.

— Comme quoi, il ne faut jamais se fier à l'enveloppe, fit le sénateur plus sombre que jamais.

— Que voulez-vous dire ?

— Le message que nous avons réussi à décrypter dans le Warhol n'est pas un texte mais une photographie. Et cette photographie, laissez-moi vous dire que j'aurais aimé ne jamais la voir. C'est à cause d'elle que je suis devant vous ce matin. En fait, mademoiselle Widar, je suis venu vous avertir que je me retire de la Commission.

Sarah manqua s'étouffer avec son café.

— Quoi ? Mais... Mais pourquoi ?

Il émit un long soupir et caressa du bout de l'index le bord de sa tasse.

— Une vraie guerre est toujours précédée d'une guerre invisible, très sale et très cruelle, avec quantité de coups bas et d'intimidations. (Son doigt quitta la tasse pour disparaître sous la table.) J'ai reçu un avertissement. Il semblerait que les Loups de Fenryder sachent que la Commission que je préside s'intéresse à leurs petites activités. (Il décocha à Sarah une grimace amère.) La guerre n'est qu'une partie de polo disputée par des sales gosses et je dois avouer que je me fais trop vieux pour redevenir un de ces sales gosses.

De la poche intérieure de son veston, il sortit une feuille et la tendit à Sarah. Sarah découvrit une photo prise au téléobjectif et qui montrait un groupe d'hommes et de femmes se donnant la main, tous vêtus de robes rouges à capuchon ornées de signes cabalistiques. On avait entouré au feutre noir le visage d'un des participants.

— Mon fils, dit le sénateur March en désignant la photo d'un mouvement du menton. Après la mort de sa mère, Eliot a fait pas mal de bêtises dans sa vie. Je savais qu'il touchait à la drogue et qu'il fréquentait des cercles peu recommandables. Mais j'étais à mille lieues d'imaginer que cet imbécile s'acoquinerait avec le Triple Tiret. (Devant le froncement de sourcils de Sarah, le sénateur dut préciser :) C'est une secte américaine. Une secte *très* dangereuse. À côté d'elle, la secte Aum avec son gaz sarin fait figure de troupe de boy-scouts.

— Le Triple Tiret, qu'est-ce que ça veut dire ?

— Me permettez-vous ? fit-il en montrant l'ordinateur sur la table.

Il le rouvrit et dans le menu Démarrer cliqua sur *Word*. Puis il tourna le clavier et l'écran de manière à les faire voir à Sarah.

— Regardez, dit-il, l'index levé.

Avec son doigt, il tapa trois fois de suite sur la touche « tiret » de l'ordinateur. Sur l'écran trois tirets se formèrent en toute logique. Le curseur clignota derrière eux comme en attente lui aussi de la réponse.

— Et maintenant, même opération mais en appuyant en même temps sur la touche « Majuscule ».

Il joignit le geste à la parole. Sur l'écran, au lieu de trois tirets se dessina le nombre 666.

— Le chiffre de la Bête, selon l'Apocalypse, dit-il à Sarah. Le Triple Tiret est une secte sataniste, mademoiselle Widar. Ses adeptes n'ont qu'un but : servir le prince des ténèbres pour un jour avoir l'honneur de le voir face à face. Ils auraient pu rester une bande de gentils illuminés si, au milieu des années quatre-vingt-dix, leur gourou, un certain Jack W. Gardner, ne leur avait fourré dans la tête ses grands projets de sacrifices humains et d'apocalypse planétaire. La police a commencé à entendre parler du Triple Tiret quand elle a découvert derrière l'église de Riverside le cadavre d'une jeune femme horriblement mutilée. L'autopsie a révélé qu'elle avait été violée par une douzaine d'hommes avant d'être éviscérée. Deux autres filles ont connu un sort identique en 1997 et 1998. La police a appris par la suite que c'était des sacrifices avant-coureurs. L'éclipse du 11 août 1999, cela vous dit quelque chose ?

— Selon certains occultistes, je crois, Nostradamus aurait prédit la fin du monde pour cette date.

— Oui, et Gardner a voulu pousser à la roue en envoyant ce jour-là une dizaine de ses illuminés prendre d'assaut Indian Point Plant, la centrale nucléaire de New York. L'opération s'est soldée par un échec retentissant. Tous les membres du commando ont été interceptés dès la première enceinte de sécurité. Ce sont eux qui ont révélé, lors de leur interrogatoire, les visées délirantes du Triple Tiret et sa responsabilité dans la mort des trois jeunes filles retrouvées à Manhattan. Un mandat d'arrêt a aussitôt été délivré contre Gardner mais il reste jusqu'à aujourd'hui introuvable. Nous pensons qu'après avoir échoué dans son apocalypse nucléaire, il a pris la fuite à l'étranger.

— Et cette photo date des années quatre-vingt-dix ? demanda Sarah.

Le sénateur se passa la main sur le bas du visage, embarrassé.

— La Commission que je préside a étudié de nombreuses sectes et le Triple Tiret de Gardner en a fait partie. Mais mes collègues et moi pensions qu'elle avait été désactivée à la suite du départ de son gourou.

— Ce qui n'est pas le cas, n'est-ce pas ?

— Non, en effet. Cette photo a été prise par un agent du FBI pas plus tard qu'avant-hier.

— Par un agent du FBI ? répéta Sarah, incrédule.

— C'est Paul Galloway, le directeur du Bureau, qui m'en a remis une copie hier matin. C'est donc d'abord par lui que j'ai appris les liens d'Eliot avec le Triple Tiret. Il va sans dire que ce document devait rester confidentiel.

— Et le FBI a arrêté votre fils depuis ?

— Non, Galloway ne compte pas en donner l'ordre tout de suite et cela pour des raisons évidentes que j'ai approuvées. Les membres du Triple Tiret que vous voyez sur cette photo ne sont que des paumés sans leur chef, des paumés que la police a, qui plus est, bien à l'œil. On préfère donc les laisser se rassembler de nouveau jusqu'à ce que l'un d'eux finisse par révéler où se cache Gardner. Et puis ce que la police craint surtout, c'est qu'il y ait sur le territoire des membres dormants de l'organisation. Des membres beaucoup plus prudents et beaucoup plus dangereux, voyez-vous, et que nous cherchons à identifier grâce aux autres. Gardner est un illuminé prêt à toutes les danses du ventre pour attirer l'attention de Satan sur lui. Quand il le pourra, soyez-en sûre, il fera de nouveau parler de lui. Le narcissisme du mal, mademoiselle Widar, est incommensurable.

— Mais comment Walter Skoll a-t-il fait pour obtenir une copie de cette photo ?

— C'est ce qu'une enquête interne au FBI va déterminer. Galloway, que j'ai appelé ce matin, me l'a assuré.

— Le Triple Tiret aurait-il un rapport avec les Loups de Fenryder ?

— Pas que nous sachions.

— Alors pourquoi Walter Skoll s'intéresse-t-il à votre fils ?

— Vous ne comprenez donc pas ? Pourtant Skoll a de très bonnes raisons, croyez-moi. Avec cette affaire, il me tient par les couilles. Si je fais trop de difficultés, je peux être sûr de voir mon fils faire la une des journaux. En gros, l'alternative est la suivante : ou bien je laisse tomber la Commission ou bien j'ai toutes les chances de retrouver cette photo sur la place publique. Vous imaginez le scandale. Le président de la Commission sénatoriale a son fils unique dans une des sectes sur lesquelles il enquête ! Mes adversaires vont s'en donner à cœur joie. Il ne me reste plus qu'à donner ma démission tout à l'heure.

Sarah se recula sur sa chaise en croisant les bras.

— Je croyais qu'on vous appelait le « Pitbull », sénateur March, et que vous ne lâchiez jamais vos prises. Bon sang ! vous n'allez tout de même pas les laisser vous intimider. Ils savent peut-être que vous êtes sur leur piste, mais nous aussi, de notre côté, nous commençons à en savoir plus long sur leurs activités. Ne pourriez-vous pas parler à votre fils ?

— Eliot et moi, nous nous sommes disputés il y a pas mal de temps. Je ne supportais plus de le voir saccager tout ce que j'essayais de construire dans ma vie. Jusqu'à hier matin encore, j'ignorais où il se trouvait et ce qu'il pouvait bien manigancer. Voyez-vous, je lui ai donné les meilleures chances qu'un gosse de riche puisse rêver, mais mon fils n'a montré d'assiduité qu'à salir ma réputation. Je crains que ces salopards de Loups n'exaucent bientôt ses désirs au-delà de toute espérance.

*

Où se retrouvent de vieilles connaissances

À treize heures, profitant que les techniciens étaient partis déjeuner, Forrest inspecta les salles où ses œuvres venaient d'être accrochées. Jamais ses peintures n'avaient été aussi bien mises en valeur et il trouva amer que ce fût justement à la Fondation Walter Skoll.

Dans la quatrième salle, il sentit que quelqu'un derrière lui l'observait et se retourna. Son visage perdit toutes ses couleurs.

— Salut, fit le jeune homme qui se tenait immobile à l'entrée de la salle.

— Qu'est-ce que tu fais là ? demanda Forrest avec agressivité.

— J'ai appris que tu étais ici alors je me suis dit qu'une petite entrevue ne nous ferait pas de mal, non ? Faut qu'on règle certains détails, Forrest.

— Bon sang ! tu es cinglé. Et si on nous voyait ensemble ?

— Je sais, je sais, vieux frère. Ta carrière en prendrait un sacré coup. New York nous a manqué à tous les deux, pas vrai ? Raconte un peu, ton séjour en Europe t'a-t-il éclairci les idées ? As-tu réussi à soulager ta pauvre petite conscience endolorie ?

Le jeune homme s'approcha d'une cimaise et, plissant les yeux, se mit à contempler l'œuvre qui y était accrochée.

— Je vois que ton talent est intact, Forrest. Nous avons fait du bon travail. Tu permets que je dise *nous*, n'est-ce pas ? Après tout, vieux frère, *nous* faisons partie intégrante de ton œuvre. Comment il appelait ça, ton galeriste ? « La couche sous toutes les autres couches », le « monogramme secret », ouais, c'est ça, le « monogramme secret ». Tu te souviens au moins de ce pauvre Oscar ?

— Tais-toi, fit Forrest dans un souffle. Tu es complètement shooté.

Le cœur serré, il se revit dînant avec Oscar Watts dans ce restaurant de SoHo où il avait été question du « monogramme ». Il ne se passait pas une journée sans que le visage d'Oscar ne vînt le hanter. Ce visage souriant disparut presque aussitôt, comme toujours, pour laisser place à l'image d'un corps martyrisé retrouvé sans vie dans sa galerie de la 57e Rue Est...

— Tais-toi ! répéta Forrest à l'adresse du jeune homme. Tais-toi, nom de Dieu !

Le jeune homme sourit à la toile devant lui puis, se tournant vers Forrest, renifla avec force tout en haussant les sourcils.

— Tu sais quoi, vieux frère ? Eh bien, le cosmos paraît moins intimidant quand on a les naseaux pleins de poudre. Crois-en la parole d'un fidèle pratiquant !

Et souriant de nouveau, il se remit à regarder la peinture.

— C'est notre bien-aimé révérend Gardner qui m'a fait revenir, ajouta-t-il. Il t'a contacté toi aussi, pas vrai ? demanda-t-il en lui lançant un regard de côté.

Forrest détourna les yeux pour les fixer sur la grande toile devant eux.

— Oui, il m'a contacté, lâcha-t-il à contrecœur.

— À Paris ?

— Oui, à Paris.

Forrest se tourna vers lui, les mâchoires crispées.

— Tu vas tout faire capoter si tu restes ici.

— Nous devons agir de concert, n'oublie pas. Ordre du révérend Gardner.

L'homme recula un peu pour mieux apprécier la toile, puis, après un instant, il considéra de nouveau Forrest et ajouta :

— J'ai pleuré de joie en découvrant qu'il était encore en vie. Tu te rends compte, Forrest ? Jamais, ils ne le coffreront. Jamais. Gardner est bien trop intelligent. C'est un génie. Ouais, un génie. Que le Seigneur des Mouches le protège et lui apporte la Gloire !

Il se rapprocha de Forrest et lui glissa à l'oreille :

— Procure-moi un carton d'invitation pour le vernissage, vieux frère. Ce sera ce soir-là ou jamais.

Puis l'homme leva la paume de sa main gauche à la hauteur de sa poitrine.

— Allons, merde, me dis pas que t'as oublié ça aussi.

Forrest finit par répondre au salut rituel, plaçant sa main gauche contre la sienne, paume contre paume, ses doigts entrelacés aux siens. Deux ne faisaient plus qu'un, tel était le sens symbolique de ce geste. Plusieurs membres fusionnant dans une seule volonté. Celle de la Voie de la Main Gauche.

La dernière fois que Forrest avait fait ce signe remontait à des années.

— Voilà qui fait plaisir, Forrest. Ouais, voilà qui fait vraiment plaisir. Il faut suivre les instructions à la lettre, tu te souviens ? À la lettre. Et tout se passera bien, tu verras.

Forrest se détourna, écœuré. Mais il se haïssait encore plus.

Le jeune homme quitta la salle à reculons, un sourire hébété aux lèvres, et Forrest l'entendit murmurer :

— Ça me rassure, vieux frère, que tu n'aies pas oublié qui je suis.

Non, Forrest n'avait pas oublié.

Il s'appelait Eliot March. Il était le fils unique du sénateur Marvin March et membre de la secte du Triple Tiret.

Et le gourou Jack W. Gardner lui avait intimé l'ordre de tuer son politicien de père.

*

Où le révérend Jack W. Gardner discute avec Michael Welling

À la différence de ses fidèles, Jack W. Gardner, qui se faisait appeler « révérend » Gardner, n'avait pas quitté New York lorsque le FBI s'était mis en tête de l'arrêter pour meurtres et actes de barbarie en 1999. Il savait que le meilleur moyen de fuir New York était justement de rester à New York, et il s'était contenté de changer de district, quittant Manhattan pour le Bronx. Et moyennant une nouvelle identité, il était jusqu'à présent passé à travers les mailles du filet.

Dans son appartement de la 123e Rue Ouest à Manhattan, le FBI avait trouvé l'une de ses dernières offrandes au Malin en la personne d'une jeune étudiante de l'Université de Columbia méticuleusement éviscérée. Avec des morceaux de son intestin grêle cloués au mur du salon, le révérend avait écrit : SATAN ME PROTÈGE. Les flics avaient pris tout cela pour le délire d'un dangereux cinglé. En quoi ils avaient eu tort car Satan le protégeait vraiment. La preuve était que sept ans après que les flics avaient défoncé la porte de son appartement et lu « SATAN ME PROTÈGE », le révérend était toujours vivant et libre et à New York ! Oh, bien sûr, il n'habitait plus un bel appartement mais qu'est-ce que cela pouvait lui faire ? Satan le protégeait.

Des années durant, il avait tout fait pour capter son attention et puis voilà que le bon élève de la classe recevait des mains de son Maître vénéré le cadeau dont il avait toujours rêvé : voir Son visage et sentir ruisseler sur lui Son Amour. Que demander de plus ? Il s'était déclaré prêt à sacrifier sa propre vie pour lui mais le Maître lui avait dit : « Pas tout de suite, fils ! Attends. » Il avait compris que sa mission n'était pas finie, qu'il avait encore des choses à réaliser, des présents à recevoir. Il avait compris que les flics ne l'attraperaient jamais. Il avait laissé les étudiantes tranquilles. Il s'était fait discret. Il avait attendu. C'était cela que le Maître désirait : qu'il attende.

Les viscères des étudiantes le tentaient presque chaque jour mais il avait juré obéissance à Satan et vivait dans l'abstinence. New York était devenu son couvent et Central Park le cloître de ce couvent.

Il lisait la presse gratuite tous les matins. Il ne se désintéressait pas du monde. Il attendait un nouveau signe et se tenait prêt à tout instant au sacrifice ultime, le cœur gonflé de reconnaissance.

Puis un jour un homme était venu le trouver. Un émissaire.

Le Maître désirait qu'il renoue contact avec deux de ses anciens disciples. Eliot March et le peintre Forrest Magnus, tels étaient leurs noms. Le premier lui était resté fidèle ; le second, devenu célèbre, l'avait abandonné et renié comme saint Pierre l'avait fait avec le Fils de Dieu.

— Je ne sais pas où se sont égaillées mes brebis, avait-il expliqué à l'homme envoyé par le Maître. Je suis un mauvais pasteur.

Il était humble et désolé.

Souriant, l'homme avait sorti de son pardessus une feuille.

— Tu as maintenant tout ce qu'il te faut, révérend.

Sur le papier étaient inscrits les adresses et téléphones d'Eliot et de Forrest.

Il appela d'abord Toronto. Eliot fut bouleversé d'entendre sa voix après toutes ces années. Brave et fidèle Eliot ! Puis Gardner avait envoyé un courriel à Forrest. Lui, il avait dû le menacer pour le faire revenir à New York mais Forrest avait obéi, il était revenu lui aussi.

Depuis près d'un an, le révérend vivait dans un squat de Morrisania, l'un des quartiers les plus miteux du Bronx, avec pour principal compagnon de chambre un jeune type d'une minceur à faire envie aux top models féminins. Il s'appelait Michael Welling. Il avait atterri dans ce trou du Bronx après force pérégrinations et plus encore de métamorphoses intérieures.

Tout de suite le révérend lui avait prêté un intérêt amical. Il devinait que le Maître nourrissait de grands projets pour Michael. Ces choses-là, Gardner les sentait. Ne lui demandez pas comment. Ô combien tortueuses étaient les voies de la Main Gauche !

En attendant le retour d'Eliot March qu'il avait envoyé voir Forrest, Gardner discutait justement avec ce Michael Welling autour d'un pneu qui brûlait dans l'arrière-cour du squat en dégageant une âcre fumée noire. Luttant contre le froid, les deux hommes tendaient leurs paumes vers les flammes.

— Vous croyez au mal comme à une fin, lui disait Michael sur ce ton lent et réfléchi, et souvent hésitant, qu'il prenait lorsqu'il parlait de choses sérieuses. Mais ce n'en est pas une. Pour moi… Pour moi, ce n'est qu'un levier… qu'un levier, oui, pour faire basculer cette foutue société du bon côté. Le levier du vieux Marx a cédé. La société s'est remise en place. On l'a soulevée un peu, puis on l'a laissée retomber… faute de force. Alors… Alors il faut un nouveau levier, vous comprenez. Et… Et un nouveau bras, une nouvelle volonté… pour l'activer. Et cette fois, ce sera la bonne, à coup sûr. Un bras fort, une volonté… inébranlable, sans la crampe des communistes ni la valse-hésitation des socialistes. Et… Et, enfin je crois qu'on pourra soulever tout ça. D'ailleurs, si on le voulait, on pourrait même en finir *maintenant*.

Le révérend Jack W. Gardner se caressa la barbe et demanda, intéressé :

— Pourquoi forcément *maintenant* ? Pourquoi toujours cette impatience ? C'est naïf de croire que la révolution se décrète comme ça, dit-il, claquant des doigts.

— Non, mais elle se *sécrète* ainsi… La cabane de Thoreau, c'est… c'est une *sécrétion* révolutionnaire. On dit que cet homme s'est isolé du monde, mais non… c'est le monde qui s'est tu face à Thoreau. Le simple fait que, moi… que moi, j'existe et que je pense ce que je pense rend… rend *possible,* oui, cette perspective. Parce que *je* suis vivant, la révolution est à portée de main. Surtout ne voyez pas là de l'orgueil car ce n'est pas de l'orgueil. C'est... c'est simplement de la foi.

— Si elle est au bout de ton bras, elle n'a pas bonne mine, ta révolution, ironisa Gardner en désignant du menton le pneu qui se consumait. Quant à Thoreau, si ma mémoire ne me trahit pas, sa cabane n'était pas très éloignée de la maison de ses parents... Et puis son *Walden* fini, il s'est empressé de vider les lieux, ajouta Gardner en veine de petitesses.

— C'est vrai. Thoreau... Il a échoué mais il nous a montré la direction à suivre. Je... Je crois que si un individu, un seul, rien qu'un seul, oui, si un seul individu touchait à l'autosuffisance, le monde capitaliste serait détruit dans la seconde. La liberté totale d'un seul sonnerait la fin de l'esclavage de tous. Automatiquement... Automatiquement.

— Et c'est pourquoi tu veux quitter New York et aller vivre à ton tour dans les bois de Walden ? Finies donc les manifs ! Tu tournes le dos aux actions violentes de tes amis.

Michael le fixa sans répondre.

Il se demandait comment il avait pu faire part de ses déceptions et de ses projets à Gardner. Il le savait très intelligent et, ceci allant avec cela, extrêmement dangereux. Recherché par le FBI pour meurtres et actes de barbarie, sa tête valait une fortune. Et c'était cet homme qu'il avait choisi comme confident !

Voyant qu'il n'obtiendrait pas de réponse, Gardner reprit la parole :

— Tu parles de levier et de bras qui seraient à côté de la société, c'est-à-dire en dehors d'elle, mais peut-on sortir de la société ? Peut-on se désincarcérer de l'accident qu'est le monde ? Le levier peut-il vraiment se trouver en dehors de la société ? Non. Il est dedans. Et c'est pourquoi il n'a jamais pu et ne pourra jamais rien soulever, ton pauvre levier. Essaie un peu de soulever une bagnole avec un cric qui resterait coincé à l'intérieur. Quant à toi, sache que tu ne seras jamais en paix tant que tu chercheras le Bonheur dans le Bien. Car le Bonheur, il n'est pas dans le Bien. Jamais tu ne le trouveras là, jamais. L'homme n'est que mal, Michael. Si tu veux devenir un homme, alors c'est le mal que tu dois embrasser. Que tu dois servir et adorer. Faire le plus de mal possible pour libérer enfin notre véritable nature, voilà la règle à suivre. Le Mal pour le Mal, comprends-tu ? Là est la Voie. La véritable Voie, la Voie unique.

Gardner se tut puis se leva. Ses articulations craquèrent. Le dos de sa main gauche était tatoué du sceau noir de Xaphan tandis que la droite portait la marque rouge de Haborym, le démon des incendies.

— Pourquoi ne me vends-tu pas à la police, Michael ? Trois cents mille dollars, ce n'est pas rien, même pour un anarchiste comme toi. Tu sais, la peau du Nazaréen ne valait pas tant.

— Je ne vous vendrai jamais, vous le savez très bien. Mais... Mais je ne vous aime pas, révérend. Ça aussi, vous le savez.

— Tu ne crois pas au Diable, Michael, mais, Lui, il croit en ton avenir. Il fonde de grands espoirs sur toi. Tu le rencontreras bientôt, sacré veinard ! Satan ne reçoit que sur rendez-vous. Et ton nom figure en bonne place sur son agenda.

— Si le Diable est du côté de l'humanité, alors il n'a rien à craindre de moi.

Aussitôt qu'il eut prononcé ces mots, Michael s'en voulut de son emphase, la jugeant ridicule.

Le révérend, quant à lui, partit d'un grand éclat de rire.

— Le Diable est de toutes les révolutions, mon petit. C'est lui, le grand libérateur !

Puis il secoua la tête et ajouta sur un ton plus sérieux :

— Mais vois-tu, ce qui me chiffonne avec tes amis anarchistes, c'est que, pour parler comme ton ami Thoreau, je dirai qu'il y a 999 tribuns de l'anarchie pour un seul véritable anarchiste. Alors que cette proportion s'inverse dès lors qu'il s'agit de capitalistes. Le capitalisme, lui, ne perd pas son temps en de vains bavardages idéologiques. En cela il est le seul frère légitime de Satan. Tous deux, vois-tu, sont des monstres d'efficacité. Tandis que vous, les libertaires, vous parlez trop, vous pensez trop. Et quand vous agissez, c'est seulement pour casser quelques vitrines ou cogner sur du flic. Vous ne brisez pas vos chaînes, vous ne faites que les agiter en l'air comme une ménagère époussette un vieux tapis de salon.

Michael coula un regard en biais vers Gardner. Comme tous les hommes voués au Mal, Gardner se montrait un redoutable sophiste mais Michael savait qu'il avait raison sur ce point. Le faible de l'anarchie, c'était ses bavardages incessants.

Gardner croisa son regard triste et en sourit :

— Le Diable aussi a ses mécréants. Pour l'instant, tu es de leur nombre, Michael. Mais bientôt tu verras Sa Face et tu L'adoreras, crois-moi. Nous sommes à l'aube d'une ère nouvelle, mon petit.

Michael, qui ne l'écoutait plus que d'une oreille, dit :

— Parfois…

— Parfois quoi ?

— Non, rien.

— Pas confiance en moi ? dit Gardner en écartant les bras. Depuis tout ce temps !

— Ça n'a aucune importance, répondit Michael.

— Que tu aies confiance en moi ?

— Non, que je vous le dise ou pas, ça, ça n'a aucune importance.

— Eh bien, alors dis-le.

Michael le dévisagea une nouvelle fois puis haussa les épaules :

— Parfois… Parfois je vois en rêve un visage couvert de sang. Il… Il est couvert de sang et il me supplie, ce visage… Dans mon cauchemar, les gens qui m'entourent ont tous ce visage et ils me regardent tous, comme s'ils attendaient quelque chose de moi. Quelque chose de terrible.

— Le même visage partout ? Oh, je vois. C'est la mondialisation selon toi, peut-être. Ce contre quoi tu te bats avec tes amis. Comment s'appellent-ils déjà ?

— Je les ai laissés tomber.

— Les Black Blocks, voilà ! Je cherchais leur nom.

— Ce ne sont plus mes amis.

— Que si, et tu les aimes encore. Malgré tout, malgré toi. Tu ne serais pas si triste autrement.

De nouveau Michael lui jeta un regard de côté.

— Peut-être bien, dit-il avec un haussement d'épaules.

— « Un ami, c'est quelqu'un qui vous aime encore quand il ne vous aime plus. » Tu sais qui a écrit ça ? Non, comment le saurais-tu ? Vous ne lisez plus guère de littérature, vous, les jeunes.

Gardner, à qui rien n'échappait, remarqua les bombes de peinture qui déformaient les poches de sa veste.

— Au fait tu ne m'as toujours pas dit pourquoi tu taguais toujours les mêmes motifs ? Tu m'as bien expliqué l'autre jour que tu entendais manifester ainsi ta liberté au nez et à la barbe de la flicaille de Bloomberg. Attends que je me souvienne de tes propos. Ah ! oui. Giuliani et Bloomberg, selon toi, ont fait de New York « une porcherie aseptisée dans laquelle les cochons n'ont même plus le droit de pisser ». Et toi, Michael, tu es parti en guerre contre les « Porchers ». Bon, tout ça tu me l'as déjà dit. Mais explique-moi donc pourquoi « SAMO is NOT dead » chaque fois.

Michael sentait de l'ironie derrière les propos de Gardner.

Pourtant c'était vrai, s'il courait si effrontément le risque de se faire alpaguer par la flicaille de Bloomberg c'est qu'il se voulait libre dans une ville qui ne l'était plus, mise sous cloche par près de douze années de conservatisme sécuritaire. Quand au message que le tag « SAMO is NOT dead » délivrait, il visait au premier chef son frère, Eric Welling, et tous ses collègues marchands d'art à New York qui avaient eu la peau du peintre Jean-Michel Basquiat *alias* SAMO en en faisant une icône warholienne facile à digérer sur le marché de l'art. Mais, grâce à Michael, SAMO avait surmonté le scandale de sa mort et il revenait hanter la grande île-prison qu'était Manhattan. Apposé sur le flanc de quelques Hummer ou sur le rideau métallique de quelques galeries de Chelsea, le tag « SAMO is NOT dead » prenait le sens définitif et vengeur d'une marque d'infamie.

Mais de ses motivations, Michael ne voulait pas en parler avec Gardner. Aussi préféra-t-il changer de sujet :

— Une journaliste du *New York Times* m'a filé un rancard pour mardi soir.

Gardner haussa un sourcil.

— Pour t'interroger sur tes tags ?

— Non, pas pour ça. Elle... Elle veut savoir qui je suis, enfin, qui je suis véritablement. Pourquoi j'ai décidé de tout abandonner et de vivre comme... Enfin elle... Elle dit que ça intéresse les gens de savoir pourquoi... Je pense, moi, qu'ils ont peur et qu'ils ont besoin de se rassurer en lisant le journal ou en regardant la télévision. Ils veulent des mots, des images. Pas la réalité telle qu'elle est, mais telle qu'ils voudraient la comprendre... La mettre en formules. Des équations du premier degré seulement... des trucs faciles à comprendre. Je... En fait, je ne sais pas si je vais y aller. Je... D'un autre côté je me dis que je pourrais leur montrer autre chose, avant... avant que je parte. Je ne sais pas. Je... Elle va me parler de mon frère. Je n'y tiens pas trop.

— Le courtier en art ? demanda Gardner pour la forme car il connaissait déjà la réponse.

Michael lui avait confié un jour que son frère aîné vivait lui aussi à New York mais du côté des beaux quartiers. Eric Welling travaillait dans une grosse boîte de courtage et passait pour un homme important dans le milieu de l'art moderne.

— Moi aussi, mon petit, j'ai deux frères aujourd'hui à New York. Je t'ai déjà parlé d'eux, il me semble. Forrest est un renégat. Eliot est le plus doux, le plus docile. Il est un peu comme toi, sa famille se montre par trop encombrante. Toi, c'est ton frère, Eric. Lui c'est son père. Un sénateur. Sincèrement, je te le demande, qu'y a-t-il de pire qu'un sénateur en Amérique ?

*

Où Tim s'entretient avec le courtier Eric Welling

Des rafales de vent glacé soufflaient sur le pont de Brooklyn.

En ce début d'après-midi, Tim arriva de Brooklyn Heights par la passerelle qui surplombait la chaussée et vit l'homme en manteau Prada près de l'immense pylône en granit brun clair qui se dressait du côté de Manhattan. Tous deux étaient exacts au rendez-vous.

— Monsieur Modin ? demanda le courtier Eric Welling en regardant d'un air perplexe le bandeau noir qui barrait le visage de Tim.

Ils se serrèrent la main.

— Un accident, dit Tim pour expliquer son air de pirate.

— Forrest ne m'en avait rien dit.

— Parce qu'il aurait dû ? fit Tim avec un sourire narquois.

— Marchons un peu, proposa Welling.

Il avait un gros rhume depuis la veille et son nez ne cessait de couler. Il resserra l'écharpe en belle laine autour de son cou, puis il jeta de nouveau un regard suspicieux au bandeau de Tim comme s'il hésitait à faire confiance à un type pareil.

— Vous pensez que nous en aurons pour les fêtes ? demanda-t-il en faisant un geste vers le ciel.

— Quoi donc ?

— Eh bien, de la neige, voyons.

— Rassurez-moi. Vous ne m'avez pas fait venir ici pour parler météo.

Welling eut un sourire nerveux.

— À votre avis ?

Tim lui rendit son regard sans le sourire.

— Non, bien sûr que non, fit Welling au bout d'un moment en regardant de nouveau devant lui. Voilà de quoi il s'agit. Mon cabinet de courtage a pour client la Fondation Walter Skoll. Forrest a dû vous en parler, j'imagine. Son exposition se présente sous de très bons auspices. Il a un talent fou, notre ami. Les prix de ses toiles ne cessent de grimper. Chez Christie's l'autre jour...

Tim le laissa s'enliser. Welling en prit conscience et fit machine arrière.

— Mais ce n'est pas le sujet. Non, ce n'est pas le sujet. Bon, écoutez, j'ai aidé mon client à acquérir un certain nombre d'œuvres d'art, notamment les douze tableaux de Forrest qui vont être bientôt montrés au public. Vous n'ignorez pas qu'un commando d'hommes armés a dérobé, en septembre, une toile de très grande valeur que mon client aimait beaucoup, au point, d'ailleurs, de la garder chez lui et non à sa Fondation.

— Même si je n'étais pas l'ami de Forrest, je serais au courant. La presse en a tellement parlé.

— À qui le dites-vous, Tim. Ces journalistes ! Il faudrait un jour les mettre au pas. Ça pullule comme des mouches dès qu'il y a une odeur de merde qui flotte dans l'air.

— C'était plutôt une odeur de sang qui régnait là-bas, si je me souviens bien.

— Je ne peux le nier, Tim, je ne peux le nier. Deux vigiles et deux autres personnes faisant partie du personnel d'entretien, un jardinier et une femme de ménage, ont malheureusement trouvé la mort dans les événements, ainsi d'ailleurs qu'un des deux malfrats – mais pour cette mort, ce n'est pas malheureux, n'est-ce pas, Tim ? (Il marqua une pause et rajusta son écharpe tout en continuant de marcher.) La police nous a communiqué l'identité de cet homme. Un certain Meyerson. Il s'agirait d'un truand travaillant pour un caïd maffieux du Bronx, un métis asiatique surnommé 10-13. Vous avez sans doute déjà entendu parler de 10-13, Tim ?

— Je croyais que la police était sur la piste d'une secte.

— J'y viens, j'y viens, Tim. En effet, il semblerait que 10-13 et son gang aient passé un contrat avec un groupuscule sectaire appelé le Triple Tiret. Une secte sataniste qui aurait été particulièrement active il y a quelques années avant que son gourou ne fasse l'objet d'un mandat d'arrêt international et ne s'évapore dans la nature.

— Qu'est-ce qui amène la police à penser que cette secte serait le commanditaire du vol ?

— Eh bien, voyez-vous, Tim, mon client aurait reçu des menaces de cette secte quelques jours avant le vol.

En psychologue averti, Tim savait que la manière dont on donnait une information importait autant sinon plus que l'information elle-même, et il nota tout de suite l'emploi du conditionnel dans les propos du courtier : « mon client *aurait* reçu... ».

Welling en vint à l'objet de leur entrevue :

— Mon cabinet de courtage a besoin d'un professionnel capable de l'éclairer sur le vol dont M. Walter Skoll a été victime. Nous aimerions savoir entre quelles mains se trouve le tableau.

— Il y a une chose que je ne comprends pas. Quel intérêt une secte sataniste aurait-elle à voler un tableau ?

— Cette œuvre est particulière, Tim. C'est la seule toile ouvertement fantastique de Forrest et disons qu'elle a tous les charmes de deux millions de dollars.

— Et elle a pour titre *Les Démons,* aussi. Le même attire le même. Vous pensez donc que le Triple Tiret est derrière tout ça ?

— C'est en tout cas ce que l'enquête de police laisse entendre.

Jolie manière de botter en touche, pensa Tim.

Il décida de sonder le terrain plus à fond.

— Se pourrait-il que le vol du tableau n'ait été commis que pour dissimuler le vrai motif de l'intrusion ? Y a-t-il eu, par exemple, d'autres objets volés ce jour-là ?

— Pas que je sache mais je pense que c'est une hypothèse parmi d'autres.

Il y avait donc d'autres hypothèses. De mieux en mieux.

— Où se trouvait Walter Skoll lorsque le vol a été commis ?

— Mon client était à sa Fondation.

— Sur la Cinquième Avenue, c'est ça ? demanda Tim, feignant de ne pas trop savoir.

— Oui, répondit Welling.

— Et cette info-là est certaine ?

— C'est dans ce sens qu'a été faite la déclaration de M. Skoll.

Décidément, Welling excellait dans l'art des sous-entendus.

Le courtier tira de son manteau un mouchoir marqué de ses initiales et s'arrêta pour se moucher.

Tim se retourna vers lui, les cheveux ébouriffés par le vent.

— Est-il envisageable que la police ne soit pas sur la bonne piste, Eric ?

Welling se tamponna le nez avec son mouchoir.

— Je ne saurais affirmer une pareille…

— Ça l'est, oui ou non ? le coupa Tim, bien décidé à le pousser dans ses derniers retranchements.

— Oui, c'est envisageable, lâcha Welling, les lèvres pincées tout en fourrant son mouchoir dans sa poche. Et c'est pour cela que nous avons besoin de quelqu'un d'extérieur.

Tim se remit à marcher, songeur. Le courtier jeta un coup d'œil inquiet par-dessus son épaule puis avança, lui aussi. Il voulut desserrer l'étau, qui l'oppressait, en faisant de l'esprit.

— Mais ainsi que je le dis souvent, Tim, tout se prouve, même la vérité.

Comme à son habitude quand il utilisait cette boutade, Welling ne se donna pas la peine de préciser qu'il n'en était pas l'auteur.

Tim le fixa de son œil valide.

— Je vais être très clair. Si je dois travailler sur cette affaire, il faudra m'épargner vos sophismes à la con, d'accord ?

Mais pour qui donc ce type se prend-il ? se demanda le courtier en art tandis que d'une voix apaisante il se hâtait de dire :

— OK, Tim, OK. Je veux que vous meniez votre enquête. C'est tout.

Son nez gouttait toujours. Il ressortit son mouchoir et fit une nouvelle pause le temps de se moucher.

Ils se remirent à marcher.

— Bien entendu, je vous demande la plus grande discrétion sur toute cette affaire. Pas de publicité inutile, vous comprenez. Je vous prierai aussi de ne pas adresser vos notes de frais à mon cabinet. Disons, plutôt chez moi. (Il lui tendit un bristol avec ses coordonnées personnelles.) C'est plus... pratique pour nous deux. (Tim aurait juré qu'il avait d'abord voulu dire « prudent » avant de se reprendre.) Je compte sur vous pour me tenir informé de ce que vous découvrirez au moment où vous le découvrirez, étant entendu que c'est moi seul qui déciderai de la suite à donner à votre enquête pour le cas où celle-ci accréditerait, disons, certaines hypothèses laissées de côté jusque-là. Ai-je besoin de vous avertir que si je me trouvais dans l'incapacité de vous en dissuader, vous auriez alors, et alors seulement, toute latitude pour réparer le tort qui a été fait à ces hypothèses.

Ça, c'était on ne pouvait plus clair.

Welling couvrait ses arrières. Mais de quoi avait-il peur ? De qui et pour quelle raison ? Avait-il découvert la nature réelle de son client ?

Les mains enfoncées dans leur manteau, ils passaient à présent sous l'arche du second pylône, à l'autre bout du tablier en acier.

Welling s'arrêta à l'abri du vent. Le grondement sourd des voitures à leurs pieds leur parvint plus distinctement.

Il consulta sa montre et dit :

— Je vais maintenant vous laisser travailler, Tim. Je dois aller voir un client.

Il se retourna vers Manhattan et sembla rassuré par ce qu'il vit sur la passerelle : une femme poussant un landau, deux vieillards en grande conversation, un adolescent en sweat-shirt Adidas qui regardait un ferry de la compagnie *Circle Line* passer sous lui. Rien que de très normal. Welling respira.

Levant les yeux, il aperçut le drapeau américain qui flottait au sommet du pylône et un sourire erra sur ses lèvres.

— On oublie trop souvent que Manhattan est une île. Il faut s'en éloigner pour s'en rendre compte.

Ses yeux revinrent se poser sur Tim et son sourire s'effaça peu à peu.

— Et qui dit île, dit trésor. Tim, retrouvez donc le trésor de cette île.

*

Où Eric Welling réfléchit à ce qu'il vient de faire

Il devait jouer très serré ces derniers temps et, regardant Tim Modin s'éloigner sur la passerelle, il se félicitait de s'en être tiré avec les honneurs de la guerre.

Il avait su lui donner certains indices à ronger tout en gardant pour lui les plus compromettants. Il lui importait moins que le privé découvrît la vérité sur le vol des *Démons* qu'il fût simplement mis sur leur piste. Si, par la suite, Modin devait se montrer trop perspicace, il serait toujours temps de l'arrêter à coups de chèques, à condition d'être encore en vie, bien sûr. C'était là toute l'astuce du plan. Un coup dans le genre du maître chanteur diabolique qui a enterré son otage avec juste assez d'oxygène pour que la police ne l'inquiète pas trop. Sauf que Welling, lui, ne jouait pas cette partie avec les flics.

Tout cela, c'était comme pour réussir une recette de cuisine, se dit-il. Il fallait être un bon cuisinier, sans doute, mais aussi travailler avec des ingrédients de qualité, frais, goûteux, et sûrs.

Pour ce qui était du privé, il ne l'avait pas choisi sur ses états de service mais à cause de Forrest. Il savait que si un malheur devait lui arriver, cette amitié entre l'artiste et le détective pourrait servir ses intérêts posthumes en encourageant Modin à s'investir dans son enquête plus qu'aucun autre. D'ailleurs, maintenant qu'il avait fait sa connaissance, Welling devait admettre que ce gars-là n'était pas du genre à lâcher prise, ami ou pas ami dans l'affaire, et c'était heureux.

Oui, pour le privé, il avait tapé dans le mille, mais quelle idée avait bien pu lui passer par la tête quand il avait fixé le rendez-vous sur ce foutu pont battu par les vents ? Par commodité pour eux deux, se rappela-t-il. Il était vrai que c'était une sorte de terrain neutre, à mi-chemin entre son cabinet de courtage et l'agence du détective. Par sécurité aussi. Sur la passerelle, Welling pouvait voir qui venait. OK, très bien. Mais ce pont était venteux en diable et ne portait pas chance. Il suffisait de se rappeler les Roebling père et fils, qui avaient construit l'ouvrage. L'un y avait laissé sa peau, l'autre ses jambes. Une vraie tragédie antique que cet édifice, se dit Welling. Sans compter tous les suicidaires qui étaient venus y faire le grand saut. Oui, il regrettait de l'avoir choisi pour leur rencontre, cet affreux pont de Brooklyn. Il n'était pas si commode et quant à la sûreté… Soudain, comme malgré lui, il lui revint que Washington Roebling, paralytique, surveillait l'avancement des travaux avec des jumelles de sa chambre située dans un immeuble près du pont. Et bien sûr il ne put s'empêcher d'imaginer Walter Skoll là, dans la chambre de Roebling, avec des jumelles devant les yeux. Et devinez qui en point de mire ?

— Oh ! nom de Dieu ! fit-il entre ses dents.

Pourquoi te flanques-tu la frousse ? s'énerva-t-il tout en scrutant les façades des immeubles au loin. *Tu n'as pas assez de soucis comme ça !*

Pourtant une partie de lui l'excusait, faisant valoir que c'était naturel d'avoir la frousse lorsqu'on se trouvait dans une situation comme la sienne. Et qu'on avait une certaine mallette blindée planquée dans sa chambre…

Il s'était promis de ne pas penser à elle de toute la journée, mais c'était folie de croire qu'il y arriverait. La mallette n'avait pas quitté son esprit un seul instant. Cette foutue mallette… Quand donc viendrait-*il* la lui réclamer ? Qu'attendait-*il* pour la lui prendre ?

Eric Welling s'était toujours accommodé de nombreuses combines et entourloupes dans l'exercice de sa noble profession. Il était de ces hommes pratiques qui considèrent qu'avec un bon savon et un parfum de luxe on peut se débarrasser de n'importe quelle tache et de n'importe quelle odeur. Et jusqu'à présent, il devait l'avouer, la chance avait toujours été de son côté. Mais depuis le vol des *Démons* en septembre, le vent avait tourné. Il n'était plus du tout sûr de l'efficacité de ses savons et parfums. Heureusement, il y avait encore la cocaïne. Deux bons rails suffisaient d'ordinaire à chasser de son esprit la lourde mallette blindée. Cependant c'était de plus en plus difficile. Il fallait bien l'admettre, cette putain de mallette lui bouffait la vie !

Arrête de penser à elle ! Arrête de penser à...

L'image de Walter Skoll le regardant de l'ancienne chambre de Roebling revint le harceler. Et il acquit la certitude que s'il venait à la connaissance de Walter Skoll que son courtier en art s'était abouché avec un détective, c'en serait fini pour toujours des petits accommodements avec la vie.

Bon sang ! que venait-il de faire en contactant Modin ? Avait-il pris un aller simple pour l'autre monde ou bien une bonne assurance tous risques ? Il ne savait plus maintenant.

La trame des haubans l'enserrait, l'étouffait. Il fallait qu'il quitte ce foutu pont.

Il sortit de sous l'arche en granit et, affrontant de nouveau les rafales de vent, se mit à retraverser l'East River en sens inverse et au pas de course cette fois.

Cette affaire de tableau volé n'avait que trop duré. Il espérait en voir bientôt la fin et ne pas y laisser... *la vie* (*Sors-toi ça de la tête, veux-tu !*)... trop de plumes, c'était cela qu'il voulait dire. Oui, il espérait ne pas y laisser... TROP DE PLUMES.

À mi-distance des deux pylônes, la tête rentrée dans les épaules à cause du vent et de Walter Skoll qu'il imaginait le fixant avec les jumelles de Washington Roebling, *arrête de déconner avec ça !* il repensa aux *Démons* et à la manière dont cette histoire avait commencé.

Comme il l'avait dit à Tim Modin tout à l'heure, c'était lui qui avait négocié l'achat par la Fondation Walter Skoll de la série de grands formats, intitulée *Les Vitrines,* ainsi donc que du tableau *Les Démons*. Il y avait un an de cela, Skoll l'avait appelé pour lui signifier son désir de voir sa Fondation investir dans le travail de Forrest, l'un des artistes les mieux cotés de sa génération, et il avait donné carte blanche au courtier pour acquérir une dizaine d'œuvres.

Réalisés à l'huile et dans une veine hyperréaliste, tout comme les douze *Vitrines*, *Les Démons* s'en distinguaient par leur sujet. Cette œuvre était ouvertement inspirée du *Saturne dévorant un de ses fils,* célèbre toile de Rubens peinte en 1636. Forrest avait reproduit avec une fidélité maniaque tous les motifs du tableau : le vieillard armé de sa faucille, debout sur des rochers, l'enfant qu'il mangeait à belles dents et qui hurlait, avec derrière eux la planète Saturne et les deux lunes que Galilée avait cru voir au télescope, sans oublier la signature du maître flamand en bas à droite. Même posture des corps, mêmes couleurs, même éclairage. Le tableau était la copie parfaite du Rubens à quelques différences près cependant. D'abord, détail infime et savoureux, le *s* à la fin de Rubens était frappé d'un trait vertical comme le symbole de la monnaie américaine. (Ce qui avait valu au tableau, de la part de la critique Shirley Zimmer, l'une des rares personnes à l'avoir vu, le titre de *Saturne au dollar*.) Mais surtout, par sa facture hyperréaliste qui donnait l'impression de se trouver devant une photo de reportage et non une peinture mythologique, l'œuvre de Forrest ajoutait un cran au cauchemar peint par Rubens.

Les Démons étaient d'une force dramatique incroyable, et depuis qu'on les avait volés, ils semblaient vivre d'une vie fantasmatique dans le musée imaginaire américain. L'œuvre était devenue aussi célèbre et scandaleuse que la *Joconde* de Marcel Duchamp ou *L'Origine du monde* de Courbet. Certains critiques à l'esprit tordu, qui ne les avaient jamais vus ni de près ni de loin, avaient même reconnu dans les traits barbus du Saturne un portrait acide de Fidel Castro en dévoreur de son propre peuple. Une fois qu'ils déjeunaient ensemble dans la salle Art-déco du Rainbow Room, Welling avait rapporté ces rumeurs à Forrest et Forrest y avait répondu par une pirouette en promettant de questionner Rubens à ce sujet dès qu'il le verrait. Mais Welling avait perçu derrière cette ironie plusieurs signes laissant supposer que le barbu ressemblait bien à quelqu'un, sans toutefois parvenir à en connaître l'identité véritable.

Bien sûr, avant d'acquérir le tableau pour Skoll, Eric Welling avait potassé ses dictionnaires de mythologies et il en était arrivé à la conclusion que le mythe, à l'origine, n'était déjà pas piqué des hannetons.

Forrest, pas plus que Rubens avant lui, n'avait rien inventé en la matière.

Saturne, *alias* Cronos chez les Grecs, avait commencé par éveiller l'attention publique en châtrant son bon vieux père qui (c'était bien le moins) l'avait maudit en le condamnant à périr à son tour par la chair de sa chair. Aussi Saturne par précaution s'était-il mis à bâfrer tous ses fils, jusqu'à ce que son dernier-né, le petit malin de Jupiter, échappât à son coup de dents et lui fît payer l'addition en l'envoyant digérer ses infanticides en Italie. Là-bas, l'expulsé de l'Olympe s'était racheté une conduite en posant au dieu des semences et engrais, et dorénavant ç'avait été Noël tous les jours, c'est-à-dire l'âge d'or.

Personne d'un peu cultivé n'ignorait non plus qu'après Rubens, le romantique Goya devait donner de ce thème une version encore plus hallucinée, version due non pas à l'ingestion de quelques champignons mais aux boucheries napoléoniennes commises, pour ainsi dire, sous la fenêtre du peintre. Émotionnellement, l'œuvre était encore plus puissante que celle de Rubens, mais Forrest lui préférait celle-ci. Comme il l'avait confié à Welling quand ils avaient déjeuné ensemble au Rainbow Room, il aimait Rubens pour sa peinture mais aussi pour sa vie : une vie pleine et heureuse, une vie accomplie. À ses yeux, Rubens représentait l'exemple même de l'antimaudit, et

Forrest aspirait à ce genre de vie de toutes les molécules de son être. Welling, pour sa part, se sentait tout à fait capable de comprendre cela chez Forrest. Et il s'en sentait encore plus capable depuis qu'une certaine mallette blindée occupait sa chambre et ses pensées.

Tu avais promis de ne plus y songer, gémit dans sa tête une voix d'enfant apeuré tandis qu'il retraversait à grands pas le pont de Brooklyn.

Mais il n'y pouvait rien. L'image de cette foutue mallette s'imposait à lui, quoi qu'il fît.

*

Où Tim et Sarah se retrouvent

Après son entrevue avec Welling, Tim se rendit au 176, Perry Street, l'appartement de Forrest.

— Alors ? demanda Sarah dès qu'elle lui ouvrit la porte.

— Il veut que je l'éclaire sur le vol des *Démons*, répondit-il tout en enfilant le couloir.

Dans la cuisine, il remarqua les deux tasses vides près du portable et demanda :

— Forrest est déjà rentré ?

— Non, pourquoi ? (Elle suivit son regard et comprit :) Ah, ça ! non. Le sénateur March est passé me voir. Mais parle-moi d'abord de Welling. Que sait-il au sujet du cambriolage ?

Ils s'assirent et Tim lui rapporta les propos du courtier.

— Ce gars en sait beaucoup plus long qu'il ne me l'a dit sur ce qui est arrivé aux *Démons* de Forrest. J'ai la très nette impression qu'il a trempé dans le coup (et pas qu'un peu !) et qu'il ne sait plus comment s'en sortir. Il m'a tout l'air de chercher à couvrir ses arrières. C'est pour cette raison qu'il m'a mis sur l'affaire. Ce type est mort de trouille à l'idée de finir un jour en taule, mais il l'est encore plus à la perspective que son client Walter Skoll puisse décider de lui régler son compte.

— *Exit* donc l'hypothèse selon laquelle il serait le deuxième tarhq-sagogh des Loups à New York ?

— Ouais, il faut abandonner l'hypothèse. Elle ne tient pas la route. Ce type a la frousse, Sarah. Il n'a rien d'un fanatique du genre de Ron Flint. Et toi, que t'a dit le vieux Marvin March ? A-t-il découvert quelque chose dans les images récupérées sur le portable de Skoll ?

Sarah lui rendit compte de son entretien avec le sénateur March et l'informa de la décision qu'il avait prise de jeter l'éponge.

— Dommage, dit Tim. Il nous a bien aidés, et je pense qu'il aurait pu nous rendre encore pas mal de services. Tu avais raison à son sujet.

Sarah haussa les épaules.

— On fera sans lui dorénavant, dit-elle d'une voix où perçait encore la déception.

— Ce qui me chiffonne, reprit Tim, c'est cette histoire de secte.

— Le Triple Tiret ?

— Ouais, le Triple Tiret. Welling m'a dit que le Triple Tiret serait derrière le vol de septembre mais il ne semblait pas trop y croire. Et toi, tu m'apprends que le fils du sénateur est affilié à cette secte. Et, comme par hasard, Skoll possède sur son ordinateur la photo d'Eliot March en pleine réunion de groupe.

— Et qu'en déduis-tu ?

— Que les Loups veulent s'abriter derrière cette secte minable. J'ai idée que le Grand Loup Walter Skoll ne s'y intéresse pas seulement pour exercer une pression sur le sénateur…

—… il veut aussi s'en servir pour masquer les exactions des siens, continua Sarah, pensive.

— Exact. Mais à quelles fins ? ça, c'est encore un mystère.

Sarah agita le message codé que le sénateur March lui avait remis.

— Je suis sûre qu'on tient là une info capitale. Il faut qu'on planche dessus.

— D'accord mais (il jeta un coup d'œil à l'horloge) on s'y mettra demain, si ça ne te gêne pas, bien sûr.

Les yeux de Sarah s'écarquillèrent de surprise. C'était la première fois qu'elle voyait Tim remettre à plus tard sa quête de vérité.

Un sourire incrédule s'esquissa sur ses lèvres.

— Oncle Todd a convié Jodie à dîner à la maison, expliqua Tim en se passant la main dans les cheveux.

Le sourire de Sarah s'élargit tandis que Tim se levait.

— Attends, ma belle, ne t'emballe pas. Ce n'est qu'un dîner, pour la remercier. Une idée de mon oncle... D'ailleurs, Forrest et toi, vous pouvez venir. C'est vrai !

Sarah se leva à son tour.

— Je suis heureuse pour Jodie et toi. C'est une fille super. Et jolie avec ça.

— Je n'avais pas remarqué ce dernier point, fit Tim en lui retournant son sourire. Alors, on va chercher Forrest ?

— Ne fais pas l'idiot, dit Sarah, et dépêche-toi d'aller la retrouver.

*

Où 10-13 en personne vient aux nouvelles

Un peu avant dix-huit heures, 10-13 fit son entrée dans le garage insonorisé où Ron Flint, le vigile et tarhq-sagogh de la Fondation, avait été mené pour interrogatoire.

— Un coriace, ce type, fit Cumming, presque admiratif, en nettoyant le chalumeau.

Après la séance du matin, qui avait porté pour l'essentiel sur les zones sensibles du visage, celle de l'après-midi s'était concentrée sur les extrémités telles que les doigts de main et de pied ou bien le sexe. Des odeurs de sang, d'urine et de chair roussie empuantissaient le local.

Sans ménagement, 10-13 releva la tête martyrisée de Flint le tarhq-sagogh.

— Il s'est voué corps et âme au service des Loups. Tu n'imaginais tout de même pas qu'il appellerait sa mère à la première écorchure.

Wilkinson dodelina de la tête.

— Heureusement que vous nous aviez prévenus, patron. On aurait pu perdre patience.

Dans l'après-midi, Ron Flint s'était mis à délirer et il leur avait enfin appris où il cachait un talisman de sa confrérie. C'était pour cet objet que les hommes de 10-13 le torturaient depuis le matin. Dans son délire, il les avait suppliés de ne pas faire de mal à son « Maître ». Puis il n'avait plus rien avoué jusqu'en ce début de soirée où, sous le coup de la douleur, le délire l'avait repris.

— Que vous a-t-il dit ? demanda 10-13 en lâchant la tête de Flint.

— « Terminal pétrolier, Jersey City » qu'il a répété, dit Wilkinson.

— Alors, fit Cumming, avec le chalumeau, on lui a demandé où il voulait en venir. Et de développer s'il pouvait.

— Regardez, on a pas touché aux organes de la phonation, dit Wilkinson, qui s'était souvenu fort à propos du monumental ratage de ses premiers exercices pratiques pour le compte de 10-13.

— Et qu'a-t-il dit, bordel ? s'impatienta 10-13.

— Il a dit : « Il arrive… Il arrive… »

10-13 alla se laver les mains dans le lavabo du fond.

— Mon Dieu ! s'exclama-t-il, ce connard de Flint nous fait le coup de Dracula ! Vous vous rappelez comment le taré de Renfield finit dans le bouquin ?

Ses hommes regardèrent leurs pieds. Il les dévisagea un à un tandis qu'il s'essuyait les mains sur une serviette.

— Aucun de vous n'a lu Bram Stoker ? Quelle époque ! Merde, quelle époque !

— Qu'est-ce qu'on fait de Flint ? demanda Cumming pour changer de sujet.

10-13 replaça l'essuie-mains sur le porte-serviettes et revint près de Flint.

— Hé, Flint, tu m'entends ?

Avec difficulté, Ron Flint releva la tête et essaya de voir qui lui parlait à travers les filets de sang qui coulaient dans ses yeux.

Il réussit à entrapercevoir un jeune homme de type asiatique, très bien mis de sa personne. L'homme braquait sur lui un gros calibre muni d'un silencieux.

Juste avant le grand baisser de rideau, Ron Flint trouva la force de sourire.

*

Où l'on dîne chez oncle Todd

À dix-neuf heures dix, Jodie, que Tim était allé chercher au sortir de la Fondation, rencontra enfin « la bonté faite homme » en la personne d'oncle Todd dans sa grande maison de Brooklyn. Un tablier ceint autour de la taille, il s'affairait dans la cuisine. Tout son visage s'illumina lorsqu'il la vit entrer.

— Vous êtes encore plus jolie que Tim ne me l'avait laissé entendre, dit-il en s'essuyant les mains sur un coin de son tablier.

Comme s'ils se connaissaient depuis longtemps, ils se firent la bise.

— Vous aimez le homard, n'est-ce pas ? demanda-t-il sans la quitter des yeux.

Sa pétillante bonhomie était des plus rafraîchissantes, et Jodie le rassura.

Le sourire de la jeune femme s'élargit, creusant davantage ses jolies fossettes.

— Oh, bon sang ! fit oncle Todd, soudain bouleversé.

Décontenancée par la réaction du vieil homme, Jodie chercha des yeux l'appui de Tim.

Ce dernier lui adressa un sourire tranquille.

— Je t'en ai déjà parlé, je crois. Kevin, tu sais, mon frère, eh bien, il avait le même sourire que toi. Les mêmes fossettes. Il tenait ça de notre mère.

Revenu de son trouble, oncle Todd semblait confus.

— Je suis bête ! Je vous ai effrayée, ma pauvre enfant. Je mérite des gifles, Tim. Si, si. Excusez-moi, Jodie. Je suis vieux. Je suis vieux et stupide.

Il ne savait trop comment s'en tirer. Jodie lui vint en aide en prenant ses mains dans les siennes.

— Vous êtes tout excusé, monsieur Modin.

— Alors si je le suis, appelez-moi oncle Todd. Par pitié, pas de monsieur avec moi !

— Très bien, oncle Todd.

— Allez vous mettre à table, les enfants. La cuisine, c'est pas pour vous ce soir.

Jodie essaya bien de l'en faire démordre, mais Tim et elle durent se résoudre à le laisser seul aux commandes.

Oncle Todd avait fait les choses en grand.

Une table digne de la cour d'Angleterre avait été dressée dans la salle à manger : nappe rouge et or, couverts d'argent, serviettes amidonnées pliées en cygnes majestueux dans les verres, féerie de chandeliers et de branchages enneigés. Plus loin, un plantureux sapin, acheté dans l'après-midi, ornait le devant de la cheminée de tout le faste de ses ampoules multicolores qui clignotaient à l'envi. La pièce baignait dans l'odeur de la résine, odeur à la fois cossue et rustique, joyeuse tel un rire d'enfant et nostalgique comme les souvenirs, et que Jodie, le cœur serré, se rappelait être celle des Noëls de sa jeunesse.

Elle pensa à sa pauvre mère restée dans sa chambre d'hôpital et Tim, comme s'il lisait dans ses pensées, la consola, promettant qu'ils fêteraient Noël tous ensemble ici même. Ils iraient chercher sa mère et ils inviteraient aussi Sarah et Forrest. Oui, tous les amis réunis.

La soirée fut aussi délicieuse que la fricassée de homard d'oncle Todd, et plusieurs fois Jodie se prit à penser que le paradis devait être un monde fait uniquement d'oncle Todd pour la douceur et de Tim pour la force. Un monde de sécurité merveilleuse et totale, où sa mère et elle ne craindraient plus les mauvais tours de la vie comme cette saloperie d'Alzheimer ou cette autre saloperie qu'étaient les Loups de Fenryder.

Quant à Tim et à oncle Todd, ils étaient heureux de parler pour une fois d'autre chose que de Loups et de tarhq-sagogh. Et de manger du homard comme au bon vieux temps lorsque Kevin et tante Melinda étaient là, eux aussi.

Oncle Todd rayonnait d'une joie contagieuse. Il se montra disert, brillant. Il parla si bien de sa passion pour le cinéma fantastique qu'au dire de Tim, il aurait pu rendre des points à Stephen King lui-même, surtout lorsqu'il se lança dans une analyse aussi subtile que drôle de *La Nuit des morts-vivants* de George Romero.

— Le fantastique, finit-il par conclure, c'est comme une philosophie paradoxale qui nous apprendrait au final à mieux aimer la vie. Un peu à la façon des contes, voyez-vous, Jodie. Mais à propos de fantastique, dit-il se retournant soudain vers l'horloge murale qui indiquait vingt et une heures moins dix, vous allez manquer la séance.

Tim et Jodie projetaient d'aller revoir *La Féline*, l'une des salles Art et Essai de Brooklyn organisant une rétrospective des films de Jacques Tourneur.

Ils essayèrent bien d'emmener oncle Todd mais ce fut peine perdue. Et ils comprirent que, quoiqu'il adorât ce cinéma-là, il éprouvait plus de joie à les laisser enfin seuls qu'à venir avec eux, craignant plus que tout de troubler leur plaisir par sa présence importune.

Jodie l'étreignit et l'embrassa sur la joue.

— Tim en a de la chance ! dit-elle.

— Non, Jodie. C'est moi qui ai de la chance de l'avoir à mes côtés. Tous les jours, je remercie le Seigneur de Son infinie bonté. Tous les jours. Mais allez, filez donc, les enfants. Vous allez louper le début.

Le film leur plut au moins autant que la première fois qu'ils l'avaient vu à la télévision. Et la scène incroyable où Jane Randolph est poursuivie par Simone Simon transformée en panthère leur parut finalement plus réussie que la fameuse séquence de la piscine. L'irruption du bus dans l'image fit sursauter Jodie qui se blottit contre

Tim. Il l'embrassa sur le front, se promettant bientôt un autre baiser.

Et maintenant, emmitouflés dans leur manteau, ils rentraient à pied chez oncle Todd en traversant Park Slope endormi.

— J'aimerais beaucoup qu'il neige pour Noël, pas toi ? demanda Jodie.

— Je vais voir ce que je peux faire pour vous, mademoiselle.

— Moque-toi de moi, va. Mais c'est vrai, non ? Un Noël sans neige n'est pas tout à fait Noël.

Elle prit sa main dans la sienne et ils marchèrent ainsi.

— Si tu veux, tu peux dormir chez nous, proposa-t-il d'une voix presque timide.

Elle fit oui de la tête avec son sourire craquant.

La saisissant par les épaules, il l'attira contre lui pour l'embrasser sur la bouche cette fois.

— Je t'aime, murmura-t-il.

Les bras de Jodie se resserrèrent délicieusement sur sa nuque.

— Je t'aime, dit-elle.

Alors son portable se mit à sonner, comme dans un mauvais film.

C'était le Dr Kyle.

Il appelait à cause de sa mère…

*

Où l'on se retrouve à bord du Ragnarök

L'horloge de la passerelle indiquait vingt-trois heures trente-cinq lorsque le *Ragnarök*, au grand soulagement de son commandant, embouqua la baie de New York. Dans quelques minutes il accosterait à l'un des terminaux pétroliers de Jersey City et c'en serait fini d'une traversée de plus d'un mois dont les trois dernières semaines avaient été assombries par la présence d'un certain conteneur sur le pont.

Le commandant scruta le ciel nocturne au-dessus des eaux et se dit qu'il n'y aurait pas, contrairement à ce que l'on voyait d'ordinaire dans les romans, de tempête pour annoncer l'arrivée du superpétrolier – comme il n'y avait eu d'ailleurs ni orage ni vent la nuit où William Hasty était monté à bord. Le ciel de cette nuit du 15 au 16 décembre était dégagé, la température froide mais guère plus que ne le voulait la saison. C'était sans doute cela le pire, cette totale absence de signes avant-coureurs. Toute la côte roupillait à poings fermés et la nature se fichait bien de la prévenir par quelques roulements de tambour et frappements de cymbales. Quelqu'un avait écrit que les grandes idées arrivaient toujours sur des pattes de colombe. Eh bien, il sembla au commandant Lars Dreyer que le *Ragnarök* avait ces drôles de pattes de colombe tandis qu'il gagnait le port de Jersey City. Mais lui n'apportait pas une grande idée.

Dix minutes auparavant, un pilote du port était monté à bord pour aider pendant la phase de manœuvre. Il avait une casquette avec « Jersey City Harbour » marqué dessus. Il l'avait ôtée pour saluer William Hasty qui se tenait sur le pont, près du conteneur, puis il était monté à la passerelle trouver le commandant.

— Vous avez fait bonne route, commandant ? avait-il demandé.

Lars Dreyer ne s'était pas donné la peine de lui répondre ni de lui serrer la main.

Le pilote avait eu un petit sourire dédaigneux, puis il avait donné ses instructions pour l'accostage.

Et maintenant, les lumières de Jersey City étaient en vue tandis qu'ils viraient sur bâbord. Enfin.

Lars Dreyer sentit ses cheveux se dresser sur sa nuque et, avant même de se retourner, il sut que William Hasty se tenait derrière lui.

— Suivez-moi, commandant, fit le P-DG de Managarm Maritime.

Dreyer laissa le pilote à la manœuvre et descendit sur le pont.

Pour se donner du courage, il pensa au churchill que cette fois, exceptionnellement, il se promettait de griller bien avant de rentrer chez lui en Norvège. Il le ferait dès qu'il en aurait fini avec Hasty, dût-il pour le fumer se planquer dans les toilettes de la capitainerie du port.

La gorge sèche et le cœur battant, il plaça l'échelle contre le conteneur avec un petit bruit métallique qui se répercuta en échos caverneux, puis il s'effaça pour que Hasty grimpât le premier. Une fois qu'ils furent sur le toit, il tira l'échelle et la glissa à l'intérieur par la trappe. Ces gestes, il les avait faits une bonne vingtaine de fois, pourtant il n'arrivait toujours pas à réaliser qu'il les exécutait. Son rythme cardiaque s'accéléra encore tandis que, les mains moites, il empoignait les montants pour descendre.

À l'intérieur du conteneur, il ressentit de nouveau ce sentiment de grand malaise qui l'avait étreint lorsqu'il y était descendu pour la première fois, et il se dit qu'il ne s'y ferait jamais quand bien même il serait condamné à vivre là-dedans une éternité. C'était sans doute cela, l'enfer. Ne jamais pouvoir s'habituer.

Il mit pied à terre, puis se retourna et frissonna de tout son long.

Un grouillement de reflets jaunes s'agitait sur les parois du conteneur, autour et devant le « bassin ». Le rayonnement avait gagné en intensité tout le temps du voyage, et les mouvements pulsatiles à la surface avaient acquis plus de vitesse. C'était abstrait et discordant comme de la musique sérielle, et aussi terrifiant que de voir la Mort en face.

— Nous tenions à vous remercier, mon Maître et moi, pour votre aimable collaboration. Notre traversée s'est déroulée sans incidents et je prie pour votre famille que notre séjour aux États-Unis se passe dans ce même climat de tranquillité.

Ce n'était pas la première fois que William Hasty proférait des menaces épouvantables avec ce naturel gracieux de gentleman à l'heure du thé. Et si Dreyer en fut encore troublé, il n'en fut pas étonné cependant. Ce qui était, par contre, tout à fait nouveau dans le discours de Hasty, c'était ce mot de « Maître ».

Aussi, malgré la peur, Lars Dreyer ne put-il s'empêcher de répéter sur un ton incertain :

— Maître ?

— Oui, Dreyer. Mon Maître et bientôt celui de tout un peuple.

Le visage éclairé par les reflets jaunes, Hasty souriait d'un sourire à vous faire claquer des dents en pleine canicule. Puis avec sa main droite au gant de cuir noir, il désigna le « bassin ».

— Ceci est un sarcophage, Dreyer, et il renferme le futur maître des États-Unis.

*

Cette nuit-là...

Cette nuit-là, si, comme le remarqua le commandant Dreyer, la ville de New York et sa banlieue ne connurent pas de tempête, elles furent toutefois le théâtre d'un certain nombre d'incidents avant-coureurs. Oh, pas de quoi boucler la cité et décréter l'état d'urgence. Non, ce furent des petits riens, des faits presque insignifiants et qui pourtant, si on avait pu les mettre bout à bout, auraient bien annoncé que quelque chose de grave se préparait. Les premiers à s'en apercevoir furent trois sans-abri de Jersey City qui se disputaient une bouteille de mauvais rouge, à demi ensevelis sous les cartons de gros électroménager qui leur servaient de couvertures, derrière les docks du port. Leur chef, dénommé le Rouquin, cessa soudain de gueuler. Les deux autres, étonnés, en firent autant et regardèrent dans la direction que ses yeux fascinés indiquaient.

Des centaines et des centaines de rats décampaient des entrepôts.

Tous les rats du port semblaient s'être donné le mot. Mais que fuyaient-ils comme ça ? Un incendie ? Possible. Ou bien l'approche d'un raz-de-marée ? Le Rouquin se souvenait d'avoir entendu dire que les animaux étaient toujours les premiers avertis de ce genre de catastrophe. Les rats, les serpents et les oiseaux décampaient avant que la vague n'atteigne les côtes.

Il se leva pour aller, tout au bord de la rive, jeter un œil vers les terminaux portuaires.

Il ne vit ni flammes ni fumée. Il n'y avait pas non plus le moindre signe de houle.

— C'est-y pas con, ces rats ! fit le Rouquin. Leur sonar, m'a tout l'air qu'y déconne vachement.

Puis il *le* vit arriver. Et il en resta bouche bée. Les poils de ses bras se dressèrent.

Le superpétrolier norvégien entrait dans le port.

Les trois hommes avaient vu bien des cargos depuis qu'ils s'étaient établis près du port. Mais celui-là était… différent.

On eût dit un immense cercueil, oui, un immense cercueil flottant, silencieux, sur le fleuve.

— Kessvous dites de ça ? ! marmonna le Rouquin.

— Chais pas mais y vaut mieux s'tailler d'là, dit le Vieux qui l'avait rejoint près de l'eau tout en rajustant son bonnet sur ses oreilles.

Ils le sentaient bien. C'était dans l'air. Ça puait la mort à plein nez.

Le Rouquin, le Vieux et leur ami firent donc comme les rats. Ils levèrent le camp et disparurent.

Cette nuit-là, de l'autre côté de l'Hudson, Michael Welling eut, lui aussi, le pressentiment des événements tragiques qui se tramaient.

Il marchait dans Spring Street et avait d'autant plus froid qu'il avait faim. Ses vieilles mitaines étaient déchirées, son blouson tout imprégné d'humidité. Avant de regagner son squat dans le sud du Bronx, il voulait taguer un dernier « SAMO is NOT dead » sur la vitrine d'une galerie. Bien sûr, de là où il se tenait, il ne put voir le *Ragnarök* pénétrer dans le port de Jersey City, mais il en ressentit l'impact à distance.

Il pâlit, éprouva soudain une faiblesse aux jambes. Il dut s'appuyer au toit d'une voiture pour ne pas tomber.

La tête lui tournait. Carences alimentaires graves, aurait diagnostiqué n'importe quel médecin compétent. Appel de la forêt, pensa plutôt Michael Welling qui rêvait de quitter New York. Mais la vérité était tout autre et, au fond de lui, il le comprit. C'était comme si la Mort venait d'étendre son aile sur la ville pour le désigner lui, Michael Welling.

Plus haut dans Manhattan, son frère Eric avait quant à lui du mal à trouver le sommeil dans son bel appartement de la 62e Rue Est. Il ne cessait de penser à son entrevue avec ce Tim Modin au visage de pirate, sur le pont de Brooklyn battu par le vent. Il n'arrivait toujours pas à savoir s'il avait eu raison de mettre un détective sur l'affaire des *Démons*. À la vérité, il sentait que cette initiative pourrait bien lui faire du tort. Beaucoup de tort, même. Il avait voulu se ménager une revanche pour le cas où il lui arriverait une tuile, du genre mort violente et inexpliquée dont raffolent les magazines. Mais s'il ne lui arrivait rien et que le privé découvrît de son côté le fin mot de l'histoire, alors... alors les problèmes pourraient être plus graves que ceux qu'il avait cherché à parer.

Essaie de dormir, bon sang ! se dit-il, se retournant pour la quatrième fois dans son lit.

Le double jeu demandait beaucoup de doigté et encore plus de prudence, Welling s'en rendait compte. La moindre méprise, et c'était la sortie de route assurée. Une sortie de route, bien entendu, tout ce qu'il y avait de plus horrible et d'inexorable.

Bordel, pourquoi penses-tu à ce genre de choses au lit ?

Il était arrivé à se faire peur pour de bon (*super intelligent, bravo !*) et pouvait dire adieu au sommeil.

Après avoir frappé son matelas d'un poing rageur, il se redressa sur ses oreillers puis ralluma sa petite lampe de chez Tiffany. La mallette blindée reposait sur une chaise dans un coin de la chambre. Elle le regardait, non ? *De plus en plus intelligent, connard. Au cas où tu ne le saurais pas, une mallette quelle qu'elle soit ne regarde rien ni personne. Ça ne vit pas, une mallette, compris ?* Il déglutit avec difficulté. Puis se penchant, il rafla cigarettes et briquet sur la table de chevet et en alluma une au même moment où un certain Lars Dreyer recrachait la première bouffée de son churchill, planqué dans les toilettes de la capitainerie de Jersey City. L'un de ces hommes venait d'échapper à la plus grosse avarie de sa carrière de commandant, l'autre nourrissait le pressentiment affolant qu'il ne couperait pas, quoi qu'il fît, à la sortie de route tant redoutée.

Cette nuit-là, encore, dans la chambre 121 de l'hôpital de Stamford, la malade qui s'appelait Margaret Stevenson avant de commencer à l'oublier reçut une visite et se mit à hurler.

Jodie en fut prévenue dans la nuit par le Dr Kyle, juste après avoir embrassé Tim devant la maison d'oncle Todd. Ils mirent moins d'une heure pour arriver à l'hôpital de Stamford et montèrent ensemble dans la chambre de sa mère.

Ils la trouvèrent entourée du Dr Kyle et de deux infirmières. Son visage était ravagé par la peur, ses doigts ne cessaient de se crisper sur les draps de son lit.

— C'est votre mère qui a voulu qu'on vous appelle, dit le Dr Kyle en se portant à leur rencontre.

— Que s'est-il passé ? demanda Jodie au comble de l'inquiétude.

— Votre mère ne veut pas nous le dire. Elle ne veut parler qu'à vous. Il est probable qu'elle a cru voir quelque chose qui l'a effrayée.

Effrayée ? reprit Tim à part lui. La pauvre femme semblait carrément terrorisée.

Jodie se précipita pour la prendre dans ses bras.

— Maman, oh maman ! Je suis là.

Le Dr Kyle lui posa une main sur l'épaule.

— Nous allons vous laisser. Nous serons dans le couloir. Si vous avez besoin de quoi que ce soit, appelez-moi, d'accord ?

Jodie hocha la tête.

— Je vais attendre dans le couloir, moi aussi, fit Tim.

Il suivit les deux infirmières et le Dr Kyle qui referma la porte derrière lui.

Les deux femmes restèrent un long moment silencieuses, dans les bras l'une de l'autre, puis Margaret Stevenson commença à raconter son étrange visite.

— Il était là, Jodie.

— Qui, maman ?

— J'ai tout de suite vu qu'il voulait me faire danser.

— Qui ? Dis-le-moi, maman. Tu veux bien ?

— Mais nous avons parlé d'abord. Parlé. Parlé. Il est venu pour parler aussi, le sais-tu, Jodie ? Après il voulait que je danse avec lui. J'ai dit : « Non, monsieur. Allez demander l'autorisation à mon père. » Je ne suis qu'une enfant. Qu'une enfant, Jodie. Il m'a dit : « Alors, rien qu'une danse, mon enfant ! »

— Qui, maman ? insista Jodie avec douceur, passant et repassant la main sur les cheveux de sa mère.

— « Rien qu'une danse ! », il m'a dit. Père ne va pas être content. Parce que j'ai dansé, Jodie. J'ai dansé avec lui. Et il m'a dit de te remettre cela.

Se penchant sur le côté, sa mère fouilla sous le matelas et en retira une longue barre métallique.

Jodie devint toute blanche. C'était le démonte-pneu que Neil Garson avait en main la nuit où ses amis et elle s'étaient introduits au sixième étage de la Fondation. Elle demanda dans un souffle :

— Qui t'a donné cela, maman ?

— Mais je te l'ai dit. C'est lui. C'est le Danseur. Il était immense. Sa tête touchait le plafond. J'étais terrorisée comme une petite fille devant lui. Il m'a dit que tu n'étais pas sage. Pas sage du tout. Oh, Jodie ! Son visage ! Son visage, il était horrible !

SEPTIÈME JOURNÉE

Mardi 16 décembre
(Sale temps pour deux frères)

*

Où l'on voit un homme avec le nez plein de neige

Cinq heures du matin.

Avec application Eric Welling étala la poudre sur la quatrième de couverture du dernier *Hustler* pour former deux lignes impeccables. Il se pencha dessus, se boucha une narine et aspira avec l'autre. La détente fut instantanée. Il en avait grand besoin. La maison devant laquelle il était garé lui donnait de satanés frissons. Cela ne datait pas d'hier. C'était la grande annexe de la Fondation, sur les hauteurs de Harlem. La maison en elle-même n'était pas engageante et le quartier n'était pas des plus accueillants. Mais ces deux paramètres se révélaient très secondaires quand on connaissait le propriétaire Walter Skoll.

La première fois qu'il s'y était rendu, c'était avec son ancien directeur Bram Harker, il y avait maintenant dix ans. Il n'était alors que le second de la branche Œuvres d'Art & Antiquités de Wilde Associés, une maison de courtage basée à Seattle, mais il avait tout de suite compris à la sueur qui perlait sur le front de Harker que le type qui les attendait à l'intérieur méritait plus que n'importe quel autre de figurer dans la catégorie des clients classés 2C (pour « à craindre et à choyer »). Le Ciel avait doté Welling d'un flair remarquable pour saisir les situations délicates et il s'était dit qu'un jour ce serait lui qui aurait la place de Harker.

La place et la sueur.

Le Ciel avait attendu cinq années pour corroborer cette intuition en envoyant un Boeing 767 bourré de kérosène s'emplafonner juste en dessous du quatre-vingt-douzième étage de la tour nord du World Trade Center. Or, le quatre-vingt-douzième étage était celui où se trouvaient les bureaux de Wilde Associés. Le Ciel avait ainsi réglé pour toujours les problèmes de transpiration de Bram Harker, et Eric Welling avait été l'un des rares Américains à se dire devant les images du drame : « Béni, oui, béni soit le 11 septembre ! »

Seul rescapé de tout le cabinet (par chance, ce jour-là, il était en déplacement chez un client dans l'East Side), sa carrière en avait été comme dopée aux anabolisants. Les grands manitous de la maison mère à Seattle l'avaient bombardé directeur de la branche Œuvres d'Art & Antiquités, et, depuis, il était à la tête de la nouvelle équipe de New York, dont le World Financial Center, séparé de *Ground zero* par seulement West Street, abritait les bureaux flambant neufs.

Plus il pensait aux événements de ces dernières années, plus il se disait que la chance et al-Qaida n'avaient pas été les seuls responsables de sa montée en chandelle vers le sommet de la société. Le millionnaire Walter Skoll avec sa saloperie de Fondation y avait aussi sa part. La part du diable, pour sûr.

Welling jeta le *Hustler* sur le siège passager, juste à côté de la mallette sur laquelle son regard s'attarda. On allait enfin l'en débarrasser !

Pourvue d'une ouverture sécurisée inviolable, la mallette avait ses parois renforcées par un blindage ultra-résistant. Elle était de plus à l'épreuve du feu et de l'eau. Avec ce qu'elle contenait, il valait mieux, se dit Welling.

De la neige plein les narines, il quitta sa voiture, un coupé sport Lexus SC430 acheté de fraîche date avec toutes les options imaginables hormis celle de faire baisser le taux d'adrénaline lorsqu'il se rendait chez Walter Skoll. Peut-être une suggestion pour le constructeur, pensa-t-il en attrapant la lourde mallette.

Sa dernière visite ici remontait à un peu plus de deux mois. Skoll l'avait fait venir sans lui préciser au téléphone la raison de leur entrevue.

Dans son bureau dont l'immense baie vitrée donnait sur le jardin, Skoll s'était montré, à son habitude, d'une courtoisie parfaitement glaciale.

— J'aimerais que vous nous trouviez dans les plus brefs délais un acquéreur pour ce tableau.

Devant l'œuvre en question, le courtier était resté sans voix.

C'était *Les Démons*, le tableau de Forrest Magnus qui avait été volé ici même au mois de septembre, lors du braquage de l'annexe où quatre innocents avaient péri par balle.

Agissant au nom de la Fondation, Welling en avait rempli la déclaration de vol qu'il avait transmise ensuite à Interpol, avec un descriptif détaillé ainsi que des photos couleur, afin de rendre sa revente très difficile, sinon impossible, de par le monde. Et depuis, la Fondation avait touché plusieurs millions de son assureur principal. Là encore, Welling était bien placé pour le savoir puisqu'il s'était occupé personnellement du dossier d'indemnisation.

— Je ne comprends pas. Ce tableau ne devrait plus être ici, bredouilla-t-il.

— Mais il n'y est plus, Welling. N'oubliez pas qu'il nous a été dérobé. Et c'est pourquoi vous prendrez toutes les précautions nécessaires pour ne pas donner une publicité inutile à sa revente. Puis-je compter sur votre discrétion ?

Ce qui revenait à lui demander de ne rien signaler à la police ni aux assureurs lésés, et de placer l'œuvre sur le marché parallèle sans susciter l'attention d'Interpol.

— Je ne traite pas ce genre d'opération, monsieur, crut-il prudent d'objecter avec un sourire crispé.

— Mais si, vous le pouvez, Welling. Vous le pouvez et vous le ferez. Vous n'avez qu'à imaginer que c'est, disons, une commode Louis XVI.

— Une commode... ? répéta-t-il, stupéfait.

Comment Skoll savait-il pour la commode ?

Dans les années quatre-vingt-dix, de mèche avec une galerie de SoHo, Welling avait acquis pour un milliardaire de Floride une collection de meubles français volés dans un manoir près de Deauville. Personne n'en avait jamais rien su. Du moins, jusqu'à ce soir.

Quelques minutes plus tard, il était reparti avec *Les Démons* sous le bras.

Il lui avait fallu six bonnes semaines pour régler l'affaire dans le plus grand secret. Un collectionneur d'art vivant à Tokyo avait acheté le tableau pour la bagatelle d'un million de dollars, somme qu'il avait fait remettre en liquide à Welling et qui expliquait la mallette et son poids.

Et maintenant il apportait l'argent à Walter Skoll. Il l'avait gardé chez lui une dizaine de jours sans savoir pourquoi Skoll, pourtant informé de la transaction, ne le lui réclamait pas. Cette attente l'avait rendu nerveux au point d'imaginer des scénarios où il tenait chaque fois le rôle aussi crédible que peu enviable de victime. Ce qui l'avait entraîné à prendre contact avec le détective Tim Modin. Mais maintenant les choses s'éclaircissaient. Il allait enfin se débarrasser de cette foutue mallette.

Il claqua la portière de sa Lexus et marcha vers la maison dont les fenêtres du rez-de-chaussée étaient éclairées.

Cette nuit, aux environs de trois heures, alors qu'il avait fini par trouver le sommeil, il avait reçu un coup de fil de Skoll lui demandant de se rendre à l'annexe avec l'argent.

— Tout de suite ? avait-il fait, l'esprit encore embrouillé.

— Tout de suite, avait répondu Walter Skoll.

À présent il était parfaitement réveillé, et le sang lui battait aux tempes lorsqu'il pénétra dans le bureau.

— Bonjour, monsieur Skoll, dit-il.

Assis dans son fauteuil, le P-DG de la Flow Corporation lui fit signe de prendre place devant lui.

Fébrile, Welling lui résuma les démarches qu'il avait entreprises en omettant bien sûr de mentionner son entrevue avec un privé sur le pont de Brooklyn. Puis, faisant un geste vers la mallette, il demanda :

— Monsieur veut-il s'assurer de la somme ?

Il lui tardait de s'en débarrasser.

Mais Skoll ne jeta pas même un regard à la mallette et dit :

— Vous allez vous rendre au Chelsea Hotel. Un homme vous y attend. Il viendra à votre rencontre et vous lui remettrez l'argent sans poser de question.

Welling faillit demander s'il devait exiger un reçu, avant de mesurer l'absurdité de la situation.

— Je ne vous retiens pas, Welling, dit Skoll sans même faire le geste de se lever.

Le courtier en art reprit la lourde mallette, avec au cœur un sentiment de malaise mêlé de frustration. L'entretien n'avait pas duré cinq minutes et Skoll ne s'était même pas donné la peine de compter le fric. Avec ça, ni merci ni au revoir.

Eric Welling regagna sa voiture, dépité. L'horloge du tableau de bord indiquait la demie de cinq heures. Bon sang, comme il était pressé d'en finir avec cette mallette !

*

Où l'on essaie de casser le code des Loups

La nuit était une vraie nuit d'hiver, noire et glaciale.

Avant même que Sarah ne sonnât, oncle Todd, vêtu d'une robe de chambre bleu marine, ouvrit la porte sur laquelle était accroché un « Bonnes fêtes » en cordon lumineux.

— Ma pauvre Sarah, fit-il.

— Oui, dit-elle en l'embrassant.

Ils parlaient à voix basse pour ne pas réveiller la maison.

— Tu devrais retourner te coucher, oncle Todd. Je suis là. Je vais m'occuper de tout le monde.

Il avait, c'est vrai, une mine épouvantable.

— Tim et Jodie rentraient du cinéma quand ils ont appris la nouvelle, dit-il en déglutissant.

Sarah lui passa le dos de sa main sur la joue.

— Oui, je sais, assura-t-elle avec douceur.

Tim lui avait téléphoné en pleine nuit de l'hôpital de Stamford pour la prévenir des derniers événements. Il lui avait demandé de passer le plus tôt possible dans la matinée.

— Forrest n'est pas là ? interrogea oncle Todd en jetant un coup d'œil à la rue par-dessus l'épaule de Sarah.

— Il gare la voiture un peu plus loin, répondit-elle.

— Je vais l'attendre, alors. Va, Tim est dans le salon.

Sarah l'y trouva en effet. Il n'avait pas fermé l'œil de la nuit. Fiché devant la fenêtre, il surveillait les environs à l'affût du moindre signe suspect. Il tenait un pistolet à la main et Sarah savait qu'il était chargé.

— Salut, dit-il. Nous avons installé Jodie et sa mère là-haut, dans la chambre d'amis.

— Comment vont-elles ?

— Elles ont été secouées comme tu penses. Mais ça va maintenant, elles dorment.

— Que va-t-on faire ?

— Le mieux c'est qu'elles quittent New York aujourd'hui. Il faut les mettre à l'abri au plus vite, tu comprends. Bon. Il y a le Dr Kyle, tu sais, le toubib qui s'occupait de Margaret à l'hôpital, eh bien, il a mis à notre disposition sa résidence d'été dans le Massachusetts. Je les y conduirai avec oncle Todd une fois qu'elles seront réveillées.

— Et Forrest, est-ce qu'il doit retourner à la Fondation ? C'est dangereux maintenant.

— Non, je ne pense pas qu'il coure plus de risque qu'avant. Autrement, tu penses bien que les Loups nous auraient fait notre affaire cette nuit même au lieu de s'en prendre à la mère de Jodie.

— Comment ont-ils su pour Jodie ?

— Ça, mystère. En tout cas, s'ils savent qu'elle était à la Fondation la nuit où nous avons visité le sixième étage, ils ignorent pour l'instant que nous étions avec elle.

— Mais pourquoi ne l'ont-ils pas..., demanda Sarah sans oser finir sa question.

— Tuée ? Sans doute parce que la mort violente d'une des secrétaires de la Fondation, quelques jours après le « suicide » du directeur de la comm', n'aurait pas manqué d'éveiller l'attention des flics. Ils s'en sont tenus à lui donner cet... cet avertissement. Dis, tu as apporté le message chiffré ?

Elle hocha la tête et lui tendit le papier sur lequel le sénateur March avait retranscrit le cryptogramme.

Tim lut de nouveau les suites de chiffres qu'il avait découvertes la veille chez Sarah :

6/1 ; **5**/3 ; **8**/1 ; **10**/3 ; **2**/1 ; **3**/3 ; **16**/1 ; **26**/1 ; **21**/9
9/3 ; **17**/1 ; **21**/1 ; **27**/1 ; **11**/1 ; **3**/4 ; **4**/1 ; **5**/3 ; **3**/3
22/1 ; **12**/1 ; **8**/1 ; **13**/3 ; **27**/4 ; **25**/1
9/5 ; **27**/3 ; **5**/4 ; **5**/1 ; **27**/2 ; **20**/2 ; **14**/1 ; **13**/1
6/7 ; **13**/3 ; **3**/3 ; **22**/1 ; **13**/1 ; **7**/1 ; **4**/1 ; **24**/8 ; **11**/6
17/1 ; **5**/3 ; **15**/4 ; **27**/1 ; **19**/1 ; **2**/1
25/1 ; **11**/1 ; **6**/1 ; **9**/4 ; **27**/2 ; 6/7 ; **10**/1 ; **18**/1 ; **26**/1
8/1 ; **13**/1 ; **27**/1 ; **6**/1 ; **24**/15

Puis il releva les yeux sur Sarah.

— Il faut qu'on décode tout cela. Comme tu le disais hier, on tient peut-être là un message de première importance.

Les événements de la nuit avaient quelque peu douché le bel enthousiasme dont Sarah avait fait montre la veille. Elle semblait ne plus trop y croire. Après tout, même s'ils arrivaient à percer le code, qu'est-ce que cela changerait à leur situation ? Jodie et sa mère resteraient encore en danger. Et eux-mêmes ne tarderaient pas à l'être à leur tour.

Tim lui donna cependant matière à espérer.

— Si nous découvrons ce que ça dit, fit-il, tapotant du doigt la feuille, nous saurons peut-être ce que les Loups sont en train de tramer et nous aurons alors un gros avantage sur eux.

Ils entendirent oncle Todd ouvrir à Forrest et chuchoter avec lui un moment dans le hall.

Tim alla s'installer dans un fauteuil.

— Salut, Forrest, fit-il à l'entrée de son ami.

— Je suis désolé pour Jodie et sa mère, dit Forrest.

— Tu n'y es pour rien. Sois sympa, surveille la rue par la fenêtre et préviens-moi si quelqu'un approche.

Forrest alla se poster à la fenêtre et Tim, quant à lui, se concentra sur les séries de chiffres qui dansaient sous ses yeux. Il releva d'abord plusieurs des particularités les plus frappantes. Certains binômes, **5**/3, **3**/3, **6**/1, **6**/7, **8**/1, **13**/3 et **26**/1 revenaient deux, voire trois fois. Ce qui semblait indiquer un code de substitution plutôt simple.

— Et comment s'y prend-on quand on n'est ni pirate ni espion ? demanda Sarah.

— J'ai quelques notions en cryptologie. Reste à déterminer si elles vont m'être utiles.

Oncle Todd entra avec un plateau.

— Je vous ai fait du café, annonça-t-il.

Il y avait aussi des pancakes, du pain d'épices et des fruits secs.

Sarah vit alors ce qu'elle n'avait pas remarqué tout à l'heure dans l'entrée. Oncle Todd avait un pistolet glissé sous la ceinture de sa robe de chambre. Un vieux Beretta des années soixante.

Il sourit de sa surprise.

— Ne t'inquiète pas. Je vous laisserai tirer quelques-uns de ces fumiers.

Après cette sortie qui n'avait rien d'une rodomontade, son sourire ne s'attarda pas bien longtemps sur ses lèvres.

— Viens t'asseoir un peu avec nous, proposa Sarah.

Elle sentait qu'il avait besoin d'être rassuré lui aussi, mais il déclina l'offre et les laissa tous les trois dans le salon.

— Tu crois qu'il est monté se reposer, pas vrai ? demanda Forrest en se tournant vers sa compagne, un fin sourire énigmatique aux lèvres.

Sarah allait répondre par l'affirmative quand elle se reprit :

— Ne me dis pas qu'il...

— Eh si ! s'exclama Forrest, moitié touché, moitié rieur. Oncle Todd, il est comme ça !

Et Sarah apprit de sa bouche qu'oncle Todd était parti regagner le poste de surveillance qu'il s'était confectionné juste en haut de l'escalier. Il y avait installé un fauteuil à bascule et une table où, avant de s'asseoir, il posait, à côté d'une Thermos de café, son Beretta bien à portée de la main. À la moindre tentative qu'on ferait pour pénétrer dans sa maison de Park Slope sans son autorisation, oncle Todd, soixante-quinze ans, illustrerait brillamment le droit à la légitime défense. C'était en tout cas ce qu'il avait confié à Forrest lorsqu'il lui avait ouvert la porte.

— Il tient déjà beaucoup à Jodie, expliqua Forrest, surveillant de nouveau la rue. Je crois que les événements l'ont affecté bien plus qu'il ne le laisse voir.

— L'oncle est aussi givré que le neveu, affirma Tim dans son coin, non sans une pointe de fierté.

À cet instant, Jodie apparut, les yeux gonflés, en pyjama de coton.

Tim consulta sa montre. Il était six heures trente-sept.

— Bonjour, fit-elle. Oncle Todd m'a dit que vous étiez arrivés.

Ils s'embrassèrent et ses amis lui demandèrent de ses nouvelles. Après qu'elle les eut rassurés sur la nuit qu'elle venait de passer, Sarah recentra la conversation sur le message chiffré :

— Bon, écoutez. Si ce message a bien été envoyé par le général Fenryder à Walter Skoll, alors on tient peut-être une piste. Nous allons avoir besoin de ton aide, Jodie.

Tim comprit tout de suite où Sarah voulait en venir.

— Tu penses que Fenryder, si c'est bien lui, s'est servi d'un chiffre qu'il utilisait déjà du temps où il menait la guerre contre le Nord. C'est pas bête. (Tim se tourna vers Jodie.) Dans ses travaux sur la guerre de Sécession, ta mère a-t-elle écrit quelque chose sur les codes ?

— Dans sa bio de Kirby Smith, non, répondit la jeune femme. Ça, j'en suis sûre. Mais ma mère archivait sur son PC toutes les notes qu'elle prenait pour ses recherches. Si tu me laisses quelques minutes, je pourrai peut-être trouver des infos sur les codes utilisés durant cette période.

Avant de revenir à Brooklyn, ils étaient passés à l'appartement de Jodie pour qu'elle y prît des affaires. Outre quelques vêtements, elle avait tenu à emporter l'ordinateur de sa mère sur le disque dur duquel étaient stockés tous ses écrits universitaires, publiés ou non.

Jodie alla donc chercher le portable et le mit en marche. Au bout de quelques minutes, elle trouva ce qu'ils désiraient.

— D'après les notes de maman, les codes les plus utilisés pendant la guerre de Sécession étaient le chiffre de César et le Rail Fence. Mais ils n'avaient pas la préférence de Fenryder qui les trouvait trop faciles à casser.

— Merde, marmonna Tim que la fatigue rendait nerveux.

— Attends un peu. J'ai en annexe une lettre numérisée d'un certain John Weeks. Ce type était le responsable du chiffrement des dépêches dans le régiment du général Fenryder. (Elle se tut, puis :) Non, c'est rien. Désolée. Weeks parle de ses états d'âme, mais pas des codes.

Elle appuya en même temps sur les touches ctrl et F. La fenêtre *Rechercher et remplacer* apparut au milieu de l'écran. Elle tapa JOHN WEEKS, puis appuya sur la touche SUIVANT. L'ordinateur fit apparaître la page 35 en surlignant WEEKS. Le passage, sur l'approvisionnement en munitions, ne présentait aucun intérêt quant à la cryptologie. Elle appuya de nouveau sur SUIVANT. La deuxième occurrence se trouvait dans les premières lignes de la page 378, mais là non plus, rien de pertinent.

La recherche s'acheva dans la partie « Documents annexes » des notes.

— J'ai quelque chose qui pourrait t'intéresser. John Weeks, la guerre finie, a écrit un bouquin et devine un peu sur quel sujet ?

Tim nota les références du livre sur un Post-it et remercia Jodie pour son aide. Ils regardèrent ensuite sur le Net où ils pourraient acquérir l'ouvrage. Aucun des sites commerciaux consultés ne le référençait, fût-ce pour préciser qu'il était définitivement indisponible. Ils se tournèrent donc vers les sites de bibliophilie. Là aussi ils firent chou blanc. Le livre de Weeks semblait ne jamais avoir été écrit.

— Essaie le Projet Gutenberg, conseilla Sarah.

La bibliothèque virtuelle de Google afficha bientôt sa page d'accueil. Tim renseigna la rubrique AUTEUR avec JOHN WEEKS et lança la recherche.

Un seul titre existait : *Die Geheimschrift und der Krieg* (*La Cryptologie et la Guerre*). Tim s'emporta :

— Une traduction en langue allemande ! Il manquait plus que ça !

Soupirant, il cliqua tout de même sur le titre. L'ouvrage, préfacé et traduit par un certain K. Haushofer, datait de 1919. Tim remarqua au passage que le titre original *La Cryptologie et la Vie* avait été traduit d'une façon martiale par *La Cryptologie et la Guerre*.

Tim fit défiler les pages à la recherche du nom de Fenryder. Page 203, il trouva quelque chose.

Weeks parlait du général Fenryder, sous les ordres duquel il avait servi, comme d'un « officier violent, cruel, possédé par la guerre et qui citait à longueur de journée des passages entiers de la Bible sur la Jérusalem céleste ». Fort heureusement pour Tim, la citation n'avait pas été traduite en allemand.

— Rien sur son foutu code, fit Sarah, dépitée, en se massant les paupières.

— Oh, mais c'est évident ! s'exclama Tim. La citation de Weeks nous en donne la clé.

— Quoi ? demanda Sarah.

— Mais la Bible, voyons ! Il utilise la Bible pour coder ses messages. Dans le bureau de Walter Skoll, rappelle-toi, il y avait deux livres sur une étagère : *L'Art de la guerre* de Sun Tzu et une bible. Une bible avec un signet laissé entre deux pages de l'Apocalypse de Jean !

Tim se rua sur la bible de son oncle et chercha dans l'Apocalypse le passage concernant la nouvelle Jérusalem. C'était le chapitre 21.

— Bon, fit Tim, son doigt courant sur la page. Ce chapitre contient 27 versets.

— Et les chiffres en gras dans le message ne dépassent pas ce nombre, releva Sarah.

— Ils pourraient donc indiquer les versets. Quant aux autres chiffres…

— La place de la lettre cryptée à l'intérieur du verset ? suggéra Forrest, de la fenêtre où il gardait un œil sur la rue.

— Oui, approuva Tim avec un hochement de tête pensif. Essayons ce système. Le premier binôme est **6**/1.

Se reportant au texte, Sarah alla au sixième verset et lu à voix haute la première lettre qui était « C ».

Tim nota la lettre sous le chiffre codé, puis continua :

— **5**/3, c'est-à-dire la troisième lettre du cinquième verset.

— C'est un O, répondit Sarah.

Ils firent ainsi pour tout le cryptogramme et obtinrent à la fin le message en clair.

— Nom de Dieu ! Oh, nom de Dieu !

Contre toute attente, ce ne fut pas Tim Modin qui poussa ce tonitruant juron, mais bien Forrest Magnus, Forrest qui, bouleversé par ce qu'ils avaient découvert, avait quitté la fenêtre pour s'approcher de ses amis.

Le premier, il venait de comprendre pourquoi on avait volé son tableau en septembre.

*

Où il neige des épingles

Le courtier en art, Eric Welling, gara sa belle Lexus à une centaine de mètres de l'hôtel Chelsea dans la 23e Rue Ouest. Il n'avait pas trop mal roulé. Pour venir de Harlem, il avait emprunté le Henry Hudson Parkway, la voie sur berge, puis la Douzième Avenue qui la prolongeait dans Midtown. À la radio, on avait annoncé d'importantes chutes de neige pour les prochaines quarante-huit heures. Welling, qui détestait l'hiver, espérait qu'il n'en serait rien.

Il sortait juste de sa voiture qu'il se mit à neiger.

À gros flocons.

C'était bien sa veine ! Remontant le col de son pardessus, il fit le tour de la Lexus pour prendre la mallette sur le siège passager.

Des bourrasques glacées s'engouffraient dans la rue. Un temps à ne pas mettre une patte dehors, se persuadait Welling, de plus en plus maussade.

Il traversa la chaussée, frigorifié malgré son manteau et ses gants.

Sa mallette lui semblait peser un peu plus lourd de minute en minute. C'est ta conscience, lui serinait une voix aigrelette. Et il n'en doutait plus.

Gainée de balcons Queen Anne en fer forgé, la façade ocre et austère de l'hôtel se dressait dans la nuit pardessus le halo des lampadaires. Pourquoi Skoll avait-il choisi le Chelsea ? Et pourquoi Skoll l'obligeait, lui, Welling, à jouer les convoyeurs de fonds à six heures du mat' ici, devant le Chelsea ? Ces questions ne cessaient de l'agiter.

Il savait que cet hôtel avait connu des hauts et des bas. Après avoir accueilli des écrivains et des artistes de renom, sa réputation s'était passablement ternie dans les années soixante-dix, quand les caïds et dealers du quartier avaient peu à peu pris possession des trois premiers étages, et terrorisé le reste des occupants. Des crimes avaient eu lieu dans ces murs. Sid Vicious, le bassiste toujours défoncé des Sex Pistols, n'y avait-il pas, lors d'un trip à l'héro, trucidé sa copine ?

Puis le Chelsea s'était refait une santé, et depuis, dans le hall trônaient les portraits des clients illustres de l'établissement. Ce serait drôle, se disait Welling marchant sous la neige, si à la place des Tennessee Williams, Dylan Thomas et autres Andy Warhol, on exposait la tête des malfrats et des junkies qui avaient hanté les lieux. Ou celle des macchabées dans les chambres.

Il n'était plus qu'à quelques mètres du hall d'entrée quand un homme avec une barbe broussailleuse et de vrais yeux de givré, la cinquantaine bien tassée, s'approcha.

— Je vois que vous avez un colis pour moi, dit l'homme.

Son visage anguleux n'était pas inconnu de Welling, qui se demanda où diable il avait pu le voir. Au vernissage d'une expo ? Ou à la télé ? Peut-être bien dans l'émission d'Oprah ? Ouais, peut-être un de ces pédophiles qu'Oprah traquait avec son show à travers le pays…

Comme Skoll l'avait notifié, Welling remit la mallette sans demander de reçu ni d'explication.

Le type s'en empara, un sourire bonhomme aux lèvres.

— Joyeux Noël, Welling, fit-il en s'éloignant déjà dans la rue.

Les mains dans les poches, Eric Welling le regarda filer avec l'argent.

C'était bien à la télé qu'il l'avait vu, mais pas dans l'émission d'Oprah Winfrey. Il s'en souvenait à présent. Cela remontait à une dizaine d'années et son visage l'avait frappé. Le type avait défrayé l'actualité par une série de crimes odieux à connotations satanistes.

Nom de nom ! Il venait de remettre un million de dollars à un psychopathe ambulant, à un dangereux illuminé qui avait aux fesses toutes les polices de la ville, de l'État de New York et du pays. Rien que ça !

Welling se disait aussi que ce type se barrait avec sa réputation de courtier international.

À quoi jouait Skoll, à la fin ? se demanda-t-il. Les choses allaient de mal en pis : d'abord on lui avait fait signer une fausse déclaration de vol, puis on l'avait obligé à revendre l'œuvre « volée », et, pour finir, on le compromettait avec le tout dernier Charles Manson du pays.

Dans sa rage il s'imaginait disant à Skoll : *Je suis courtier, pas coursier, monsieur,* tout en sachant qu'il n'aurait jamais le courage de le lui dire en face.

Une brusque rafale jeta sur Welling un paquet de neige, lui en faisant tomber dans le cou.

Il se secoua et avec ses mains chassa de son col les flocons. Sur ses gants, il vit qu'à la neige se mêlaient des épingles de nourrice. Il examina son pardessus : il en était couvert, lui aussi.

Incrédule, Welling leva les yeux vers le ciel nocturne pointillé de flocons et sursauta en avisant une forme qui, à une trentaine de mètres au-dessus de sa tête, glissait par à-coups, à la manière d'un serpent, le long de la façade sombre de l'hôtel. S'arrêtant par instants puis avançant de nouveau. Le pire c'était que « ça » ressemblait à une silhouette d'homme. À cette différence que ça se tortillait comme un serpent et que ça descendait, tête la première, sans décrocher du mur.

Et, Dieu du Ciel ! ça s'approchait de Welling.

Le courtier s'écarta de la façade et manqua de se faire renverser en traversant la rue. Parvenu sur le trottoir d'en face, il se mit à courir vers sa voiture tout en jetant par-dessus son épaule des regards paniqués vers le Chelsea. La neige l'empêchait d'y voir clair. Peut-être était-ce mieux ainsi.

Le cœur battant, il s'engouffra dans sa voiture et, la portière sitôt claquée, appuya sur le loquet de sécurité. D'une main fébrile, il glissa la clé de contact dans son logement. Pas question de s'attarder plus longtemps dans le coin, les gars.

Sur le pare-brise, une pellicule de neige bouchait la vue. Welling actionna les essuie-glaces et jeta un regard inquiet au Chelsea qui apparaissait vaguement au loin à cause de la neige qui ne cessait de tomber.

Quelque chose attira son attention sur sa droite. Ce qu'il découvrit lui coupa le souffle. « Ça » n'y était pas lorsqu'il s'était enfermé dans la voiture.

Sur le siège passager, en lieu et place de la mallette, se tenait quelqu'un.

— Bon sang, mais vous êtes…

— J'signe plus d'autographe, connard, marmonna un Sid Vicious plus vrai que nature.

Après un petit séjour de vingt-sept années chez les Morts, l'ancien bassiste des Sex Pistols n'avait pas changé : il arborait toujours une gueule d'ange ravagée par les drogues, des cheveux bruns dressés en iroquois, et des lèvres insolentes que terminait un joint roulé sans aucun art ni patience. Il n'avait pas bonne mine.

— J'l'ai pas tuée, que j'lui ai dit à ce con de flic, fit l'apparition perdue dans ses pensées. Il a pas voulu me croire, bordel !

Sid parlait de sa copine Nancy Spungen retrouvée poignardée à côté de lui dans la chambre 100 au rez-de-chaussée du Chelsea.

En d'autres temps, Welling aurait été tout disposé à le croire. À vrai dire, en 1979, Sid Vicious était si rétamé par les cocktails d'alcool, d'héroïne et de méthadone que c'était le plus souvent lui qui prenait les coups. Ceux des dealers mais aussi ceux de Nancy, qui ne se gênait pas, à ce qu'on racontait. Mais maintenant Welling en doutait.

Sid Vicious paraissait anormalement grand. Pour un mort aussi bien que pour un vivant.

Il était même gigantesque comme reproduit à l'échelle 2. Assis à côté de Welling, il se tenait penché en avant, tout contorsionné, le cou comme brisé, les épaules écrasées contre le toit de la Lexus, les genoux butant sur le haut du tableau de bord.

« Elle n'est pas un être humain », disait de la reine Elisabeth le *God save the Queen* version Rotten. On pouvait en dire autant du Sid à la puissance 2 qui remplissait tout l'habitacle réservé au siège passager.

— J'l'ai pas lardée, Nancy. J'l'aimais, bordel !

La tristesse submergeait sa voix et lorsqu'il tourna la tête vers Welling, il pleurait des larmes de sang.

— Voir New York et crever, qu'on disait, Nancy et moi.

Il déplia son bras gauche, immense, à la peau kératinisée par les intraveineuses, et le tendit vers Welling.

— T'as assez vu New York, mec.

Il attrapa Welling par la nuque et l'envoya cogner trois fois contre le volant, qui se brisa sous la violence du choc. Avant de mourir, Welling se dit quelque chose comme : ce type a la force d'un vérin pneumatique. Et encore, rien n'est moins sûr. Peut-être ne put-il formuler que la moitié de cette idée. Peut-être même n'eut-il en tête que l'image d'un puissant vérin sans que ses neurones, dans l'affolement, aient le temps d'établir que c'était la plus parfaite métaphore de la force de ce Sid Vicious dégobillé des Enfers.

*

Où l'on découvre ce qu'est l'opération Démons

Jamais encore Jodie n'avait vu ses trois amis dans un tel état d'excitation.

Ils venaient de réussir à percer le code et le message en clair s'étalait à présent sur la table comme un trophée de guerre :

COMMENCEZ OPÉRATION DÉMONS
SERAI À LA FONDATION POUR LE SACRIFICE MARCH

Autour de la table du salon où ils se tenaient tous les quatre, ils étaient à la fois fiers de leur découverte et inquiets pour ce qu'elle présageait, ayant maintenant en leur possession trois informations de taille. La première ne répondait certes pas à la question cruciale de savoir où se *trouvait* le général Fenryder à ce moment précis, mais indiquait où il se *trouverait* bientôt. Et ça, c'était une info capitale à transmettre au FBI. La deuxième déterminait que le sénateur Marvin March en tant que président de la Commission d'enquête sénatoriale serait la prochaine victime de Fenryder et de ses Loups. Cette info aussi avait son poids : jusqu'à présent March et l'État se considéraient comme les chasseurs, ils étaient en réalité le gibier. Enfin, troisième et dernière information, le vol du tableau de Forrest intitulé *Les Démons* entrait dans le cadre d'une opération plus générale, appelée du même nom. Le message avait été envoyé au Grand Loup Walter Skoll le 18 septembre, d'après ce qu'avait dit le sénateur. Et c'est quatre jours plus tard qu'avait eu lieu le vol dans l'annexe de la Fondation. Ce ne pouvait être un hasard, ces coïncidences de noms et de dates. Et Forrest, le premier, les pointa.

— C'est évident, expliquait-t-il, les yeux soudain luisants de fièvre. Le vol de mon tableau a servi de signal aux Loups pour lancer leur opération. Imaginons que, par mesure de sécurité, seul Walter Skoll soit en relation avec le général Fenryder. Imaginons quc, toujours par souci du secret, tous les autres Loups ignorent non seulement où se trouve et ce que fait leur maître Fenryder mais aussi ce que fait chacun des autres affidés. Imaginons qu'ils ne doivent pas ou qu'ils ne peuvent communiquer entre eux, chaque Loup étant isolé sur un territoire bien délimité. Rappelez-vous les diverses zones sur la carte du Sombre Empire.

— Nous savons, intervint Tim pour aller dans son sens, que la seule fois où ils se rencontrent c'est à l'occasion de leur réunion annuelle. Ce fameux Conseil du Phénix qui se tient à la Fondation.

— Imaginons, continua Forrest, que chacun de ces Loups vive le reste de l'année à l'écart des hommes et des autres Loups en attendant que le Maître batte le rappel pour l'instauration du Sombre Empire.

Tim l'interrompit une nouvelle fois :

— Il est vrai qu'à l'exception de Skoll, tous passent pour morts, le Général compris. Ils doivent donc agir dans le plus grand secret et tout faire pour préserver ce secret.

— Bon, imaginons tout cela, d'accord ? Et posons-nous maintenant la question suivante : comment, si nous étions le Grand Loup Walter Skoll, ferions-nous pour répercuter auprès de tous les Loups disséminés à travers les États-Unis l'ordre que lui a donné le Général de commencer l'opération Démons ? Comment communiquer quand on ne *peut* ou ne *veut* le faire ni par téléphone, ni par Internet, ni par courrier, et cela, pour éviter tout contact susceptible d'être espionné ou, simplement, parce qu'on n'a aucune des coordonnées nécessaires ? Comment faire alors ?

Tim se prit à sourire.

— Bien joué, Forrest, fit-il. Pour transmettre le message, Skoll a *lui-même* organisé le cambriolage de sa Fondation.

— En sachant pertinemment que le retentissement médiatique du vol allait assurer au message une large diffusion à travers tout le pays. Et remarquez que c'est exactement ce qui s'est passé. Le jour même, tous les médias sans exception ont véhiculé l'info à qui mieux mieux. Pensez donc ! un cambriolage ayant un butin de plusieurs millions de dollars, commis à New York et qui a causé la mort de plusieurs personnes ! Et bien sûr, tous les médias ont cité à l'envi le titre de l'œuvre dérobée et le nom du propriétaire lésé, à savoir : *Les Démons* et Walter Skoll. C'est-à-dire, le message et la signature. Ou si vous préférez : la dépêche et le tampon officiel.

— Ça me rappelle une nouvelle de Borges, commenta Sarah. Un espion tue un homme à cause de son nom qui est aussi le nom de la ville que l'aviation doit bombarder.

— C'est tout à fait dans la même veine, astucieuse et cruelle, convint Forrest.

Songeur, Tim se gratta le menton et dit :

— Reste à se demander en quoi consiste cette opération Démons ?

— Ce pourrait être de déclencher la Grande Nuit ? fit Jodie.

— Non, je ne crois pas. Si c'était la même chose, objecta Sarah, le message aurait parlé de Grande Nuit carrément.

— Sarah a raison, dit Tim. Je pense, moi aussi, que ce sont deux opérations distinctes, quoique la petite puisse très bien servir de préambule à la grande.

— Et pour la même raison lexicale, poursuivit Sarah, l'assassinat de Marvin March n'est pas forcément ce en quoi consiste l'opération Démons. Il n'en est peut-être qu'une étape.

Tim se leva :

— Il faut que tu avertisses le sénateur. Profites-en pour nous organiser un rendez-vous avec lui, disons cet après-midi. (Puis Tim se tourna vers Forrest :) Forrest, quand tu seras à la Fondation, ne prends aucun risque inutile. Contente-toi d'en surveiller les entrées, et de nous prévenir s'il y a du nouveau. Quant à moi, je vais accompagner Jodie et sa mère au chalet du Dr Kyle dans le Massachusetts. Si tout se passe bien, je serai de retour en milieu d'après-midi.

*

Où Michael Welling s'entretient avec Eliot March

Il était écrit que cette journée se déroulerait sans que jamais personne n'informe Michael Welling de la disparition aussi matinale que tragique de son frère Eric, le célèbre courtier en art. D'abord parce que la police ne devait découvrir le corps que tard dans la soirée et que, quand bien même elle l'eût trouvé plus tôt, elle aurait rencontré les plus grandes difficultés à l'apprendre à Michael Welling, celui-ci ne possédant plus depuis longtemps ni adresse ni travail.

La journée, pour lui, ne commença pas comme n'importe quelle autre journée. Ce matin-là, à son réveil, il remarqua avec étonnement l'absence du révérend Gardner et d'Eliot March. Depuis plusieurs semaines, les trois hommes partageaient la même chambre dans ce squat du Bronx, et c'était la première fois que Michael se levait le dernier. Il consulta sa montre au verre rayé, souvenir d'une échauffourée avec la police à Seattle. Il n'était que sept heures trente passées de quelques minutes, ce qui accrut l'étonnement de Michael. D'ordinaire Gardner roupillait jusqu'à midi. Était-ce le froid, bien plus vif que les jours précédents, qui avait tiré du lit le vieux révérend ?

Michael se frotta les yeux et remit de l'ordre dans ses cheveux. Puis se leva. Il n'eut pas à s'habiller car, pour dormir, il ne quittait pas son jean ni sa veste. À cause du froid. À cause des vols, aussi.

Il inspecta des yeux la chambre vide.

Sur le sol, à côté des trois paillasses, gisaient une dizaine de bougies dont ils se servaient la nuit pour s'éclairer. Plantées dans des canettes vides de soda, elles étaient aux trois quarts fondues. Dans la grisaille du matin, même les graffitis multicolores qui ornaient les vieux murs de la pièce prenaient un aspect terne et désespérant.

Michael retira sa chaussure droite pour en sortir une liasse de billets. Non, Gardner ne l'avait pas volé, constata-t-il calmement et, tout aussi calmement, il se mit à compter l'argent. Cent vingt-cinq dollars, c'était ce qui lui restait de ses cinq années de travail au service de la Mégamachine capitaliste lorsqu'il était graphiste dans une boîte de design. Il fourra les billets dans la poche arrière de son jean puis glissa dans les poches de son vieux blouson les trois bombes de peinture neuves qu'il avait achetées la veille. Il sortit de la pièce. Le couloir était désert, et il se dit qu'à la lumière grise du petit matin, le squat évoquait un champ au lendemain d'une désastreuse bataille, quand l'a quitté tout ce qui peut encore se tenir debout et que tout ce qui reste est mort ou va mourir. Sauf qu'ici tout ce qui se tenait debout (ou disons, à peu près debout) jusque tard la veille au soir, à parler ou à se droguer, à danser ou à faire l'amour, reposait maintenant sous des amas de couvertures déchirées ou de cartons humides, gisant dans la froidure de décembre, l'esprit enseveli dans un sommeil peuplé de révolutions vengeresses et d'îles à jamais ensoleillées.

Pour descendre, Michael emprunta l'escalier extérieur, un vieil escalier en fonte, qui donnait sur l'arrière-cour. Les squatteurs avaient pris l'habitude de quitter les étages par là, tous les autres escaliers, à l'intérieur du bâtiment, menaçant de s'effondrer à plus ou moins brève échéance.

Dehors, il avait cessé de neiger et la neige, qui était tombée une heure auparavant, avait entièrement fondu.

On avait rallumé le feu dans la cour et une silhouette accroupie s'y réchauffait. Parvenu au bas de l'escalier, Michael s'aperçut que c'était Eliot March. Tout en remontant le col de sa veste, il se rendit près de lui. Avant qu'il s'en enquière, Eliot lui apprit que Gardner était parti pour « affaires » et qu'il n'avait pas voulu l'emmener. Sans le révérend, Eliot semblait déboussolé, plus vulnérable que jamais. Accroupi près du feu, il tendait les mains vers le foyer. La manche droite de son gros pull était remontée, et Michael en inféra qu'il venait de se piquer. Les frissons qui parcouraient son corps n'étaient pas seulement le fait du froid et des privations alimentaires. La drogue injectée se diffusait en lui, chassant les manques et, très bientôt, elle lui apporterait la détente puis l'oubli escomptés.

Plusieurs fois Michael s'était demandé comment Eliot parvenait à se fournir en héroïne alors qu'il n'avait aucun revenu, et il en était arrivé à penser que Gardner l'approvisionnait. Ce qui n'éclairait pas le mystère, mais déplaçait simplement le point d'interrogation sur le « révérend ».

Michael s'assit à ses côtés, les jambes en tailleur. Il accueillit d'un sourire le petit coup d'épaule que lui donna Eliot en guise de bienvenue. Michael l'aimait bien, ce môme.

— Quel putain de froid, hein ! fit Eliot sans quitter des yeux les flammes.

Ils restèrent silencieux un bon moment, épaule contre épaule devant le feu qui ne parvenait que très faiblement à les réchauffer.

Puis Eliot, la bouche pâteuse, demanda :

— Hé ! Michael, comment t'es arrivé ici ?

Il sembla à Michael qu'Eliot posait une tout autre question et qui se ramenait à celle-ci : qu'avons-nous bien pu faire, toi et moi, pour en arriver à vivre dans ce trou à rats ?

S'il ne pouvait répondre à la place d'Eliot (il ne connaissait, au vrai, presque rien de son passé), Michael se sentait à même d'expliquer les méandres de son propre parcours.

Une petite dizaine d'années auparavant, il avait fait les Beaux-Arts de Chicago et y avait eu comme camarade le peintre Forrest Magnus. Contrairement à ce dernier, il n'était pas allé jusqu'au bout et s'était fait embaucher dans une société de design spécialisée dans la signalétique des lieux publics. Son boulot consistait à imaginer des panneaux à la fois esthétiques et lisibles en tenant compte au maximum des problèmes de compréhension qu'ils pouvaient soulever dans certains lieux ou auprès de certaines personnes. Parfois, c'était une simple affaire de grosseur de caractères ; parfois, une question de couleur ou de positionnement des motifs. Son travail lui plaisait beaucoup, les premiers temps, en tout cas. Il était plutôt bien rémunéré et, grâce à lui, Michael se sentait enfin utile à la collectivité. Aider ne fût-ce que des voyageurs étrangers à s'orienter au sein d'une gare, n'était-ce pas apporter sa petite pierre à l'édifice de la vie sociale ? N'était-ce pas contribuer au mieux-vivre des hommes ? Dans un espace stressant comme un aéroport ou un métro, tout pouvait devenir, au moyen d'une bonne signalisation, magnifiquement clair, évident, immédiat. Parvenir à cette fin était assez facile et relevait du bon sens. Il suffisait de placer le bon panneau au bon endroit et à la bonne hauteur. Et puis, ensuite, qu'il n'y ait pas de petits vauriens pour le taguer.

Cette dernière condition était de toutes la plus difficile à maintenir sur la durée, Michael le savait et les événements survenus à Washington en 1992 devaient le lui confirmer. Quand il avait vu à la télé quel sort certains altermondialistes avaient réservé aux flèches et pictogrammes qu'il avait conçus pour la gare de cette ville, il avait ressenti de la colère. Il s'était senti visé, oui, il s'était senti outragé par ce vandalisme absurde, par cet iconoclasme barbare.

Tous ces contestataires n'étaient alors à ses yeux qu'une bande de petits merdeux tout juste bons à casser des vitrines et à taguer des panneaux. Par ces actions de lâches, il ne faisait aucun doute qu'ils cherchaient à brouiller les repères, à rendre illisible le monde. À détruire la société.

La rage ne l'avait pas quitté pendant plusieurs jours au point qu'il en était venu à s'intéresser aux armes à feu sur Internet. On pouvait y passer commande d'un P38 le plus simplement du monde. Assez vite, cependant, il avait réalisé qu'il devenait dingue avec cette histoire de nouveaux primitifs. S'il continuait à filer ce mauvais coton, il allait finir par ressembler à son frère aîné, Eric, qui ne jurait que par la sainte trinité de la matière (boulot, fric et cul), et qui votait conservateur à toutes les élections. Comme il ne voulait pas faire ce plaisir à Eric, Michael s'était repris.

Sa curiosité avait délaissé les armes à feu pour s'orienter vers les idées de ses « ennemis » les barbares. Son premier mouvement fut de les tenir pour juvéniles et verbeuses. Rompre avec l'économie de marché supposait, selon lui, autre chose que des comportements d'adolescents attardés. Puis il découvrit les textes libertaires de Hakim Bey, et connut l'éblouissement.

Était-il frappé par une variante allégée du syndrome de Stockholm ? ou vivait-il une nouvelle version du chemin de Damas ? Toujours est-il qu'il lut ces textes avec cette passion vorace des nouveaux convertis, se demandant comment il n'avait pas compris tout seul, avant de les lire sous la plume de Hakim Bey, les choses qu'on lui disait avec tant d'évidence et de beauté. Le monde était à réenchanter, oui, et son réenchantement passait par l'action de communautés électives et décidées.

Après tant d'années de sommeil, le réveil fut douloureux.

Il comprit que toutes ces dernières années, il n'avait été qu'un somnambule au service de la Mégamachine. Tout ce qui lui avait paru jusqu'alors de quelque valeur : son travail, ses amis, ses sorties au cinéma, devint par contrecoup insignifiant. Il ne rejeta pas tout de suite ces habitudes, mais il prit ses distances avec elles.

À Chicago, il s'associa à deux ou trois potlatchs « immédiatistes » qui se finirent tous en partouzes effrénées, ainsi qu'à plusieurs opérations inspirées du « terrorisme magique » prôné par Hakim Bey. À la tête d'un commando d'hommes et de femmes dans le plus simple appareil, il prit d'assaut un supermarché. Avec les mêmes, plus tard, il séquestra trois bouchers dans leur chambre froide après les avoir entièrement dévêtus. Ceci au nom de la défense de la vie animale. Puis, avec le même groupe, il conchia une bonne dizaine de 4 × 4. Cela au nom du Front Uni Contre Les Yuppies.

Cependant, Michael prit assez vite conscience que casser du yuppie ou du boucher ne représentait pour lui-même ni plus ni moins qu'un divertissement comme un autre. Toutes ces actions faisaient figure de réunions de Lions Club pour jeunes gens remontés. L'avènement d'une « société du face-à-face » ne se produirait jamais par ces enfantillages. Il fallait autre chose, de plus sérieux, de plus fort. Il sentait aussi que son corps réclamait sa part de violence comme un dû. Qu'il devait aller plus loin dans la voie salutaire du dénuement.

Alors il commença à s'intéresser aux Black Blocks, à leurs actions.

Ces anarchistes forcenés qui pratiquaient la violence urbaine à outrance formaient la composante la plus radicale du mouvement altermondialiste. Leur propagande par le fait, sans concession, les isolait des autres opposants qui n'appréciaient guère leur présence dans les manifestations et les tenaient au mieux pour de vulgaires vandales. Les Blacks Blocks en avaient tout autant à leur service. Souvent ils reprochaient aux défenseurs de la taxe Tobin de ne chercher qu'à mettre un peu d'huile sociale dans la machinerie capitaliste, et à leur Forum mondial, de ne constituer qu'une triste parodie de celui des néolibéraux. Il leur arrivait aussi de pourfendre Hakim Bey et son « terrorisme » poétique. Et toutes ces positions extrêmes convenaient à Michael Welling. Les Black Blocks ne transigeant sur rien, il rejoignit leurs rangs. Il devint un enragé parmi les enragés.

À Seattle, le 30 novembre 1999, il prêta la main au saccage d'un magasin Nike et à bien d'autres. Il participa à toutes les manifestations qui eurent lieu par la suite.

S'il accepta de se vêtir de noir comme eux, il refusa toujours de dissimuler son visage sous un passe-montagne malgré l'avertissement « Souriez ! vous êtes fliqués ». Lui voulait agir à visage découvert, trouvant une excitation supplémentaire à le faire. La police ne tarda pas à collectionner d'assez bonnes photos de lui et, une fois, il fit même la couverture de *News Week* et de *Time Magazine*. Pour le pays tout entier, il devint « Welling l'apostat ».

Une image l'obsédait : celle de ces jeunes gens cagoulés qui s'acharnaient sur un panneau de fléchage. Tout avait commencé, pour Michael, avec cette action qu'il ne voulait plus taxer de vandalisme, et il comprit que c'était à *cela* qu'il devait parvenir lui aussi. Alors il se mit à arracher les panneaux de tous ordres : sens interdits, fléchages, indications kilométriques, limitations de vitesse. Quand il ne réussissait pas à les détruire, il les couvrait de peinture en bombe pour les rendre illisibles.

Tandis que ses amis s'occupaient des vitrines, lui n'avait d'yeux que pour les panneaux. Il pensait que les gens, ainsi désorientés, se rendraient compte du pathétique de leur existence, de l'aspect balisé de leur vie. Pour se retrouver, il fallait se perdre. Ne plus obéir aux fléchages, répétait-il avec son beau fanatisme d'apostat.

Son esprit évolua à l'avenant de la violence de son corps.

Il lut John Zerzan, l'un des maîtres à penser des Black Blocks. Il lut Fifth Estate, il lut Perlman, il lut Moore. Il écrivit aussi. Des textes favorables au primitivisme, et qui furent publiés dans des journaux anarchistes plus ou moins proches de Zerzan.

Son esprit évolua encore, vers plus de dénuement.

Bientôt il se brouilla avec Zerzan. S'éloigna même des Black Blocks. Il ne croyait plus à l'efficience des communautés ni aux vertus de la violence.

Il quitta aussi son job, son appartement. Vida son compte en banque.

Et cela faisait deux ans qu'il vivait ainsi, au jour le jour, d'abord à Chicago puis maintenant à New York.

Voilà comment, lui, Michael, était arrivé ici, dans ce squat du South Bronx. Il aurait pu raconter tout son parcours à Eliot s'il n'avait jugé trop « bourgeois » de le faire. Aussi préféra-t-il répondre à sa question par ces simples mots qui condensaient assez bien son histoire :

— J'ai pas mal marché, il me semble.

Puis, se tournant vers Eliot, il dit :

— Gardner m'a appris que ton père faisait de la politique.

À ces mots, Eliot le dévisagea, les traits soudain contractés.

— Tu sais quoi, Michael ? Lui et moi, on va se revoir. Mon père, il m'a jamais compris, tu vois. Mais là, il va comprendre, le vieux March. Obligé, qu'il va comprendre.

Assez bizarrement Michael perçut dans ces paroles délirantes une vague menace mais aussi comme un espoir. Quant à savoir laquelle de ces impressions était la bonne...

— Ne fais rien que tu puisses regretter, conseilla-t-il.

— Oh, les conneries, elles sont déjà faites, dit Eliot, montrant du menton son bras nu de camé.

Les choses étaient-elles donc à ce point irréversibles ? À ce point sans espoir ? Le monde réservait-il ses plus beaux fruits aux seuls individus qui s'accommodaient de ses règles ?

— Eliot, que fais-tu avec un type comme Gardner ?

— Le révérend est mon salut, murmura Eliot, les yeux mi-clos, l'air hébété par la drogue qui commençait d'agir. Bientôt toi aussi, tu comprendras.

— J'aimerais... J'aimerais que tu viennes avec moi demain quand je quitterai la ville. Je compte aller vivre ailleurs. Dans les bois, tu sais, vivre en harmonie avec la nature, comme... Comme Thoreau. Dans une cabane que j'aurai construite... J'en ai assez de toute cette merde. J'en ai assez de...

Mais Eliot ne l'écoutait déjà plus.

C'était pour des pauvres types comme Eliot que Michael avait voulu changer le monde.

Triste, il lui tapota l'épaule et se leva.

Alors qu'il franchissait la vieille grille défoncée du squat, il croisa Gardner qui rentrait de ses « affaires ». Il remarqua la mallette blindée à sa main.

— Fait sacrément froid, pas vrai ? dit le révérend.

— Eliot vous attend, fit Michael, désignant la cour derrière lui.

Gardner sembla contrarié de voir Eliot en bas.

— Laisse-le donc tranquille, dit-il en rebroussant chemin. J'ai encore deux ou trois bricoles à régler. Où vas-tu, toi ?

Michael lui confia son intention de se rendre à Manhattan, sur la 57e Rue. Le coin des galeries d'art.

— Encore des tags ? fit Gardner. Bien, bien. Marchons un peu ensemble, d'accord, petit ?

Tout en avançant, il fit passer la mallette dans son autre main.

Ils se trouvaient à présent sur Southern Boulevard qu'ils remontaient pour rejoindre Boston Road.

— C'est demain, le grand départ pour les bois ? demanda Gardner sur le ton d'un collègue de travail s'enquérant de vos prochaines vacances. C'est bien toujours demain, n'est-ce pas ?

Depuis quelques jours, il manifestait un vif intérêt pour les projets de Michael.

— Et pourquoi pas aujourd'hui, hein ? dit Gardner.

— La journaliste, rappela simplement Michael.

Il se sentait triste à cause d'Eliot. Il ne voulait parler à personne et encore moins à Gardner.

— Ah ! oui, la fille du *New York Times* qui veut faire un papier sur ta vie… *exemplaire*. Tu vas donc te rendre à son invitation ?

Michael approuva de la tête.

— C'est bien, mon petit. C'est très bien. C'est ce qu'il faut faire. Un bel adieu à New York. Un départ en beauté, quoi ! Mais me voilà impatient comme le Nazaréen ! s'exclama Gardner, puis sur le ton du prédicateur en chaire, il ajouta, la main levée : « Je suis venu jeter un feu sur la terre, et comme je voudrais que déjà il fût allumé ! » C'est dans *Luc*, chapitre 12, verset 49.

Et il éclata d'un rire étrange.

Michael s'arrêta pour le regarder.

— Révérend, ce n'est pas avec Satan que j'ai rendez-vous, crut-il bon de lui rappeler.

— Sait-on jamais, Michael. Sait-on jamais. C'est quand même l'œil de Babylone !

Michael ne l'avait jamais vu si jovial.

— Si j'étais cette petite fouineuse de journaliste, je te poserais une question sur l'État. Tu ne veux pas savoir laquelle ? Allons, allons, un peu de curiosité. Non ?

Bon, eh bien, je vais te la poser tout de même, cette question. Tu n'es pas drôle, tu sais ? Nous marchons ensemble et il n'y a que moi qui parle. Tu pourrais faire un effort, petit. Ce sont nos derniers moments ensemble, après tout.

— Posez-la, votre question, fit Michael dans un soupir.

— Ah, oui. Eh bien, si j'étais cette journaliste, voilà ce que je te demanderais : Monsieur, car elle va certainement te donner du « monsieur » et non t'appeler « petit », donc, monsieur l'anarchiste, vous voulez quitter la civilisation pour aller vivre comme un bon sauvage à la Thoreau, bien, mais si tout le monde fait comme vous, qu'adviendra-t-il de l'État ? Disparaîtra-t-il à son tour dans les bois ou deviendra-t-il au contraire plus fort que jamais, ses opposants ayant tous déserté ?

— L'État est un stade à surmonter, révérend, et pour cela, il faut… Enfin, non. On a cru qu'il pouvait être terrassé par la force. Qu'on devait être plus fort que la force… Mais c'est un stade infantile, l'État. Il fonctionne sur… sur la peur, c'est tout. Il cherche à nous effrayer comme… comme si nous étions toujours des enfants. Donc je crois… Je crois qu'il ne peut être vaincu par la violence. Mais… Mais par la détermination… Par la conscience, oui. Par plus de conscience.

— Il me parle ! Il me parle enfin ! s'exclama Gardner sur un ton railleur.

Michael se maudit d'avoir cédé. Gardner lui tapota l'épaule.

— Ça me fait plaisir d'entendre de si bon matin tes idées anarchistes. Elles sont toujours… revigorantes. L'État, l'État, l'État ! *Le plus froid des monstres froids*, comme on l'a dit, bien qu'à moi il me semble tiède. Oui, tiède. Tu dis qu'il nous tient en enfance. M'est avis, moi, que l'État ne sait aimer pas plus qu'il ne sait tuer, tout aussi incapable de justice qu'il est inapte à la vraie force. C'est seulement lorsqu'on n'est pas en état qu'on est bon pour cette chose molle qu'est un État, voilà ma philosophie politique, mon petit ! Mais tiens, déjà Crotona

Park. Je vais te quitter là. (Il pianota sur la mallette de sa main gauche tatouée de signes démoniaques.) Il faut que je remette ce trésor à quelqu'un.

Gardner traversa Boston Road au carrefour et Michael le suivit des yeux jusqu'à ce qu'il fût entré dans le parc.

Le Diable devait bien exister, pensa-t-il, puisque un type comme Gardner avait été créé.

*

Où il est question de satori dans un égout

De retour de Brooklyn, Sarah et Forrest se quittèrent devant le Rockefeller Center sur la Cinquième Avenue. Elle préféra lui laisser la voiture et il fila à la Fondation où Tim lui avait demandé de continuer à jouer les espions tout en finissant d'accrocher ses œuvres. Sarah, elle, rentrait à leur appartement pour essayer de joindre le sénateur March comme il avait été convenu.

Sarah s'engouffra dans la bouche de métro, acheta un jeton, puis descendit sur le quai de la ligne F en direction du sud.

Elle eut soudain le sentiment d'être suivie. Ralentissant le pas, elle se retourna pour scruter les gens derrière elle. Il y avait beaucoup de monde à cette heure sur les quais. C'était pour la plupart des cadres supérieurs vêtus de costume-cravate et tenant à la main leur porte-documents en cuir souvent accompagné du *Wall Street Journal*, ou bien des secrétaires aux lèvres rehaussées d'un rouge brillant et à la mine aussi revêche que leur parfum se montrait entêtant. Tous semblaient déjà affairés et passaient près de Sarah sans lui prêter la moindre attention, excepté quand ils la bousculaient. Et personne en vue ne portait de gant noir seulement à la main droite. Ce qui était plutôt rassurant.

À peine une minute s'était-elle écoulée que l'omnibus arriva, précédé d'un grondement métallique. Sarah monta dans une des voitures du milieu.

Elle voyagea debout jusqu'à la station de la 42e Rue. Puis une place se libéra près d'une fenêtre. La femme assise à côté d'elle lisait *Massacre à Manhattan* de Stanley Holder. Surprenant le regard curieux de Sarah, elle lui décocha une œillade vénéneuse. Sarah sourit et regarda ailleurs.

La sensation d'être filée ne l'ayant pas quittée, elle examina un à un les visages et les mains de ceux qui l'entouraient. Là encore, elle ne trouva pas matière à paniquer, mais décida de rester vigilante.

Entre la 23e et la 14e Rue, le train freina brusquement et les lumières de la voiture faiblirent, puis se rallumèrent.

Ils étaient immobilisés sur la voie.

La voisine de Sarah releva le nez de son best-seller et jeta un regard désabusé aux vitres noires de la voiture. Elle allait se replonger dans son bouquin quand les portes s'ouvrirent sur le ballast. Quatre hommes cagoulés et armés de fusils-mitrailleurs firent irruption dans la voiture. Des voyageurs se mirent à crier.

— Vos gueules, hurla alors l'un des hommes en menaçant la foule de son arme automatique. Tout se passera bien si vous la fermez, compris ? Ceci n'est pas une attaque. Je répète. Ceci n'est pas une attaque. Nous n'en avons pas après vos vies ni après votre argent, compris ?

Pendant qu'il parlait, un de ses complices alla se planter devant Sarah.

— Suivez-nous, s'il vous plaît, lui dit-il.

Étonnée du « s'il vous plaît », elle obtempéra et se retrouva sur la voie.

— Par là, fit l'homme qui était descendu avec elle.

Ils longèrent le train jusqu'à la voiture de queue.

Un cinquième homme attendait tout à l'arrière du train. D'origine asiatique, cheveux bruns, un peu moins d'un mètre soixante-quinze. Plutôt racé. Sarah sut tout de suite que c'était 10-13.

— Je suis venu vous raconter l'histoire, dit-il avec un aplomb incroyable.

— L'histoire du rat et de l'égoutier, se souvint Sarah.

— Oui, je vous l'avais promise, la dernière fois au téléphone. Je commence. Un jour, un dénommé Big Joe descend dans un égout du quartier de Hunts Point. Big Joe, voyez-vous, Sarah, c'était un Noir, et les égouts, la mairie le payait pour qu'il les récure mieux que ses propres chiottes. Les mômes du coin savaient qu'il cognait sur sa femme dès qu'il en avait l'occasion, qu'elle soit engrossée ou pas par ses soins. Il n'aimait pas beaucoup sa femme et encore moins le quartier, voilà tout. Ça le rendait maussade, vous ne pouvez pas imaginer. Le seul endroit sur terre où il se sentait bien, c'était justement sous terre. Sa femme n'était pas là pour lui chialer dans les oreilles, et les Blancs qui lui donnaient les ordres, ils ne descendaient pas non plus pour l'ennuyer. Les égouts, c'était plus que sa planque, c'était sa vraie maison. Un jour, donc, il y descend et par malheur rencontre sur son chemin un vieux rat qui se traînait sur ses pattes. Ni une ni deux, il chope le rat qui se met à couiner entre ses grosses mains. Vous avez déjà entendu couiner un rat, Sarah ? (10-13 se tut un moment puis reprit le fil de l'histoire :) Notre Big Joe n'aimait pas que les rats traînent dans ses égouts, alors, comme il avait un peu de temps devant lui, il s'est mis à jouer avec le vieux rat. Il lui a brisé les pattes une par une, puis, le tenant par la queue, il l'a cogné contre les parois.

Un sourire triste se peignit sur le visage de 10-13.

— Je me dis que notre Big Joe aurait dû montrer plus de solidarité avec le rat. Après tout, lui aussi était des égouts. C'était sa maison à lui aussi. Il avait droit à une petite place, à un peu de respect, ce vieux rat. Mais notre Big Joe a préféré se comporter comme les Blancs qui, là-haut, à la surface, le tenaient par la queue et lui faisaient lécher les murs. Malheureusement pour Big Joe, il n'était pas seul avec le rat.

— Et ce quelqu'un, c'était vous.

— Quelle perspicacité, Sarah ! s'exclama le caïd. Mais j'oubliais que je parlais à une journaliste.

— Et qu'avez-vous dit à l'égoutier ?

— Rien.

— Vraiment ?

— Il n'y avait plus rien à dire, Sarah. Tout était consommé. Big Joe venait de me montrer ce que valait un homme, n'importe quel homme. Une minable surdose de méchanceté. J'ai vidé mon chargeur dans la bouche de cet enfoiré. Puis j'ai essuyé mon arme et je me suis assis à côté des corps. J'ai caressé le rat mourant, je lui ai parlé. Il était allongé sur le flanc, il ne couinait plus. Je suis resté à ses côtés jusqu'au bout, Sarah. Je l'ai accompagné là où il devait aller. J'étais triste pour lui. Que ça se finisse ainsi. Il y avait une flaque d'eau boueuse à mes pieds, je l'ai contemplée, j'y ai découvert la couleur du monde des hommes mais aussi autre chose. La douleur avait disparu, la tristesse avait disparu, le rat était mort, Big Joe était mort et moi-même je n'existais plus. Tout n'était plus qu'immensité reposante, neige éternelle à perte de vue.

— Le satori des moines zen. J'aimerais bien un jour le connaître, moi aussi. Mais Seigneur, pas dans un égout !

— Un grand esprit a écrit : « L'assombrissement du monde n'atteint jamais la lumière de l'être. » Ça m'a semblé foutrement vrai ce jour-là.

— Et vous vous êtes lancé dans le banditisme par esprit de sainteté ?

— Dans la Création, l'homme est l'animal de trop, Sarah. Je participe au grand nettoyage, j'apporte le Déluge avec la came et les armes. Vous me remercierez plus tard. La seule question valable est la suivante : Est-ce qu'il y aura une place au nom de Sarah Widar à bord de l'Arche ?

— Vous savez, je n'aime pas beaucoup les croisières.

— Si tout fonctionne par paires, alors à côté du grand saint se trouvera le pire des salopards, et vous savez quoi, l'un et l'autre se comprendront vraiment. Alors vraiment la brebis couchera à côté du loup. Pas une simple coexistence pacifique, non, une vraie fusion. (Il se tut un instant.) Avez-vous réussi à décoder le message envoyé à Skoll ?

— Vous êtes toujours aussi bien informé ?

— Les Voies du Mal bruissent de nouvelles pour qui a de bonnes oreilles. Dites-moi ce que vous avez découvert, Sarah.

Elle le lui dit, jugeant qu'il ne serait pas loyal de faire des cachotteries à un homme qui lui avait deux fois sauvé la vie.

— Rien que je ne sache déjà, dit 10-13, un peu déçu, quand elle eut fini.

— Toujours les fameuses Voies du Mal ?

— Disons plutôt, en l'occurrence, la voix de Ron Flint.

— Vous saviez que Ron Flint était un de leurs tarhqsagogh, n'est-ce pas ? Et c'est pour cette raison que vous l'avez enlevé.

— Quand je joue une partie, Sarah, j'aime avoir plusieurs coups d'avance.

À son habitude, Sarah ne chercha pas à louvoyer.

— Le vol des *Démons*, c'était vous. Enfin, en partie, n'est-ce pas ?

— Oui, seulement en partie. Disons que les deux hommes que j'avais envoyés visiter l'annexe ont réussi à entrer jusqu'au tableau mais pas à ressortir avec. Il semblerait, comme vous l'avez compris, que Walter Skoll se soit servi de nous.

— Mais alors... ?

— Où est le tableau ? Bonne question. Je suppose que Skoll l'a planqué et qu'il l'a revendu sur le marché parallèle après avoir touché l'assurance. Il a laissé mes hommes flinguer son personnel à sa place mais sa générosité n'est pas allée jusqu'à leur donner *Les Démons*. Ajoutez à ceci que j'ai perdu l'un de mes gars dans le coup. L'autre a réussi à s'enfuir à temps sans trop de mal.

— Skoll aurait donc fraudé les assurances ? Mais pourquoi ? Skoll est suffisamment riche pour éviter ce genre de combine, non ?

— Et trop riche pour ne pas voir ses comptes surveillés de près par l'IRS[1]. Et puis, l'argent gagné sur la revente du tableau peut servir à des fins, disons, moins honorables qu'une Fondation d'art.

— Financer des hommes de main, par exemple. Des tarhq-sagogh.

— C'est une raison imaginable. Bien sûr, il doit y en avoir une autre mais je n'arrive pas à la cerner. L'opération *Démons* a encore bien des secrets, même pour moi.

— Et que vous a donc appris Ron Flint ?

— Il a mentionné un terminal pétrolier à Jersey City. Le général Fenryder y a débarqué hier un peu avant minuit. Mes hommes et moi l'avons manqué de quelques minutes. Un camion est passé les prendre, lui et un de ses Grands Loups, à peine le bateau amarré.

— Le général Fenryder est ici ?

— Il se trouve dans l'annexe de la Fondation sur les hauteurs de Harlem.

— Mais s'il est ici, cela veut dire que le sacrifice March est pour bientôt.

— Bonne déduction, Sarah. Comme je suis dans un jour de bonté, je vais vous donner une autre info. La vie de Marvin March sera le clou du vernissage, pas plus tard que demain soir.

— Le sacrifice en plein vernissage ?

— Oui, et ce sera une boucherie comme les Loups les aiment. Est-ce que le sénateur a évoqué devant vous certains de ses démêlés familiaux ?

— Vous voulez sans doute parler de son fils Eliot ? Oui, il m'a dit qu'Eliot était affilié à une secte. (Sarah s'interrompit, comprenant soudain pourquoi 10-13 lui parlait du fiston March :) Attendez, ne me dites pas que... ?

10-13, souriant, l'arrêta d'un petit geste de la main :

— Eliot March postule pour une place chez les Loups et tout laisse à penser qu'il l'obtiendra demain soir.

1. L'équivalent américain du fisc.

Vous connaissez, Sarah, leur rite d'initiation. Massacrez père et mère et vous serez des nôtres. Si c'est pas de la famille recomposée, ça ! Le sénateur March ne m'intéresse pas, et je ne pleurerai pas sa mort, soyez-en sûre. Je vous donne l'info pour deux raisons. La première est que vous allez le prévenir et que cela peut servir mes intérêts.

— Le bon vieux coup de pied dans la fourmilière.

— Exact. Les Loups sauront ainsi que quelqu'un a un coup d'avance sur eux. Je veux leur faire perdre de leur morgue.

— Et quelle est la seconde raison ?

— Mais vous, Sarah. Tenez-vous à l'écart du vernissage demain soir, vous voulez bien ? Quant à cette mise en scène, ajouta 10-13 en désignant la rame immobilisée par ses hommes, prenez-la pour ce qu'elle est. Une évidente démonstration de force.

— Un message aussi pour le sénateur, pensa Sarah à voix haute.

— Oui et pour les fédéraux. Que tous comprennent que je ne plaisante pas et que ce serait pure folie de chercher à s'interposer entre le général Fenryder et moi lorsque nous solderons nos petits comptes. Je ne reculerai devant rien ni ne compterai les morts.

*

Où Marvin March se remet en selle

Le sénateur avait jugé prudent de les rencontrer à l'extérieur de son bureau et il avait convenu avec Sarah d'un point de chute et d'une heure : Gramercy Park, dix-sept heures.

Sur place, Marvin March accusa le coup lorsque Sarah lui rapporta les informations apprises dans la journée.

— Eliot voudrait me sacrifier ? répéta-t-il, d'un air hébété. Mon propre fils ?

Ils étaient assis sur un banc près de la statue en bronze d'Edwin Booth qui se dressait au centre du parc. Le sénateur portait un feutre sur sa tête chauve et était enveloppé dans son Burberrys, une belle écharpe en cachemire autour du cou.

Il semblait partagé entre l'incrédulité et la colère, qui n'étaient en fait que deux manières pour lui d'amortir le choc.

— D'après ce 10-13, fit-il, essayant de raisonner, le Triple Tiret aurait donc fait allégeance aux Loups de Fenryder ?

— À moins que ce soit une initiative isolée de votre fils, fit remarquer Tim assis de l'autre côté de Sarah.

Après avoir conduit Jodie, sa mère et oncle Todd au chalet du Dr Kyle dans le Massachusetts, il était revenu à New York et était passé prendre Sarah chez elle. Quand ils étaient arrivés au parc, ils avaient trouvé portes closes. Le sénateur, qui les attendait à l'intérieur, était venu leur ouvrir avec la clé réservée aux riverains. Il avait pris soin de refermer la grille derrière eux, puis ils s'étaient enfoncés dans le parc assez mal éclairé par les lampadaires de la rue.

March se retourna vers Tim et demanda, visiblement affecté :

— Est-ce… possible ? Enfin, je veux dire…

— C'est en tout cas de cette façon que les Loups initient leurs nouvelles recrues, dit Tim.

— En leur faisant tuer père et mère ?

— Sans oublier les frères et sœurs, et les enfants s'il y en a, répondit Sarah.

— Tous les liens du sang doivent être brisés dans le sang, dit Tim. C'est en quoi consiste le rite d'entrée des Loups.

À travers la haute grille en fer forgé du jardin, ils avaient vue sur la circulation dans Gramercy Park South et sur la façade en *brownstone* du Players Club, un club pour comédiens qui avait compté Frank Sinatra et Richard Gere parmi ses membres.

Le sénateur se tordit la bouche avec sa main.

— Passe encore qu'on me menace de mort. À mon âge, la mort est une chose à laquelle on pense tous les jours. Je ne la crains pas. Mais menacer ma jeune épouse, là…

— Votre femme n'a aucun lien avec Eliot, l'interrompit Sarah pour le rassurer sur son sort.

— Ce n'est pas sa mère, en effet. Mais Dolores porte un enfant de moi. Un fils qui devrait naître vers la fin avril.

— Oh merde ! fit Sarah puis se reprenant : Enfin, je voulais dire, toutes mes félicitations, monsieur le sénateur.

— Eliot va avoir un demi-frère ? Le sait-il au moins ? demanda Tim.

— Je le lui ai appris lors de notre dernière prise de bec au téléphone, il y a deux ou trois mois, répondit March.

Puis soudain il tapa du poing sur sa cuisse.

— Bordel, s'écria-t-il, je vais les pulvériser, ces salopards de Loups ! Comme je vous l'avais confié, mademoiselle, je comptais donner ma démission de la Commission sénatoriale pour préserver mon épouse. Mais de toute évidence, ils en veulent à nos deux vies, quoi que je fasse. Eh bien, je vais leur faire regretter leur opération *Démons*, croyez-moi.

— Monsieur le sénateur, dit Sarah, il faut vous mettre sous protection policière, vous et votre femme. Et bien sûr, ne vous rendre sous aucun prétexte au vernissage demain soir.

— Vous n'y êtes pas. Réfléchissez. À présent, nous avons un avantage considérable sur eux. Nous connaissons leur projet et pouvons agir en conséquence.

— Qu'entendez-vous par agir en conséquence ? demanda Tim afin de s'assurer qu'il était sur la même longueur d'onde.

Marvin March se leva et se mit à aller et venir devant eux comme un molosse en cage.

C'était de nouveau le Pitbull, aucun doute, et Sarah en éprouva une joie quasi juvénile, se retenant pour ne pas l'applaudir des deux mains.

— Monsieur Modin, est-ce que Jodie Stevenson et sa mère sont en sécurité dans le chalet où vous les avez conduites ?

Tim le lui certifia.

— Et ce Dr Kyle, est-il sûr au moins ?

— C'est un type bien, répondit Tim.

— À part nous, qui d'autre connaît cette adresse ?

— Il y a encore Forrest, fit Sarah.

— Cela fait déjà beaucoup trop de monde, à mon goût. Je veux que vos amis et vous restiez à l'écart de la Fondation à présent. Je veux que vous soyez beaucoup plus discrets et prudents que vous ne l'avez été jusqu'alors. Je veux aussi que vous nous laissiez faire ce que nous avons à faire, les services fédéraux et moi. La pièce touche à son dénouement, mes amis. Et le cinquième acte, demain, ne souffrira pas le moindre amateur ni le moindre faux pas. Dès que j'aurai du nouveau, je vous en informerai, je vous le promets. N'hésitez pas à m'appeler de votre côté à n'importe quelle heure du jour et de la nuit. Voici ma ligne personnelle.

Il leur remit à chacun un bristol avec ses coordonnées.

— Et que comptez-vous faire ? interrogea Sarah, en relevant les yeux de la carte. Ne me dites pas que vous voulez vous rendre au vernissage.

— Et pourtant si, mademoiselle Widar. Si je veux coincer le général Fenryder, il faut que je le force à venir à la Fondation. Or il ne viendra que pour assister à mon « sacrifice », c'est vous-même qui me l'avez appris. Il faut donc que je joue mon rôle de victime désignée jusqu'à demain.

— Mais, monsieur le sénateur, dit Sarah, nous savons qu'il se trouve dans l'annexe. Vous pourriez très bien aller l'y arrêter, là, maintenant, au lieu d'attendre demain soir.

— Je vous rappelle que nous n'avons aucune charge contre lui et ses Loups. Non, je vous le dis, le seul moyen de les coincer, c'est justement de les prendre en flagrant délit demain soir, lors du vernissage.

Sarah plissa les yeux.

— Vous voulez retourner le piège contre eux ? C'est un coup de théâtre très risqué, monsieur.

— C'est risqué mais ça peut marcher, dit Tim en hochant la tête. Après tout, les Loups ne savent pas que nous avons découvert leur stratagème.

— Et c'est pourquoi je vous demande de ne rien dire de nos plans, y compris à vos amis les plus proches. Moins nous serons nombreux à être dans le secret, moins nous courrons de risque de voir se reproduire, et pour le coup sans doute en pire, ce qui est arrivé à la mère de votre amie à l'hôpital de Stamford. Quant aux agents du FBI, il est grand temps qu'ils trouvent un smoking pour la représentation de demain.

*

Où il est question de la nature

La journaliste du *New York Times* arriva la première au 540 Park où elle avait réservé une table pour deux personnes. Le restaurant de l'hôtel Regency, dans l'Upper East Side, était l'une des adresses les plus courues de New York. Des hommes d'affaires, des consultants en stratégie, des personnalités des médias, ainsi que les puissants lobbyistes et les inévitables politiciens en quête de fonds pour leur campagne, s'y rencontraient à tous les repas de la journée, du fameux *power breakfast* jusqu'au dîner.

Comme la plupart de ses confrères, Suzanne Maxwell connaissait bien la maison. Elle appelait par leur prénom au moins trois des serveurs, tous impeccables en chemise blanche et gilet noir, tous souriants et délicieusement affairés, et avait même couché avec l'un d'eux. (N'ayant cependant pas été satisfaite du service, elle n'avait pas jugé utile de renouveler cette consommation mais continuait à entretenir avec le garçon de très cordiales relations.) En fait, il ne se passait pas une semaine sans qu'elle vînt au moins une fois au 540 Park. Pas plus tard que la veille, dans cette même salle, elle avait petit-déjeuné d'une succulente omelette à dix-sept dollars pièce en compagnie d'Edgar Prospero, le gouverneur de l'État de New York, et de Gregory Oldmann, un des sénateurs siégeant à la Commission d'enquête sur les sectes, que présidait l'incorruptible Marvin March.

En traversant la salle pour gagner sa table, elle aperçut Oldmann près d'un des hauts miroirs qui alternaient avec les baies vitrées du restaurant. Ce coup-ci, il mangeait en tête à tête avec le DG de Smith & Wesson que la journaliste reconnut sans problème. Ne la payait-on pas pour savoir par cœur le *Who's Who* new-yorkais ?

Le sénateur Gregory Oldmann lui fit un petit signe de la main lorsque leurs regards se croisèrent, mais n'alla pas jusqu'à lui demander de s'asseoir un moment avec eux. Il était trop occupé à ressortir au DG de Smith & Wesson le couplet qu'il avait servi la veille au gouverneur Prospero sur la nécessité de durcir la législation concernant les groupements occultes (qu'il appelait la « canaille luciférienne »).

Assise, elle commanda un *Screwdriver*, histoire de patienter avant que n'arrive ce Michael Welling dont elle voulait faire le portrait dans sa chronique du jeudi.

C'était à Eric Welling, le frère courtier en art, qu'elle devait, sans qu'il le sache vraiment, l'idée de cet entretien. Il y avait deux mois, Eric et elle s'étaient rencontrés au vernissage d'une expo au PS1 et Eric l'avait draguée. Ça tombait plutôt bien car il était tout à fait son genre d'homme. Ils étaient allés chez lui, dans son bel appartement de la 62e Rue Est où ils avaient passé le reste de la nuit à revisiter le *Kama Sutra*. Entre deux figures imposées, ils s'étaient mis à parler de choses et d'autres et, à un moment, la conversation avait roulé sur le sujet de la famille. Suzanne était fille unique et ne s'en plaignait pas. Eric, lui, avait un frère.

— Un con définitif, lui avait-il glissé à l'oreille après la lui avoir mordillée.

Pour ce qu'elle en avait appris cette nuit, les frangins Welling se détestaient au suprême degré. Si leur inimitié existait bien avant que Michael se changeât en « une espèce d'ayatollah de l'écologie » (*dixit* Eric Welling), cette « mutation idéologique » n'avait pas arrangé leurs rapports.

— Moi aussi, j'aime la nature, avait dit Eric en léchant les seins de Suzanne. Ce n'est pas pour autant que je vais emmerder les gens avec ça. Tu vois, il est même pas original, cet abruti. Tout le monde l'aime, la nature ! avait-il ajouté au bout d'un moment, voulant signifier par là que son frère était tout au plus un robinet d'eau tiède.

— Non, pas moi, avait répliqué Suzanne, qui soudain nerveuse, venait d'allumer une cigarette.

Il avait relevé la tête d'entre ses seins, l'air ahuri comme s'il couchait avec une Martienne et qu'il le découvrait seulement.

— Tu l'aimes, toi aussi, ma belle, mais tu l'ignores, avait-il fini par décréter en se remettant au travail avec sa langue. Tout le monde l'aime, cette salope de mère Nature. Tout le monde.

Mais non, Suzanne ne l'ignorait pas ni ne se mentait. Elle n'aimait pas la nature. C'était la pure vérité. Elle la détestait même.

Il faut dire qu'elle gardait un très mauvais souvenir d'un petit séjour à la campagne qu'on lui avait imposé dans son enfance jusque-là hypergâtée. Ses parents, partant en voyage d'affaires pour trois semaines en Europe, n'avaient rien trouvé de mieux que de confier leur petite Suzie de douze ans, la prunelle de leurs yeux, à Ethan Cloyd, le « frère de maman », qui possédait une ferme près de Binghamton dans l'État de New York. (Suzanne, enfant déjà, ne l'appelait jamais « oncle Ethan », mais « Ethan » simplement quand elle se trouvait devant lui, ou le « frère de maman » derrière. *Idem* pour la tante qu'elle désignait ou bien par son prénom ou bien comme étant la « belle-sœur de maman », et pour le cousin Matt, leur fils du même âge qu'elle, mais qu'elle toisait comme le dernier des culs-terreux. Quand elle parlait de lui à Papa et à Maman, elle disait « le fils des Cloyd », presque jamais « Matt » et encore moins « mon cousin ».)

À douze ans, elle s'était donc retrouvée à passer trois longues semaines de juillet dans la ferme des Cloyd. Binghamton n'était qu'à deux cents kilomètres de New York, mais cela lui avait semblé un coin encore plus perdu que le dernier des bleds du Montana.

Elle y avait attrapé des poux et même une tique (oh, Dieu du ciel !) qu'elle avait découverte accrochée à l'un de ses jolis mollets, en train de lui pomper le sang goulûment. Quand elle repensait à cette saloperie de tique la vampirisant à pleines dents, encore aujourd'hui elle en frissonnait de dégoût, le cœur au bord des lèvres.

Mais ça n'était pas la pire des choses qu'elle avait vécues à la ferme des Cloyd, ça non !

La pire était advenue par une nuit où une envie pressante l'avait soudain réveillée. C'était la troisième nuit qu'elle passait chez les Cloyd et elle en avait déjà plein le dos de leur vie à la ferme. Quelques heures auparavant, dans la soirée, elle avait eu ses parents au téléphone. Ils se trouvaient à l'aéroport de Madrid et partaient pour Berlin, et le lui avaient appris comme si elle devait s'en réjouir avec eux. Mais Suzanne s'était mise à pleurer illico. Elle ne voulait pas rester un instant de plus ici, « chez les Cloyd », dans ce « bourbier ». Son père lui avait alors expliqué deux ou trois choses supposées la calmer. D'abord elle était encore et toujours (même à Madrid, par-delà l'océan Atlantique) la prunelle de ses yeux et il ferait tout, absolument tout pour qu'elle soit heureuse, mais (car il y avait un mais) il se trouvait à Madrid. *Tu comprends, mon bébé ?* avait-il fait, désolé. *Nous sommes à Madrid*. Suzanne avait surtout compris que son père avait la flemme de venir la chercher et, bien qu'il lui eût demandé de lui passer Ethan Cloyd après, elle, sa Suzie adorée, son trésor de petite fille, la prunelle de ses yeux, lui avait raccroché au nez.

Ce soir-là, elle était montée se coucher plus tôt, l'esprit chagrin, sans même dire au revoir aux Cloyd restés à table, médusés après avoir entendu leur nièce new-yorkaise parler de leur ferme comme d'un bourbier.

Sa chambre se trouvait à l'étage, au bout d'un long couloir parqueté.

Elle y dormait seule, les Cloyd ayant eu (tout de même) la jugeote de ne pas mettre le comble à son malheur en la logeant dans la même pièce que leur fils.

D'avoir pleuré l'avait épuisée, et déchargée comme une batterie restée allumée tout le jour, la petite Suzanne n'avait eu aucun mal à se lover dans les bras de Morphée (toujours fidèle, lui au moins).

Mais maintenant il était une heure du matin passée. Et elle était réveillée. Et elle hésitait très sérieusement entre faire pipi dans son lit et se lever dans la nuit, ouvrir sa porte de chambre, sortir dans le couloir au parquet grinçant, s'enfoncer dans son interminable obscurité et atteindre tout au bout, enfin, les w.-c. de cette maison de péquenots.

Au final la deuxième option l'emporta et, nu-pieds, Suzanne se rendit aux toilettes. La ferme était complètement endormie. Dans le couloir, à l'aller comme au retour, elle ne rencontra ni rats ni croquemitaine. Peut-être parce que la pire chose qui devait lui arriver chez les Cloyd l'attendait en fait dans sa chambre, sous son lit. Elle avait attendu que Suzanne revînt se glisser sous son drap et qu'elle reposât sa petite tête bouclée sur l'oreiller avec un soupir de soulagement, pour commencer à se faire entendre d'elle.

Des grattements sur le parquet, là, juste sous le lit.

Suzanne rouvrit les yeux et, tout oreilles, retint sa respiration.

De nouveau, des légers grattements.

Le cœur de Suzanne s'emballa et tandis qu'elle se mordait les lèvres, ses yeux s'agrandirent comme pour mieux aider ses oreilles à capter les petits bruits en se transformant en super antennes paraboliques. Mais elle ne voyait rien dans l'obscurité de la chambre et n'entendait pas mieux.

Elle savait qu'elle devait rallumer la lumière tout de suite, puis regarder sous le lit avec le même air excédé que prenait parfois sa maman quand elle disait : « Quoi encore ? » Papa semblait se faire tout petit devant Maman et son « Quoi encore ? ». Alors peut-être que si Suzanne se penchait sous le lit et proférait ce « Quoi encore ? » magique, la chose arrêterait de l'embêter.

La peur qui s'était emparée d'elle monta de plusieurs crans lorsque la chose-sous-le-lit se mit à gratter non plus seulement le parquet mais aussi le sommier juste sous les petites fesses de Suzanne, comme si elle essayait de les mordre à travers l'épaisseur du matelas.

La bouche de l'enfant s'arrondit pour hurler mais ne hurla pas. Suzanne devinait que, si elle se mettait à lancer le moindre cri, la chose-sous-le-lit glisserait à toute vitesse hors de son antre pour la faire taire en la dévorant tout cru. Ou pire, pour l'emmener sous le lit, dans son repaire, où Suzanne disparaîtrait à jamais.

Sa terreur s'accrut encore quand lui revint à l'esprit qu'elle s'était levée tout à l'heure pour aller faire pipi. Peut-être que la chose était alors déjà sous le lit. Peut-être qu'elle avait posé ses pieds nus juste à côté de la chose. Peut-être que la chose-sous-le-lit avait alors retroussé ses babines sur ses crocs pointus en un rictus plein de bave et de menace…

Se recroquevillant sous le drap, la tête enfoncée dans les épaules, les yeux grands ouverts, Suzanne se mit à prier le Dieu des enfants, le vrai, le juste, celui qui n'autoriserait jamais un Papa à partir à Madrid en laissant dans une ferme perdue la prunelle de ses yeux.

Suzanne ne sut jamais si c'était la ferveur de ses prières enfantines qui avait agi, toujours est-il que les grattements avaient cessé.

Tous ses sens en alerte, elle avait attendu que cela recommençât. Mais cela n'avait pas recommencé sous le lit, et au bout d'un long moment, elle avait réussi par miracle à se rendormir.

Le matin, quand la « belle-sœur de Maman » était venue la chercher pour déjeuner, elle avait demandé à dormir avec Matt les nuits suivantes.

Alors non, Eric Welling se trompait, tout le monde n'aimait pas la nature.

La nature, pour elle, c'était ce mélange-là de désagrément et d'horreur. La ferme des Cloyd, les poux qui vous mettaient le cuir chevelu à feu et à sang, les tiques qui se gorgeaient de votre raisiné jusqu'à plus soif et qui pouvaient vous refiler une de ces maladies à vous rendre paralytique jusqu'à la fin de vos jours.

Sans oublier la chose-sous-le-lit qui grattait votre matelas sous vos fesses et qui vous empêchait de fermer l'œil de la nuit.

C'est à douze ans, après cette expérience de trois semaines, (son Vietnam, comme elle l'appelait), que Suzanne s'était déclarée new-yorkaise à vie.

En interviewant Michael Welling ce soir, elle voulait comprendre non pas pourquoi elle détestait tout ce qui ressemblait à un carré d'herbe ou de blé, mais comment des types comme lui pouvaient vouer un culte idolâtre à ce même carré d'herbe ou de blé.

C'était cette pathologie-là qu'elle voulait voir de plus près, en la personne de Michael Welling.

Bien sûr, une autre journaliste qu'elle se serait déplacée pour rencontrer le sujet dans son milieu et se serait crue obligée de faire le tour des squats et des meetings altermondialistes de la ville. Mais elle était chroniqueuse, pas reporter de guerre. Le terrain, elle le laissait volontiers aux autres. Elle avait donc invité Michael Welling au Regency, sur son territoire à elle, en plein Manhattan. Un restaurant à bonne distance des squats et de toutes les fermes Cloyd de l'univers.

Un garçon (pas celui avec lequel elle avait couché) lui apporta son *Screwdriver*. Un sourire satisfait aux lèvres, elle retira la rondelle d'orange et but une gorgée. La vodka fit instantanément son effet.

Avant de convier Welling à venir ici, elle s'était donné la peine de se renseigner sur son cas. On était professionnelle ou on ne l'était pas. Pour peu qu'on lui fournît les documents idoines, Suzanne Maxwell se sentait capable d'écrire la plus monumentale des biographies sur le dernier des péquenots du Montana. À condition, bien entendu, qu'on ne lui demandât pas d'aller voir vivre ces bouseux.

Question infos, le Net était pour elle une espèce de corne d'abondance, ou plutôt une poubelle magique. Comme pour toutes les poubelles, il fallait ne pas rechigner à plonger les mains dedans et il fallait savoir au juste ce qu'on y cherchait. Cette poubelle offrait un avantage énorme sur toutes les autres : elle ne puait pas ni ne vous refilait des poux. En surfant, ce matin, elle était tombée sur plusieurs des textes libertaires que Welling avait commis. Qu'en avait-elle retenu de bien intéressant ? Tout d'abord qu'à l'âge où les hommes devraient songer à s'affilier au Lions Club, Michael Welling, lui, s'était découvert violemment technophobe. Il avait balancé à la poubelle PDA, mobile et ordinateur, et avait plutôt bien supporté ces sevrages. « Chacun doit pouvoir s'autoréaliser », avait-il dit dans un de ses prêches. À cette époque de sa vie, le primitivisme du théoricien anarchiste John Zerzan retenait toute son attention par la splendeur de son radicalisme. Zerzan préconisait l'établissement d'une société idéale, fondée sur un mode de vie désaliéné. Ce qui passait fatalement, selon lui, par la destruction de toutes les technologies acquises par l'*homo erectus* ces derniers milliers d'années. Cette société idéale n'était pas devant nous, mais derrière. La technorévolution néolithique avait donné un coup d'arrêt à deux millions d'années de société primitive et conviviale. (En lisant ces deux adjectifs l'un à côté de l'autre, Suzanne avait été prise d'un fou rire nerveux.) Zerzan ne voyait de salut pour la planète que dans un retour total, raisonné et définitif, à une époque où la technique n'existait pas ou peu, c'est-à-dire aux conditions de vie paléolithiques. Puisque le progrès était le nouvel opium capitaliste, l'antidote se trouvait dans son contraire : la régression à plein pot. Le passé le plus primitif formait notre seul avenir sensé.

Ce gars-là est bon pour l'asile, s'était dit Suzanne Maxwell qui, pour sa part, n'envisageait pas une fraction de seconde de faire une croix sur son organiseur dernier cri.

Boulot oblige ! elle n'en avait pas moins continué à se renseigner sur ces cinglés d'anarcho-primitivistes.

Dans leur esprit, l'homme primitif, le bipède qui vivait de sa chasse et de ses cueillettes, représentait le summum de bonheur que pouvait espérer l'humanité. Pareille idée prouvait aux yeux de Suzanne que ces types n'avaient jamais dû voir une tique sur leurs jolis mollets de bipède.

La question qui se posait aux primitivistes était de déterminer jusqu'où l'on devait régresser. Pour certains de ces penseurs, l'agriculture constituait le péché originel de l'humanité et il fallait l'extirper à tout prix ; pour d'autres, plus radicaux encore, dont le grand maître John Zerzan lui-même, c'était carrément le langage discursif qui devait être jeté par-dessus bord.

Le tordant de la situation, aux yeux de Suzanne, c'était que Zerzan, question langage discursif et nouvelles technologies, touchait plutôt sa bille. *Pas très primitif, tout ça, mon zozo,* avait-elle ricané, la tête dans la poubelle magique.

Toujours est-il que Michael Welling s'était toqué de ces idées à dormir debout et qu'il avait signé dans plusieurs canards anarchistes des comptes rendus favorables à John Zerzan.

Cependant, assez vite, des points de divergence étaient apparus entre les deux hommes.

Un de leurs désaccords reposait dans l'existence de chasseurs au sein de la nouvelle société humaine. Welling se montrait hostile à la chasse et à toute forme de prédation. Il soutenait mordicus que la chasse développait les tendances les plus basses de l'homme : la soif du sang, le meurtre, l'esprit de compétition. Il préconisait un régime végétarien des plus stricts. Suzanne en avait frémi rien qu'à l'idée de ne plus pouvoir manger son steak quotidien.

Si Michael rejoignait Zerzan sur la question du langage, il l'accusait cependant d'inconséquence. Le langage en tant qu'artefact ne répondait qu'à la nécessité d'une vie en groupe. Si on voulait supprimer le langage, il faudrait détruire ce qui lui avait donné naissance, c'est-à-dire la vie communautaire. Toute vie communautaire, que ce soit le groupe ou le couple. Et non chercher à la favoriser comme le prétendait Zerzan.

Pour Michael Welling, le retour à de petites sociétés de cueilleurs-chasseurs ne suffisait donc pas. Le salut véritable, c'était des cueilleurs isolés, solitaires, autosuffisants, n'ayant nul besoin de communiquer avec les autres.

Sa dernière trace sur le Net était une lettre publique adressée à Zerzan et qui consomma leur rupture. Suzanne en avait surtout retenu ce passage : « À la différence de Lénine, vous voulez les soviets sans l'électricité. Mais les soviets, c'est *déjà* l'électricité. La sociabilité humaine veut le progrès, elle tend à réclamer toujours plus de confort, toujours plus de sécurité. C'est sa pente naturelle, son inclination. Si vous conservez la sociabilité, vous aurez tôt ou tard de nouveau ce Léviathan technophage qu'est le progrès. »

Michael Welling était peut-être cinglé mais sa folie était au moins cohérente.

Dans ce dernier texte, il avait indiqué sa décision d'abandonner travail et appartement, et de quitter Chicago pour New York, « cette ville qui n'en est pas une » et où il voulait qu'on perdît sa trace comme autrefois celle des saints partis au désert.

Sauf que Suzanne, elle, n'avait pas perdu sa trace. Après la nuit passée avec Eric, elle avait chargé un stagiaire au journal de mettre la main sur Michael. Le stagiaire, âgé de vingt-quatre ans, était une vraie petite merveille de servilité, tout fraîchement pondue d'une école de journalisme située en Pennsylvanie. La petite merveille avait visité tous les squats de New York et finalement avait trouvé le « saint du désert » à Morrisania, l'un des quartiers sud du Bronx. La petite merveille avait même réussi à convaincre le sujet de venir dîner avec sa chef au Regency, en tête à tête.

Et maintenant elle attendait qu'il arrivât enfin.

Le nez dans son *screwdriver*, elle sourit au grand type aux cheveux peroxydés qui la matait, attablé seul au fond de la salle, derrière le sénateur Oldmann. Il leva son verre de vin vers elle et continua de la fixer en buvant lui aussi. Suzanne remarqua qu'il portait un gant de cuir noir plutôt classe à la main droite. Le pauvre chéri avait-il eu la main coincée dans la portière d'une de ses Rolls ou s'était-il fait mordre par un requin lors d'une partie de pêche entre richards ? En tout cas, il avait un air de famille avec Walter Skoll, le mystérieux patron de la Flow Corporation, qu'elle avait aperçu une seule fois en dix ans de *New York Times* et de 540 Park mais dont elle n'avait jamais oublié le visage.

D'un petit geste de l'index, elle fit venir un garçon.

Ce dernier lui apprit que l'homme s'appelait William Hasty, qu'il était à New York depuis peu et qu'il dirigeait une société de transport maritime basée en Norvège et filiale de la compagnie pétrolière américaine Flow Corporation. Le garçon fut toutefois incapable de lui dire si Hasty était parent de Skoll.

L'attention de la journaliste fut attirée sur la droite et elle vit Michael Welling qui arrivait enfin, guidé par un serveur. Elle lut sur son beau visage contrarié qu'il avait été à deux doigts de lui poser un lapin. Vêtu d'un jean à la propreté incertaine, il avait quand même mis une cravate et une veste, à moins que ce fût la réception qui les lui avait prêtées.

Elle sourit aux anges en voyant venir le sujet de sa chronique.

En professionnelle retorse, elle commença par lui demander des nouvelles de son grand frère. Se voyaient-ils souvent, au moins ?

— Eric ? Non. C'est un vieux con de première, vous savez, répondit Michael, définitif.

Ça commençait bien.

Le plus drôle, c'est que son marchand de frère avait utilisé à son propos sensiblement les mêmes mots avant de refaire l'amour à Suzanne dans son appartement de l'Upper East Side. (Ce type avait la libido remontée à bloc.)

Sans même jeter un œil sur la carte, elle commanda un steak accommodé comme-vous-savez-que-je-l'aime. Michael, en végétarien bon teint, préféra une salade. Un peu de viande rouge ne lui aurait pas fait de mal pourtant, pensa Suzanne. Il n'avait pas l'air de manger tous les jours à sa faim, ce garçon.

En attendant qu'on les servît, elle commença à lui poser ses questions.

— Quelle solution immédiate préconiseriez-vous pour sauver la planète si vous étiez à la place de Bloomberg ? demanda-t-elle bien droite, les doigts croisés sous son menton et les yeux mi-clos.

Michael réfléchit un instant avant de répondre. Il était aussi maigre qu'il semblait grave et soucieux.

— Eh bien, répondit-il enfin, je commencerais par... par interdire de circulation tous les 4 × 4. Ou bien je... Je supprimerais la place.

— La place ? Quelle place ?

— Celle de Bloomberg. Le poste de maire.

— Plus de maire à New York ?

— Oui, fit-il avec un petit sourire triste.

Après avoir repris une bonne gorgée de son cocktail, Suzanne le relança :

— Bloomberg et les conducteurs de 4 × 4, dans l'histoire, ce sont les méchants fascistes ?

À ce moment, deux garçons apparurent et se penchèrent pour les servir.

— Mark, le stagiaire qui vous a contacté..., dit-elle, après un moment, en portant dans un cliquetis de bracelets sa fourchette à sa bouche. (*Mark, vous savez, la petite merveille de servilité venue de Pennsylvanie*, eut-elle envie d'ajouter mais elle s'en abstint.) Mark m'a appris que vous comptiez quitter New York pour aller vivre dans... (elle manqua avaler de travers mais se reprit :) dans les bois.

Elle avait du mal même avec l'idée. Alors, quant à ce qu'on puisse aller vraiment vivre dans les bois !

Michael ne répondit pas tout de suite. Son regard se perdait sur les serveurs en gilet qui s'affairaient autour des tables.

Il se sentait impuissant, malheureux, plus humilié qu'eux, les exploités servant les maîtres du moment. Il avait cru en venant à ce rendez-vous qu'il pourrait s'expliquer, qu'il pourrait, à travers cette journaliste, faire comprendre aux gens qu'il était encore temps de changer de vie, de tourner le dos à cette civilisation de mort et d'humiliation. Mais il s'était trompé. La journaliste voulait lui faire faire un numéro, il le sentait, puis avec sa chronique elle ferait passer le chapeau dans tout New York. Il se dit qu'il ferait mieux de partir maintenant, de quitter cette salle pleine à craquer de nantis, de puissants, de *civilisés*, et de fuir à toutes jambes cette journaliste qui jouait avec lui comme une gamine cruelle avec une de ses Barbie. Il se dit qu'il n'aurait jamais dû venir et qu'il payait cette erreur à présent au prix fort de son humiliation. Il se dit qu'il devait quitter New York, ne plus jamais y remettre les pieds. Oui, qu'il devait quitter New York maintenant s'il voulait survivre à sa honte.

Michael Welling, pourtant, n'en fit rien et resta à table.

Et noyant sa détresse dans les idées, il se mit à parler de Thoreau, l'homme des bois, le philosophe exemplaire de l'état de nature, dont il voulait suivre le modèle en découvrant à son tour un Walden à lui.

Suzanne voulait lui demander s'il avait au moins une petite idée de ce que pouvait vous faire une tique (sinon, elle était toute prête à lui donner l'adresse de la ferme des Cloyd, près de Binghamton) lorsqu'elle vit William Hasty se lever de table et traverser la salle pour gagner la sortie. Comme s'il sentait le regard de Suzanne rivé sur lui, il se tourna vers elle juste avant de quitter la pièce et lui décocha un clin d'œil. En d'autres occasions, la journaliste aurait été flattée. Elle savait qu'elle ne laissait pas indifférents certains hommes et ce William Hasty semblait être du nombre. Sauf que l'œillade qu'il venait de lui jeter n'avait rien d'érotique ni même de simplement humain.

Tandis que ses lèvres s'étaient retroussées en un petit sourire froid de prédateur sûr de lui, ses yeux avaient dardé un éclat rouge et féroce, comme ceux d'une bête enragée vous guettant dans l'ombre d'un sous-bois.

Ses globes oculaires s'étaient emplis d'une soudaine coulée de sang qui remontant, à l'inverse des larmes, du bord nasal de ses yeux jusqu'à l'angle externe, avait submergé en un clin d'œil tout le blanc de la sclérotique à la façon d'un micro-tsunami d'hémoglobine. Une autre différence notable avec des larmes, c'est que le sang n'avait pas coulé sur la cornée, mais à l'intérieur des yeux, comme un flot écumant. Ça ressemblait à une troisième paupière latérale, pareille à la nictitante des reptiles, sauf que c'était une paupière de sang.

Suzanne se défendit contre le choc en laissant son cerveau lui prouver par A + B qu'elle venait d'être victime d'une hallucination visuelle comme vingt ans plus tôt elle avait été victime d'une illusion tactile et auditive. Elle avait trop forcé sur la vodka, voilà tout. Et maintenant elle voyait de grands patrons lui lançant des œillades de croque-mitaine.

Elle cligna des yeux et s'ébroua en frissonnant. Quand elle regarda de nouveau vers la sortie, William Hasty n'était plus là.

Quelque chose effleura son genou droit sous la table. Machinalement, elle glissa une main le long du pan de nappe qui tombait devant elle et se frictionna le bas de la cuisse sous son collant de laine.

— Vous avez vu le type qui vient de sortir ? demanda-t-elle à Michael, histoire d'être certaine d'avoir eu une hallucination.

Il fit non de la tête.

— Pendant un instant, j'ai bien cru qu'il…

Elle s'interrompit, préférant ne pas en dire plus.

Nouveau contact furtif sous la table. Quelque chose de glissant et de froid.

Derechef, ses doigts se faufilèrent contre le pan de la nappe, le long de ses collants.

À la table du sénateur Oldmann, elle vit le DG de Smith & Wesson se pencher sur le côté pour examiner le pan de nappe que ses genoux enfonçaient.

Aux tables voisines, les convives s'agitaient eux aussi. On se frottait le genou comme venait de le faire Suzanne ; et comme elle, on repliait ses jambes loin sous sa chaise. Une épidémie d'attouchements furtifs semblait avoir gagné tout le restaurant.

Aux yeux de Suzanne, l'univers prit soudain une intensité de cristal. Le temps semblait s'être arrêté. Tout devenait plus dense, plus aigu, plus pesant.

Elle vit le DG de Smith & Wesson se pencher encore un peu et tendre une main pour attraper le coin de la nappe. Il allait la soulever puis jetterait un coup d'œil dessous.

Non, ne regardez pas, voulut-elle le prévenir mais comme dans la ferme des Cloyd, la nuit où la chose-sous-le-lit avait gratté à son matelas, aucun son ne s'échappa de ses lèvres.

La chose n'était pas seulement sous la table du sénateur. Elle se tenait à l'affût sous toutes les tables.

Et elle est sous la tienne, aussi, lui assura dans sa tête la petite voix d'une fillette de douze ans. *Si tu soulèves la nappe, Suzie chérie, elle te sautera à la gorge. Alors ne regarde pas, d'accord ? Tant qu'on ne regarde pas, ça n'existe pas.*

Défense de bouger et de regarder, donc. Et prier, oui, prier le Dieu des enfants, le vrai, le juste, celui qui les protège toujours quand ils ont peur dans leur chambre la nuit. Ce Dieu qui avait fait taire la chose-sous-le-lit quand elle avait douze ans, et qui allait s'occuper maintenant (*oh, oui, maintenant, Seigneur miséricordieux des petits enfants terrifiés, maintenant, je vous en supplie*) de la chose-sous-la-table ici, à New York.

Suzanne ne bougeait donc plus les jambes, un peu soulagée d'avoir ramené ses talons sous sa chaise autant qu'elle le pouvait et quand elle le pouvait *encore*. Mais ses genoux, eux, demeuraient enfoncés dans le pan de la nappe devant elle. Il faudrait qu'elle recule sa chaise pour les sortir de là mais elle gardait bien à l'esprit que défense lui avait été faite de bouger d'un cil. Ne pas bouger, et surtout ne pas regarder.

Tant qu'on ne regarde pas, ça n'existe pas, se répéta-t-elle.

Il lui apparut tout aussi clairement que c'était William Hasty, et personne d'autre, qui avait placé la chose-sous-la-table. Un type capable de faire rougeoyer ses yeux rien qu'en vous regardant était capable de tout, non ? En plus, comme par un fait exprès, il avait quitté la salle juste avant que *cela* se produisît.

Oh, Suzie, c'est cet affreux type qui a matérialisé ta terreur enfantine. Il t'a lancé une œillade de grand méchant loup juste avant de sortir et c'est comme ça qu'il a lu en toi à livre ouvert. Il a pioché dans le douzième chapitre de ta jeunesse le putain de passage chez les Cloyd. Une sorte de super mauvais œil, voilà ce qu'était William Hasty ! Et lui, il avait regardé sous le lit, il avait vu la chose-sous-le-lit chez les Cloyd. Et d'un regard il l'avait ramenée ici, au Regency, en plein Manhattan. Pour toi, Suzie chérie…

À la table du sénateur, le DG de Smith & Wesson souleva le tissu puis inclina encore la tête. Ce qu'il vit dessous, tapi derrière la nappe, le regardait avec de petits yeux noirs et déments dans un grognement bas venu du fin fond de sa gorge.

Le DG battit des paupières, ahuri.

Ça tenait du coyote et de la murène. Sur son crâne à la peau lisse et marbrée comme celle d'un serpent, les oreilles velues de la bête étaient plaquées en arrière, en signe d'extrême agressivité, et ses babines frissonnaient d'une rage meurtrière, haut relevées sur des crocs taillés en silex. Entre ces oreilles et cette gueule carnassière, deux petits yeux de ténèbres et de pure folie, qui vous regardaient fixement. Deux trous noirs qui rêvaient d'engloutir toutes les étoiles. Deux puits qui rêvaient d'enterrer toute vie.

Quand le DG cligna une nouvelle fois des yeux, la créature jaillit pour le saisir à la gorge et, en un éclair, le fit disparaître sous la table dans un giclement de sang.

En face, le sénateur Oldmann se leva d'un bond mais pas assez vite pour éviter de connaître la même fin que son invité. La chose sous la nappe le mordit aux mollets et l'attira sous la table. Dans sa chute, il s'étala de tout son buste sur le dessus de la table qu'il empoigna aussitôt des deux côtés pour s'y accrocher, sa cravate Hermès trempant dans sa soupe de homard renversée. La chose le tirait par à-coups. À chaque secousse sur ses jambes, le sénateur perdait du terrain, glissait un peu plus.

Du sang trempait la nappe et tout le bas de sa veste. Ses doigts finirent par lâcher prise et la chose-sous-la-table le happa en entier.

À toutes les tables se produisit au même instant le même carnage. Des hommes, des femmes, mais aussi des serveurs étaient attrapés par les jambes, par les mains, par la gorge et disparaissaient sous les nappes. Une force sauvage et vorace taillait en pièces tout ce qui vivait dans la salle.

Suzanne Maxwell qui n'avait pourtant pas bougé et encore moins essayé de regarder sous la table, fut happée elle aussi par la chose. Elle s'effondra d'abord sur les fesses, son dos heurtant le siège de son fauteuil. Ses jambes avaient disparu en entier sous la nappe et, figée de stupeur, elle vit devant son nez la blancheur du textile s'imprégner de son sang qui giclait à gros bouillons. La chose-sous-la-table lui avait sectionné les jambes. Elle se mit à hurler de peur bien plus que de douleur car les vagues de terreur qui la submergeaient l'anesthésiaient pour ainsi dire. Assommée, sous le choc (doux Jésus ! on venait de lui ARRACHER les jambes alors qu'elle dînait en plein Manhattan, dans la ville des villes, à plus de deux cents kilomètres de la ferme des Cloyd), elle réussit tout de même à s'accrocher à l'un des pieds de la table. Le bas de son corps était secoué en tous sens, la chose-sous-la-table s'énervant sur ses jambes comme un molosse sur sa baballe.

— Aidez-moi, supplia-t-elle, les yeux agrandis d'effroi et le corps parcouru de spasmes. Aidez-moi, bon sang !

Elle vit Michael Welling se lever pour lui porter secours. *Pourquoi la chose ne s'en était-elle pas prise à ses jambes plutôt qu'aux siennes ?* pensait-elle dans sa terreur. *Pourquoi pouvait-il se tenir debout, lui, et marcher encore ? Pourquoi était-il épargné ?*

Il la tira en arrière par les épaules.

Elle manqua tourner de l'œil en voyant ce que la chose-sous-la-table avait fait à ses belles jambes. Son bassin n'était plus qu'une innommable bouillie de sang gargouillant et de chair déchiquetée.

Pris de panique à la vue de cette femme tronc, Michael Welling la lâcha et recula, livide, incapable même de crier avec la foule.

L'esprit choqué de Suzanne n'arrêtait pas de buter sur cette question : *Pourquoi la chose ne s'en était-elle pas prise à ce type plutôt qu'à elle ? Pourquoi pouvait-il se tenir debout, encore, et marcher ? Pourquoi, merde, la chose-sous-la-table avait-elle oublié de lui bouffer les jambes ?*

En rampant, Suzie essaya de s'éloigner de la table et y parvint.

Elle ressemblait à une limace à moitié écrasée, laissant une piste de sang sur son passage. Tricotant des coudes, elle se traîna vers les portes de sortie, slalomant entre les tables agitées d'une même folie meurtrière. Tout autour d'elle, c'étaient des cris horrifiés, des hurlements de douleur et des grognements déchaînés de bêtes, c'étaient des geysers de sang et des corps convulsés. C'était l'Apocalypse.

Dépassant les dernières tables, Suzanne vit la chose se presser contre un pan de nappe pour la regarder à travers. Sa tête hideuse apparut alors en relief dans le linge comme un masque d'horreur pris dans du plâtre. Devant sa gueule entrouverte le tissu, tout imprégné de sang, se creusait et se renflait au rythme de son souffle. Et de ses yeux fous, elle fixait Suzanne.

Oh, non ! Oh, non ! Reste sous la table, pria-t-elle. *Oh, Seigneur, faites que la chose reste sous la table !*

Dans un gémissement terrifié, elle se remit à ramper de plus belle, jetant par-dessus son épaule des regards paniqués. Elle était à deux petits mètres des portes de sortie. Elle ne voulait pas mourir.

Mais derrière elle, la chose en avait décidé autrement et elle bondit de sous la nappe.

HUITIÈME JOURNÉE

Mercredi 17 décembre
(Invitation pour l'enfer)

*

Où l'on apprend que la vérité
est bien la plus indigeste des nourritures

Lorsque Sarah se réveilla, à huit heures, Forrest était déjà debout et se tenait, songeur, en robe de chambre, devant l'immense baie vitrée de son appartement, qui surplombait l'Hudson et les *piers*.

Il regardait sans le voir le parc, en contrebas de l'immeuble, où évoluaient, dans le petit matin blafard, trois joggers en combinaison criarde et bonnet, accompagnés d'un berger allemand, seule note de bon goût du petit groupe. Plus loin, un remorqueur descendait la rivière parmi les bandes de brume.

— Bien dormi ? demanda Sarah en rejoignant Forrest devant la baie.

— Pas trop, répondit-il.

Il ouvrit les bras et la serra contre lui.

— Tu sais comment je me sens ?

— Non, fit-elle en secouant la tête.

— Comme un artiste qui va voir la plus belle exposition de sa carrière échouer dans la page Justice des journaux.

Elle perçut de l'amertume dans sa voix.

— Pour une fois que l'art aura été utile, dit-elle après un silence, en manière de plaisanterie.

— Tu sais ce qu'il y a de vraiment drôle dans cette histoire ? C'est qu'il y a gros à parier que ma cote va encore flamber dans les semaines à venir. Le talent seul ne fait plus recette, vois-tu. Mais une bonne affaire criminelle, ça, c'est plutôt porteur comme publicité. Le Diable touche toujours ses dividendes, même quand on croit bien agir.

— Ce soir, tout sera fini. Grâce à ton aide.

— Ce soir ? demanda-t-il en lui jetant un regard de côté.

— Ce soir, oui, fais-moi confiance.

Elle ne pouvait ni ne voulait d'ailleurs lui en dire plus. Le sénateur March avait recommandé la discrétion la plus complète. Et puis Sarah ne désirait pas l'inquiéter davantage. Comme tout grand créateur, il avait travaillé dur sur ses *Vitrines*, et elle devinait qu'il apprécierait peu de voir le vernissage de sa belle expo tourner au guet-apens policier.

— Et après ? fit Forrest, haussant les sourcils.

— Quoi « et après » ?

— Je veux dire : que deviendrons-nous après que Fenryder et ses Loups auront été arrêtés, s'ils le sont un jour ?

— Oh ! pour ma part, je pense écrire un gros bouquin sur eux et rafler le Pulitzer.

— Je parlais de nous deux.

Sarah esquissa un sourire.

— Je sais que tu parlais de nous deux.

— Aimerais-tu rester vivre ici, Sarah ? Tu sais, j'envisage très sérieusement d'acheter cet appartement. Il est (Forrest regarda autour de lui) bien, je crois. Penses-tu que nous pourrons y vivre heureux ? Promets-moi d'y réfléchir, veux-tu ?

— C'est ta façon de me demander en mariage ?

Ils eurent un petit rire complice et il haussa de nouveau les épaules.

— Je vais préparer le déjeuner, annonça-t-il.

Dans la cuisine, ils entendirent aux infos les événements sanglants de la veille.

— Tu crois qu'*ils* sont derrière cette tuerie ? interrogea Forrest, une biscotte à la main.

Elle hocha la tête.

— Pour quelle raison ? demanda-t-il en fronçant les sourcils.

— Je ne sais pas. Ça fait sans doute partie de leur foutue opération.

— L'opération *Démons*. Bon sang ! dire que je suis lié à ces crimes par mon tableau.

— Ne culpabilise pas, Forrest. Tu n'es pas responsable des richards qui achètent tes toiles.

Sarah se leva.

— Je vais chercher les journaux, histoire d'avoir des détails. Accorde-moi deux minutes.

— OK. Je t'attends. Je… Je t'aime, Sarah.

Il semblait ne pas pouvoir se dépêtrer de son inquiétude et Sarah, en le quittant, se demanda si c'était là le symptôme typique de l'artiste à quelques heures d'un vernissage, symptôme aggravé ici par le contexte dramatique, ou s'il y avait autre chose, que Forrest lui cachait.

Au kiosque à journaux, elle acheta le *New York Times* ainsi que l'édition nocturne du *Daily News* datée de ce matin. Elle s'apprêtait à retraverser la rue quand une voix se fit entendre derrière elle.

— Mademoiselle Widar, pourriez-vous me suivre ? Le sénateur March demande à vous voir.

En se retournant, elle découvrit un grand Latino au crâne rasé, avec le fil d'une oreillette descendant le long de sa nuque. L'un des gorilles du sénateur, pensa-t-elle. Son sourire n'avait rien d'engageant ni de menaçant, d'ailleurs. Rien qu'une machine à surveiller. Et à tuer si nécessaire. Dans tous les cas, une machine indifférente.

Elle le suivit jusqu'à la voiture du sénateur stationnée dans Washington Street, et se rendit compte que Marvin March avait les traits tirés des mauvais jours.

— Encore de bien tristes nouvelles, confirma-t-il d'emblée tandis qu'elle prenait place à côté de lui sur la banquette arrière.

— Je sais, fit Sarah en montrant les journaux. C'est à propos de la tuerie au Regency, n'est-ce pas ?

— Oui et non. (Il soupira.) Pour le drame d'hier soir, nous savons à peu près ce qui s'est passé. Le personnel du Regency qui se tenait dans les cuisines et dans le hall d'accueil a soudain entendu des hurlements en provenance de la salle à manger et a essayé de pénétrer à l'intérieur mais sans y réussir. Toutes les portes étaient mystérieusement bloquées, empêchant qu'on entrât dans la pièce et surtout qu'on en sortît. Quand la police est arrivée sur les lieux, il était déjà trop tard. Les portes n'opposaient plus aucune résistance et ce qu'on a découvert à l'intérieur est au-delà des mots. Toutes les personnes mangeant ou servant ce soir-là dans la salle du 540 Park ont été massacrées, leurs corps réduits en bouillie. Toutes sauf une. Un certain Michael Welling que la police a retrouvé près d'une fenêtre dans un total état de prostration. Il était couvert de sang mais ne souffrait d'aucune blessure, même superficielle. Le sang qui maculait ses vêtements n'était pas le sien. La police a identifié ce Welling comme étant un dangereux anarchiste de la mouvance des Black Blocks et c'est lui, faute d'avoir d'autres suspects sous la main, qu'elle soupçonne pour les crimes barbares d'hier soir. Inutile de vous dire que, d'après moi, ce pauvre garçon n'est en rien responsable de cette innommable boucherie.

— Pourquoi les Loups ont-ils fait cela, à votre avis ? demanda Sarah.

Il soupira de nouveau avant de répondre.

— La véritable cible du carnage d'hier soir, c'était Gregory Oldmann. Les autres personnes n'ont péri que parce qu'elles se trouvaient au mauvais endroit au mauvais moment.

— Gregory Oldmann ? Le sénateur Gregory Oldmann ?

— Un très bon ami à moi. Nous nous connaissions depuis trente ans et j'avais une confiance absolue en lui.

Greg travaillait avec moi dans la Commission d'enquête. Vous saisissez à présent ?

— L'opération *Démons* viserait un double objectif, c'est bien ça ? Faire de votre fils un Loup et neutraliser en même temps votre Commission en éliminant ses membres les plus actifs.

— Pour le massacre d'hier, tout semble indiquer que c'est l'œuvre d'un anarchiste membre des Black Blocks. Et pour mon assassinat ce soir, on incriminera le Triple Tiret du « révérend » Gardner. D'une part, un rebelle gauchiste ; de l'autre, un vieux barjo sataniste.

— Et dans les deux cas, poursuivit Sarah, la société secrète des Loups de Fenryder ne sera jamais inquiétée.

— C'est plutôt malin, n'est-ce pas ? Je dois avouer qu'ils sont très forts. Plus forts que je ne le craignais lorsque je me suis lancé dans cette croisade.

Puis, plantant ses yeux fatigués dans ceux de Sarah, il dit, presque à regret :

— La deuxième mauvaise nouvelle vous concerne, mademoiselle Widar. Vous et vos amis.

Sarah se sentait prête à tout encaisser. Elle lui rendit l'insistance de son regard.

— Il y a une taupe dans votre équipe, dit-il sans autre forme de préambule.

Les yeux de Sarah perdirent de leur détermination. Elle s'était sentie assez forte pour recevoir n'importe quelle nouvelle, mais pas celle-là. *Une taupe*...

L'information se répandait en elle comme une injection paralysante de curare.

Les visages de Forrest, de Jodie et de Tim passaient et repassaient dans son esprit.

Une taupe parmi eux... Beaucoup de choses trouvaient une explication avec cette nouvelle donnée. Et d'abord le fait que Walter Skoll, la nuit où elle l'avait suivi à travers Central Park, savait qu'il était filé.

— Une taupe, murmura-t-elle.

— Oui. Et nous avons tout lieu de croire que cette taupe fait partie de vos plus proches amis.

Elle savait qu'elle devait poser la question fatale, la question de l'identité de cette taupe. Mais elle n'en avait pas le courage.

Elle aurait aimé pouvoir descendre de la voiture et aller se perdre dans les rues de la ville immense. Boire un bon Martini et essayer de réfléchir (*d'oublier* ?). Bon sang, comme elle avait envie d'un Martini !

— Nous tenons ce renseignement de notre informateur chez les Loups. Vous vous souvenez que je vous avais parlé de lui. Je ne peux hélas toujours pas vous révéler son identité sans lui faire courir plus de risques qu'il n'en court déjà. Grâce à son travail, nous savons qui vous a noyautés et pour le compte de qui cette personne travaille. Mais je ne vous apprendrai rien avec ce dernier renseignement, n'est-ce pas ?

Fenryder, évidemment. Le Général les manipulait depuis le début. Restait à savoir dans quel but ? Mais cette question s'effaçait de l'esprit de Sarah pour laisser place à LA question : qui ? Qui était la taupe ?

— Croyez bien que je suis navré, Sarah.

Pour la première fois, le vieux sénateur l'appelait par son prénom et elle lui en sut gré. Elle le regarda de nouveau dans les yeux.

— Qui ? demanda-t-elle.

Mais, au fond d'elle-même, elle connaissait déjà la réponse. La redoutait.

Le sénateur fit un signe à l'adresse de son gorille, assis devant sur le siège passager. Le grand Latino attrapa une chemise cartonnée sur le tableau de bord et la tendit à Sarah.

À l'intérieur elle découvrit une dizaine de photos montrant Eliot March marchant dans la rue en compagnie de Forrest.

— D'après le FBI, qui a pris ces clichés, M. Magnus et mon fils se sont rencontrés ici, à New York. Eliot fournissait votre ami en drogue. On ne sait pas lequel des deux a eu l'idée d'adhérer à la secte du Triple Tiret et d'y entraîner l'autre. Votre ami vous a-t-il jamais dit qu'il connaissait Eliot ?

— Non, non, fit Sarah d'une voix faible et bouleversée.

Le comportement de Forrest s'expliquait à présent. Et pas seulement la nervosité dont il avait fait montre ce matin. Sarah se rappelait aussi le trouble qui s'était emparé de lui la première fois qu'elle lui avait annoncé son rendez-vous avec Marvin March. Comment n'y avait-elle pas pensé ?

Le sénateur détourna les yeux un moment, par pitié. Puis, après un silence, il ajouta :

— Le FBI suspecte aussi votre ami d'être responsable de la mort atroce d'Oscar Watts. (Posant son regard à nouveau sur Sarah, il lut de l'incompréhension dans ses yeux.) Je vois qu'il ne vous a pas non plus parlé de cet homme. (Il soupira et passa une main sur son crâne chauve.) Oscar Watts possédait l'une des plus prestigieuses galeries de New York, dans la 57e Rue, et c'est lui, le premier, qui a défendu la peinture de Forrest Magnus. On peut dire, je crois, qu'il l'a lancé sur le marché. Au matin du 5 juillet 1997, le corps d'Oscar Watts a été découvert sans vie dans le bureau de sa galerie. Mort des suites d'horribles mutilations à caractère satanique, selon le rapport d'expertise médico-légale. Ses tortionnaires ne lui ont dérobé aucune des œuvres exposées dans la galerie, pas plus qu'ils n'ont touché à l'argent qu'il avait sur lui. La police en a tiré la conclusion que le crime avait été commis dans le seul but de pratiquer ces tortures abominables sur la victime et elle l'a rapproché d'une série de meurtres rituels perpétrés par le Triple Tiret vers la même époque. Le Triple Tiret avait, en effet, déjà organisé deux sacrifices humains en l'honneur de Satan. Deux jeunes filles également torturées à mort et dont les corps présentaient les mêmes sévices à connotations ésotériques. Les enquêteurs n'ont trouvé jusqu'à ce jour aucune preuve permettant d'inculper Forrest Magnus pour le meurtre d'Oscar Watts, malgré de forts soupçons pesant sur lui. Sarah, nous vous demandons de ne rien laisser transpirer de ce que je vous ai révélé. Forrest Magnus doit rester dans l'ignorance de notre découverte. Avec l'aide de Dieu et les moyens mis en place par le gouvernement, tout devrait être réglé ce soir et...

Sarah ne l'écoutait plus et regardait sans les voir les piétons sur le trottoir.

Forrest lui avait dit un jour qu'il valait mieux avoir le Diable devant soi que derrière.

Comme ses mots résonnaient à présent aux oreilles de Sarah d'un terrifiant double sens ! Le Diable, Forrest l'avait eu constamment en vue. Il l'avait d'abord cherché dans le Triple Tiret mais le Triple Tiret n'avait été qu'une minable antichambre du Mal. Ce que Forrest y avait cherché, il avait fini par le trouver chez Fenryder et ses Loups.

Il s'était fait le serviteur de Fenryder. Son laquais. Son pitoyable laquais.

*

Jodie (1)

Loin de Manhattan, dans le chalet que leur prêtait le Dr Kyle, Jodie se sentait enfin en sécurité. Ce sentiment était si profond qu'après avoir couché sa mère la veille, elle s'était endormie aussitôt et les deux femmes avaient dormi jusqu'à huit heures ce matin d'un sommeil sans interruption ni cauchemar. Et servies par un oncle Todd plus protecteur que jamais, elles petit-déjeunaient à présent de thé vert et de céréales, assises l'une en face de l'autre comme au temps pas si lointain où Mme Stevenson enseignait encore l'Histoire à l'Université de Columbia.

Jamais depuis son hospitalisation, Jodie n'avait vu sa mère en aussi bonne forme. Jodie avait bien dû l'aider à s'habiller, mais la confusion mentale dont elle avait été la proie ces derniers jours semblait l'avoir quittée, et elle avait recouvré l'appétit ainsi qu'une certaine joie de vivre. Le Dr Kyle lui-même, s'il avait pu la voir prendre toute seule ses comprimés d'Aricept, aurait constaté, non sans surprise, que Margaret Stevenson était redescendue d'au moins trois bons niveaux sur la terrible échelle de Reisberg[1].

Jodie n'oubliait pas que la maladie de sa mère était dans sa phase intermédiaire, que son état pouvait donc encore varier d'une journée à l'autre. Cependant, elle s'étonnait que ce pût être à ce point. Peut-être cette brusque amélioration était-elle due au fait qu'elle se trouvait près de sa mère, à moins que ce ne fût l'atmosphère propice de ce chalet forestier, combinée aux petits soins d'oncle Todd. Toujours était-il que la santé de sa mère contrebalançait l'inquiétude que lui procurait leur situation financière. En faisant défection à la Fondation depuis la veille, Jodie venait de renoncer à une place de secrétaire plutôt bien rémunérée mais elle n'en éprouvait aucun regret. Que sa mère fût en sécurité importait plus que tout à ses yeux. Et puis elle se disait que, la situation revenue à la normale, elle postulerait un emploi ailleurs, voilà tout. Elle avait foi en ses compétences, en sa détermination, aussi. Simplement, elle devinait déjà que son *curriculum vitae* ne mentionnerait pas ses quelques jours d'expérience professionnelle à la Fondation Walter Skoll.

— On est bien ici, arriva à prononcer Margaret Stevenson sans trop de difficultés.

— Je suis heureuse que le chalet te plaise, maman, dit avec douceur Jodie comme s'il s'agissait d'une location de vacances.

Ce matin, elle ne voulait voir que le côté positif des choses. Sa mère allait mieux et le chalet du Dr Kyle, perdu au milieu des bois de Concord, dans le Massachusetts, avait, il est vrai, tout pour leur plaire. C'était une ancienne et grande cabane de pionniers entièrement restaurée, des murs de rondins jusqu'au toit d'ardoise, et que flanquait une large et haute cheminée des plus rustiques.

1. Échelle qui permet d'appréhender l'évolution de la maladie d'Alzheimer en sept stades de détérioration.

Kyle, qui venait souvent y passer ses week-ends, d'après ce qu'il avait confié à Jodie, trouvait dans le calme de cette solitude le meilleur antidote au stress de la vie moderne. La jeune femme comprenait mieux maintenant sa définition du mot antidote. Car si le Dr Kyle avait su préserver à l'extérieur l'authenticité des lieux, il avait pourvu l'intérieur de tout le confort dernier cri que des civilisés branchés étaient en droit d'attendre en ce début de XXIe siècle. Ainsi la cuisine était tout équipée, et dans le salon trônait un monstrueux écran plasma 107 centimètres, avec lecteur-enregistreur DVD et une collection impressionnante de films récents. L'une des deux chambres, à l'étage, possédait même une station multimédia complète avec une connexion Internet à très haut débit. Dehors, une parabole se dressait sur le toit, et dans une dépendance, à laquelle on accédait par un petit chemin dallé, avaient été aménagés une cabine de sauna et un Jacuzzi. De toute évidence, Kyle appréciait le contact avec la nature mais pas au point d'y sacrifier son bien-être.

Ses investissements concernaient en priorité les nouvelles technologies, comme Jodie s'en était aperçue en passant en revue le reste des objets. Aucun livre, fût-ce des romans de gare, ne venait troubler l'orientation épicurienne de cette garçonnière high-tech, et les rares œuvres accrochées aux murs se résumaient à deux ou trois lithographies plutôt impersonnelles, ce qui, au sentiment de Jodie, valait toujours mieux que les traditionnelles hures de sangliers et de cerfs.

Un peu après dix heures, Jodie reçut un coup de fil de Tim sur son portable.

Il lui apprit que Sarah se trouvait chez lui et elle comprit à sa voix qu'il s'était produit quelque chose de sérieux. Cherchant sans doute à la ménager, il refusa de lui préciser de quoi il retournait, se contentant simplement de lui dire :

— Si tu as Forrest au téléphone, ne lui donne en aucun cas l'adresse du chalet. C'est... plus prudent.

— Je ne comprends pas.

— Ne t'inquiète pas, Jodie. Fais seulement ce que je te dis. Je t'expliquerai tout ce soir.

— Quand seras-tu là ? demanda-t-elle en baissant la voix car sa mère et oncle Todd étaient à côté.

Il lui expliqua en deux mots le plan du sénateur puis répondit à sa question :

— Je prendrai la route dès que les flics auront coffré Fenryder, Skoll et les autres. Disons, vingt-trois heures, au plus tard.

— Si tout se passe bien.

— Oui. Si tout se passe bien.

Il y eut un silence. Puis Tim changea de sujet :

— Et ça va avec ta mère ?

— On ne peut mieux. Tu ne vas pas la reconnaître.

Nouveau silence.

— Je t'aime, dit Tim.

— Je t'aime moi aussi, répondit la jeune femme. Et n'oublie pas ta promesse.

— Je ne l'oublierai pas, Jodie. Embrasse mon oncle pour moi. À ce soir.

Une heure après, les deux femmes décidèrent de profiter du soleil qui s'était mis à briller et, chaudement couvertes, elles sortirent pour une longue promenade dans les bois.

Bientôt elles virent deux écureuils rouges s'ébattre au pied d'un saule, puis un quart d'heure plus tard un superbe daim qui les fixa un long moment avant de s'en aller tout aussi tranquillement. Ces spectacles de la nature réjouirent le cœur des deux femmes et, souriante, Jodie se tourna vers sa mère. Cette dernière souriait de ravissement elle aussi ; un filet de salive coulait sur son menton. Jodie sortit un mouchoir en papier de son manteau pour l'essuyer, et, un court instant, sa mère s'assombrit, murmurant :

— Je suis désolée, ma chérie. Je bave comme un bébé.

Avec amour, Jodie passa son bras sous le sien.

— Ce n'est rien, maman, assura-t-elle.

Et l'éclat de son sourire eut raison de l'abattement de sa mère.

Elles marchèrent encore quelques minutes, puis rentrèrent au chalet, bras dessus bras dessous, heureuses d'être ensemble.

En leur absence, oncle Todd avait préparé une pizza géante aux anchois, qu'avec un bel appétit ils mangèrent tous les trois. Oncle Todd semblait lui aussi métamorphosé par les doux sortilèges des lieux. La tristesse avait déserté ses beaux yeux bleus et la bonté y rayonnait sans partage. Il paraissait même soulagé d'avoir quitté sa belle maison de Brooklyn, non parce qu'il se trouvait comme libéré des souvenirs qui la peuplaient, mais parce qu'il se sentait capable à présent de vivre en meilleure intelligence avec eux.

Durant le repas, il leur raconta avec une prolixité pleine de gaieté le mécanisme des balises de détresse. Il en avait conçu durant toute sa vie professionnelle, avec ce fanatisme contagieux des sauveteurs. Dans sa bouche, ce sujet, si technique qu'il aurait dû les rebuter, devint pour les deux femmes aussi captivant qu'un conte de Dickens.

— Vous êtes quelqu'un de bien, monsieur Modin, fit la mère de Jodie en posant sa main sur la sienne.

— Todd. Appelez-moi Todd, Margaret, voulez-vous ?

— Très bien..., Todd.

— À la bonne heure, dit-il, prenant la main de Margaret entre les siennes.

Ils avaient fini de manger. Devançant oncle Todd, Jodie exigea de faire seule la vaisselle.

— Et gare à vous si vous vous approchez du torchon ! prévint-elle tandis qu'elle empilait déjà les assiettes et les verres. Je peux mordre, vous savez.

Après cette démonstration d'autorité, elle alla poser la vaisselle dans le bac de l'évier. Faisant couler l'eau, elle jeta un œil à l'horloge murale qui indiquait midi vingt-deux. Dans moins de six heures, songea-t-elle, tout serait joué à Manhattan. Ou bien les Loups seraient arrêtés ou bien le vieux sénateur March ne serait plus de ce monde. Jodie pria en elle-même pour que la première de ces hypothèses se confirmât ce soir, tout en ayant conscience que l'une, hélas ! n'excluait pas forcément l'autre. Une certitude la rassurait cependant. Tim lui avait promis de se tenir à l'écart de la Fondation jusqu'à la résolution de l'affaire par la police. Elle savait que Tim tiendrait parole par amour pour elle mais aussi parce qu'il lui importait de n'entraver en rien le travail des fédéraux. Il avait aussi promis de venir les rejoindre au chalet dès que Fenryder et ses Loups seraient neutralisés. Il prendrait la route aussitôt après, dans la nuit. Jodie avait hâte de le revoir.

*

Où l'on découvre, entre autres choses,
ce qu'est un tarhq-sagoh

Plus tôt dans la matinée, le sénateur March conduisit Sarah chez Tim juste après qu'elle eut appelé Forrest pour lui dire qu'elle ne remonterait pas à l'appartement petit-déjeuner avec lui.

— Et pour midi, avait demandé Forrest, ça tient toujours ?

Il comptait passer la journée à la Fondation pour régler les derniers détails de l'exposition, puis il avait prévu de manger avec Sarah et avait, à cet effet, réservé une table au China Grill, l'un des meilleurs restaurants asiatiques de New York. Pour faire le point à la mi-journée, avait-il allégué.

— Oui, ça tient toujours, avait menti Sarah, les larmes aux yeux, avant de refermer son portable.

Elle lui en voulait terriblement.

Tandis que la voiture du sénateur traversait le pont de Brooklyn, Sarah avait l'amère impression que l'île de Manhattan, qu'elle laissait derrière elle, allait sombrer comme une nouvelle Atlantide, engloutissant ses affaires, ses amours, tous ses espoirs aussi concernant l'avenir.

— Que va-t-il lui arriver ? ne put-elle s'empêcher de demander au sénateur.

— À partir de maintenant, M. Magnus va être suivi à la trace par le FBI et nous serons informés de ses moindres déplacements. Ce soir il sera arrêté pour répondre devant la Justice de plusieurs chefs d'accusation, notamment de complicité de crime avec une bande armée et de tentative de meurtre sur ma personne. C'est du moins ainsi que le procureur général entend qualifier son inculpation.

Ils arrivèrent à Park Slope et le sénateur répéta à Tim ce qu'il avait déjà dit à Sarah.

Ils étaient tous les trois debout dans la grande cuisine d'oncle Todd. March tenait son imper sur le bras et son chapeau à la main.

— Oh, merde, dit Tim quand il eut sous les yeux les clichés montrant Forrest en conversation avec Eliot March.

— C'est encore plus grave que vous ne pensez, monsieur Modin. Le FBI le suspecte d'avoir prêté la main au meurtre particulièrement atroce d'Oscar Watts en 1997. Et pour vous dire toute la vérité, nous le soupçonnons aussi d'être le deuxième tarhq-sagogh des Loups à New York.

— Nom de Dieu ! jura Tim, ébranlé. Pas Forrest ! Pas lui ! Je le connais depuis Chicago.

— Ne vous êtes-vous jamais interrogé sur son étrange sympathie pour Ron Flint, le vigile de la Fondation et tarhq-sagogh des Loups lui aussi, je vous le rappelle ?

— Non, s'exclama Tim, se passant nerveusement les mains dans les cheveux pour les ramener en arrière. Forrest a toujours été très sympa avec les gens quels que soient leurs revenus ou leurs titres.

— Je ne crois pas me tromper en vous disant qu'Oscar Watts vous démentirait sur ce point – s'il le pouvait, bien entendu. Et puis, rappelez-vous, lorsque Ron Flint vous a coincés à la Fondation, quel était l'ordre dans lequel il avait prévu de faire monter vos amis au sixième étage où vous étiez déjà, Sarah et vous ?

Le front de Tim se plissa.

— Flint a fait monter Neil Garson en premier, commença-t-il à se souvenir. Après, ce devait être le tour de Jodie...

— Et comme par hasard, Forrest Magnus devait mourir après tout le monde. Pensez-vous vraiment que Ron Flint avait l'intention de le tuer, lui, son complice ?

Le sénateur assenait coup sur coup avec la pugnacité du pitbull qu'il était redevenu. Il se tourna vers Sarah.

— Savez-vous au juste où était Forrest Magnus hier matin ?

— Nous étions ici même, répondit la jeune femme, de plus en plus désemparée.

— Oui, il était avec nous, approuva Tim. Il y avait aussi Jodie et sa mère.

— Toute la matinée ?

— Non. Pas toute la matinée, dit Sarah, le regard perdu. Nous sommes revenus ensemble à Manhattan, lui et moi. Nous nous sommes quittés sur la Cinquième Avenue où j'ai pris le métro pour rentrer à l'appartement. Et lui, de son côté, est parti à la Fondation.

— C'est ce qu'il vous a dit qu'il allait faire ? Eh bien, non, il ne s'est pas rendu à la Fondation, affirma le sénateur. Du moins, pas aussitôt après vous avoir déposée. En fait, on l'a vu une demi-heure plus tard dans Crotona Park, un petit jardin public du Bronx, où il s'est fait remettre une mallette blindée par un vieil homme barbu qui n'était autre que Gardner, le gourou du Triple Tiret.

Sarah ferma les yeux sous le choc de cette nouvelle révélation.

— Je vais m'asseoir, fit-elle, chancelant sur ses jambes.

— Oui, oui, assieds-toi, dit Tim, inquiet pour elle.

— Je suis désolé, dit le sénateur à Sarah en s'asseyant lui aussi à la table de cuisine et en posant son chapeau devant lui.

Tim apporta un verre d'Évian. Elle en but quelques gorgées, les larmes aux yeux.

— Je m'en veux tellement de n'avoir rien vu ! dit-elle.

— Personne ne pouvait deviner, dit Tim pour la consoler.

Le sénateur hocha la tête.

— Il a raison. Personne.

— Je vais appeler Jodie pour la mettre en garde, dit Tim en se détachant de l'évier. J'en ai pour une minute.

Il se rendit au salon pour composer le numéro.

Sarah frissonnait, les yeux plongés dans son verre d'eau.

— Vous souvenez-vous, monsieur le sénateur, demanda-t-elle après un silence, de ce que vous m'avez dit la première fois où nous nous sommes rencontrés ? (Elle lui lança un regard par en dessous puis rabaissa les yeux sur son verre.) « Les amis, ça n'existe pas. » Ce sont vos paroles, vous vous rappelez ?

Marvin March eut un sourire plein de compassion.

— Je me trompais, Sarah. Et c'est vous qui m'avez montré combien j'étais alors dans l'erreur. Regardez, ne sommes-nous pas devenus amis, vous et moi ? Et M. Modin n'est-il pas l'archétype même de l'amitié ?

— Oui, sans doute, fit-elle d'une voix triste.

Tim revint, soulagé de savoir qu'il n'y avait pas de problème au chalet.

— Et puis, *mes chers amis*, reprit le sénateur en insistant sur ces trois derniers mots avec un sourire pour Sarah – heureusement pour nous, les mauvaises nouvelles s'arrêtent là.

Il se leva et, se plaçant derrière sa chaise, en tapota le dossier sur lequel reposait son Burberrys.

— Il est plus que temps que je vous communique les autres renseignements de la nuit. Sarah, je vous en prie, écoutez-moi. Je sais que vous êtes une battante et que vous avez à cœur d'en découdre avec les Loups, sans doute maintenant plus que jamais. Alors, écoutez-moi. Notre informateur chez les Loups nous a appris cette nuit que le général Fenryder vivait dans un sarcophage de métal noir et qu'il ne pouvait en sortir sous peine de mourir. Le sarcophage, qu'ils appellent le Vent-Fort, serait une sorte de chambre stérile, vous savez, comme à l'hôpital. Il contiendrait une substance semi-liquide inconnue ayant la couleur de l'ambre, et qui émettrait un rayonnement.

— Pourquoi ce nom, le Vent-Fort ? interrogea Sarah, qui commençait à reprendre le dessus, comme March l'avait escompté.

— Voilà une bonne question, Sarah. Selon les informations de notre sous-marin, mis à part les Loups, personne ne pourrait s'approcher du Vent-Fort sans l'autorisation du Général. Tout contrevenant serait anéanti par le déploiement d'une espèce de champ de forces tranchantes comme des lasers, d'où ce nom de Vent-Fort.

L'épaule appuyée au réfrigérateur, Tim l'interrompit :

— Quand nous avons visité le sixième étage de la Fondation, il y avait une grande niche dans le mur du fond, tout au bout de la longue table. Juste derrière le siège du président. Ce renfoncement pouvait abriter au moins trois hommes se tenant côte à côte…

— Ce doit être l'emplacement réservé au sarcophage de Fenryder, monsieur Modin. Mais pour en revenir au moyen d'approcher le Vent-Fort, nous avons découvert que les Loups ne sont pas les seuls à pouvoir le faire sans péril pour leur vie. Les tarhq-sagogh ont aussi cette capacité, moyennant le port d'un talisman. Le FBI a percé ce que ce mot de *tarhq-sagogh* signifie. C'est de l'arhgonien, une très vieille langue ésotérique connue seulement dc quelques grands initiés. *Tarhq-sagogh* veut dire « gardien du culte de l'Homme-Loup » et, dans une acception plus restreinte, « porteur de *tarhq* », le *tarhq* étant une amulette que le *sagogh* porte en sautoir lors des cérémonies rituelles. C'est ce tarhq qui lui permet d'approcher son maître l'Homme-Loup sans être tué par le Vent-Fort. Il ne fait aucun doute que le tarhq de Ron Flint est maintenant en la possession de 10-13, même si ce dernier a pris soin de ne pas vous en parler, Sarah. Il nous reste donc à trouver celui de votre ancien ami le plus vite possible. Sarah, auriez-vous une idée où Forrest Magnus pourrait avoir caché le sien ?

Sarah réfléchit un instant.

— Non, je ne vois pas..., dit-elle. Attendez, il y a son atelier dans le Meatpacking District. Je n'y suis allée qu'une seule fois depuis que je connais Forrest.

C'était, elle se le rappelait très bien, le soir où ils s'étaient rencontrés. Forrest voulait lui montrer ses toiles, mais ses toiles, ce soir-là, n'étaient pas restées longtemps au centre de leurs préoccupations. Ce souvenir heureux lui fit mal.

Le sénateur tendit le bras d'un coup sec pour dégager sa montre Cartier de sous la manche de sa veste. Près de midi déjà.

Il se leva et enfila son Burberrys.

— Vous feriez bien d'aller jeter un œil dans cet atelier, dit-il en saisissant son chapeau sur la table. Moi, j'ai une nouvelle réunion avec le FBI dans une demi-heure. Appelez-moi si vous mettez la main sur le tarhq de Forrest Magnus ou si vous découvrez quoi que ce soit de nouveau.

Dans l'entrée, son feutre sur la tête, il sonda une dernière fois les yeux tristes de Sarah.

— Vous êtes bien sûre de ne lui avoir rien révélé de notre plan pour ce soir ?

— Oui, tout à fait, répondit-elle. Je... Je voulais ménager l'artiste.

*

Où Sarah et Tim visitent l'atelier de Forrest

Ils profitèrent que Forrest attendait Sarah au China Grill pour visiter son atelier. Comme ils n'en avaient pas la clé, Tim eut recours à la bonne vieille technique du crochetage, la seule qu'il connaissait en matière de serrurerie et à laquelle, par chance, la porte n'opposa aucune résistance.

Dans le jour gris de cet après-midi de décembre, les lieux, plutôt spartiates, paraissaient encore plus sombres et glacés qu'ils ne l'étaient d'ordinaire. Au milieu de la grande pièce qu'ajouraient deux fenêtres à croisillons, des pinceaux trempaient dans de vieux pots de confiture qui, remplis de white spirit, jonchaient le sol au carrelage maculé de peinture comme une œuvre de Jackson Pollock.

Filles des heures créatrices de Forrest, les toiles, de toute taille, empilées contre les murs, dos retourné, laissaient voir leur châssis en bois, et dans un coin, branchée sur le secteur, se tenait une vieille cafetière Braun, posée à même le sol. Il n'y avait ni siège ni table. Le seul mobilier de la pièce consistait en cette bibliothèque qui encadrait la porte et sous l'arche de laquelle Tim et Sarah étaient passés pour entrer.

Tim se montra pessimiste sur leurs chances de trouver ici le talisman de Forrest.

— Je ne vois aucun endroit où planquer le tarhq, dit-il en faisant basculer contre ses genoux un empilement de quatre toiles.

— C'est peut-être dans un livre, lança Sarah qui revenait déjà sur ses pas.

La bibliothèque, impressionnante par ses dimensions, couvrait tout le mur en largeur comme en hauteur. Elle renfermait des livres anciens reliés de cuir que Sarah se souvenait d'avoir vus la première fois qu'elle était venue ici, mais cette fois elle leur prêta davantage attention et s'en voulut alors de ne s'être pas donné la peine d'y jeter un œil avant.

Car à l'évidence, ce n'étaient pas des livres sur l'art.

Et elle comprenait maintenant pourquoi Forrest les gardait sous clé dans son atelier.

Il y avait, par centaines, des opuscules de sorcellerie, des tomes de magie noire, des livres de rituels vaudous, des traités de démonologie, aussi. Des incontournables comme la *Clavicule de Salomon*, le *De occulta philosophia* d'Agrippa de Nettesheim et le *Disquisitionum magicarum libri* de l'Espagnol Martín Antonio Delrío côtoyaient d'autres textes plus atroces encore, tels *Le Sacrifice des nouveau-nés*, *Les Offrandes à Satan*, ou le *Manuel de la torture*. Les titres, à eux seuls, avaient de quoi révulser le plus fervent défenseur de la liberté d'expression. Sans parler des illustrations, abominables, qui figuraient sur les pages et qui montraient des nourrissons sacrifiés lors de messes noires, éviscérés vivants ou ébouillantés.

Sarah se sentait nauséeuse rien qu'à feuilleter ces livres.

— Quel salaud ! murmura-t-elle, le cœur au bord des lèvres.

Tim, derrière elle, lui passa une main sur l'épaule.

— Il joue à quoi, cet enfoiré ? fit-il, dégoûté lui aussi. Il se prend pour Dorian Gray ?

Malgré ce que leur avait dit et montré le sénateur, une partie de lui refusait ce matin encore de croire à la duplicité de Forrest. Mais à présent le doute n'était plus permis et il fallait accepter la vérité, si dure fût-elle à encaisser. Ce beau fumier de Forrest les avait bien possédés, Sarah et lui.

À côté des œuvres complètes d'Aleister Crowley, le mage anglais qui se faisait appeler « la Bête », Sarah découvrit un ouvrage intitulé *Le mal est notre condition*. Il était signé… du « révérend » Gardner.

Le cœur lui battant jusque dans les oreilles, elle ouvrit le livre à la page de garde, où s'étalait une dédicace :

Pour mon ami Forrest.
Puissent les ténèbres étancher ta soif.
Jack W. GARDNER

Sarah accusa le coup.

Ces mots de la main même du gourou sataniste lui semblaient pires encore que les photos du sénateur dénonçant un Forrest à tu et à toi avec Eliot March.

Une expression de souffrance sur le visage, elle retourna le livre pour examiner la quatrième de couverture. Une photo noir et blanc de Gardner y figurait. C'était la première fois qu'elle voyait la tête de ce fou criminel et c'est alors qu'elle comprit. Dans son tableau *Les Démons,* Forrest avait peint le dieu Saturne sous les traits du « révérend » Gardner lui-même. *Les Démons* formaient bien plus qu'une peinture, ils étaient comme un hommage, une contribution active au Mal.

Incapable de prononcer un mot, elle montra la dédicace à Tim. Les mâchoires de celui-ci se contractèrent. C'était le coup de grâce. Plus aucun doute n'était possible.

Ils échangèrent un long regard blessé par-dessus le livre.

Puis le portable de Sarah se mit à sonner, la faisant sursauter. Nerveuse, elle sortit le téléphone de son manteau et, sur l'écran éclairé, identifia le numéro de Forrest. Il devait commencer à s'inquiéter de ne pas la voir arriver. Au bout de quatre sonneries, le silence se rétablit et le portable informa Sarah de la réception d'un appel sur sa messagerie. Le cœur battant, elle en prit connaissance. « Sarah, où es-tu ? Il est treize heures quarante. Tu n'as pas oublié qu'on déjeune ensemble au moins ? Appelle-moi pour me rassurer. Je t'aime. »

Dans la voix de Forrest perçait une certaine fébrilité qui semblait plus proche de l'inquiétude que de l'agacement ou de la colère.

Espèce de salaud ! pensa-t-elle.

— Il demande ce que je fabrique, dit-elle en réponse au regard de Tim.

Ils sc remirent à fouiller la bibliothèque, ouvrant chaque livre pour s'assurer qu'aucun objet n'était dissimulé à l'intérieur.

Dix minutes passèrent ainsi, et toujours pas de tarhq.

— Je vais jeter un œil tout là-haut, déclara Tim.

Et, hissant un pied sur l'étagère la plus basse, il commença d'escalader les rayonnages. Les grosses planches en chênes supportèrent vaillamment son poids. À deux étagères du plafond, il arrêta son ascension et, levant un de ses bras, passa à l'aveuglette la main sur le haut de la bibliothèque. Ses doigts soulevèrent de gros moutons de poussière, qui voltigèrent sur sa tête et le firent tousser. Il s'apprêtait à abandonner les recherches quand il sentit une petite boule métallique sur la droite.

— Je crois qu'il y a quelque chose, dit-il à Sarah.

Il s'éleva encore d'une étagère et, se haussant sur la pointe des pieds, se trouva nez à nez avec une petite caméra numérique planquée entre la bibliothèque et le plafond. Son objectif était incliné vers le sol. Son champ de vision embrassait donc tout l'atelier, à l'exception de la bibliothèque. Sous son œil fixe, un voyant vert apparaissait à intervalles réguliers. Aucun doute n'était permis : elle filmait.

*

Où Jodie et oncle Todd discutent

— Vous me faites penser à lui. Vous avez le même sourire. Quand Kevin souriait, il avait lui aussi deux magnifiques fossettes sur les joues. Je l'adorais, ce gosse, ajouta oncle Todd après un silence en adressant à Jodie un sourire douloureux.

Jodie et lui épluchaient des pommes de terre pour le dîner tandis que dans le salon Margaret se reposait des longues marches de la journée en regardant les programmes de Noël à la télé. La mère et la fille étaient sorties de nouveau dans l'après-midi, mais cette fois accompagnées d'oncle Todd. Ils avaient bien dû faire cinq ou six kilomètres sur les chemins forestiers autour du chalet, et étaient rentrés il y avait une demi-heure, juste avant la tombée de la nuit.

Oncle Todd maniait l'économe avec une stupéfiante facilité. Il avait déjà pelé trois pommes de terre et en attrapait une quatrième quand Jodie finissait seulement sa première.

Il parlait et Jodie l'écoutait. Elle l'écoutait avec cet intérêt gourmand que manifestent les femmes amoureuses dès lors qu'on leur apprend quelque chose du passé de l'être qu'elles aiment.

— Vous savez, Tim et Kevin s'entendaient vraiment très bien. Je ne les ai jamais vus se disputer comme parfois peuvent se disputer des frères. Vous n'avez pas de frère ni de sœur mais je suis sûr que vous voyez ce que je veux dire, Jodie. Les disputes entre frères ou entre sœurs, ce sont souvent de très mauvaises querelles qui peuvent prendre les proportions d'un Sarajevo familial. Mais mes neveux, ils semblent ne s'être jamais disputés. Incroyable, non ? Lorsque, enfants, ils venaient passer leurs grandes vacances à la maison, ils étaient toujours si calmes, si sages que je me croyais obligé de faire le clown à leur place. Melinda avait la bonté de me passer toutes mes sottises. On était tellement heureux de les avoir avec nous ! J'allais dire : rien que pour nous. Mais nous n'avions dans notre cœur rien d'égoïste.

Il posa son économe et, avec un torchon, essuya une à une les pommes de terre qu'ils avaient fini d'éplucher.

— Maintenant il faut les couper en rondelles, dit-il.

Il prit l'un des couteaux posés sur la table et montra l'exemple :

— Là, comme ça ! Vous voyez, ni trop épaisses ni trop minces.

Jodie l'imita.

— Très bien, Jodie. Vous êtes une vraie pro. Moi, je vais beurrer le plat pendant ce temps.

Il se leva, sortit un plat à gratin et le posa sur le plan de travail. Debout, il entreprit de le beurrer tout en se remettant à parler :

— Harry, leur père qui est aussi hélas mon frère (car quand je vous parlais des querelles fraternelles, c'était en connaisseur !), donc Harry ne s'occupait pas bien d'eux. Enfin, c'est mon avis. Mais c'est vrai. Il ne faisait avec eux rien de ce qu'un père normalement constitué fait et aime à faire avec ses garçons. Il ne discutait pas avec eux, ne pratiquait aucun sport avec eux. Harry disait que l'école était là pour ça, qu'il payait assez d'impôts pour qu'on lui fiche la paix, y compris avec ses mômes.

Il revint s'asseoir avec le plat dans lequel ils commencèrent à disposer par couches les pommes de terre.

— Vous voyez, Harry a toujours été un sale con égoïste. Ce qui le préoccupait, c'était sa petite personne. Comment peut-on vivre comme ça, hein ? Comment peut-on vivre ainsi quand on a deux gamins épatants que tout le monde vous envie ? Si le Seigneur avait bien voulu nous donner à Melinda et moi ne serait-ce qu'un dixième de ce qu'étaient Tim ou Kevin, nous aurions été les parents les plus comblés du monde.

Il alla chercher le lait tiède et les œufs battus en omelette, versa la préparation sur les pommes de terre et termina en parsemant le tout avec du gruyère et des petits cubes de beurre.

— Le plus extraordinaire, c'est qu'en grandissant, ils ne nous ont pas moins aimés. Tout au contraire. Rendez-vous compte, ils n'ont jamais oublié un seul de nos anniversaires. Melinda disait parfois que le Seigneur n'avait pas si mal fait les choses, somme toute.

Avec un sourire triste, il se rassit devant Jodie.

— Ma pauvre Melinda ! Lorsque je l'ai vue pour la dernière fois à l'hôpital, vous savez ce qui la préoccupait ? Eh bien, ce n'était pas de savoir qu'une saloperie de leucémie pouvait faucher une vie comme ça, du jour au lendemain, ce n'était pas non plus de savoir s'il y avait ou non de la terre ferme de l'autre côté du rivage, mais c'était la peine qu'elle allait nous causer à Tim, à Kevin et à moi. Elle... (Deux grosses larmes dégringolèrent le long de ses joues rouges qu'il essuya avec le dos de sa main.) Elle m'a dit s'en vouloir énormément et, dans ses bras, je me suis mis à pleurer comme un gosse. Comment j'allais m'en sortir sans ma Melinda ? Elle est partie comme ça, ma pauvre Melinda, en s'inquiétant pour ses neveux chéris et en me consolant, moi ! Il y avait un prêtre qui attendait dans le couloir et je l'ai insulté. Oh, je n'en suis pas fier. J'étais si malheureux, si anéanti. Je me suis plaint auprès de lui du service après vente du Seigneur. J'ai dit que le Seigneur nous avait donné la vie à Melinda et à moi mais qu'après Il n'avait respecté aucune des clauses de la garantie. Je sortais des bêtises de ce genre, voyez-vous. J'étais fou de douleur. Le pire, c'est que je ne voulais pas appeler Tim et Kevin pour leur annoncer que leur pauvre tante venait de mourir. Je me disais que les appeler leur ferait de la peine et que j'en ferais alors tout autant à ma Melinda. Aussi, pendant un instant, j'ai projeté de ne rien leur dire. Et puis, la colère retombant, j'ai composé leur numéro. Ni l'un ni l'autre n'étaient chez eux. Et je me suis soûlé alors d'autres bêtises comme « Seigneur, faites qu'ils ne rentrent pas chez eux ! » ou « Faites que le téléphone soit coupé pendant suffisamment de temps pour que je me remette un peu ». J'ai raccroché le combiné et c'est alors que j'ai senti une main se poser sur mon épaule. Je me suis retourné. C'était Tim et Kevin. Ils avaient fait le déplacement de Chicago jusqu'à New York pour voir Melinda. Je les ai vus pleurer pour la première fois depuis qu'ils étaient devenus des hommes. Et je suis retombé en larmes à mon tour, et j'ai dit : « Ne pleurez pas, mes petits, ne pleurez pas ! Vous faites de la peine à Melinda. »

Jodie changea de place pour se mettre à côté de lui. Elle enroula un bras autour de son épaule et l'embrassa sur la joue.

— Comme vous avez dû souffrir, murmura-t-elle pleine de compassion.

— Vous savez, ce qui me fait le plus de peine, c'est quand je repense à ma Melinda disant que le Seigneur, finalement, n'avait pas si mal fait les choses. Elle y croyait, vous savez. Et elle est morte en continuant de croire à ce… à ce mensonge. Parce que c'est un mensonge, Jodie. Le Seigneur, il a très mal fait les choses ici-bas. C'est ce que je me suis dit en enterrant Melinda et c'est ce que je me suis répété deux ans plus tard lorsque Kevin a trouvé la mort à son tour. J'ai fait un malaise en apprenant ce nouveau drame, ce qui m'a valu deux semaines d'hôpital. Je n'ai pu assister à l'enterrement de Kevin à Chicago et c'est Tim qui est venu me voir à l'hôpital pour me dire comment ça s'était déroulé. Quand je l'ai vu entrer dans ma chambre avec son œil en moins et son bandeau noir, mon cœur s'est serré et j'ai murmuré à part moi : « Seigneur, il ne vous a pas suffi de rappeler son frère, vous êtes allé jusqu'à exiger de lui qu'il vous rende un œil ! » Et comme son esprit avait changé, aussi ! Avant Tim était plutôt du genre drôle, mais depuis il avait perdu toute joie de vivre. C'est à vous que je dois de le revoir enfin heureux.

Le visage de Jodie s'illumina.

— Il faut dire, ajouta oncle Todd en souriant à son tour, que devant un sourire pareil, personne ne peut résister très longtemps. Tim et le Dr Kyle ne me démentiraient pas là-dessus, hein ?

— Le Dr Kyle n'est qu'un ami, crut nécessaire de rappeler Jodie tandis que son sourire s'élargissait encore.

— Vous croyez ? fit-il, un brin moqueur. J'aurais pourtant juré qu'il en pinçait pour vous, lui aussi. N'était-ce pas lui qui a téléphoné tout à l'heure ?

Le Dr Kyle avait appelé sur le coup de treize heures.

Ayant pris quelques jours de congé, il avait promis à Jodie de passer les voir en début de soirée pour s'assurer qu'ils étaient bien installés. Naturellement, il profiterait de sa visite pour donner les soins appropriés à la mère de Jodie. Le jeune médecin avait cru bon de préciser qu'il irait dormir chez ses parents qui habitaient une maison à Concord, à trois miles du chalet. Il ne voulait pas s'imposer et si Tim Modin désirait rester au chalet cette nuit, il le pourrait ainsi...

Aux yeux de Jodie, le Dr Kyle n'avait plus rien d'un adolescent attardé jouant au médecin dans une blouse trop grande pour lui. Il était devenu un ami. Un ami qui l'avait non seulement autorisée à se servir du sauna dans l'annexe, mais l'avait incitée à le faire.

— C'est excellent pour la santé, avait-il assuré. Et quand on fait de la tension comme vous, ça devrait être obligatoire !

Jodie jeta un coup d'œil à l'horloge ornée d'engoulevents. Dix-sept heures cinq. Une ombre d'anxiété passa sur son beau visage, effaçant peu à peu ses fossettes parmi ses taches de rousseur.

— Ne vous en faites donc pas, dit oncle Todd qui avait surpris son regard. Je suis sûr que tout va bien se passer. Et puis, rappelez-vous, Tim nous a promis qu'il ne se rendrait pas au vernissage. Tant qu'on reste sur la terre ferme, les requins ne présentent aucun danger.

— Vous avez raison, mais c'est plus fort que moi.

— Et si vous suiviez la prescription de votre médecin, Jodie ?

— La prescription ? répéta-t-elle, ne comprenant pas.

— Ne vous a-t-il pas recommandé une séance de sauna ?

— Non, non, je…

— Allons, allons, Jodie. Votre mère ne craint plus rien ici. Elle est avec moi et nous allons regarder la télé ensemble un moment. Quant à cette merveille, dit-il en enfournant le plat, il y en a pour une bonne heure de cuisson.

Il voulut ajouter qu'il avait dans la poche de sa veste un vieux Beretta capable de mettre en fuite leurs ennemis, mais il s'en abstint, craignant de produire l'effet inverse de celui qu'il recherchait.

— Allez, Jodie. C'est simple. Vous sortez par ici (il lui montra la porte de cuisine qui donnait sur l'arrière de la maison) et vous suivez le chemin dallé jusqu'à l'annexe. Le sauna est fin prêt, il n'attend plus que vous. Je suis allé le mettre en marche tout à l'heure, juste avant de peler les pommes de terre.

— Vous avez osé faire ça ! fit Jodie sans pouvoir réfréner un sourire.

— Tenez, si vous nous revenez sereine comme un bonze, qui sait ? peut-être que votre mère et moi irons faire une petite séance après vous. Et puis ce sera toujours mieux que de griller cigarette sur cigarette ou que d'écouter un vieux croûton comme moi, non ?

*

Où Jodie essaie de se détendre

Dehors, la main encore sur la poignée de la porte, Jodie marqua un temps d'arrêt en regardant la dépendance aux fenêtres éclairées, qui se dressait au bout des dalles grises. La nuit était profonde et froide, et les bois s'étaient obscurcis jusqu'à former un cercle de ténèbres autour du chalet. Jodie n'avait plus si envie du sauna, dut-elle s'avouer avec, aussi, une pointe de mauvaise conscience à l'idée qu'elle laissait sa mère et oncle Todd tout seuls. Et puis la chaleur de la cuisine et surtout la présence réconfortante d'oncle Todd lui manquaient déjà.

Allons, ne fais pas l'idiote, se dit-elle. *Si tu restes avec eux encore cinq minutes, tu ne seras bonne qu'à leur communiquer ton anxiété et c'est tout. Et, au cas où tu ne l'aurais pas remarqué, ni ta mère ni oncle Todd n'ont besoin de cela.*

Faisant un effort sur elle-même, Jodie lâcha la poignée et avança vers la dépendance.

À l'intérieur, elle trouva une installation digne des meilleures thalassos du pays. À côté de la cabine de sauna, réalisée avec un très beau cèdre verni, se tenaient une douche multi-jets et, séparé par un petit banc et deux patères, un Jacuzzi des plus spacieux.

Des flots de vapeur avaient pris possession de la cabine de sauna au fond de l'annexe et venaient se presser, tels des tortillons ectoplasmiques, contre la paroi vitrée.

Ne sachant si toute cette vapeur était bien normale, Jodie se demanda si oncle Todd n'avait pas eu la main trop lourde avec les pierres et la température du poêle. Mais non, oncle Todd était un homme qui savait utiliser tous ces appareils. Par sa formation d'ingénieur, il était habitué aux techniques. *Alors détends-toi, bon sang !*

Elle s'approcha des deux serviettes de toilette blanches pliées sur le banc en cèdre et s'assit à côté d'elles, encore hésitante sur ce qu'elle comptait faire. Bien sûr elle pouvait ne pas goûter aux charmes du sauna. Après tout ni le Dr Kyle ni oncle Todd ne lui en voudraient à mort si elle refusait leur programme d'aide à la détente pour jeune femme angoissée. Elle pouvait très bien repartir au chalet, là maintenant, et demander à Todd d'aller éteindre tout le bazar. C'était son droit de préférer fumer cigarette sur cigarette et d'interroger l'horloge toutes les deux minutes avec un regard chaque fois plus anxieux. Oui, c'était son droit le plus strict.

Sauf qu'elle ne ferait qu'inquiéter davantage ce délicieux oncle Todd (qui avait quitté sa belle maison de Brooklyn à cause d'elle, tout de même) et que l'état de sa pauvre mère pourrait bien se détériorer par contrecoup.

Encore indécise, elle tourna la tête vers le fond de la pièce. Des nuages de vapeur bouchaient le panneau vitré du sauna.

On t'a bien certifié que le sauna te détendrait, alors déshabille-toi et hop !

Elle se leva pour aller fermer la porte au verrou.

Tandis qu'elle regagnait le banc pour se déshabiller, elle crut voir une ombre à l'intérieur de la cabine. Le souffle court, elle s'arrêta net et fut prise d'une sueur froide en réalisant qu'elle se trouvait isolée dans une forêt, en pleine nuit, avec sa mère malade et un vieil homme. D'accord, il était armé, mais il n'en restait pas moins que c'était un vieil homme.

Et Tim était à quelque dcux cents miles de là.

Et un intrus t'attend dans le sauna du Dr Kyle.

Jodie essaya de se rassurer en se disant qu'elle était le jouet de son imagination.

Arrête de te mettre martel en tête, veux-tu. Tu as cru voir quelque chose dans le sauna et, tirant parti de cette méprise, ton imagination s'est emballée.

Il n'empêche qu'ils étaient vulnérables, tous les trois, dans ce chalet loin de tout. La sophistication de la maison et le charme de la nature alentour avaient endormi le sentiment de danger qui les avait gagnés à New York, et émoussé leur vigilance.

Et peut-être que quelqu'un avait profité de la situation pour se glisser dans le sauna. Quelqu'un, par exemple, vêtu d'une longue blouse et poussant un chariot à balais…

Ne pense pas à ça ! Ne pense pas à l'homme à la blouse bleue.

Mais ce souvenir vieux de dix ans, tel un mort-vivant remontant des profondeurs de la terre, se frayait à toute force un chemin vers sa conscience.

Son cœur se mit à battre de plus en plus fort.

C'était en été. Une belle matinée de juillet. L'année ? 1996. Elle filait sur ses quinze ans et portait un appareil dentaire. C'était hier pour elle. Et l'homme à la blouse s'appelait Stedman. Oui, Davie Stedman. Quarante-sept ans, célibataire, leur avait appris plus tard la police. Il travaillait dans un grand magasin de Stamford. De taille moyenne et plutôt frêle d'aspect, il portait de grosses lunettes et une blouse bleu marine en nylon avec au dos AGENT D'ENTRETIEN à l'intention de ceux qui n'auraient pas encore compris son métier malgré les seaux et les balais qu'il se coltinait à longueur de journée. Il avait pour tâche principale de maintenir propres les toilettes situées au sous-sol du magasin. Ce qui n'était pas chose aisée ni très agréable mais Davie Stedman s'y était fait et on peut même dire qu'il s'investissait beaucoup dans son job. Surtout dans les toilettes pour dames. Il y venait souvent donner un coup de serpillière ou recharger les distributeurs de papier w.-c. Il y passait beaucoup de temps au point que certaines clientes s'en étaient plaintes. Le patron lui en avait touché deux mots, mais les choses n'étaient pas allées plus loin. Peut-être parce que Davie Stedman lui-même n'était pas allé plus loin. Il aimait son métier, voilà tout, et quoi qu'on en ait, il le faisait bien. Le patron n'envisageait pas de virer une fée du logis pareille et qui travaillait ici depuis plus de huit ans, sans jamais compter ses heures et sans jamais avoir l'idée saugrenue de venir lui demander une augmentation de fin d'année. Ce type-là, du moins tant qu'il ne franchissait pas le Rubicon du code pénal, quand on l'avait dans son sous-sol, on le gardait. Le gérant avait donc rassuré ces deux ou trois clientes sur le casier judiciaire et les intentions (toutes professionnelles) de Davie Stedman. Le patron n'était pas loin de penser que la plupart des femmes fantasmaient dès qu'elles voyaient un type en blouse dans leurs toilettes. Des frustrées, sans aucun doute, en avait-il conclu.

Davie Stedman donc était en train de récurer les lavabos des toilettes pour dames quand Jodie était entrée ce matin de juillet 1996. Sa mère et elle étaient venues acheter des vêtements. C'était quelques minutes après l'ouverture et les clientes étaient encore peu nombreuses à l'intérieur du magasin. Jodie avait laissé sa mère devant le rayon des chemisiers et était descendue seule aux toilettes pour satisfaire une envie pressante. À part une vendeuse d'une quarantaine d'années qui se remaquillait, on peut dire que les lieux étaient tranquilles. Jodie alla dans un box au fond et fit pivoter le verrou. Quand elle en ressortit, la vendeuse avait quitté les toilettes mais pas Davie Stedman.

Davie Stedman ne s'en serait certainement jamais pris à une autre jeune fille que Jodie. Il devait sentir qu'elle était trop timide pour se défendre et trop bien élevée pour rapporter à sa mère tout ce qu'il comptait lui montrer durant leur petit tête-à-tête.

La leçon de choses commença dès qu'il se retourna vers elle.

Sa blouse était entrouverte sur son bas-ventre et sa braguette était baissée. Jodie en demeura pétrifiée au milieu des toilettes.

Il se passa la langue sur les lèvres d'une façon libidineuse, avec quelque chose de primitif dans les yeux.

— J'en ai vu des salopes, mais toi, ma jolie !

Davie Stedman venait de franchir le Rubicon du code pénal et il serait allé plus loin si Margaret Stevenson, beaucoup moins timide et moins bien élevée que sa fille, n'avait surgi telle une lionne et ne l'avait empoigné par les cheveux pour lui faire embrasser de toutes ses dents l'émail du lavabo.

Ce matin de juillet, l'agent d'entretien perdit quatre dents et sa place.

Personne ne savait ce que Stedman était devenu après cet incident. Des clientes racontaient qu'il avait quitté le Connecticut pour aller récurer les toilettes dans un autre État. Peut-être était-il parti dans le Massachusetts. Peut-être même se trouvait-il dans les bois de Concord... *Et pour te souhaiter la bienvenue,* susurra une petite voix cruelle dans le cerveau de Jodie, *il t'attend planqué dans la cabine de sauna.*

Comme autrefois devant le spectacle de la blouse entrouverte, elle resta figée sur place, incapable de réagir.

Elle n'avait jamais su se défendre. Déjà enfant, elle ne se rebellait jamais si Rachel Peterson, la fille des voisins et reine des petites pestes, lui chipait l'une de ses poupées ou entreprenait de lui couper les cheveux. Il devait lui manquer le gène de la combativité tout simplement, se disait-elle parfois. Et si elle avait toujours admiré sa mère, c'était autant pour sa force de caractère que pour son intelligence. Une vraie femme de tête, cette Margaret Stevenson, qui avait élevé seule sa fille tout en menant de front une ambitieuse carrière universitaire, et qui était capable, le cas échéant, d'attraper par les cheveux le premier pervers venu et de lui régler son compte avec un lavabo. Pour Jodie, le coup avait été d'autant plus rude à encaisser quand elle avait découvert que cette mère si parfaite ne l'était pourtant pas au point d'être invulnérable et qu'une saloperie d'Alzheimer pouvait ainsi l'envoyer au tapis pour toujours. Jodie en avait ressenti une intense détresse, comme si sa mère l'avait abandonnée. Qui, si ce n'est sa mère, serait à même de la défendre face au prochain Davie Stedman qui apparaîtrait dans sa vie ?

Pourtant, depuis la maladie de sa mère, Jodie avait bien été obligée de prendre leurs affaires en main, du moins avant que Tim et oncle Todd ne les aident. Et si elle avait réussi jusqu'à présent à faire face, elle savait aussi qu'elle devait continuer.

Très bien, ma jolie, s'encouragea-t-elle. *Alors comment comptes-tu réagir ? Vas-tu te mettre à hurler comme n'importe quelle hystérique ? Ou bien, comme n'importe quelle hystérique, toujours, vas-tu te précipiter dehors pour prévenir oncle Todd. Allez, vas-y, décide-toi, tu as le choix. Mais imagine un petit instant qu'il n'y ait personne dans la cabine. Juste de la vapeur d'eau et rien que de la vapeur d'eau. Quelle tête feras-tu alors avec oncle Todd à tes côtés ?*

Jodie se mordit la lèvre, incertaine.

Question détente, elle devait en convenir, c'était plutôt râpé pour le moment.

Il n'y a rien. Ressaisis-toi !

Se raidissant contre son premier mouvement de panique, elle empoigna la louche en cuivre rouge dont on se servait pour verser de l'eau sur les pierres du poêle.

À défaut d'une meilleure arme sous la main, cet ustensile ferait l'affaire.

Sans quitter des yeux la vitre embuée du sauna, elle se mit à avancer, la peur au ventre. Malgré toutes ses remontrances, son esprit se reprit à délirer.

Les Loups t'ont retrouvée et, comme cadeau, ils t'ont offert un Davie Stedman plus ignoble que nature. C'était leur truc, aux Loups, d'après Tim. Vous aviez peur des araignées, eh bien ! il vous donnait à voir des araignées. C'était aussi simple et terrible que cela. Ils prenaient leur pied à exaucer l'exact contraire de vos vœux.

Oui, c'était ça. Elle ouvrirait la porte de la cabine et Davie Stedman surgirait dans un flot de vapeur tel un diablotin de sa boîte. Davie Stedman, l'agent d'entretien avec sa blouse bleue et son chariot à balais. Il dirait : « J'en ai vu des salopes, mais toi, ma jolie... ! » et il se passerait la langue sur les lèvres comme en 1996, dans les toilettes du grand magasin de Stamford.

Sauf que cette fois Margaret Stevenson ne viendrait pas l'empoigner par les cheveux pour lui faire cracher ses dents contre le lavabo.

À présent Jodie se tenait devant la cabine et, tendant son visage vers la vitre, essayait d'en percer le rideau de vapeur. Rien à faire, elle n'y voyait goutte.

Rassemblant tout son courage, elle fit un pas de côté, le cœur battant, et referma la main sur la poignée qu'elle tira vers elle. Une bouffée de vapeur chauffée à 80 °C la frappa en plein visage, la faisant sursauter.

D'ordinaire on entrait dévêtu dans ce genre d'endroit, se rappela-t-elle.

Elle avança d'un pas puis se pencha à l'intérieur de la cabine.

Pas de Davie Stedman à l'attendre.

Il n'y avait personne. Ni lui ni qui que ce soit d'autre.

Détends-toi, bon sang ! Détends-toi !

*

Où oncle Todd accueille un visiteur

Quelques minutes après avoir convaincu Jodie d'aller faire une séance de sauna, oncle Todd entendit frapper à la porte d'entrée.

Il alla voir, saisissant au passage son pistolet. On n'était jamais trop prudent. Il souleva le voilage de la porte et aperçut dans la nuit la silhouette d'un homme en habit de clergyman. La blancheur du col romain luisait faiblement à l'instar de la croix qui pendait sur la boutonnière de sa parka.

Oncle Todd déposa le Beretta sur le radiateur du coin et ouvrit, le cœur plein d'inquiétude. Venait-on leur annoncer une mauvaise nouvelle ?

L'homme âgé qu'il découvrit devant la maison portait une barbe broussailleuse comme les franciscains de la fraternité de Saint-Crispin, dans le South Bronx, qu'il allait aider de temps en temps à distribuer de la nourriture.

— Croyez-vous qu'Il soit là ? demanda le religieux, balayant la forêt d'un geste large.

— Qui donc ? demanda oncle Todd, incertain.

— Mais Notre-Seigneur le Très-Haut, mon fils. N'a-t-on pas dit : « La forêt est l'église où s'attarde Jésus » ?

— C'est... C'est sans doute vrai, fit oncle Todd, recouvrant le sourire. Je ne me souviens pas d'avoir lu cette idée dans les Évangiles, révérend.

— Oh, non. C'est un communiste qui en est l'auteur. Remarquez, je dis communiste parce que pour moi tous les Russes sont des communistes. Avec eux, il faut s'attendre à tout, et même à ça.

— À quoi donc, révérend ?

— À dire toute la vérité dans un vers. (Le religieux hocha la tête, le visage grave.) C'est pour cela que le Tout-Puissant en a fait un peuple d'ivrognes.

— Sans doute, fit oncle Todd, ne sachant que dire.

Il remarqua les étranges blessures sur les deux mains du religieux. Mais non, ce n'était pas des blessures, corrigea-t-il. C'était des tatouages...

Se grattant derrière l'oreille, il demanda :

— Que nous vaut votre visite, révérend ?

— Oh, je me suis égaré, mon fils. Mais ne sommes-nous pas tous perdus, hein ? (Le vieil homme d'église leva les yeux au ciel.) Seigneur, nous qui sommes tes enfants perdus, montre-nous la voie de ta Lumière à travers les ténèbres qui nous assaillent. Nous ne savons plus où nous sommes. Nous errons de tribulation en tribulation, ignorant notre propre ignorance, aveugle à notre propre aveuglement. (Puis ramenant ses yeux sur oncle Todd, il dit dans un sourire plein de douceur :) Vous vivez seul ici, mon fils ?

— Je..., commença oncle Todd, hésitant tout de même à mentir à un homme d'Église. Disons que ma femme et moi sommes venus nous reposer dans le chalet du Dr Kyle.

Jolie façon de mêler le vrai au faux, se félicita oncle Todd.

— Ma femme est malade, ajouta-t-il, toujours mentant à moitié. Vous devez bien connaître le Dr Kyle ?

— Je connais un peu tout le monde, ici ou là. Me permettez-vous d'entrer, mon fils ? J'aimerais me réchauffer un peu avant de reprendre la route.

— Eh bien..., hésita oncle Todd. Oui. Bien sûr, entrez donc, révérend.

Et il le laissa entrer.

*

Où Sarah et le sénateur font le point
à quelques heures du vernissage

Le sénateur Marvin March appela Sarah à seize heures trente passées tandis qu'elle regagnait Brooklyn avec Tim dans la Ford Taurus.

— Avez-vous découvert quelque chose ? demanda-t-il d'emblée.

Sarah lui parla de la bibliothèque ainsi que du livre écrit et dédicacé par Gardner, qu'ils avaient trouvé dans l'atelier de Forrest.

— Vous aviez raison concernant Forrest, fit-elle, les yeux perdus dans le vague.

— Croyez bien que j'aurais préféré me tromper, Sarah. Avez-vous trouvé le tarhq ?

— On n'a rien vu qui y ressemble. En revanche, il y avait là-bas une caméra de surveillance.

— Une caméra ? répéta le sénateur d'une voix perplexe.

— Nous l'avons montrée à un ami de Tim spécialiste des systèmes d'alarme. C'est du matériel de télésurveillance numérique. Une webcam améliorée, qui se met à filmer dès qu'une intrusion est détectée.

— En relation avec un téléphone portable ?

— Oui.

— Bon, écoutez, la première chose à faire, c'est de demander au FBI d'arrêter Forrest Magnus sans plus attendre. Car s'il vous a vus fouiner dans son atelier, il a certainement compris que vous saviez, et vous êtes donc en danger à présent, vous et votre ami. Ne quittez pas, voulez-vous, Sarah. J'en parle aux agents qui sont avec moi dans mon bureau. (Le sénateur la mit en attente un moment.) Allô ! vous êtes toujours là. Bon, le FBI est d'accord. Il va intervenir le plus discrètement possible, histoire de ne pas mettre la puce à l'oreille des autres. Nous allons retirer le pion Forrest Magnus de l'échiquier. Vous n'avez plus à vous inquiéter, Sarah. Nous maîtrisons la situation, je vous le garantis.

— Et qu'a-t-elle donné, votre réunion avec le FBI ? demanda-t-elle à son tour, laissant ses réflexes de journaliste prendre le pas sur sa tristesse de femme trahie.

— Le FBI est allé mener son enquête du côté du port de Jersey City. Votre ami 10-13 a dit vrai. Le général Fenryder et son Vent-Fort ont été débarqués en fraude d'un superpétrolier norvégien dans la nuit de lundi à mardi. Un certain William Hasty les accompagnait. Nous avons aussi découvert qu'un camion de la société King avait été affrété par Walter Skoll pour transporter cette nuit-là une grosse caisse jusqu'à l'annexe de sa Fondation, sur les hauteurs de Harlem. Ce sont des agents en planque devant l'annexe qui ont noté l'arrivée du camion et son déchargement. Aucun autre camion n'est venu depuis. Ce qui signifie que le général Fenryder se trouve dans cette annexe et qu'il n'en a pas bougé ces deux derniers jours. Une autre certitude est qu'il faudra bien qu'il en sorte ce soir pour gagner la Fondation et participer à sa manière au vernissage. Nous avons tout lieu de penser qu'il le fera au dernier moment, seulement lorsque mon fils Eliot se sera introduit dans la Fondation.

— Pour votre « sacrifice ».

— N'oubliez pas celui de ma Dolores, fit-il, pince-sans-rire. Ce n'est pas qu'elle y tienne, mais bon.

— Vous ne comptez tout de même pas emmener votre femme à la Fondation ? s'inquiéta Sarah.

— Écoutez-moi, Sarah. Nous ne pouvons nous satisfaire d'Eliot ou de Gardner, ni même du Grand Loup Walter Skoll. Nous voulons leur chef Fenryder, et pour cela, nous devons jouer leur jeu afin de le faire sortir de l'annexe. Réfléchissez, si ma femme ou moi ne nous y rendions pas, le « sacrifice » qu'ils préparent tomberait aussitôt à l'eau et Fenryder resterait bien sagement dans son repaire de Harlem en attendant une autre occasion. Or comme je vous l'ai dit, nous ne pouvons investir l'annexe sans mandat et…

— Et pour qu'un juge délivre un mandat, se rappela Sarah, il faut des charges à retenir.

— Et à ce jour nous n'en avons aucune contre Fenryder et ses Loups. De même que rien ne prouve, jusqu'à ce soir du moins, les liens qui unissent cette société secrète à la secte du Triple Tiret du révérend Gardner. Vous connaissez un peu le judo, Sarah ? Eh bien, l'art du judoka consiste à utiliser la force de l'adversaire pour qu'il se terrasse lui-même. Le FBI veut que nous feignions de jouer leur jeu et c'est ce que nous avons accepté de faire, Dolores et moi. Nous allons seulement servir d'appât. Le piège ne se refermera pas sur nous mais sur eux. Faites-moi confiance, Sarah.

Le sénateur semblait aussi pugnace que d'excellente humeur. Était-ce sa façon à lui de gérer une situation dangereuse ou fallait-il voir là une preuve supplémentaire qu'il était absolument sûr de son plan ?

— Ne vous faites pas de souci pour nous, insista-t-il. Une armada de fédéraux en civil nous protègeront mon épouse et moi-même. Il ne peut rien nous arriver ce soir. D'ailleurs, vous et moi savons que Dolores ne craindra rien tant que Fenryder ne sera pas dans les murs de la Fondation Skoll. Rappelez-vous leur message crypté. Le « sacrifice » ne doit être consommé qu'en la présence du Général.

— Et quand le général Fenryder arrivera à destination, que ferez-vous ?

— Mais il n'arrivera jamais à destination, Sarah. C'est là que le plan du FBI est tout à fait imparable. Fenryder sera neutralisé avant qu'il n'atteigne la Fondation. En fait, dès que nous serons sûrs qu'Eliot se trouve dans la place et que Fenryder s'est mis en route, nous passerons à l'action et nous les appréhenderons tous ensemble. Je vous l'ai dit, Sarah, nous maîtrisons parfaitement la situation.

Un reste de scepticisme incita Sarah à lui objecter :

— Mais, monsieur le sénateur, vous n'aurez pas plus de raisons de l'arrêter lorsqu'il sera en chemin vers la Cinquième Avenue que lorsqu'il se trouvait dans l'annexe.

— Vous avez tort de penser ainsi. Savez-vous comment la Justice a réussi à faire tomber Capone ? Non pas en l'accusant de meurtres mais en prouvant qu'il ne payait pas ses impôts.

— Et pour Fenryder, ce sera pour excès de vitesse ? demanda la jeune femme.

— Je suis ravi de voir que vous avez recouvré tout votre mordant. Mais voyez-vous, il existe depuis les attentats du 11 septembre une réglementation très stricte sur les transports de marchandise dans New York. Et la police est autorisée à contrôler tout véhicule susceptible de transporter du matériel terroriste. Or, que je sache, transporter un sarcophage de deux mètres sur deux, plein d'un liquide non identifié, émettant des ondes inconnues et, qui plus est, sans autorisation de circuler, constitue une infraction grave à cette réglementation antiterroriste. Nous arrêterons Fenryder et le ferons tomber pour cette raison-là.

— Bien, mais pourquoi ne pas l'avoir fait lorsqu'il a débarqué au port de Jersey City ?

— Je vous rappelle que nous ignorions encore qu'il se trouvait à bord d'un pétrolier. Et puis vous oubliez le deuxième terme de notre équation criminelle. Nous aurions sans doute coincé Fenryder mais nous n'aurions rien pu prouver quant à ses liens avec le Triple Tiret de Gardner. Lorsque nous aurons neutralisé Eliot à l'intérieur de la Fondation, il sera difficile à Fenryder et à son Grand Loup Walter Skoll de nier le sens du message crypté découvert sur le disque dur du portable.

— Vous avez pensé à tout, finit par admettre Sarah avec un petit sourire.

— Plus que vous ne pouvez l'imaginer. Je vous assure que tout se passera bien. Dites-moi, où êtes-vous ?

— Nous rentrons chez Tim, répondit Sarah.

— Parfait. Restez chez votre ami jusqu'à ce soir, et laissez-nous agir, d'accord ? Je vous rappellerai dès que nous les aurons tous arrêtés. À bientôt, Sarah.

Elle referma son téléphone et rapporta à Tim ce que lui avait dit Marvin March.

— Tu crois qu'il va réussir ? demanda-t-elle.

— C'est le « Pitbull », n'oublie pas. Il sait se battre et il est bien capable de gagner, ce vieux lascar. Je ne regrette qu'une chose...

— Quoi ?

— Je regrette de ne pas pouvoir être à la Fondation ce soir pour voir la tête des Loups quand ils se rendront compte que le vernissage est bourré de flics.

— Pense à Jodie. À la promesse que tu lui as faite.

— Je sais, Sarah. Je ne l'oublie pas. (Puis après un silence :) Si tu m'avais dit, il y a deux semaines seulement, que l'amour me changerait un jour à ce point, je pense que je t'aurais ri au nez, tu le sais, n'est-ce pas ?

Les yeux rivés sur la route, elle hocha la tête, pensive.

— Je te remercie de ne pas me l'avoir dit, Sarah. Ça m'évite d'être trop ridicule aujourd'hui.

— Tu es adorablement ridicule, confirma-t-elle dans un bref sourire.

Il la regarda de nouveau.

— Je ne sais pas quoi te dire pour Forrest. C'était mon ami et je n'ai rien vu. Jamais je n'aurais dû te le présenter. Tout ça, c'est ma faute. Je pensais que c'était un type bien, c'est tout.

— Je sais, murmura Sarah.

Ils étaient arrivés à Park Slope. Tim arrêta la voiture devant la maison de son oncle.

— Prends les clés. Je vais essayer de trouver une place où me garer.

Elle descendit, laissa la Ford Taurus passer, puis traversa la rue et grimpa le petit escalier devant la maison.

Sur la porte d'entrée, le cordon lumineux « Bonnes Fêtes » lui sembla d'une ironie désespérante.

La nuit tombait et les guirlandes électriques s'allumèrent au-dessus de la rue.

Une fois dans la maison, Sarah défit son manteau et son bonnet qu'elle accrocha au portemanteau, et se rendit au salon.

— Je vous attendais, fit une voix familière.

C'était Forrest. Il était assis dans le fauteuil à oreilles d'oncle Todd. Une de ses mains agitait près de son épaule son téléphone mobile sur l'écran duquel Sarah se vit avec Tim pénétrant dans l'atelier. Son autre main tenait le pistolet automatique qu'elle lui avait offert, pour sa sécurité.

Le pistolet était braqué sur elle.

*

Où Jodie revient du sauna

La minuterie du four sonnait lorsque Jodie revint au chalet par la porte de derrière qui ouvrait directement sur la cuisine. La pièce sentait bon le gratin dauphinois et la jeune femme se rendit compte alors qu'elle avait une faim de tous les diables. Après s'être essuyé les pieds sur le paillasson, elle referma la porte derrière elle, puis, passant devant l'entrée du salon, jeta un coup d'œil à l'intérieur. Sa mère regardait toujours la télévision, le buste oscillant d'avant en arrière. Oncle Todd lui tenait compagnie, assis dans le fauteuil qui tournait le dos à la cuisine.

— Vous aviez raison, oncle Todd, fit Jodie avec enthousiasme. Rien de mieux qu'un sauna pour se remettre en forme. C'était merveilleux !

Sa mère se tourna vers elle et lui sourit. Elle chantonnait :

— Il est passé par ici, il repassera par là.

Jodie s'écarta du chambranle et alla remettre à zéro le thermostat et la minuterie du four.

— Si maman et vous, vous voulez faire une séance, dit-elle tout en enfilant les mains de cuisson en forme de Mickey, vous devriez y aller maintenant. Avant qu'on passe à table.

Comme elle ouvrait le four, une bouffée de fumée lui sauta au visage. Fermant à demi ses yeux qui la picotaient, elle s'empara du plat et le sortit.

La tête d'oncle Todd s'y trouvait.

Jodie bondit en arrière, lâchant les mains de cuisson avec le gratin.

Le plat s'écrasa au sol dans un grand fracas et la tête à moitié brûlée alla rouler au pied du réfrigérateur, avec dans ses cheveux des rondelles de pomme de terre.

Dans un hoquet d'horreur, Jodie porta une main tremblante à sa bouche pour s'empêcher de hurler. Elle pensait à sa mère dans le salon, à sa mère qu'il fallait ne pas terroriser, à sa mère qu'elle devait sortir de là au plus vite.

Les tam-tams de son cœur étaient assourdissants.

Elle entendit sa mère chantonner de nouveau :

— Il est passé par ici, il repassera par là.

Elle pénétra dans le salon, tremblant de tous ses membres, incapable de prononcer un mot, ses deux mains plaquées sur sa bouche.

Elle contourna, horrifiée, le fauteuil où elle avait cru voir oncle Todd en rentrant tout à l'heure.

C'était bien son corps. Enfin le reste de son corps. Le haut de sa chemise à carreaux dégoulinait de sang et sur ses genoux son agresseur avait posé le couteau dont il s'était servi pour lui trancher la tête.

Jodie manqua défaillir devant cette vision d'épouvante mais elle pensa de nouveau à sa mère, assise juste à côté de ce corps martyrisé.

La jeune femme ouvrit la bouche pour demander à sa mère de venir avec elle, mais aucun son articulé n'en sortit. Elle se penchait pour lui prendre les mains et la faire se lever quand elle entendit derrière elle :

— Bonsoir, mon enfant.

Elle sursauta en poussant un cri apeuré.

Un vieil homme barbu avec un col blanc de clergyman s'était encadré dans la porte. Il secouait la tête d'un air consterné, les yeux fixés sur le corps décapité de Todd Modin.

— Ce pauvre bougre n'avait pas mis son habit pour ce soir. Le règlement est très strict sur ce point, nul ne peut y couper. Pas d'habit, pas de noces. Matthieu, chapitre 22, versets 11 à 13. Alors... (Avec une main rouge du sang de Todd Modin, il fit le geste de trancher quelque chose devant lui.) Alors je l'ai envoyé dans les ténèbres, là où sont « les pleurs et les grincements de dents ».

L'homme tourna ses petits yeux noirs vers Jodie et tout son visage s'illumina.

— Ne crains rien, mon enfant. Je suis le révérend Gardner.

Sa voix se voulait cajoleuse et Jodie, traumatisée, ne réalisa pas tout de suite qu'il tenait dans son autre main le Beretta d'oncle Todd.

*

10-13 (1)

Comme il l'avait indiqué à ses hommes, il arriva devant l'annexe de la Fondation seulement après dix-sept heures. Son chauffeur gara le G-Wagen noir à bonne distance de la grille d'entrée. Un peu plus loin, dans un autre 4 × 4 Mercedes – gris sale, celui-là –, quatre de ses hommes, dont le Chacal et Tish, faisaient le guet depuis la veille au soir.

Sans le savoir, 10-13 partageait l'avis du sénateur March quant au meilleur moment pour intervenir. Chacun avait ses raisons de penser ainsi. Si pour March, c'était par respect pour les formes légales ; pour le caïd du Bronx, c'était par pur souci d'efficacité. 10-13 savait qu'il serait suicidaire de sa part d'attaquer l'annexe ou la Fondation, que toute tentative se solderait par un échec car les Loups, présents en ces lieux, veilleraient à se mettre en travers du chemin conduisant au Vent-Fort, le sarcophage protégeant le général Fenryder. Non, la meilleure chance de détruire Fenryder se présenterait quand celui-ci serait transporté par camion de Harlem jusqu'à la Cinquième Avenue. C'est à ce moment et à ce moment seulement qu'il serait vulnérable. Il suffirait de faire sauter le camion et son précieux chargement. Pour cela, 10-13 avait d'abord songé à poser des charges de C4 télécommandées le long du parcours mais il y avait assez vite renoncé, n'étant pas certain à cent pour cent du trajet qu'emprunterait le camion. Il avait opté pour une autre solution, tout aussi radicale...

Depuis le trottoir où le G-Wagen stationnait, 10-13 avait vue sur le parc à travers la grande grille du portail.

Aucun véhicule n'était garé devant la demeure. Pas même la limousine de Skoll.

D'après les informations du Chacal, Skoll avait quitté l'annexe en début d'après-midi et, bizarrement, n'avait pas gagné la Fondation sur la Cinquième Avenue. Et ce qui était encore plus bizarre, c'était qu'il n'était toujours pas revenu. Mais peut-être que Skoll n'accompagnerait pas le Général au vernissage, auquel cas Fenryder n'en serait que plus facile à abattre.

10-13 consulta sa montre sans manifester aucun signe de fébrilité.

S'il n'était pas venu plus tôt se positionner devant l'annexe, c'est qu'il savait que le général Fenryder ne prendrait le risque d'être transporté à la Fondation que lorsqu'il serait certain que le vieux sénateur March s'y trouverait. Il savait aussi que le FBI rôdait dans le coin et qu'il lui faudrait lutter de vitesse avec les fédéraux une fois que Fenryder serait sorti de sa tanière. Deux équipes ne seraient pas de trop pour ce coup. Il avait pris avec lui Cumming, Wilkinson et un chauffeur. Tish et le Chacal formaient l'essentiel de la seconde équipe.

Chacun de ses hommes savait ce qu'il avait à faire. 10-13 ne ressentait aucune tension en lui. Rien, sinon la certitude que Fenryder ne pourrait pas lui échapper, qu'il vivait ses dernières minutes de « mort-vivant ». 10-13 était sûr de tenir enfin sa revanche.

À dix-sept heures vingt, les éclairages du parc s'allumèrent, chassant les ténèbres qui tombaient avec le soir et mettant un peu plus en relief le calme qui y régnait. De temps en temps, un vigile sortait de la maison pour traverser la cour d'entrée et gagner la guérite près du portail.

La chaîne du tarhq enroulée autour de ses doigts, 10-13 examina une nouvelle fois la breloque du pendentif. Elle était incrustée de pierres noires et représentait assez logiquement une tête de loup.

Son ancien propriétaire, Ron Flint, ne le leur avait pas remis de son plein gré. On ne pouvait pas s'attendre à moins de la part d'un tarhq-sagogh. D'autant que ce talisman constituait une clé qui permettait d'approcher le Maître sans être tué par le Vent-Fort. En d'autres mains que celles des gardiens du culte de l'Homme-Loup, cette clé pouvait devenir une arme redoutable contre Fenryder lui-même.

De nouveau, 10-13 jeta un coup d'œil à sa montre. Dix-sept heures quarante-cinq passées et toujours aucun signe de mouvement dans le parc de l'annexe. Se pouvait-il qu'il se soit trompé sur les intentions de Fenryder ?

La voiture de Skoll n'était toujours pas revenue, et l'équipe chargée de surveiller la Fondation ne l'avait pas vue de toute la journée.

10-13 sentait ses hommes devenir nerveux. Comme eux, bien qu'il n'en montrât rien, il n'aimait pas ce calme de mauvais augure, ce parking anormalement vide et la disparition de Skoll.

Il ferma les yeux pour se concentrer.

— Hé, regardez, fit soudain Wilkinson qui était assis devant sur le siège passager.

Il était dix-sept heures cinquante-quatre et un camion de déménagement de la société King faisait son entrée dans le parc.

*

Où Forrest s'explique devant ses amis

De toute la force de conviction dont était capable un pistolet automatique Glock 18, Forrest avait prié Sarah et Tim de bien vouloir se délester de leurs armes, puis les avait invités à prendre place dans le canapé du salon.

— Le premier qui bouge, je le descends, dit-il, se tenant debout devant eux. Bon, maintenant que je suis sûr que vous allez m'écouter, je vais vous poser quelques questions. Celui de vous deux qui ne répondra pas correctement sera responsable de la balle que prendra l'autre en guise de punition. Je commencerai par les jambes, si vous n'y voyez pas d'inconvénient, mes amis.

Les gardant en joue, il alla s'accouder au linteau de la cheminée.

— Bon, les règles du jeu étant assimilées, je pose la première question : que cherchiez-vous dans mon atelier ?

— Tu le sais très bien, fit Sarah avec un regard noir.

— Dis-le-moi que j'en sois sûr.

— Tu es une pourriture de tarhq-sagogh. Le deuxième à New York.

— C'est bien ce que je pensais, murmura Forrest. Et March le croit aussi, n'est-ce pas ?

— Le FBI te cherche pour t'arrêter, dit Tim. Tu n'as aucune chance de t'en tirer cette fois.

— *Cette fois ?* releva Forrest.

— Désolé de t'apprendre que le FBI te soupçonne d'avoir trempé dans d'autres affaires louches. Comme l'assassinat de ton galeriste, Oscar Watts.

— La mort d'Oscar n'a rien à voir avec les Loups, s'emporta Forrest.

Tim eut un petit sourire méprisant.

— C'est vrai qu'à cette époque tu n'étais affilié qu'au Triple Tiret de ton copain Gardner. Depuis tu es passé chez les Loups de Fenryder. Jolie promotion !

— March et le FBI se gourent du tout au tout en ce qui me concerne, déclara Forrest, ses yeux allant et venant de Sarah à Tim.

Il semblait effaré par cette constatation et resta un moment à réfléchir.

— Je vais vous raconter l'histoire, dit-il finalement. J'ai... J'ai moi aussi une espèce de sixième étage, comme la Fondation Skoll. Un étage interdit où je m'étais promis de ne jamais plus pénétrer mais j'observe que c'est la seule manière de me faire comprendre.

Il abandonna son appui et se mit à marcher devant eux sans les quitter des yeux.

— Quand j'ai commencé à avoir du succès à New York, ça m'a tourné la tête et j'ai fait toute une série de conneries. À cette époque Eliot March me fournissait en cocaïne. Il en consommait pas mal, de son côté. Il était même, je crois, son meilleur client après moi. On est devenus amis tous les deux, et c'est lui qui m'a présenté au « révérend » Gardner. Ce type m'a baratiné une heure durant avec des histoires que j'aurais dû juger horribles si je n'avais pas été si chargé ce jour-là. Je me suis dit : ce gars est pire que Raspoutine et Crowley réunis, et rien que de le dire, ça m'excitait et je me suis juré de devenir son ami. Oscar m'avait si souvent répété que l'art n'avait que faire de la morale, que, ce jour-là, oui, j'ai pris au mot sa philosophie. Et ç'a été hélas pour son plus grand malheur.

» Gardner parlait du Grand Chèvre-pied, du Mal absolu, avec la passion que d'autres mettent à discuter d'une finale de NBA. Il avait un flux de bouche stupéfiant, ce type. Devant lui, on ne pouvait s'empêcher de se dire qu'il était possédé, et pas seulement par son sujet. Il y avait en lui une telle soif de destruction qu'elle avait quelque chose de sacré. C'était une sorte de super-prophète. Un prophète du Mal, s'entend. Avec ses propos délirants, il vous refaçonnait l'esprit en un rien de temps. Ce type pouvait embobiner n'importe quel imbécile un peu faible et j'étais à cette époque la définition même de l'imbécile un peu faible. J'ai marché à fond dans son délire de Voie de la Main Gauche. Je pensais que ce serait au grand bénéfice de ma peinture. Et d'une certaine façon, ça s'est vérifié. Oui, mes toiles en ont acquis plus d'épaisseur... Mais revenons à Gardner. Il était très bien renseigné sur les gens qui l'approchaient ou plutôt qu'il approchait. Car c'était toujours lui qui prenait l'initiative du contact. Il savait qui j'étais, d'où je venais, il connaissait tout de mes travaux, qui les achetait et à quel prix. Il connaissait aussi la galerie d'Oscar dans la 57e Rue Est. Un jour, il m'a dit : « C'est un pédé d'esthète et, tu sais quoi, Forrest, eh bien, les pédés d'esthètes, Satan ne les aime pas plus que le Père du Crucifié ne les porte dans son cœur. » Sur le moment, je n'ai pas fait attention à ce que ce genre de propos avait de menaçant.

» Même quand, le 5 juillet 1997, Oscar a été retrouvé sans vie dans le bureau de sa galerie, le corps atrocement mutilé, ça ne m'a rien fait sur le coup. J'étais sous l'empire de la drogue et de Gardner. Gardner aurait très bien pu me confesser avoir torturé à mort Oscar Watts que je n'aurais pas réagi plus que cela. Peut-être que j'aurais même embrassé les mains tatouées de ce salopard. C'est cela qui me dégoûte le plus quand j'y pense. Savoir que j'aurais pu embrasser ces mains. Oh, bien sûr ! Gardner ne m'a jamais avoué ce meurtre mais je suis certain que c'est lui et quelques-uns de ses disciples les coupables. À l'époque, on m'avait déjà parlé plus ou moins à mots couverts de sacrifices humains mais, moitié par bravade, moitié par ignorance, j'avais le front d'en rire !

Son visage tendu et sombre dénotait combien il se repentait d'avoir été à ce point stupide. Presque craintif, il chercha du regard l'appui de Sarah. Elle leva les yeux sur lui, le dévisagea d'un air indécis puis finit par lui demander :

— Forrest, est-ce que tu faisais partie de ces gens-là, oui ou non ?

— Non, répondit-il avec un sourire piteux aux lèvres. Non. Je n'en ai jamais fait partie. J'étais seulement, comme qui dirait, un compagnon de route.

— C'est la mort d'Oscar qui t'en a éloigné ? interrogea Tim.

— Non. En tout cas, pas sur-le-champ. À la vérité, quatre mois après son assassinat, j'ai rêvé de toi, Sarah. (Il lui sourit brièvement.) C'était un rêve en partie prémonitoire car je l'ai fait bien avant de te rencontrer à New York. Je t'ai aimée tout de suite. Je me suis dit que si une femme pareille existait sur terre alors je pourrais peut-être me racheter. J'ai donc aussitôt plaqué le Triple Tiret, et j'ai fui à Boston puis à Paris où je suis resté vivre et travailler plusieurs années. Je pensais en avoir fini avec le Triple Tiret mais c'était compter sans Gardner. J'étais à Paris quand j'ai reçu un courriel de lui. Il m'avait retrouvé, ce qui en soi ne présentait pas de difficultés pour lui. Non, l'étonnant, c'est qu'il ait attendu si longtemps pour se manifester. Mon premier mouvement a bien sûr été d'envoyer à la poubelle le courriel sans me donner la peine de le lire. Mais Gardner avait pris soin de remplir la ligne OBJET du message : « Oscarification », était-il écrit. Le jeu de mots était aussi atroce qu'explicite. Le cœur battant, j'ai donc lu le courriel. Gardner me demandait d'accepter l'exposition que la Fondation Walter Skoll venait de me proposer. Sinon mon nom serait mêlé aux meurtres rituels des années quatre-vingt-dix à New York dont celui d'Oscar.

— Mais tu nous as dit n'avoir trempé dans aucune de ces atrocités, fit observer Sarah. Tu n'avais donc rien à craindre de la police.

Il haussa les épaules.

— Il n'est pas facile de dîner avec le Diable et de prétendre ensuite qu'on n'a goûté à aucun de ses plats. Gardner me tenait et il le savait. Et j'ai tout de suite compris pourquoi il désirait tant que j'accepte cette offre. N'importe qui sait que le sénateur March assiste souvent aux vernissages de la Fondation. Or, descendre March a toujours fait partie des dangereuses lubies de Gardner.

— Et alors tu as accepté de jouer les séides, poursuivit Tim à sa place.

— Je ne devais pas tuer le sénateur moi-même mais faire entrer dans la place l'homme qui le ferait. Je ne savais pas qui. Et j'ai accepté dans l'espoir de mettre à mal les projets de Gardner et de le faire arrêter enfin.

— Et quand nous t'avons parlé des Loups de Fenryder ? voulut savoir Tim.

— Je ne vous ai pas crus. Au début en tout cas. Puis je me suis dit que Gardner et le général Fenryder avaient pu unir leur malfaisance pour servir un seul et même objectif : tuer le sénateur March.

— Pourquoi ne nous en as-tu rien dit ? demanda Sarah, partagée entre la consternation et le soulagement.

— Je redoutais de votre part une mauvaise réaction. Je n'avais pas tort, non ?

Il abaissa son arme et la jeta sur les genoux de Tim.

— Le pistolet n'est pas chargé comme tu peux t'en assurer par toi-même. Si j'ai usé de ce stratagème, c'est bien malgré moi. J'avais besoin que vous m'écoutiez jusqu'au bout.

— Je ne comprends plus rien, fit Sarah, se prenant la tête entre les mains.

— Je vous le dis et je vous le répète : le sénateur Marvin March se trompe. Je ne suis pas le deuxième tarhq-sagogh des Loups à New York et je n'ai pas tué Oscar Watts. J'espère que tu me crois au moins, Sarah ?

Plissant les yeux, la jeune femme sonda son visage avant de lui répondre.

— Franchement, je ne sais plus, dit-elle. Le FBI dit t'avoir vu hier traîner avec Gardner dans un parc du Bronx.

— Impossible. Depuis mon retour à New York, je n'ai revu qu'Eliot. Gardner se planque en attendant son heure.

— Un conseil, fit Tim en se levant du canapé. Ne te rends pas au vernissage ce soir.

— Tim, c'est mon vernissage aussi bizarre que cela puisse te sembler. Et si je peux empêcher la mort de Marvin March, je le ferai quoi qu'il m'en coûte.

— Ce sera bourré de flics, dit Tim. Que tu fasses ou non partie des Loups ne changera rien à leurs yeux, du moins pour l'instant. Ils t'arrêteront dès que tu pointeras le bout de ton nez. Tu ne seras d'aucune utilité là-bas, crois-moi. Tu pourrais même faire capoter leur plan par ta présence. Non, je te le dis, tiens-toi à l'écart de la Fondation. Dans tous les cas, n'y va pas, compris ?

Tout en prononçant ces mots, Tim avait ouvert son portable et tapait un numéro avec son pouce. Puis il maintint le téléphone contre son oreille en s'aidant de son épaule, et les mains ainsi libres, il reprit possession de son arme et en actionna la culasse.

— Il faut prévenir le sénateur qu'il y a une petite erreur dans ses hypothèses, annonça-t-il tandis que dans son oreille s'égrenaient les tonalités d'appel.

*

10-13 (2)

Lorsque le camion de la société de location King ressortit du parc, une dizaine de minutes s'étaient écoulées. Il s'engagea bientôt sur Broadway, filant en direction du sud. Le G-Wagen gris le précédait de quelques voitures tandis que le 4 × 4 qui transportait 10-13 fermait la marche, ainsi que leur plan d'action le prévoyait.

Avec un flot de voitures, ils descendirent Broadway jusqu'à la 64e Rue

Devant, le G-Wagen gris perdit de la vitesse et se laissa rattraper. Quand il aperçut le clignotant du camion, il bifurqua le premier à droite dans Columbus Avenue. Les trois véhicules, l'un derrière l'autre, empruntèrent cette artère sur quatre cents mètres environ puis continuèrent tout droit dans la Neuvième Avenue jusqu'à Clinton, le quartier autrefois nommé la Cuisine de l'Enfer.

Ils tournèrent à gauche dans la 48e Rue qui, comme la plupart des rues de New York, était à sens unique.

Maintenant Fenryder, qui s'acheminait vers la Cinquième Avenue pour présider au sacrifice de la famille March, était à leur merci. Rien, aucun blindage, ne résisterait à leur puissance de feu.

Ils traversèrent sans trop d'encombres le quartier des théâtres.

Entre la Sixième et la Septième Avenue, le 4 × 4 de tête freina brusquement et se positionna en travers de la voie. À l'exception du chauffeur, trois hommes s'en éjectèrent aussitôt. Deux étaient armés de pistolets-mitrailleurs MP5 Heckler & Koch, le troisième qui n'était autre que le Chacal épaulait déjà un puissant lance-grenades M-79.

Le camion King tenta de prendre la fuite en reculant, mais le G-Wagen noir de 10-13 lui barrait toute retraite. 10-13, Cumming et Wilkinson descendirent à leur tour. Tandis que Wilkinson s'approchait de l'arrière du camion en braquant sur lui son pistolet-mitrailleur, Cumming plaça sur l'épaule de 10-13 un lance-roquettes M-136 LAW prêt à l'emploi.

D'une giclée de 9 mm à tête creuse, Wilkinson flingua la serrure des portes arrière du camion. Il portait sur sa poitrine le tahrq qui le protégerait pour le cas où Fenryder déclencherait le mécanisme de sécurité du Vent-Fort. La main sur la poignée, il se retourna vers 10-13 qui avait fini d'ajuster son tir.

D'un hochement de tête 10-13 lui fit signe d'ouvrir les portes.

Ce qu'il fit.

*

Où l'on revoit à la baisse
les chances de réussite du sénateur

Tim essaya en vain de joindre le sénateur sur son portable. Celui-ci était éteint.

— March doit déjà se trouver à la Fondation, conclut-il à l'adresse de ses amis en repliant son Motorola.

Son visage était grave. La ride au-dessus de son bandeau avait reparu.

Sarah ne comprenait pas cette soudaine inquiétude.

— Attends, dit-elle, que Forrest soit innocent ne gêne en rien le bon déroulement des opérations.

— C'est plus sérieux que tu ne le crois, Sarah. Réfléchis, c'est le FBI qui a dit au sénateur March avoir vu Forrest hier avec Gardner dans un parc du Bronx. Or, de deux choses l'une, ou bien Forrest nous ment ou bien c'est le FBI.

Ce qui laissait entendre que le FBI pouvait être infiltré par les Loups.

— Pour en avoir le cœur net, affirma Tim, il nous faut vérifier les infos données au sénateur par le FBI. Il se pourrait bien qu'elles soient erronées, voire mensongères. Commençons par celle qui me préoccupe le plus. Cette affaire de transport, tu te souviens ? Un camion aurait été affrété par Skoll pour aller chercher Fenryder la nuit où il a débarqué au port de Jersey City. Te souviens-tu du nom de la société de transport ?

— La société King, répondit Sarah sans hésiter. Bon, il n'est que de les appeler et l'on sera fixés.

Avec son mobile, Sarah contacta les renseignements. Elle demanda le numéro dudit transporteur et répondit oui quand la voix synthétique lui proposa de la mettre en relation avec ce numéro. L'appel s'établit.

Par chance, Sarah tomba, chez King, sur une secrétaire plutôt accorte. Elle y alla au bluff.

— Bonsoir, je travaille pour la Fondation d'art Walter Skoll. Votre facture pour la location d'un camion dans la nuit du lundi 15 au mardi 16 décembre pose un problème à notre service comptable. Pourriez-vous me donner plus de précisions ?

— Mais avec plaisir, madame. C'est M. Skoll qui nous a appelés. Il désirait faire transporter un certain nombre de caisses du port de Jersey City jusqu'à Manhattan, si j'ai bonne mémoire. Les livraisons se sont faites de nuit, à cause d'un retard dans le transport en mer. C'était urgent, à ce qu'il nous a dit.

— Les livraisons ? releva Sarah. Nous avons fait appel à vos services pour un camion seulement.

— Pour *deux* camions, corrigea la secrétaire.

À ces mots, le cœur de Sarah se mit à battre plus fort. Le FBI avait parlé d'un seul camion.

Elle bénit intérieurement toutes les secrétaires accortes du New Jersey quand elle entendit celle-ci lui dire sans même qu'elle le lui demandât :

— Je n'ai pas les adresses de livraison sous les yeux, mais ne quittez pas, je vais vous passer Bill. Lui, il saura vous dire. Il faisait partie de l'équipe de livraison, ce soir-là.

Sarah dut resservir à ce Bill son histoire de problème comptable qui passa une nouvelle fois comme une lettre à la poste.

— Ouais, dit Bill, m'en souviens très bien. C'est avec votre patron lui-même que j'ai traité. Merde, comment qu'il s'appelle déjà ?

— M. Skoll, dit Sarah avec obligeance.

— Ouais, ouais, voilà. Skoll. Pas un drôle, hein ? Enfin je devrais pas dire ça. Surtout à vous qui bossez sous ses ordres cinq jours sur sept.

— Rassurez-vous, je ne lui rapporterai rien.

— Z'êtes gentille, vous au moins. Pour ce qui est de la facture, nous vous avons appliqué le tarif de nuit, bien entendu. D'hab', moi et les autres gars, à c't heure-là, on pionce.

— Quelle adresse M. Skoll vous a-t-il donnée pour les livraisons ?

— Attendez voir un peu. Le premier camion est arrivé sur le quai de déchargement vers minuit, ça je me rappelle. Et même que votre patron, il nous y attendait. Il était accompagné d'un autre type qui avait fait la traversée avec les caisses. On en a chargé quatre, puis on est partis les livrer quèque part à Harlem. Dans une bâtisse plutôt classe. Me demandez pas où précisément. J'ai plus l'adresse dans le ciboulot.

— Ce devait être l'annexe de la Fondation.

— Ouais, c'est ça. L'annexe. J'm'en rappelle que votre patron l'appelait comme ça.

— Et les autres caisses ? Vous êtes repartis les chercher après, n'est-ce pas ?

— Vous y êtes pas du tout ! Y avait un deuxième camion de loué chez nous. Votre patron, il a demandé que celui-là, il arrive une demi-heure après le premier. J'sais pas trop pourquoi. Quant aux caisses restantes, y en avait plus qu'une mais vachement grande, et lourde avec ça, qu'on a sortie d'un conteneur, à ce que m'a dit Phil. Phil, il s'occupait de la deuxième équipe, voyez-vous.

— Et savez-vous à quelle adresse ce camion nous a-t-il livré ? demanda Sarah en retenant son souffle, mais elle connaissait déjà la réponse.

— Ben, sur la Cinquième Avenue. Direct à votre Fondation, celui-là. Vous ne l'avez pas vue, la grande caisse ?

*

Où 10-13 décide de livrer du champagne

Le doigt sur la gâchette du lance-roquettes et l'œil rivé au viseur, 10-13 était prêt à faire cracher sa puissance de feu meurtrière. Aussi ressentit-il une immense frustration quand il découvrit à l'intérieur du camion, au lieu du sarcophage attendu, six petites caisses en bois, empilées l'une sur l'autre tout au fond.

Selon toute apparence, ces dernières contenaient du champagne et étaient destinées à approvisionner le buffet qui avait lieu à la Fondation, comme le lui apprit, les mains en l'air, le chauffeur du camion. Il était accompagné de deux serveurs en livrée blanche, qui certifièrent ses dires.

— Où est Fenryder ? les interrogea le Chacal, menaçant de les tuer sans plus attendre s'ils ne lui donnaient pas une réponse précise.

— Qui ça ? demanda, terrorisé, l'un des deux serveurs.

La tête des deux autres était à l'avenant. Aucun de ces hommes ne savait qui était leur véritable patron, et 10-13 trouva la situation plus rageante d'avoir affaire à trois imbéciles innocents.

— On s'est fait baiser, constata le Chacal après avoir rejoint 10-13.

— Pas encore, fit 10-13, les mâchoires serrées. Pas encore.

— Tu veux entrer dans la Fondation ? ! demanda le Chacal, plus que perplexe à cette idée.

— Tu ne comprends donc pas ? dit 10-13. Fenryder n'a jamais été dans l'annexe. C'est à la Fondation directement qu'il a été conduit dans la nuit de lundi à mardi.

— Merde ! ce salopard de Skoll nous a bien entubés. Et comment allons-nous nous y prendre pour entrer là-dedans ?

— Ils veulent du champagne ? Eh bien ! livrons-leur.

Et 10-13 ordonna à Tish et à Wilkinson de passer la livrée blanche des serveurs et de monter dans la cabine avec le Chacal en guise de chauffeur. Lui-même, accompagné de Cumming, prit place à l'arrière du camion avec les caisses de champagne. Le chauffeur et les deux serveurs durent les suivre à l'intérieur.

Les portes refermées, 10-13 attendit que le camion se remît à rouler pour abattre un par un, d'une balle de silencieux dans la tête, leurs trois prisonniers.

Dommages collatéraux, songea-t-il en rangeant son arme brûlante.

Le camion arriva bientôt en vue de la Fondation et se présenta à l'entrée du parking souterrain que défendait un vigile armé derrière une barrière.

— On apporte les caisses de champagne, dit Wilkinson avec un bel aplomb.

Il tenait sur ses genoux un silencieux prêt à servir au cas où le gardien soulèverait le moindre problème. Mais le gardien eut l'obligeance de n'en poser aucun.

La barrière se leva ; le camion put descendre la rampe.

*

Où les festivités commencent

Dans le genre « mondanités new-yorkaises », le vernissage de l'exposition Forrest Magnus était une parfaite réussite – du moins jusqu'aux terribles événements qui devaient se produire plus tard dans la soirée. Ceux des critiques, au demeurant très rares, qui hésitaient à venir il y avait une semaine encore, étaient bien entendu tous présents depuis que Neil Garson, le responsable de la presse à la Fondation, s'était distingué en se balançant du sixième étage après avoir saccagé à coups de démonte-pneu le bureau de Lisa Whittaker. Comme le résumait Phil Flanagan, le commissaire de l'exposition, Neil avait toujours été incomparable pour transformer ses expos en « points de chute » de tout le gotha culturel. Et l'on aurait pu croire, au dire autorisé de certains des critiques les plus avertis de Manhattan, que Neil n'en avait vraiment pas trop fait ce coup-ci, car l'expo méritait « a-bso-lu-ment » le détour. « Superbe » était le vocable qui montait le plus souvent aux lèvres botoxées ou non des convives, talonné de près par « Merveilleux » ou plutôt « Merrrveilleux ».

Parmi les deux cents personnes présentes ce soir-là figuraient, outre le gratin de la critique d'art, de riches collectionneurs venus en jet privé des quatre coins de l'Amérique et une brochette d'invités haut placés tels le gouverneur Edgar Prospero, beau-père et vieil ami du sénateur March, ainsi que l'adjoint au maire chargé des affaires culturelles, qui représentait Michael Bloomberg absent pour cause de vacances de fin d'année sur la côte ouest. Marvin March, accompagné de sa jeune épouse et de ses deux gardes du corps, était là lui aussi.

Tout ce joli monde, dans une atmosphère de bijoux scintillants et de coûteux parfums, se pressait devant les toiles de Forrest Magnus. À chaque découverte, des volées de « superbe, superbe » ionisaient les salles, et on cherchait l'artiste pour le féliciter, mais on s'entendait dire avec un certain embarras que Forrest Magnus n'était pas encore arrivé, qu'il ne saurait tarder, que ce n'était plus qu'une question de minutes à présent.

Au nom de la Fondation Walter Skoll, une Allison Weiss rayonnante passait de salle en salle vous offrir le catalogue de l'exposition tout en vous souhaitant une agréable visite. L'ancienne assistante du regretté Neil Garson, qui avait été bombardée grande cheftaine de la comm', arborait ce soir-là une robe moulante dont le décolleté de devant n'avait d'égal que celui dans son dos. On mesurait à ces détails vestimentaires combien elle avait à cœur de s'inscrire dans la lignée de son ancien boss, avec ses armes bien à elle cependant. Tout en sa personne vibrait à l'unisson de ses nouvelles ambitions, qui pouvaient se récapituler par un énergique : « Je vous ferai aimer l'art contemporain, j'vous jure. »

Chose étonnante, les hommes, davantage que les femmes, étaient portés à lui accorder toute leur attention. Mais comme le relevait Phil Flanagan, cet être rempli de compassion : « Faut dire que, question chute, ses reins n'ont rien à envier à celle de Garson. »

Ce soir-là, pourtant, l'arrivée la plus remarquée fut sans aucun doute celle de Jennifer Nice, véritable pain de semtex hormonal et chanteuse de R'n'B quand elle ne défrayait pas les magazines. Depuis trois ans, Jennifer Nice s'était toquée de l'œuvre de Forrest. Elle s'était rendue l'année dernière à Paris rien que pour voir son expo à Beaubourg et l'on chuchotait çà et là qu'elle en pinçait pour lui bien que Forrest aimât une autre femme, noire elle aussi, à ce qu'on racontait toujours.

En bodhisattva des vernissages, Phil Flanagan se fit un devoir de s'occuper de la chanteuse, laissant à la directrice de la Fondation, Lisa Whittaker, le soin de guider le sénateur et sa jeune épouse à travers les sept salles d'exposition, ce qui ne fut pas pour déplaire à Lisa.

Plantée devant une toile de grand format, la *Vitrine* n° 5, elle expliquait au sénateur les diverses techniques utilisées par Forrest Magnus lorsqu'un dandy barbichu flotta jusqu'à eux, tout vêtu de lin blanc.

— Kenneth Foreman, se présenta-t-il en tendant à Marvin March sa carte de critique d'art. Ravi, je suis ravi, ravi de vous rencontrer ici, monsieur le sénateur.

Le sourire de Foreman était interminable comme un jour sans caviar.

— Comment trouves-tu notre expo, Kenneth ? demanda la directrice.

— Improbable et définitive ! s'exclama Foreman avec de grands moulinets des mains.

Une jeune femme blonde à la poitrine siliconée se mit à rire sur sa droite. Ne sachant si elle riait de lui, il s'esclaffa à son tour pour ne pas être en reste.

« Ne jamais être en reste » formait le premier commandement de la vie en société, selon lui.

Rompu aux phrases toutes faites et aux compliments passe-partout, papillonnant d'une expo l'autre, Foreman trempait dans les mondanités mieux qu'une cerise-cocktail dans un Tom Collins. Courant après les honneurs et les relations non parce qu'il en manquait mais parce qu'il en vivait, ce grand toxico du vernissage avait l'âme nymphomane à l'égard des puissants. « La Pute » ou « Le Roseau léchant », ainsi le surnommaient ses « amis » et confrères. Il ne s'en formalisait pas, étant de ces hommes qui préfèrent qu'on parle d'eux en mal plutôt que pas du tout.

Il cessa pourtant de rire lorsqu'il s'avisa que March ne s'était pas même fendu d'un sourire. Le sénateur paraissait désagréablement soucieux et lointain. « Si le mari tire la gueule, accoster sa femme » était le deuxième commandement de Foreman ; il décida d'y obéir sans plus attendre.

Il prit un air de conspirateur de théâtre et se pencha vers la jeune Dolores March.

— C'est ici, chère madame, dans ce creuset magnifique, que se dessinent les grandes tendances de demain. Croyez-moi, chère amie, on parlera encore de cette exposition dans vingt ans et plus !

Sans même s'en douter, Kenneth Foreman venait de prononcer les deux seules phrases que la postérité retiendrait de sa carrière, car les événements de la soirée devaient, pour le coup, lui donner fichtrement raison.

*

10-13 (3)

10-13 se dirigea vers les ascenseurs du parking, suivi de ses hommes. Il ressentait une impression de calme puissance. Voilà que l'heure de la vengeance avait sonné ! Son jeune ami Matthew Beals, à travers lui, tenait sa revanche[1]. Fenryder, prisonnier de son sarcophage, ne leur échapperait pas. 10-13 repensa à tous les moyens qu'il avait mis en place ces dernières années pour arriver à ce moment de son existence. Il revit Matthew mort, le visage défiguré de douleur et d'effroi.

Oh, Matthew, je vais te venger.

Le Chacal appuya sur le bouton et, signe du destin, les portes de l'ascenseur s'ouvrirent aussitôt.

— Je vais monter avec le Chacal, fit 10-13 en pénétrant dans la cabine. Tous les autres dans le deuxième ascenseur.

Sans la moindre hésitation, il pressa le bouton du sixième étage. Jamais le sentiment de sa puissance ne lui avait semblé si fort, si évident. L'ascenseur se mit à monter.

1. Voir *Les Loups de Fenryder,* J'ai lu 7985.

10-13 (de son vrai nom Colin Tyron) sortit de sous sa veste deux Uzi et les déverrouilla. Le Chacal fit de même avec les siens.

— Fais attention à toi, petit Chacal, dit 10-13.

— Toi aussi, Colin.

— Si des Loups nous attendent là-haut, vise leur main gantée. Pas leur tête, ni leur thorax. Leur main gantée seulement.

Le Chacal acquiesça en souriant.

Pourquoi le Chacal ? Oui, pourquoi montait-il à la rencontre de Fenryder avec ce garçon ? Bien que le Chacal fût aguerri, ce n'était pas forcément le meilleur de ses hommes. Était-ce parce qu'il ressemblait à Matthew Beals avant que les Loups ne le tuent ? Oui, avec lui, c'était un peu comme s'il montait avec Matthew venger sa mort atroce.

10-13 sourit à son tour au Chacal. Il était heureux.

La cabine s'immobilisa et les portes s'ouvrirent. Ils descendirent. Aucun Loup ne vint leur souhaiter la bienvenue.

Tish, Wilkinson et Cumming arrivèrent à bord du deuxième ascenseur.

10-13 fit signe aux deux premiers de le suivre tandis que Cumming bloquait la cabine.

— Par là, murmura le Chacal en désignant du menton la porte à double battant qui fermait le palier.

S'écartant les uns des autres, ils avancèrent.

La grande salle du conseil était plongée dans le noir mais l'obscurité n'était pas totale. Au fond, encastré dans le renfoncement du mur, se dressait, solitaire, dans un rayonnement couleur d'ambre, le sarcophage du général Fenryder. Les cinq hommes marquèrent un temps d'arrêt devant ce spectacle, fascinés par l'étrange liquide qui remplissait le Vent-Fort sans s'en écouler malgré la position verticale du sarcophage et les lois physiques en vigueur. De petites ondes en troublaient par endroits la surface, tantôt la fonçant, tantôt l'éclaircissant, et des reflets ambrés venaient jouer doucement sur la longue table au bois sombre, faisant luire le verre rouge des lampes Gallé.

Le Vent-Fort semblait comme endormi.

Ils scrutèrent la pénombre des alentours, ne détectèrent aucun Loup. Il n'y avait qu'eux au sixième étage. Eux et le Vent-Fort du Général.

À peine entré dans la pièce, le Chacal s'immobilisa tandis que 10-13 et les autres continuaient d'avancer. Petit Chacal, avait-il peur ? se demanda 10-13. Lui ne ressentait qu'une sensation de paix et de certitude. Il se sentait invulnérable et la chose, au fond de la pièce, malgré ses sortilèges, lui paraissait démunie, livrée à sa merci. Et pas seulement parce qu'il avait passé le tarhq autour de son cou.

Il prit conscience qu'il portait la même veste de cuir que le jour où il s'était rendu à l'appartement de Matthew pour le découvrir sans vie, son visage figé à jamais au comble de la terreur. Il avait aux pieds les mêmes chaussures, aussi.

— Tout est bien, murmura-t-il.

Il se sentait invincible. *Je n'ai peur de rien, même pas de ça*, se dit-il marchant toujours vers le sarcophage.

Le tarhq le protégeait mais il savait que c'était la haine, et la haine seulement, qui le faisait avancer.

*

Où Sarah et ses amis se rendent à la Fondation

Ne réussissant pas à joindre le sénateur et ne voulant pas courir le risque de l'appeler en passant par le FBI ou par le standard de la Fondation, ils décidèrent de se rendre sur place malgré la consigne très ferme de Marvin March et malgré la promesse que Tim avait faite à Jodie.

Ils déposèrent Forrest devant la Fondation afin qu'il en surveillât les entrées et ils continuèrent avec la Ford Taurus de Tim jusqu'au parking souterrain où le vigile les autorisa à pénétrer, leurs noms figurant sur la liste des invités privilégiés. Comme ils savaient par Forrest que la sécurité avait installé des détecteurs de métaux, ils décidèrent (à contrecœur) de laisser leurs armes dans la voiture.

Un ascenseur les mena au rez-de-chaussée où ils traversèrent deux salles noires de monde avant de trouver le sénateur en habit de soirée aux côtés de son épouse Dolores et de la directrice artistique Lisa Whittaker.

— Veuillez m'excuser un instant, fit précipitamment le vieil homme en quittant les deux femmes pour se porter à la rencontre de Sarah et de Tim.

Tim l'informa aussitôt de la présence plus que probable de Fenryder en ces lieux.

— Mais c'est impossible, s'écria le sénateur, soudain très pâle. Le FBI me l'aurait signalé.

Sarah préféra ne pas faire état, pour l'instant, de leurs doutes sur la fiabilité du FBI et se focalisa sur les renseignements obtenus auprès de l'entreprise de transport King.

— Le soir où le général Fenryder a débarqué, expliqua-t-elle, Walter Skoll avait loué non pas un mais deux camions. Le premier est passé au port de Jersey City un peu avant minuit, et c'est ce camion que les hommes de 10-13 ont suivi jusqu'à l'annexe. Quant au second camion, il est arrivé une demi-heure après, une fois la route dégagée, et il a conduit sa *marchandise* ici même, à la Fondation.

— Nom d'un chien ! Mais ça veut dire que Dolores est en danger.

— Elle l'est en effet, dit Tim, et vous aussi, monsieur le sénateur. Vous devez tout de suite quitter la Fondation. S'il doit se produire une tuerie ici, ce sera seulement parce que vous vous y trouvez. Ne l'oubliez pas.

— D'accord. Très bien. (Il s'éloigna puis revint vers eux.) Prenez ceci, monsieur Modin. Discrètement, s'il vous plaît. Pas la peine de jeter la panique. D'autant que cela inciterait les Loups à provoquer leur opération de carnage avant l'heure.

— Mais c'est un flingue, dit Tim tandis que le sénateur lui passait un pistolet Walther P38.

— Attention, il est chargé. Je suppose que vous savez vous en servir.

— Bon sang, vous avez réussi à faire entrer un flingue !

— Si vous faites allusion au portique de sécurité, sachez qu'on n'a pas cru bon de me faire passer dessous, et c'est heureux qu'on ait agi de la même façon avec tous les agents du FBI qui pullulent à l'endroit où nous sommes. La machine en aurait été toute retournée, croyez-moi. Et mes oreilles avec. Bon, restez ici. Je vais prévenir mon épouse. Il faut à tout prix qu'elle sorte de ce guêpier.

*

Où l'on voit Dolores Marche osciller entre confiance et inquiétude

De l'avis de tous les gens qui la rencontraient, la jeune épouse du sénateur était vraiment une très jolie femme.

De quarante-deux ans plus jeune que Marvin March, c'était elle, Dolores, qui était tombée amoureuse de lui la première, et non l'inverse comme on était en droit de le croire en les voyant ensemble.

Son père, le gouverneur de l'État, n'avait pas été soulevé d'enthousiasme lorsqu'elle lui avait fait part de son intention de convoler avec un homme du même âge que lui. Et il s'était servi un bon verre de Hennessy, histoire de s'en remettre. Sa déception avait cependant trouvé à s'adoucir quelque peu quand elle lui avait appris, ce soir-là, que c'était Marvin March, son meilleur ami, qui allait devenir son gendre. Bien sûr, il aurait pu engueuler Marvin de lui faire un coup pareil, mais outre qu'il était un libéral bon teint, il aurait eu du mal à lui jeter la pierre, lui qui trompait sa femme avec toutes les jeunes stagiaires qui passaient dans son bureau et qui n'étaient guère plus âgées que sa fille. Il avait donc fait contre mauvaise fortune bon cœur et repris un deuxième verre de cognac. Pour fêter l'événement, cette fois.

Edgar Prospero et Marvin March s'estimaient ; mieux ils se respectaient, ce qui était un sentiment plutôt rare chez des hommes et surtout chez deux spécimens voués à la chose publique.

Ils avaient fait leur brillante carrière sinon ensemble, du moins en parallèle. Ils étaient entrés en politique presque au même moment, en 1973 pour March, une année plus tard pour Prospero. Et quand, dans les années quatre-vingt-dix, l'un avait remporté son siège de sénateur, l'autre avait enlevé le poste de gouverneur. Incontestablement, leurs destins semblaient liés, et il était presque normal qu'ils finissent par devenir parents.

De son côté, Dolores, en fille d'un politicien de renom, était comme prédestinée à épouser un homme de ce milieu, bien que sa mère, elle-même enfant de sénateur, l'eût maintes fois incitée à faire œuvre d'originalité par rapport au conformisme génétique de la famille. Dolores aimait beaucoup sa mère, mais sur ce point elle ne l'avait pas écoutée. Et jusqu'à présent, elle se félicitait de ne pas l'avoir fait. D'ailleurs, même ses amies reconnaissaient dans son dos qu'elle aurait pu tomber plus mal.

Avocat brillantissime dans sa jeunesse, Marvin March était devenu un homme politique respecté, y compris dans les rangs de ses adversaires républicains. Bien sûr son remariage, célébré en grande pompe en l'an 2000, avec une jeune femme de quarante-deux ans plus jeune que lui, avait suscité, dans certains shows satiriques à forte audience, quelques caricatures aussi attendues que déplaisantes, mais dans l'ensemble les médias n'avaient pas trop insisté sur la différence d'âge des nouveaux mariés. Restait à déterminer s'ils feraient preuve de la même bienveillance quand ils apprendraient la grossesse de la jeune femme.

Profitant que Lisa Whittaker avait les yeux tournés vers la toile qu'elle leur expliquait, Dolores passa sa main sur son ventre, heureuse d'être bientôt mère et fière que ce fût des œuvres de Marvin. Sa grossesse ne se remarquait pas encore, son léger surpoids pouvant passer pour le résultat des cocktails et dîners qui remplissaient l'existence d'une épouse de sénateur. Elle n'en avait encore parlé à personne, si ce n'est à sa proche famille. (Apprenant la nouvelle, Edgar Prospero avait, bien entendu, refait appel au dieu Hennessy.) La dernière échographie n'avait révélé aucune anomalie dans le développement du fœtus. « Ce sera un magnifique bébé », lui avait promis son médecin. Elle n'avait pas demandé à connaître le sexe de son enfant, préférant en avoir la surprise lors de son accouchement. Si c'était un garçon, ils l'appelleraient Marvin Jr, sinon ce serait Kate. Mais au fond d'elle-même, Dolores ne pouvait s'empêcher d'avoir un faible pour Marvin Jr. et…

Soudain elle prit conscience qu'elle n'écoutait rien de ce que leur disait Lisa Whittaker et, se rappelant à l'ordre, elle décida de se montrer plus attentive. La directrice, justement, les invitait à continuer la visite.

Tandis qu'ils la suivaient, Marvin glissa une main inquiète sous le bras de Dolores et, exerçant une légère pression sur son coude, lui demanda :

— Tu vas bien, ma chérie ?

Elle le rassura d'un sourire aimant et, accompagnés du critique au costume de lin blanc, ce Kenneth quelque chose, ils allèrent se planter devant une autre grande œuvre de Forrest Magnus, la *Vitrine* n° 8, qui détaillait l'étal d'une boucherie. Whittaker parla ici d'un hommage au célèbre *Bœuf écorché* de Rembrandt et Kenneth quelque chose l'approuva.

Quoique la jeune femme aimât beaucoup les toiles hyperréalistes de Magnus, sa concentration s'effilocha et elle sentit de nouveau ses pensées dériver vers d'autres préoccupations.

Elle enveloppa son Marvin d'un regard plein de tendresse.

Lui au moins savait dissimuler sa nervosité, observa-t-elle avec admiration tout en se reprochant d'être incapable de pareille maîtrise.

Bien sûr, elle bénéficiait de circonstances atténuantes. Il n'était jamais agréable de découvrir que sa vie ainsi que celle de son époux se trouvaient menacées par quelques fanatiques assoiffés de violence. Les premiers temps où Marvin l'avait mise dans la confidence sur les dangers qui pesaient sur eux, elle en avait tout bonnement perdu le sommeil. Mais depuis quelques jours, en fait depuis que Marvin lui avait dit la vérité sur son fils Eliot, elle savait à quoi s'en tenir et se sentait plus confiante, comme soulagée.

Et puis le fait qu'on les avait placés sous haute protection policière la rassurait aussi quelque peu. Outre leurs deux gardes du corps habituels, le FBI veillait à leur sécurité. Marvin lui avait même avoué tout à l'heure que des agents en civil avaient investi en grand nombre les salles d'exposition de la Fondation. Peut-être était-elle en train de parler à un agent spécial tout en croyant s'adresser à ce critique Kenneth quelque chose. Peut-être, oui, cet homme dissimulait-il sous son costume de lin blanc un étui rempli d'un .38 réglementaire.

À cette image, un fin sourire ourla sa bouche, et elle trempa ses lèvres dans sa coupe de champagne tout en tâchant de déceler un signe la confortant dans ce sentiment qu'ils étaient en sécurité.

Elle ne le trouva pas, ce signe. En revanche, elle entendit son mari leur dire :

— Veuillez m'excuser un instant.

Et elle le vit s'éloigner pour aller s'entretenir avec une jeune femme noire et un homme à l'allure de pirate. Des agents du FBI, sans doute…

Portant mécaniquement sa coupe à ses lèvres, elle ne quitta pas des yeux son Marvin et remarqua tout de suite que le sang-froid dont il avait fait montre jusqu'alors fléchissait à mesure qu'on lui parlait.

Avec inquiétude, Dolores le vit revenir vers elle.

Cette inquiétude se mua très vite en alarme lorsque Marvin March se mit soudain à chanceler, pâle comme la mort, une main crispée sur sa poitrine.

*

Où le sénateur descend au sous-sol

Fenryder était quelque part dans l'immeuble, se répéta Sarah comme pour mieux saisir toute l'étendue de cette révélation et ce qu'elle impliquait de danger.

Sarah suivait des yeux le sénateur qui repartait vers le petit groupe où se tenait sa jeune épouse. À mi-chemin, elle le vit ralentir, puis vaciller et porter une main à son cœur.

— Oh ! non, fit-elle.

Le sénateur March faisait un infarctus.

Avant même qu'elle et Tim réagissent, ses deux gardes du corps se précipitèrent pour le soutenir et l'emmener dans le hall.

Avec des murmures de curiosité, la foule se massa autour du sénateur, empêchant Sarah et Tim de s'approcher pour lui parler.

Un médecin arriva, puis monta avec les trois hommes, Dolores March et la directrice Lisa Whittaker dans un des ascenseurs. Levant les yeux vers l'indicateur d'étages, Tim remarqua que le niveau 0 avait cessé d'être en surbrillance pour laisser la place au chiffre – 1. C'était le parking souterrain. Ils cherchaient à évacuer le sénateur vers un hôpital.

Sarah et Tim décidèrent de les rattraper par l'escalier de secours qu'ils dévalèrent en sautant deux marches sur trois, faisant résonner sous leurs pas les degrés métalliques.

Arrivés dans le parking, ils virent le cortège qui se dirigeait vers la limousine garée sous la rampe de sortie en béton. Au moment même où ils allaient se remettre à courir, Eliot March surgit derrière eux, brandissant à deux mains un Colt.38 special.

— On ne bouge plus ! hurla-t-il à leur adresse.

Sa voix de stentor se réverbéra dans tout le parking. Et le petit groupe autour du sénateur se retourna vers eux. Obéissant, Sarah et Tim se figèrent.

— On l'avait oublié, celui-là, maugréa Tim en jetant un regard par-dessus son épaule.

— Bordel, j'ai dit : on ne bouge plus, cria Eliot March.

Levant les bras en l'air, Sarah se tourna vers lui.

— Ne faites pas l'imbécile, dit-elle. Le FBI est partout. Vous n'avez aucune chance.

— Laissez vos mains bien en l'air. Ne me poussez pas à vous descendre. Je le ferais avec plaisir. Ne me tentez surtout pas.

Tim, qui lui tournait toujours le dos, explosa :

— Bon sang ! vous n'avez pas compris ce qu'on vous a dit. Les flics sont au courant.

— Je sais, Modin, répondit Eliot avant d'ajouter avec un bref sourire : et je le sais d'autant mieux que je suis du FBI.

Et de sa main libre il brandit sa carte d'agent fédéral.

— Je vous arrête tous les deux pour tentative d'assassinat sur la personne de mon père, le sénateur Marvin March.

— Quoi ? ! cracha Tim qui se retourna d'un coup.

Comme il l'avait promis, l'agent spécial Eliot March lui tira une balle dans la jambe. Tim s'effondra.

— Je vous avais prévenu. N'aggravez pas votre cas, Modin.

Puis penchant un peu la tête vers le micro planqué dans la poche poitrine de sa chemise, il dit :

— OK, les gars ! on en tient déjà deux. Vous pouvez rappliquer.

Il sortit de la poche de son jean une paire de menottes qu'il lança à Sarah.

— Passez ça aux poignets de votre complice.

Sarah resta bouche bée, les menottes dans les mains.

— Vous refusez d'obtempérer ?

— Vous faites une sacrée connerie, March, dit Tim, le souffle court.

— Rappliquez illico, ici l'agent spécial Eliot March ! répéta-t-il dans son micro. Qu'est-ce que vous foutez ? J'ai deux suspects à embarquer.

Sarah prit conscience de l'extrême nervosité d'Eliot. La situation pouvait dégénérer d'une seconde à l'autre. Elle prit le parti d'obéir et s'accroupit pour passer les menottes à Tim.

— Très bien. Maintenant à votre tour. Agenouillez-vous en me tournant le dos.

Elle hésita puis, comme dans un cauchemar, fit ce qu'il lui demandait.

Il s'approcha d'eux, le flingue toujours braqué.

Il lui lia les mains à son tour. Puis, sans douceur, vérifia les menottes de Tim.

— Parfait, conclut-il.

*

Où Forrest décide d'entrer lui aussi dans la danse

Battant la semelle devant l'esplanade de la Fondation, Forrest surveillait à bonne distance les portes du hall, les mains enfoncées dans ses poches et le col de son manteau relevé pour se protéger du vent polaire qui soufflait cette nuit. Il ne pouvait s'empêcher de penser que la situation relevait de l'ironie la plus cruelle. Car si son nom figurait bien en gros caractères sur le calicot flamboyant du hall et si ses œuvres étaient bien exposées à la vue d'une foule venue nombreuse, lui, l'artiste, ne pouvait en aucun cas se montrer et devait se faire à l'idée d'assister de loin au triomphe de son art.

Le bâtiment était tout éclairé à sa base, ce qui semblait logique quand on en connaissait la disposition, les sept salles d'exposition se trouvant de plain-pied. De là où il se tenait, sur le trottoir de la Cinquième Avenue, derrière la clôture basse qui fermait l'esplanade, il pouvait entrapercevoir des silhouettes allant et venant dans le hall illuminé.

Forrest leva les yeux vers le haut de la Fondation. Le sixième étage, privé de fenêtres, était invisible. Il se souvint que son amie, la critique Shirley Zimmer, lui avait raconté que les New-Yorkais, lors de la construction de l'édifice en 1970, s'étaient plu à le surnommer la « pierre tombale ».

Un frisson lui parcourut l'échine, un frisson qui n'avait rien à voir avec le vent froid qui sévissait.

Ce n'était pas Sarah ni Tim qui auraient dû être à l'intérieur, mais lui, Forrest. Et pas seulement parce que c'étaient ses œuvres qu'on exposait.

Il jeta de nouveau un regard anxieux au sombre entablement qui dissimulait tout le sixième étage. Il en imagina l'intérieur tel que Sarah avait pu le lui décrire : la longue table de conférence en bois noir avec ses sièges curules à dossier et ses petites lampes Gallé en forme de champignons rouges et vénéneux. Il imagina aussi la grande niche faisant face à la table, dans le fond de la pièce. La grande niche qui n'était plus vide mais occupée…

Et c'est alors qu'il comprit.

— Oh Seigneur, non ! murmura-t-il entre ses dents.

Il pensa à Sarah et à Tim. Il pensa à Oscar Watts, son ami galeriste assassiné. Il pensa au rêve qui lui avait fait voir Sarah pour la première fois avant même qu'il ne la rencontrât en chair et en os dans un restaurant libanais de Brooklyn. Le rêve qui lui avait fait comprendre que Sarah lui donnerait l'occasion de se racheter, que Sarah serait le beau nom de son rachat.

Et c'était l'heure maintenant.

Il se rappelait avoir laissé son pistolet chez Tim mais il avait dans sa poche gauche autre chose, qu'il traînait avec lui depuis qu'il avait commencé d'accrocher ses toiles à la Fondation. Est-ce que *cela* suffirait ? Oui, s'il avait le courage d'aller jusqu'au bout.

Il pouvait réussir. Encore devait-il y croire lui-même. Sinon *ils* s'en rendraient compte tout de suite. *Ils* lisent dans les pensées de leurs interlocuteurs, se souvint-il. Ce point était capital ; il ne devait pas l'oublier, fût-ce une seconde.

À l'impossible, se dit-il, *nul n'était tenu – si ce n'est l'artiste.*

L'art, n'était-il pas miracle ? Oui, n'était-ce pas cela, après tout ? Arriver à faire croire que la vie est autre. Parvenir à donner à l'existence une dimension qu'elle n'avait pas auparavant.

Un étrange sourire aux lèvres, il se mit à traverser l'esplanade, déclenchant sous ses pas une volée de pigeons qui allèrent atterrir un peu plus loin. Là, le vent mugissait plus fort que tout à l'heure sur le trottoir. Là, la nuit semblait plus noire, plus froide, plus hostile que partout ailleurs à Manhattan.

Il tira l'une des portes puis pénétra dans la chaleur du hall plein du brouhaha des invités.

La Fondation n'avait pas lésiné sur les mesures de sécurité. Pour entrer, on devait montrer patte blanche. Un carton d'invitation était exigé, et le service d'ordre, renforcé de trois vigiles pour la soirée, vérifiait sur sa liste le nom des personnes. On était ensuite convié à passer sous un portique ultrasophistiqué, un Ionscan Sentinel de la société Smiths, capable de détecter en un rien de temps toutes sortes de métaux et d'explosifs.

Forrest se raidit en apercevant le dispositif de surveillance.

Par chance, le chef de la sécurité le reconnut et le fit entrer par le guichet réservé au personnel, lui épargnant ainsi de passer sous le portique.

Avec ce que Forrest *portait* sur lui, il valait mieux.

Il souffla un bon coup une fois de l'autre côté, puis s'enfonça dans la foule.

Personne du FBI pour venir l'arrêter. La police n'imaginait peut-être pas qu'il eût le cran de venir.

Quelqu'un l'attrapa, volubile :

— Forrest, tu es bien conscient, j'espère, que c'est vraiment hyper top, ton travail.

Une autre voix lui glissa :

— Lisa te cherche, tu sais ?

Il passa outre et se fraya un chemin vers le buffet près des ascenseurs.

Avant de gagner les salles sur sa gauche, il voulait boire un verre pour se donner du courage. Il lui en faudrait plus que jamais, c'était la seule chose dont il était certain ce soir de vernissage.

Avec un sourire immense, une serveuse lui tendit une coupe de veuve-clicquot.

Il l'en bénit.

Il tenait sur ses jambes et c'était miracle et il les bénit, elles aussi. Elles lui restaient fidèles. Et il pria pour qu'elles le soient encore quand sonnerait l'heure exacte de son rachat.

*

Où le sénateur March reprend les choses en main

Fouillant Tim assis sur le béton à côté de Sarah, l'agent Eliot March mit la main sur le P38 que le sénateur leur avait donné tout à l'heure.

— Surtout, Modin, ne me dites pas que vous ignoriez avoir cette arme dans votre poche, dit-il en tendant le pistolet à Jack, l'un des deux gorilles du sénateur, venu l'aider.

— Vous êtes en train de faire une sacrée bourde, protesta Tim en serrant les dents.

— La ferme ! lui intima Eliot March. Ne me forcez pas à vous assommer.

— Demandez donc à votre père, nom de Dieu ! pesta Sarah à son tour.

Mais le sénateur qu'on avait installé dans sa limousine semblait hors d'état de répondre à quelque question que ce fût, et Sarah ne s'en sentit que plus désemparée.

Jamais elle n'avait imaginé un seul instant ce retournement de situation qui faisait d'un des principaux suspects un agent fédéral sous couverture. Le coup de théâtre ne manquait pas de piquant, d'ailleurs, puisque c'était à présent Tim et elle qui endossaient le rôle, guère réjouissant, de criminels.

Le sénateur leur avait bien dit que le FBI avait infiltré l'ennemi mais pourquoi ne leur avait-il pas précisé que c'était son propre fils qui jouait les sous-marins ? Pour le protéger au cas où il y aurait eu des fuites, c'était évident, et Sarah s'en voulut de n'y avoir pas pensé avant.

— Jack, fit Eliot au garde du corps. Surveillez ces deux-là, voulez-vous ? Il faut que j'aille voir mon père.

Remettant son arme dans son holster, il se dirigea vers la limousine et demanda au médecin qui en ressortait :

— Comment va-t-il, docteur ?

Le toubib se passa la main dans ses cheveux grisonnants.

— Le sénateur March se remet déjà. Je crois qu'il y a eu plus de peur que de mal. Mais pour plus de sécurité, il vaudrait mieux le transporter à l'hôpital et pratiquer des examens complémentaires.

Eliot se pencha à l'intérieur de la limousine sur la banquette arrière de laquelle était assis le sénateur en compagnie de Dolores.

— Tiens bon, papa. Ils vont te conduire aux urgences.

Marvin March fit un non énergique de la main.

— Je me sens mieux, assura-t-il d'une voix encore un peu faible. C'était juste un étourdissement ou je ne sais quoi. (Il agrippa la main de son fils :) Écoute-moi, il faut prévenir Edgar Prospero qu'il est en danger. *Ils* sont là, à la Fondation. Et *ils* ne vont pas tarder à passer à l'attaque.

Puis il se tourna vers Dolores assise à ses côtés.

— Ma chérie, je t'en prie, accompagne Eliot. Il faut convaincre ton père que la situation est sérieuse. Allez, dépêchez-vous. Il n'y a plus de temps à perdre.

— Mais, et toi ? s'inquiéta Eliot.

— Je suis avec Jack et Mel, répondit le sénateur en désignant du menton ses gorilles restés à l'extérieur de la limousine. Et d'ailleurs ici, je ne crains plus rien.

Eliot March acquiesça de la tête. Il n'ignorait pas que cette limousine avait été renforcée d'un blindage capable de résister aux balles et même à certains explosifs.

— Très bien, dit-il, reste à l'intérieur, papa. Nous revenons dans deux minutes. (Puis se tournant vers les gorilles :) Jack, gardez ces deux suspects à l'œil. S'ils tentent de se relever, n'hésitez pas. Abattez-les. Venez, Dolores, le temps presse.

Dolores retroussa sa longue robe de soirée et, ses talons hauts claquant sur le sol en béton, elle courut s'engouffrer dans l'ascenseur en compagnie d'Eliot.

Après leur départ, le sénateur sortit péniblement de la voiture, aidé par le médecin et Lisa Whittaker, qui n'en menait pas large avec tous ces événements. Une fois debout, il repoussa leur assistance pour se diriger seul vers Sarah et Tim, assis par terre.

— Baissez votre arme, Jack, nom d'un chien ! ordonna-t-il à son garde du corps. Tout cela est une affreuse méprise.

Puis s'adressant à Sarah et à Tim, il demanda :

— Est-ce que ça va aller, vous deux ?

Tim fulminait toujours.

— Si vous ne vouliez pas nous révéler que votre fils était votre informateur, vous auriez pu au moins lui parler de nous. Ça m'aurait évité de prendre une balle dans la jambe et de me retrouver avec des menottes comme un vulgaire malfrat.

Son orgueil de détective en avait pris un coup.

— Je suis navré, mes amis, mais cela aurait contrarié notre plan. Vous allez réussir à vous relever, monsieur Modin ?

— Oui, la balle m'a simplement effleuré la cuisse.

— Jack, avez-vous les clés de ces satanées menottes ?

Le gorille hocha la tête.

— Alors qu'attendez-vous pour les leur ôter ?

Sarah était déjà remise sur ses jambes. Débarrassée de ses menottes, elle aida Tim à se redresser.

— Très bien, fit le sénateur lorsqu'ils furent tous les deux debout et libres. Jack, donnez-moi le pistolet de M. Modin que je le lui rende.

Le garde du corps lui tendit le Walther automatique.

— Monsieur, êtes-vous certain qu'ils ne sont pas dangereux ? demanda Jack, plutôt sceptique.

— Oh, oui ! répondit le sénateur après avoir pris en main le P38.

Et il tira deux coups à bout portant sur son garde du corps. Ensuite il se retourna et fit feu de nouveau.

*

10-13 (fin)

Une onde agita de haut en bas le liquide doré qui emplissait le sarcophage, et la grande salle du sixième étage fut parcourue par un léger courant d'air qui émit un petit vrombissement en passant.

10-13 comprit aussitôt que la composition moléculaire de l'espace venait de changer. Que le Vent-Fort, le mécanisme de protection du sarcophage, venait de se déclencher.

Impossible, se dit-il.

C'était impossible en tout cas avec le tarhq en sa possession.

— Ne bougez plus, chuchota-t-il, soudain tendu, à l'adresse de ses hommes.

Tish, Wilkinson et Cumming, qui le flanquaient, s'immobilisèrent aussitôt.

Il y eut de nouveau ce petit vrombissement avec pardessus, cette fois, un bruit de sabre tranchant net une pomme.

— Merde, souffla Tish.

Ce fut le dernier mot qu'il prononça.

Sans bouger la tête, 10-13 tourna ses pupilles à droite.

Il vit Tish devenu soudain très pâle.

Des myriades d'estafilades rayaient de rouge vif son visage et sa gorge. Elles dessinaient une grille de longs traits verticaux, rigoureusement parallèles et formant des intervalles d'un demi-centimètre.

Baissant les yeux, 10-13 observa que les mêmes lignes rouges couvraient les mains de Tish et qu'elles sillonnaient aussi sa veste, son pantalon, ses chaussures.

Portant ses pupilles sur la gauche, il aperçut Wilkinson et Cumming, immobiles et livides eux aussi, avec sur leurs corps les mêmes marques tirées au cordeau, comme des tatouages qu'aurait exécutés un mordu de géométrie dans l'espace.

Ne bougeant toujours pas, 10-13 fixa de nouveau son regard sur Tish.

Le sang se mit à perler par endroits le long des entailles, d'abord doucement puis de plus en plus vite avant de ruisseler en abondance.

Et Tish s'affaissa. Pas d'un seul coup, non, mais par morceaux ou plutôt par tranches comme s'il était passé tout entier dans un coupe-jambon nouvelle génération, fonctionnant au laser.

À droite, Wilkinson et Cumming s'effondrèrent à leur tour, le corps débité en lames de la tête aux pieds.

Le Vent-Fort les avait traversés de part en part, sectionnant chair et os en une fraction de seconde, sans rencontrer la moindre résistance.

10-13 se demanda pourquoi le Vent-Fort n'était pas passé au travers de son corps. Était-ce parce qu'il portait sur lui le tarhq ? Sans doute. Par prudence, il leva sa main droite devant lui pour vérifier qu'il pouvait avancer.

À cinquante centimètres, sa main disparut hors de sa vue. Un léger bruit de décollement se fit entendre. Sous le coup de la stupeur, 10-13 ramena son bras contre lui, mais c'était trop tard. La douleur irradiait déjà dans tout son avant-bras. Une douleur atroce, qui le fit pâlir.

Sa main, comme prise dans un bain d'azote liquide, venait de lui être arrachée.

Où était-elle tombée ? Dans un autre pan de l'espace, un pan indiscernable et aberrant.

Malgré l'effroyable souffrance, il ne hurla pas. Il commit cependant l'erreur d'avancer l'autre main pour saisir son moignon qui pissait le sang.

Alors un morceau de son épaule gauche fut sectionné.

Dans un gémissement, il tomba à genoux, sentit une lame glaciale lui déchirer une partie de la joue gauche et l'oreille.

Il se trouvait dans une cellule étroite, faite de parois tranchantes comme des lasers et aussi biscornues qu'invisibles. S'il bougeait encore d'un poil, c'en était fini de lui.

Une image s'imposa à son esprit, une image tirée de l'histoire qu'il avait racontée à Sarah dans le métro : il se sentait comme ce rat martyrisé par Big Joe dans l'égout de Hunts Point.

C'est alors que se fit entendre la voix du Général en provenance du sarcophage.

— Vous pensiez que le tarhq de Ron Flint vous mettrait à l'abri du Vent-Fort.

C'était une voix au timbre froid, à l'autorité évidente. Celle d'un chef incontesté.

Ce salopard de Flint leur avait bourré le mou, comprit soudain 10-13 dans un frisson de douleur. Sous la torture, le tarhq-sagogh leur avait balancé ce qu'il devait leur faire croire, et seulement cela. Il avait été jusqu'à donner sa vie pour parfaire la manipulation.

Dans une fulgurance, 10-13 revit le visage ensanglanté de Flint lui sourire alors qu'il l'ajustait pour le descendre. Ce sourire de dément, c'était le sourire de la victoire.

— Ron Flint s'est sacrifié pour la Cause, continua Fenryder. Je devais vous faire venir à moi tout en vous laissant penser que vous dominiez la situation de bout en bout. Nous vous avons fait croire que la possession d'un de nos tarqh vous immuniserait contre le Vent-Fort. C'était mensonge. Nous vous avons fait croire que j'étais prisonnier du Vent-Fort et que ce serait un jeu d'enfant que de venir me trouer de balles dans mon sarcophage. Or, cela aussi c'était mensonges.

Grelottant de douleur, 10-13 vit le liquide à l'intérieur du sarcophage s'assombrir, puis se solidifier en son centre pour former une silhouette humaine de couleur dorée et de grande taille qui, levant un pied puis l'autre, s'extirpa de l'enceinte. Une fois dehors, la membrane semi-transparente et jaunâtre qui, comme un placenta, enveloppait le corps se résorba pour laisser apparaître l'uniforme gris des Confédérés que portait sur lui le Général.

— Comme vous pouvez le constater par vous-même, poursuivit Fenryder, il m'est possible de quitter mon refuge. Oh ! bien sûr, mon visage n'est guère présentable, et vous m'en voyez le premier désolé.

Souvenir de sa mise à mort en 1865 par des Yankees ivres de revanche, Lucius Ewel Fenryder avait tout le côté droit de son visage déchiqueté.

C'était au son de *John Brown's Body* que les soldats de Lincoln s'étaient acharnés sur son cadavre, vidant leurs revolvers sur sa tête puis le traînant par les pieds, attaché derrière un cheval.

Une partie de l'os frontal surplombant l'orbite droite avait été emportée avec l'œil. Il restait encore moins de choses de l'oreille qui avait été arrachée à la base et de l'os temporal, qui, complètement éclaté, laissait voir les circonvolutions blanc rosé du cerveau.

Toute la moitié droite de la bouche était largement déchirée, révélant l'ivoire des molaires plantées de ce côté, le rose des gencives et le rouge vif des artères faciales. Au sommet du crâne pendouillaient des lambeaux de chair avec des mèches de cheveux noirs. Et dessous se découvrait l'entrelacs des muscles brun rouge et des veines d'un incroyable bleu de cobalt.

— Vous vous demandez sans doute ce qui n'a pas marché dans votre plan, et pourquoi votre jeune ami le Chacal ne s'est pas avancé avec vous tout à l'heure.

— Ce fumier savait que c'était un piège, marmonna 10-13, grimaçant de douleur.

— Oh, vous avez déjà compris. Oui, c'est vrai, il savait. C'est lors de sa petite visite à l'annexe en septembre que Walter Skoll a su le convaincre de rejoindre notre camp. Skoll est un homme très persuasif, croyez-moi.

Le Général s'approcha du Chacal, resté au fond de la pièce.

— Mon enfant, lui dit-il, la mort de notre ami Ron Flint doit être vengée.

Le Chacal dégaina son arme et, la braquant sur 10-13, demanda au Général :

— Par quel membre voulez-vous que je commence, Maître ?

Le Général en gloussa de satisfaction.

— Charmant, charmant ! Mais tu ne m'as pas bien compris, joli papillon.

Le Général passa derrière le Chacal, puis le souleva comme s'il ne pesait pas plus lourd qu'une plume et, s'emparant de ses mains, l'écartela brusquement de sorte que le Chacal se retrouva crucifié en l'air. Gagné par la terreur, le Chacal hurla et, dans son affolement, se mit à vider son chargeur sur le mur.

— Je sais récompenser la trahison comme elle le mérite, déclara le Général.

Et il lui arracha les bras aussi facilement que les ailes d'un insecte.

Le corps du Chacal retomba sans vie sur le sol.

— Tyron, fit le Général en s'adressant à 10-13, je vais devoir vous laisser un moment. Je me dois de remplir certaines obligations envers mes invités. Je ne saurais trop vous conseiller de rester tranquille jusqu'à mon retour. La partie ne fait que commencer et je la finirai par vous si vous n'y voyez pas d'inconvénient.

*

Où tombent les masques

Quatre corps gisaient morts sur le sol en béton du parking : il y avait les deux gorilles du sénateur, le médecin et Lisa Whittaker, la directrice artistique de la Fondation.

— Vous savez ce que je crois, dit March sur le ton de la confidence, son arme pointée vers Sarah et Tim. La vieillesse, c'est comme un deuxième âge ingrat. On a des caprices de nouveau, de nouveau des envies de fugue. Ah, quel dommage que le corps ne suive pas ce regain d'esprit juvénile !

Il se gratta la tempe à la façon de Peter Falk dans un *Columbo* franchement macabre.

— Oh ! vous vous demandez ce qu'attendent les agents du FBI pour passer à l'action ? Mais je crains qu'à la suite d'une mauvaise rencontre les quatre agents en planque devant la Fondation ne puissent plus nous être d'aucun secours. Tout comme nos amis ici présents, d'ailleurs, fit-il en désignant du pouce les cadavres derrière lui.

— Pourquoi faites-vous ça ? demanda Sarah, remplie de stupeur.

— Vous êtes jeune. Vous ne savez pas ce que c'est que vieillir. La décrépitude. La mort qui vous guette, si proche. Toujours là, à regarder par-dessus votre épaule ce que vous faites. Et qui attend votre premier faux pas pour vous mettre le grappin dessus. Et puis autour de vous toute cette jeunesse, toute cette vie qui se trémousse sous vos yeux, obscène de santé. J'ai été un type bien pendant soixante-dix ans, Sarah. Mettons que j'ai assez donné.

— Espèce de salopard, aboya Tim.

— Pourquoi « espèce » ? répliqua le sénateur, amusé.

Tim se rua vers lui mais, à cause de sa jambe blessée, il ne le fit pas aussi rapidement qu'il aurait fallu pour le surprendre. Le sénateur esquiva l'attaque et braqua le P38 sur la tête de Sarah.

— Allons, du calme, monsieur Modin. Ne me forcez pas à vous descendre sans vous permettre de comprendre ce qui vous arrive. N'êtes-vous donc pas curieux ? Ne voulez-vous pas connaître le fin mot de l'histoire ? Personnellement, j'aimerais beaucoup que vous me fassiez le plaisir d'assister à mon entrée chez les Loups. Je crois que vous et moi l'avons bien mérité, pas vrai ?

Il y eut un petit tintement métallique du côté des ascenseurs et Tim sentit vibrer la boule de laiton fichée dans son œil gauche. Son ancien pendule de radiesthésiste se rappelait à lui en détectant la survenue d'un champ de forces exceptionnel, comme douze ans auparavant, à Chicago, quand son frère et lui s'étaient aventurés de nuit dans le bâtiment A de l'ancienne base militaire.

Des larmes de sang se mirent à couler sous le bandeau de velours noir tandis qu'un des ascenseurs s'ouvrait. D'un pas décidé, un homme en sortit pour s'avancer vers eux.

À ses cheveux peroxydés coiffés en brosse, Tim le reconnut immédiatement.

C'était l'un des trois Loups qui avaient massacré son frère Kevin.

— Permettez-moi, mes amis, fit le vieux sénateur, rayonnant de fierté, de vous présenter le Grand Loup William Hasty. Comme vous le savez déjà, il est, avec Walter Skoll, l'un des lieutenants de notre Grand Maître, et l'un de ces horribles Loups que vous aimeriez tant balayer de la surface de la terre. Allons donc, monsieur Modin ! Regardez et avouez quelle grande perte ce serait pour notre petit monde d'agneaux chétifs et bêlants.

Vêtu d'un élégant costume trois-pièces et portant un coffret en bois précieux sous le bras, William Hasty s'immobilisa aux côtés du sénateur. De sa simple présence émanait un sentiment de puissance effrayante. Sa main droite, sinistre, arborait le gant noir des Loups.

— Walter vous prie de bien vouloir l'excuser, dit-il au sénateur. Ayant un problème de petit personnel à régler, il ne peut malheureusement pas vous recevoir lui-même à la Fondation. Aussi m'a-t-il chargé de venir vous accueillir.

Puis il se tourna vers Sarah et Tim.

— Sachez, vous deux, que nous aurions pu vous tuer depuis longtemps mais notre Maître, le général Fenryder, souhaitait vous utiliser à d'autres fins que notre pur divertissement.

— Cet enfoiré s'est servi de nous, c'est ça ? fit Tim qui commençait à mesurer tout le désastre de leur situation.

— Expliquez-leur, Marvin, dit Hasty sans les quitter de ses yeux froids.

— En effet, monsieur Modin. Notre Maître s'est servi de vous, mais vous ignorez encore à quel point. Le plan du Général s'est révélé d'une ingéniosité digne de sa réputation de stratège. Nous avons d'abord fait contacter votre ami Forrest Magnus à Paris par la Fondation afin de lui proposer une grande exposition à New York. Nous savions qu'il vous connaissait, monsieur Modin, et que vous enquêtiez sur notre Maître. Nous nous sommes dit que jamais vous ne laisseriez passer une pareille occasion de venir fourrer votre nez dans nos affaires. Puis nous avons réveillé les vieux fantômes de M. Magnus, je veux parler bien sûr de son ancienne appartenance à la secte du Triple Tiret.

Il s'exhalait du sénateur un contentement de soi horripilant au possible. Mais il avait de quoi être satisfait de lui, à la vérité.

— Nous avons réactivé le réseau du Triple Tiret et fait contacter par notre ami dévoué, le révérend Gardner, mon fils Eliot que nous savions au Canada et Forrest Magnus, à Paris, en leur laissant croire que Gardner voulait mettre à exécution son projet d'assassinat sur ma personne. Je savais que le FBI surveillait de près ce qui restait des membres du Triple Tiret mais j'ignorais encore qu'Eliot était en réalité un agent sous couverture. Quand le directeur du FBI m'a fait part des prétendues menaces qui pesaient de nouveau sur ma vie, il m'a communiqué le nom de leur agent infiltré. Vous imaginez l'étendue de ma surprise quand j'ai découvert que c'était mon propre fils, Eliot. Ma première réaction a été de tout arrêter et je suis venu vous trouver chez vous, Sarah, dans cette intention heureusement sans suite.

— Ne me dites pas que c'est moi qui vous ai fait changer d'avis, le coupa Sarah en faisant une moue écœurée.

Le vieux sénateur éclata de rire.

— Non, non, je suis navré de vous décevoir encore mais vous n'êtes pour rien dans ma décision. C'est le Général qui, lorsque je l'ai informé des dernières évolutions, m'a convaincu de rester dans le jeu. Il y a vu, comment dire ? l'opportunité de faire d'une pierre deux coups. Nous touchons là la nature même de cette opération géniale qu'est l'opération *Démons*. Elle a consisté à vous manipuler, vous, mes amis, et à manipuler en parallèle le FBI en vous intoxiquant les uns et les autres avec un pseudo-complot menaçant ma vie. Cette double manipulation a porté les très beaux fruits que nous pouvons savourer ce soir. Je dois reconnaître, cependant, que vous avez bien failli déjouer tous nos plans quand vous avez eu la témérité de vous introduire au sixième étage de ce bâtiment. Vous avez brillamment réussi à percer le code utilisé par notre Maître, et nous avons cru un instant que vous nous aviez démasqués. Mais, par chance, vous avez mal interprété les mots « Sacrifice March ». Vous avez cru que l'opération *Démons* visait à sacrifier ma vie, étant à mille lieues de vous imaginer qu'il s'agissait d'un sacrifice prévu en mon honneur. De même, après votre petite visite au sixième étage, vous saviez qu'il y avait deux tarhq-sagogh pour servir les Loups à New York. Notre cher disparu Ron Flint et quelqu'un d'autre qu'il vous restait à identifier. Comme nous ne voulions pas que vous découvriez que ce deuxième tarhq-sagogh était le révérend Gardner, nous avons eu l'idée de vous lancer sur une fausse piste : votre ami, Forrest Magnus.

— *Tout l'art de la guerre est basé sur la duperie*, se rappela soudain Sarah à voix haute.

C'était la citation qu'elle et Tim avaient découverte au sixième étage, à côté de l'Apocalypse. Non sans amertume, elle en mesurait toute la justesse à présent.

Intéressé, Hasty reprit la parole, concentrant son attention sur la jeune femme.

— Sun Tzu a écrit aussi : « Lorsque votre ennemi est uni, divisez-le. » Nous vous avons divisés, constata-t-il froidement.

Oui, se dit Sarah, ils avaient réussi à les diviser un moment, et cela à seule fin de les affaiblir.

En proie aux doutes, Sarah et ses amis avaient ainsi perdu un temps précieux, un temps qu'ils auraient pu mettre à profit pour découvrir, par exemple, que la limousine noire surprise à la Fondation la nuit où s'était tenu le Conseil du Phénix n'était autre que celle du sénateur.

*

Ibbalyastr !

Dolores March était en train d'expliquer la gravité de la situation à son père le gouverneur Edgar Prospero lorsque toutes les lumières, des puissantes rampes de spots jusqu'aux caissons lumineux indiquant les issues de secours, s'éteignirent une à une au rez-de-chaussée de la Fondation, plongeant les convives dans une obscurité soudaine et inquiétante. Seul, tout au bout de l'enfilade des sept salles d'exposition, l'indicateur d'étages d'un des ascenseurs demeurait visible, irradiant une petite lueur rouge.

Il y eut des murmures surpris. Puis çà et là des hommes allumèrent leur briquet, donnant à lire la perplexité sur leur visage.

Eliot, gagné par le sentiment désagréable que la situation échappait à son contrôle, se tourna vers Edgar Prospero.

— Monsieur le gouverneur, il faut rejoindre votre limousine sans plus tarder.

Puis de nouveau il donna dans son micro l'ordre aux autres agents du FBI d'intervenir de toute urgence, bien qu'il lui semblât évident à présent qu'il n'était pas entendu d'eux. Peut-être le micro ne marchait-il pas ?

Les deux gardes du corps avaient saisi leur Maglite de poche et fouillaient de leur faisceau le voisinage du gouverneur pour prévenir toute tentative d'agression sur sa personne.

À la lueur des torches, Edgar Prospero essaya de rassurer sa fille d'un sourire.

— Ne t'en fais pas, dit-il mais sa voix le contredisait.

L'agent Eliot March ressortit de son étui son arme de poing tout en la gardant à demi cachée sous sa veste pour ne pas semer la panique alentour. Ce qui ne ferait que gêner davantage leur progression vers le parking. Puis il fit avancer à grands pas le gouverneur et sa fille Dolores jusqu'aux ascenseurs, et les autres invités, attirés tels des papillons par la lumière des torches, emboîtèrent le pas au petit groupe en se demandant ce qui pouvait bien se passer. Tous finirent donc par se rassembler dans le grand hall du rez-de-chaussée, devant la lueur rougeoyante de l'indicateur d'étages. Au total, il se trouvait là quelque deux cents personnes, formant une foule inquiète et murmurante.

Les attentats contre les deux tours du World Trade Center étaient encore dans nombre d'esprits, et la tuerie de la veille au Regency n'avait fait que raviver les craintes. D'autres convives redoutaient une panne électrique générale paralysant la ville entière comme cela avait été le cas durant l'été 2005. Certains, très rares, plus optimistes ou plus inconscients, s'attendaient plutôt à un gâteau d'anniversaire ou à quelque autre surprise concoctée par la Fondation.

De son côté, l'agent Eliot March se disait que la foule, heureusement, ne supputait pas encore à quel point la situation était critique dans les murs de la Fondation. À l'exception du gouverneur, de sa fille et des deux gorilles, personne au rez-de-chaussée ne savait qu'une tentative d'assassinat avait été déjouée *in extremis* dans le parking du sous-sol et qu'il s'agissait maintenant d'en déjouer une autre, en phase d'exécution.

Eliot avisa les silhouettes sombres des vigiles qui, à l'entrée du bâtiment, se détachaient sur les portes vitrées qu'éclairaient, par-delà l'esplanade, les lumières de la Cinquième Avenue.

— Appelez l'ascenseur, ordonna-t-il aux deux gorilles du gouverneur. Il semble que l'électricité ne soit pas coupée partout, y compris à la Fondation. Moi, je vais prévenir la sécurité et je reviens tout de suite.

Il traversa la foule pour rejoindre les vigiles et, brandissant sous leur nez son insigne fédéral, leur donna l'ordre de ne laisser entrer personne avant que le gouverneur n'ait quitté le rez-de-chaussée.

Pendant ce temps, Phil Flanagan, le commissaire de l'exposition, demanda un moment d'attention à la foule.

— Chers amis ! S'il vous plaît, chers amis ! fit-il, obtenant peu à peu le silence. Je suis certain que le courant va être rétabli d'une minute à l'autre, et que vous pourrez alors poursuivre votre visite où vous en étiez. En attendant, je vous invite à vous restaurer au buffet qui se trouve juste sur votre droite. Il y a, m'a-t-on signalé, du roederer-cristal et de la veuve-clicquot, alors réjouissez-vous, mes amis !

Un vaste buffet se dressait en effet dans un renfoncement du hall. Des serveurs en livrée et gants blancs allumaient des chandelles et l'on découvrit, s'étalant sur une nappe dorée, une débauche de pains perdus, de plateaux de canapés, de coupelles d'olives et de bien d'autres amuse-bouches encore, le tout flanqué par deux colossales pyramides de coupes à champagne d'un beau rouge irisé.

Les convives s'approchèrent, et des éclats de rire fusèrent, dissipant le malaise qui avait plombé l'atmosphère tout à l'heure. On se restaura de champagne, de petits-fours et de blagues. La pénombre du hall éclairé de bougies parut finalement aussi chaleureuse et romantique qu'un bon feu de cheminée dans un vieil édifice.

Phil Flanagan montrait l'exemple au buffet. Après deux blinis aux œufs de saumon, il se fourra dans la bouche une quichette tiède, qu'il fit passer avec du champagne.

— Où est donc Lisa ? demanda-t-il, l'œil pétillant à Allison Weiss et à son décolleté.

Ces deux-là (Allison et sa poitrine) avaient suivi Flanagan pour jouir de l'attention générale qui l'entourait depuis la coupure de courant.

— Il faut absolument la féliciter, s'exclama-t-il. Ce buffet est olympien, mes amis ! Olympien ! Alors ? Où est-elle, notre Lisa ?

Allison et son décolleté expliquèrent qu'on avait vu la directrice artistique disparaître avec le sénateur March et sa femme Dolores quelques minutes avant la panne électrique.

— J'espère qu'elle n'est pas coincée dans le parking, fit Allison avec un léger sourire.

Et la jeune femme mordit avec sensualité dans un fagotin de légumes.

— Vous devriez peut-être aller vous en assurer, non ? suggéra une riche collectionneuse tout en portant à ses lèvres botoxées la coupe de veuve-clicquot qu'elle tenait du bout des doigts.

Allison Weiss et son décolleté répondirent avec professionnalisme.

— Oh, non. Lisa ne voudrait à aucun prix que je laisse nos invités.

Derrière, Eliot March avait rejoint le gouverneur et sa fille.

— Nous allons regagner votre voiture, dit-il à un Edgar Prospero de plus en plus soucieux, et se tournant vers ses gorilles, il demanda sur un ton impatient : Vous l'avez appelé, cet ascenseur ?

— Ouais, mais veut pas descendre, répondirent-ils. Pourtant y a bien du courant là-dedans.

Eliot voulut vérifier par lui-même et appuya sur le bouton d'appel. Sans plus de succès. Il se recula un peu pour observer l'indicateur d'étages. La cabine se trouvait au sixième. Elle ne bougeait pas.

Du pouce, il rappuya plusieurs fois sur le bouton.

— Descends, bordel ! murmura-t-il entre ses dents.

La cabine n'obéissant toujours pas, il finit par admettre, non sans un surcroît d'appréhension, que quelque chose coinçait là-haut.

— Il y a les escaliers, fit l'un des gorilles en désignant du menton les portes coupe-feu sur leur droite.

— OK, prenons les escaliers, dit Eliot dans un souffle.

Ils s'éloignaient déjà lorsque se fit entendre un tintement métallique.

Ensemble ils levèrent les yeux sur l'indicateur rougeoyant dans le noir. Doux Jésus, ce n'était pas trop tôt. L'ascenseur arrivait enfin.

Ils revinrent sur leurs pas. La foule, attirée par les tintements, se rapprocha elle aussi pour assister à la descente de la cabine.

Après le 5, ce fut au tour du chiffre 4 d'être en surbrillance rouge.

Certains, pour tromper l'attente du rétablissement du courant, se mirent à dire à voix haute les étages parcourus, comme dans un compte à rebours préludant à une explosion de réjouissances.

4… 3… 2… 1… 0.

La cabine s'arrêta. Chacun se tut, retenant son souffle.

Puis après un instant, les portes s'ouvrirent, et répandant la lumière dorée de la cabine sur les visages alentour, elles livrèrent passage à une grande silhouette au visage atrocement déchiqueté : le général Fenryder. Mais personne n'était assez vieux pour mesurer cet honneur, ni assez informé pour juger du danger.

Le critique Kenneth Foreman, qui faisait partie de ces hommes définitivement blasés sur les outrances du milieu artistique, dut bien admettre qu'il n'était pas *encore* tout à fait revenu de tout. S'il ne glissa pas à sa voisine son très pratique « Mais je le connais très bien », il répéta tout de même son inoxydable « Superbe, superbe ! », histoire d'être toujours dans le vent.

— Mais qu'est-ce que c'est que ça ? demanda de son côté l'agent Eliot March, ne sachant s'il devait tenir le nouvel arrivant pour une menace ou pour une victime.

Alors, d'une voix mâle et puissante qui gronda comme le tonnerre, Fenryder déclara :

— Je suis Ce Qui Vient.

Et il sortit de la cabine, faisant reculer la foule massée devant lui.

Seul le commissaire artistique Phil Flanagan ne bougea pas, ce qui fit qu'il se retrouva sur le flanc droit de Fenryder. Il était fasciné par l'horreur de ce visage, et s'il avança un doigt tremblant vers ce corps atroce, ce fut sans doute dans l'idée de révéler à lui-même et aux autres le truquage caché derrière. Mais il palpa un bras tout ce qu'il y avait de plus humain, si ce n'est qu'il était dépourvu de chaleur.

— Comment faites-vous ça ? bafouilla-t-il, le front ridé par la perplexité.

Fenryder se tourna vers l'importun pour le considérer de son œil unique, et cet œil se mit à rougeoyer pareil à une escarbille crachée des forges de l'enfer.

Et sa moitié de bouche prononça un mot étrange et grave, une sorte d'incantation barbare : *Ibbalyastr !*

Ce n'était pas ces quelques syllabes qui étaient en soi effrayantes mais la façon dont elles venaient d'être prononcées. Des fréquences secrètes et interdites, des sons sauvages et imperceptibles s'agitaient, palpitaient, bouillonnaient dans ce mot *Ibbalyastr*. Il s'en exhalait une capiteuse odeur de massacre, un frisson voluptueux de pourriture, tout un monde effroyable et sublime qui parlerait de corps nu traîné sur les pierres tranchantes d'une grève ensoleillée, de ronces poussant doucement sous la peau la plus délicate d'un bras blanc comme de la nacre. Qui parlerait d'écartèlement par des femmes superbes aux seins tranchés, de dévoration par des enfants blonds et riants.

Une pureté du Mal. Une harmonie ténébreuse. Voilà ce que cachaient et révélaient à la fois ces quelques syllabes.

Ibbalyastr !

Le mot s'enfonça dans l'esprit de Flanagan qui tressaillit et porta ses mains à son front. *Ibbalyastr !* La douleur lui forait le crâne tandis que se répercutait de neurone en neurone l'étrange *Ibbalyastr !* dans une réaction en chaîne terrifiante.

Ibbalyastr ! Ibbalyastr !

Quand son cerveau ne fut plus qu'*Ibbalyastr !* Phil Flanagan sentit peser sur tous les côtés de sa tête une pression intolérable comme sous l'effet conjugué de puissants marteaux-pilons. Des flots de sang mêlés à sa cervelle liquéfiée s'écoulèrent de tous les orifices de son visage : nez, bouche, yeux et oreilles. Son corps *Ibbalyastr !* s'éleva lentement dans les airs. Ses os *Ibbalyastr !* craquèrent tel du bois sec. Et son crâne *Ibbalyastr !* explosa.

Et la foule, on le comprendra, se mit à hurler.

*

Où les Loups s'expliquent

— Voici ce que les journaux rapporteront demain, fit le Grand Loup William Hasty à l'adresse de Sarah et de Tim. Des hommes armés ont pénétré dans la Fondation et ont assassiné plusieurs personnes présentes pour le vernissage de l'exposition Magnus. Parmi les victimes de cette tuerie on comptera le gouverneur, sa fille qui était aussi la jeune épouse du sénateur de l'État de New York, Marvin March, ainsi qu'Eliot March, le fils du sénateur, né d'un premier mariage. On mentionnera aussi que le sénateur March, seul rescapé de ce terrible carnage, a abattu deux des attaquants alors qu'ils tentaient de s'en prendre à sa vie.

— Ces deux-là, c'est vous, mes amis, précisa un March au comble de la satisfaction en les pointant de l'index. Pour le détail des événements, continua-t-il d'un air de triomphe, il y aura ce que je vais raconter à la police. Ma déclaration sera parfaite, croyez-moi. Tandis que je regagnais ma limousine dans le parking souterrain de la Fondation, deux fanatiques, vous, mademoiselle Widar, et vous, monsieur Modin, ont fait irruption dans le parking et ont été mis en état d'arrestation par mon fils, l'agent spécial Eliot March. Puis Eliot et ma femme, Dolores, sont partis prévenir le gouverneur et les autres invités du danger qu'ils couraient. Malheureusement, une fusillade a éclaté dans les salles d'exposition, causant leur mort ainsi que celle de toutes les personnes présentes ce soir-là au vernissage. L'un des assaillants arrêtés au sous-sol, disons vous, monsieur Modin, a profité de la confusion générale pour se débarrasser de ses liens, sortir une arme qu'il avait dissimulée sur lui et abattre mes gardes du corps. Puis tandis que vous me tiriez dessus, sans réussir à m'atteindre (le sénateur tira avec le P38 plusieurs coups de feu sur sa limousine), j'ai attrapé un revolver dans la boîte à gants (il sortit de son manteau un Colt. 45) et je vous ai tués tous les deux. Reprenez donc cela, monsieur Modin. (Il lui lança le Walther dont il venait de vider le chargeur sur la voiture et braqua sur eux son Colt.) Je tiens à ce que vous soyez crédible dans votre dernier rôle.

Tim le fusilla des yeux.

— Vous croyez vraiment, vieux cinglé, que la police avalera cette histoire ?

Le sourire du sénateur se fit condescendant.

— La question est plutôt de savoir, monsieur Modin, par quel miracle du Saint-Esprit la police pourrait douter de ma version. Car à dire vrai, mes amis, tout vous accuse.

Et le sénateur de brosser un tableau franchement sombre de leur situation. Tout les accusait en effet.

Sans parler des empreintes de Tim que l'on découvrirait sur le Walther 38 près de son cadavre, l'une des meilleures preuves contre eux serait le témoignage de Marvin March lui-même. Quant aux caméras de la Fondation, elles ne viendraient pas les innocenter, ayant été mises hors d'usage avant les événements de la soirée.

— Ce n'aurait pas dû se passer ainsi, leur apprit le sénateur qui ne semblait pourtant pas vraiment désolé. Souvenez-vous que je vous avais demandé de rester chez M. Modin. C'est là que la police serait allée vous cueillir après avoir arrêté ici votre ami, Forrest Magnus.

Lorsqu'il avait eu la mauvaise surprise de voir Sarah et Tim au vernissage, March avait en un rien de temps machiné le simulacre de son attaque dans le parking. Il avait feint un malaise, sachant qu'on chercherait aussitôt à l'évacuer par le sous-sol et que Sarah et Tim descendraient pour essayer de le rattraper.

Il haussa un sourcil plein d'ironie.

— Vous avez peine à imaginer tout ce que la police va gober sans poser le moindre problème. Notamment votre appartenance au Triple Tiret.

— Quoi ? firent ensemble Sarah et Tim, ahuris.

— C'est pourtant évident. Si vous avez tenté de m'assassiner ce soir, c'est sur ordre de votre gourou, le révérend Gardner. Il va d'ailleurs envoyer sous peu une déclaration à la presse en ce sens. Il en profitera pour vous « remercier » de vous être sacrifiés pour lui.

Et c'est avec un plaisir certain que Marvin March détailla le piège tendu par Fenryder.

L'opération *Démons* consistait à faire croire à une série d'assassinats politiques en en imputant la responsabilité à la secte démonolâtre de Gardner, passé au service des Loups depuis quelques années.

La tuerie qui avait eu lieu au Regency, la nuit précédente, n'avait été perpétrée que pour rendre plus crédible cette responsabilité, et plus « logique » le drame de la Fondation. Avant même la lettre de revendication de Gardner, la police ne manquerait pas de faire le lien entre les deux tueries commises à Manhattan, dans un intervalle de vingt-quatre heures. Inévitablement, elle en tirerait la conclusion que la cible réelle n'était autre que la Commission d'enquête sénatoriale sur les sectes satanistes, et penserait que si le cœur de la cible avait été atteint au Regency, avec l'élimination du sénateur Gregory Oldmann, l'un des collaborateurs de

March à la Commission, ce cœur de cible avait été manqué de peu à la Fondation puisque la tentative d'assassinat contre Marvin March, le président de cette même Commission, avait échoué.

Ces conclusions s'imposeraient d'autant plus vite à la police que l'identité des agresseurs serait connue et que les liens unissant ces agresseurs à Gardner seraient manifestes. Que ce soit l'anarchiste Michael Welling pour le Regency ou le peintre Forrest Magnus (et par ricochet Sarah et Tim) pour la Fondation, les rapports qu'Eliot March avait rédigés à l'attention de ses supérieurs étaient catégoriques sur ce point.

— Le FBI fera le lien avec les Loups de Fenryder, tôt ou tard, objecta Sarah. Il verra forcément qu'il y a autre chose derrière ces tueries.

— Encore faudrait-il, intervint Hasty, que le FBI ait eu vent de notre existence.

— Ah ! oui, c'est juste, fit le sénateur, feignant soudain l'embarras. Je suis au regret de vous informer que ces messieurs du FBI ne sont au courant de rien en ce qui concerne notre Maître et ses Loups. Je suis étourdi ces derniers temps, j'ai dû oublier de leur en parler. J'espère que vous ne m'en voulez pas trop, Sarah.

La jeune femme avait les mâchoires crispées.

— Mais votre fils Eliot enquêtait bien sur les Loups ? fit-elle.

— Oh ! vous m'avez cru, moi, un politicien ! Votre naïveté me touche, Sarah.

— Le FBI n'a jamais enquêté sur nos activités, confirma William Hasty, et le sénateur, à la tête de la Commission, veillera à ce que jamais cela ne se produise.

— Mon fils enquêtait sur les seules activités du Triple Tiret. Il était chargé de surveiller Gardner de près et de démasquer tous les agents dormants de sa secte. Je crains pour vous que le FBI n'ait jamais entendu parler des Loups.

— Votre opération *Démons* porte bien son nom, les gars, fit Tim avec dégoût. Vous éliminez tous les importuns en leur faisant porter, qui plus est, la responsabilité de vos massacres. C'est très malin, vraiment très malin.

— Vous commencez à saisir, monsieur Modin. Vous êtes sur la voie de la conscience, bravo ! Entre nous, ce n'est pas un massacre, ici, mais un sacrifice. Mais pour les médias, oui, ce sera un massacre, je vous l'accorde.

— Nom de nom ! fit Tim. Dire que vous avez envoyé se faire tuer votre femme enceinte et votre fils qui vous protégeait, et cela pour obtenir votre ticket d'entrée chez les Loups ! Je n'en reviens toujours pas. Comme ordure de démon, March, vous vous posez là !

— Imaginons un instant, monsieur Modin, qu'un laboratoire pharmaceutique mette au point un comprimé qui offre à n'importe quel homme qui l'avalerait tous les jours de devenir dix fois plus intelligent, mais qu'un effet secondaire du traitement soit d'écourter, disons, de moitié la vie du sujet. Qui, monsieur Modin, qui accepterait de prendre ce comprimé tous les jours ? Qui en aurait le courage *réellement* et non pas seulement en paroles, en rodomontades de salon ? Seuls les éléments les plus éveillés de la société, les plus entreprenants, les plus décidés. La grande masse des hommes préférerait quant à elle vivre tout son soûl d'années, fût-il privé de la moindre étincelle d'intelligence. Tout grand choix nécessite et mérite de grands sacrifices. Je donne ma femme, mon fils, ma vie d'homme et je gagne en contrepartie le pouvoir. Le vrai pouvoir.

Sarah ne put s'empêcher de le railler.

— Votre choix est d'autant plus courageux, sénateur, qu'il vous apporte aussi la vie éternelle. On mise tellement plus facilement avec la vie des autres.

— Ne me croyez pas si cela vous fait plaisir mais ce n'est pas cette raison qui m'a motivé. Quand bien même ma vie s'achèverait dans l'instant, je ferais ce même choix. Il n'y a que deux moyens d'échapper à la peur : le premier c'est d'en mourir ; le second d'en devenir le maître absolu. Être le maître des peurs, Sarah, voilà la chose enivrante !

Hasty leva les yeux vers le plafond du parking.

— Il faut commencer le rite d'entrée, Marvin. Le Grand Maître est descendu, je le sens.

Le Grand Loup ouvrit alors le coffret en bois rare qu'il avait apporté et en sortit un gant semblable au sien en tout point.

Il était d'un noir profond et présentait une grande souplesse comme s'il n'était point fait de cuir mais de soie. Tim et Sarah ne pouvaient s'empêcher de contempler ce fameux gant qu'ils n'avaient jamais vu d'aussi près.

Le sénateur l'accepta avec précaution et respect. Il entreprit de glisser sa main droite dedans. À peine les premières phalanges de ses doigts étaient-elles introduites, qu'il se mit à pousser des gémissements de douleur comme s'il les eût plongées dans un bain d'acide sulfurique. Un bruit bas se produisit, une espèce d'effervescence avec des succions et des lapements innombrables, révélant une vie grouillante, avide, à l'intérieur du gant.

Du sang se mit à dégoutter le long du poignet du sénateur tandis que la sueur emperlait son front dont les rides nombreuses s'accusaient sous la souffrance.

— Oh ! bordel, que ça fait mal ! marmonna-t-il, livide, une grosse veine bleue saillant à ses tempes.

Il n'avait jamais rien enduré de pareil, même lors de ses deux infarctus.

— Vous allez revivre d'une vie surhumaine, l'encouragea Hasty avec une ferveur de damné.

— Oui, oui, dit le sénateur, haletant, le visage ravagé par l'effort, son crâne chauve luisant de sueur.

Et de nouveau, il tira sur le gant. Cette fois, ses doigts s'enfoncèrent tout entiers, et les étranges bruits du cuir noir, aussitôt, disparurent. Dans un dernier râle, le sénateur rejeta la tête en arrière, les yeux fermés, passant et repassant sa main gauche sur ses paupières tandis que son souffle recouvrait peu à peu un rythme moins rapide. Après un moment, il redressa la tête et dit :

— Me voilà des vôtres !

À soixante et onze ans et malgré des problèmes cardiaques sérieux, Marvin March venait de réussir haut la main son entrée chez les Loups. Dorénavant, son cœur ne connaîtrait plus jamais de ratés.

Sarah vit avec horreur que ses yeux rougeoyaient pareils à de la lave en fusion.

Il se mit à ricaner.

— Vous savez le plus drôle ? C'est que ma femme et mon fils ont exactement la même peur.

Devenu Loup, il pouvait à présent sentir leur peur comme un fumet alléchant.

— Saloperie, cracha Sarah.

*

Où le cauchemar continue au rez-de-chaussée

Le corps sanguinolent de Phil Flanagan tournoyait sur place à quelques centimètres du plafond du hall, tel un morceau de viande que se disputeraient en plein vol d'invisibles rapaces.

La foule, horrifiée, avait lâché verres et amuse-bouche pour se ruer vers les portes de sortie, culbutant dans son affolement le cordon indécis des vigiles. Les femmes perchées sur leurs talons hauts furent sérieusement désavantagées dans cette cavalcade. Les mieux lotis, au sens darwinien du terme, furent sans conteste les célibataires de sexe masculin, qui, n'étant gênés ni par leurs talons ni par une personne ayant la lubie extravagante d'en porter ce soir-là, arrivèrent les premiers à destination. Par malheur, leur chance s'arrêta là, car ils trouvèrent portes closes. Aucun des vigiles, si on les eût interrogés, n'eût pu dire pourquoi. Personne, à leur connaissance, n'avait verrouillé les portes, et pourtant quelque chose faisait bel et bien obstacle à leur ouverture. La terreur, brouillant la raison de nombre de personnes, les empêchait de comprendre que l'être qui avait été capable de réduire l'un des plus brillants critiques d'art de New York en barbaque volante était tout à fait à même de tenir fermées trois misérables portes.

Les cris redoublèrent d'intensité. La panique enfla encore d'un cran.

Dolores March et son gouverneur de père se trouvaient englués dans cette marée humaine. Pressée en tous sens, la jeune femme suffoquait, essayant tant bien que mal de protéger son ventre avec ses mains. Elle pensa à la chambre d'enfant que Marvin et elle avaient fait aménager dans leur belle résidence de Long Island ; elle pensa au berceau qui n'attendait plus que leur bébé ; elle se dit qu'elle ne pouvait pas mourir, pas maintenant, pas avec son enfant dans son ventre.

— Ma fille est enceinte, beuglait derrière elle le gouverneur dans le vacarme atroce des cris.

Mais il n'y avait plus de femme enceinte ni de gouverneur qui tienne, car il n'y avait tout simplement plus de femmes ni d'hommes dans cette foule qui se pressait, hurlante et désespérée, contre des portes closes.

Mais seulement deux cents têtes de bétail en proie à la confusion et à la panique.

Deux cents têtes de bétail cherchant à fuir les griffes de la Mort.

Eliot March, lui, avait su résister aux pulsions animales de la terreur et, contrairement à la foule, il n'avait reculé que de quelques pas devant le général Fenryder. À côté de lui restait l'un des gardes du corps du gouverneur ; l'autre gorille devait être coincé quelque part dans la foule avec Prospero et sa fille.

— Ah ! la douce musique des cris ! s'exclama le Général. Comme elle m'a manqué !

Passé un premier moment de stupeur bien compréhensible, Eliot et le garde du corps se dressèrent en travers du chemin de Fenryder, braquant à deux mains leur pistolet sur lui. Ensemble et sans les sommations d'usage, ils ouvrirent le feu. Fenryder n'en continua pas moins d'avancer. Les balles frappaient son corps comme une violente averse crépiterait sur une flaque ; il n'en ressentait ni douleur ni gêne. Et même en prenait plaisir.

La peur au ventre, Eliot March pressait d'un doigt frénétique la gâchette de son.38.

Ce n'était pas possible. Ce type devait porter un gilet pare-balles, voilà tout. Mais non, même avec un gilet, les balles en heurtant le kevlar lui auraient coupé la respiration et cassé des côtes. Elles l'auraient fait reculer, forcément.

Eliot March aurait aimé se convaincre qu'il faisait un horrible cauchemar, qu'il allait se réveiller bientôt et reprendre pied dans la réalité, mais ce qu'il vivait était la réalité. Il le savait parce qu'il pouvait sentir la tension de son corps gagné par la panique, parce qu'il pouvait respirer l'odeur âcre de la poudre qui se mêlait aux effluves de Chanel dans le hall, et parce qu'il pouvait entendre les détonations, les hurlements, et puis son cœur, nom de nom, son cœur qui battait à grands coups dans sa poitrine.

Non, il ne rêvait pas. Il était bien en train de tirer sur quelque chose d'invulnérable aux balles.

Et comme pour lui en donner une preuve supplémentaire, la voix du Général retentit de nouveau par-dessus le vacarme.

— Brillantes gens de New York, vos aïeux formaient ces régiments de soudards qui sont venus ravager le Sud, pillant, tuant, violant. Sous vos dehors policés, vous êtes des brutes issues de plusieurs générations de brutes, et les mains encore informées de vos enfants à naître sont déjà rouges du sang des miens. Née dans l'abomination et le carnage, votre société n'est que pourriture et dépravation.

Marchant sur les deux hommes qui lui tiraient dessus, il fit de la main un petit geste de rotation et, sans même les effleurer, il les envoya valdinguer sur le buffet. Celui-ci s'écroula sous le choc dans un fracas de verre brisé. Puis, cessant d'avancer, le Général les releva d'un simple mouvement de l'index, corps devenus légers et dociles pareils à des marionnettes de papier mâché dont il tirerait les fils.

Groggy, couvert de débris de verre et de fagotins de légumes, Eliot March avait l'impression d'avoir inhalé une bonbonne entière de protoxyde d'azote. Il ne sentait plus aucun de ses membres. Seuls ses yeux lui obéissaient encore et il put voir son bras qui tenait toujours son.38 special se tendre vers son compagnon et celui-ci agir (ou plutôt être agi) de même, comme son reflet dans un miroir. Les deux hommes se couchaient en joue à présent et dans leurs yeux se lisaient la consternation et l'effroi. Ils firent feu en même temps, se tuant d'une seule balle en plein front. Leurs têtes s'affaissèrent sur le côté ; leurs corps cependant restèrent debout, soutenus par la volonté de Fenryder.

Bêlant de terreur, la foule se tassa encore un peu plus contre les portes.

— Moi, le Véritable Maître, déclara le Général, j'apporte à chacun la peur qu'il mérite. J'apporte la sainte joie primitive de l'extermination. J'apporte le feu et le fer libérateurs. Je suis venu rallumer l'incendie pour que vienne bientôt la Grande Nuit et que ma race de Loups établisse le Sombre Empire sur cette terre. Amen !

Du haut de son mètre quatre-vingt-dix, le gouverneur vit les deux cadavres recharger leur pistolet, puis, raides et synchrones tels des automates d'horlogerie, faire face à la foule et tirer dans le tas.

Sa fille fut parmi les premières victimes. Tuée d'une balle en pleine tête, comme toutes les autres. Les deux zombies visaient avec la mortelle précision de snipers. Chaque coup atteignait sa cible, faisait un mort.

Fenryder s'était campé entre ses deux tireurs et riait maintenant. Ce fut la dernière chose dont Prospero eut conscience avant qu'une balle ne lui perforât le crâne.

*

Où Forrest apparaît

Dans le parking du sous-sol, les coups de feu que l'on entendait tirer à l'étage cessèrent après que les hurlements se furent tus. Un silence pesant s'instaura, que rompit le sénateur March.

— Eh bien, mes amis, je crains que ce soit votre tour, dit-il, braquant son Colt 45 sur Sarah et Tim.

C'est alors que Forrest surgit de derrière l'un des piliers du parking.

— Si j'étais vous, « sénateur » March, fit-il avec mépris, je me rassurerais tout de suite car leur tour ne viendra pas.

Le sénateur considéra l'arrivant sans se départir de son sourire.

— Monsieur Magnus, nous pensions que vous étiez là-haut à crier avec ma femme et mon fils.

— Tu vas en rabattre, espèce d'ordure, crois-moi.

Et Forrest leva sa main droite qui tenait un petit boîtier, son pouce enfonçant le bouton rouge.

— Tu sais ce que c'est sans doute ? demanda-t-il.

Ce fut le Grand Loup Hasty qui répondit.

— Un détonateur. Vous nous surprenez, monsieur Magnus. Et peut-on vous demander à quoi vous jouez, à la fin ?

— D'abord un avertissement : gardez vos tours de magie dans vos chapeaux. Si je sens que quelque chose change dans ce parking, je ne réponds plus de mon pouce, compris ?

— Il n'est pas sérieux, dit le sénateur en s'adressant à William Hasty. Il n'osera jamais se faire sauter avec ses amis ici présents.

— Qu'ils meurent de cette façon ou de la vôtre, qu'est-ce que ça changera ? répliqua Forrest. Par contre, pour vous, ce n'est pas la même chose. Et quand je dis pour vous, j'entends aussi votre putain de Général, là-haut.

— Le Maître est plus fort que vous ne le pensez, monsieur Magnus, fit observer Hasty avec calme. Peut-être mourrions-nous tous, mais lui survivrait à l'explosion, je peux vous le certifier.

Forrest, qui s'était préparé à ce genre d'objection, joua le tout pour le tout.

— Regardez bien autour de vous. Il y a une camionnette Ford juste à côté des piliers centraux et dans cette camionnette de quoi faire s'effondrer cet immeuble comme un château de cartes si j'ôte mon doigt de ce détonateur. Et si votre Général s'en tire, je n'en dirai pas autant de son foutu sarcophage, le Vent-Fort.

Au silence qui suivit ses paroles, Forrest sentit qu'il avait vu juste. Le Général sans le Vent-Fort ne survivrait pas longtemps à l'explosion.

William Hasty haussa les sourcils.

— Et quel marché proposez-vous donc ? Je suis curieux de le savoir.

— Vous allez bien gentiment nous laisser quitter la Fondation, répondit Forrest, très sûr de lui.

William Hasty esquissa un sourire féroce.

— D'accord, pour eux, mais vous, vous restez avec nous.

— Pas question, intervint Sarah. Forrest part avec nous.

— Nous ne pouvons prendre ce risque. Qui nous garantit qu'une fois à l'extérieur vous n'aurez pas la tentation de déclencher vos bombes ?

L'argument se tenait. Après un instant de réflexion, Forrest dit :

— Pars, Sarah. Et toi aussi, Tim. Moi, je dois rester.

Sarah protesta de nouveau.

— Tu ne vois pas qu'ils ont gagné, répliqua Forrest. Si tu restes dans ce parking, Sarah, leur victoire sera totale. Les flics vont être là d'un moment à l'autre et qui penses-tu qu'ils vont croire, hein ? March a été clair là-dessus, et il ne bluffait pas. Tout nous accuse, Sarah. Tout. Alors si Tim et toi, vous refusez de décamper, nous finirons tous les trois en taule et il n'y aura plus personne pour combattre ces salopards de Loups. Vous devez vous tirer d'ici, maintenant. Je t'aime, Sarah. Allez, dépêchez-vous, les flics ne vont plus tarder.

Tim attrapa Sarah par le bras.

— Viens, dit-il. Forrest a raison.

— Mais...

— Crois-moi, assura Tim, je donnerais beaucoup pour prendre sa place et lui permettre de s'échapper avec toi.

Sarah, que leur état d'impuissance enrageait, le foudroya des yeux, mais il ne mentait pas. Si le pouce de Forrest pouvait se soulever du bouton sans risquer de déclencher l'explosion, oui, Tim aurait déjà pris sa place sans l'ombre d'une hésitation.

Résistant toujours au bras de Tim, elle fixa de nouveau sur Forrest ses grands yeux perplexes et effrayés à l'idée de s'enfuir sans lui.

Alors, le cœur battant, Forrest se rendit compte que c'était la Sarah de son rêve, celle qui l'avait regardé en silence d'un long regard intense et bouleversé bien avant qu'ils se connaissent. Oui, le rêve qu'il avait fait des années auparavant et qui l'avait arraché au Triple Tiret se réalisait ce soir-là et il prenait enfin tout son sens.

Forrest en eut la chair de poule.

— Emmène-la, Tim, insista-t-il d'une voix blanche. S'il te plaît, emmène-la. Tout de suite.

Sarah le dévisagea encore un moment avant de se laisser emporter.

— À bientôt, mademoiselle Widar, fit le sénateur en la regardant grimper au volant de la voiture de Tim. Où que vous alliez, allez-y vite. Les heures à venir vont se révéler très éprouvantes pour vos nerfs, croyez-moi.

La Ford Taurus sortit de sa place en une marche arrière précipitée, puis se lança sur la rampe de sortie dans un crissement de pneus.

Quand il fut sûr que ses amis se trouvaient hors de danger, Forrest adressa un sourire triste aux deux Loups devant lui.

— Question manipulation, dit-il, vous avez encore des choses à apprendre.

Et il jeta à leurs pieds le boîtier qui se fracassa sur le béton. Il n'y avait aucun mécanisme à l'intérieur. C'était un simple interrupteur électrique qu'il avait ramassé un jour, pendant l'accrochage de ses œuvres, tandis que les électriciens s'occupaient des lumières. Toute son histoire de bombes prêtes à exploser était du pipeau mais il y avait cru assez fort pour que les Loups, sondant ses pensées, y croient eux aussi.

— Je visualise toujours mes créations avant de les peindre, expliqua Forrest tandis que la police approchait de la Fondation, toute sirène hurlante. Messieurs, vous avez simplement oublié que j'étais un artiste.

Et cet artiste venait de signer le plus beau trompe-l'œil de sa carrière.

*

Où Sarah et Tim se séparent

Ils entendirent au loin les sirènes de police qui hurlaient en filant sur la Cinquième Avenue tandis qu'ils roulaient à bord de la Ford Taurus de Tim en direction d'Astor Place. Sarah conduisait en silence, le visage défait. Tim, blessé et vaincu, n'en menait pas large non plus. L'image de Forrest faisant face aux Loups, seul, dans le parking de la Fondation ne quittait pas leur esprit. Forrest les avait sauvés mais, lui, avait-il réussi à se sauver ? Cette question les obsédait, mettant en lumière avec plus de cruauté encore tout le fiasco de leur entreprise.

— Il va falloir se séparer, dit Tim d'une voix désincarnée quand ils furent en vue de la place.

En tant que principaux suspects de la tuerie de ce soir, ils devaient quitter New York au plus vite, sans espoir de convaincre personne de leur innocence, fût-ce le plus corrompu des avocats – ou le plus idéaliste. Ils étaient des fugitifs à présent, et ils devaient se considérer et surtout agir comme tels, sous peine de commettre une nouvelle erreur, qui leur serait à tous les coups fatale. Car ils étaient bien conscients que se faire arrêter ou se faire abattre par la police serait dans tous les cas parachever l'impitoyable machination de Fenryder.

Sarah gara la voiture devant un distributeur de billets sur Astor Place. Elle y retira le maximum qu'autorisait sa carte de crédit, soit quatre cents dollars. Elle fit de même avec la Master Card de Tim.

— Pas tout de suite, dit Tim lorsqu'elle remonta dans la voiture et qu'elle se tourna vers lui pour partager l'argent.

Ils repartirent donc, prenant, sur le conseil de Tim, St Mark's Place jusqu'au parc de Tompkins Square devant lequel ils se garèrent.

— Donne-moi ton portable, dit-il, puis il sortit de la voiture en boitant, les mains enfoncées dans son manteau.

Sarah le vit pénétrer dans le Square à l'entrée duquel trois silhouettes discutaient, installées sur un banc sous un lampadaire. Trois hommes qui, par ce froid et à cette heure tardive, ne ressemblaient pas à des joueurs d'échecs en plein air.

Il s'entretint avec eux. De la buée s'échappait de leurs lèvres. Tim leur remit quelque chose que Sarah ne put identifier, puis il leur serra la main et rebroussa chemin. Un des trois hommes assis ne tarda pas à lui emboîter le pas. Dans la rue, il adressa à Tim un petit signe de la main et partit dans la direction opposée.

À l'intérieur de la voiture, Tim garda le silence un moment, essoufflé à cause de sa jambe et du froid, le regard perdu devant lui.

— Des types que je connais, dit-il enfin. Ils trafiquent des bagnoles. Ils les volent, les maquillent et les revendent. (Il glissa ses mains dans sa veste.) J'ai échangé ma voiture contre deux des leurs. Bon, c'est pas des Cadillac, mais ça fera l'affaire.

Sarah se dit que, même blessé et dans la panade la plus complète, Tim Modin arrivait encore à raisonner. Elle ne savait pas si elle devait l'envier, elle qui n'avait plus du tout les idées claires. Toujours est-il qu'elle comprenait que, dans les heures à venir, toutes les forces de police de ce bon vieux pays allaient se refiler le signalement de la Ford Taurus noire, et qu'il ne ferait pas bon se trouver à l'intérieur.

— Je leur ai donné nos téléphones aussi, ajouta Tim. Ricky m'a promis de les utiliser plusieurs fois dans la nuit, histoire de fourvoyer les flics le temps pour nous de déguerpir de New York.

Puis Sarah demanda après un silence :

— Forrest mentait pour les explosifs, hein ?

— Bien sûr qu'il mentait. Mais il fallait qu'on le croie, nous aussi, dans le parking. Sinon les Loups nous auraient tués tous les trois. J'ai compris que le seul moyen de remercier Forrest, c'était de jouer le jeu avec lui. Pour te sauver...

L'homme qui avait fait un bout de chemin avec Tim et qui portait le nom de Ricky réapparut au volant d'une vieille Chevrolet couleur sable immatriculée dans le Maine. Il la gara derrière eux et vint taper à la portière de Sarah.

La jeune femme abaissa sa vitre. L'air froid la fit frissonner.

— C'est pour toi, ma jolie, dit, goguenard, le dénommé Ricky en agitant devant elle la clé de contact de la Chevy.

Dans des nuages de buée, il souriait d'un sourire presque complètement édenté.

— File-lui deux cents dollars, dit Tim à Sarah.

Elle les lui donna en échange de la clé. Le porte-clés en laiton figurait une tête de mort.

— J'vais t'chercher l'aut'caisse, annonça ce débrouillard de Ricky en s'éloignant déjà.

Tim prit le reste de l'argent des mains de Sarah et, après avoir compté les billets, lui en rendit plus de la moitié, soit quatre cents dollars.

— Avec ça, tu devrais tenir plusieurs semaines, lui dit-il, la regardant dans les yeux.

C'était la première fois, depuis qu'ils avaient quitté la Fondation, qu'ils échangeaient un long regard, et ce devait être aussi la dernière. Ils étaient fatigués, incrédules, hagards. Ils avaient figure de vaincus et cette vue ne pouvait qu'accroître leur détresse et leur faire mal.

— N'utilise plus jamais ta carte de crédit, dit-il. Ne cherche pas non plus à joindre des amis par téléphone.

Il ne lui demanda pas où elle comptait aller. Si les Loups retrouvaient Sarah ou Tim, il valait mieux pour l'autre que sa destination ne se trouve pas inscrite dans l'esprit de son ami quand ils y fouilleraient.

— Tu devrais partir maintenant, dit-il. Fais très attention à toi, Sarah.

— Et toi, que vas-tu faire ? demanda-t-elle, la voix blanche.

— Ricky va s'occuper de ma jambe. Et puis je filerai à mon tour. Avec l'autre voiture.

— L'autre voiture, répéta-t-elle sur un ton mécanique, ses yeux fouillant dans ceux de Tim comme pour le supplier d'avouer que tout cela n'était qu'un mauvais rêve.

— Oui. Avec l'autre voiture. Je pense que j'arriverai à conduire.

Sarah détourna les yeux, le cœur lourd, et ils se remirent à fixer la rue devant eux. Elle était déserte à l'exception des deux silhouettes du square qui les observaient du banc où elles se tenaient assises.

Dans un froissement de manteau, Sarah se pencha pour ouvrir la portière.

— Attends un peu, fit Tim et d'une main il lui remonta son col.

Sarah comprit qu'il fallait vraiment que leur situation fût à ce point désespérée pour que Tim s'autorisât un geste de tendresse avec elle. Jusque-là il l'avait toujours tenue pour une guerrière.

— Merci, murmura-t-elle, évitant son regard comme il évitait le sien.

La vue brouillée par les larmes, elle descendit et fit le tour de la Ford Taurus pour aller s'installer au volant de la Chevy.

Tim la suivit des yeux jusqu'à ce que la Chevy eût disparu au coin de la rue. Puis soupirant, il reposa sa nuque contre l'appui-tête. Et soudain, ce fut comme une décharge électrique, il se rappela ce que le Grand Loup William Hasty leur avait dit à propos de son comparse Walter Skoll, et une sueur froide s'empara de lui.

Skoll n'avait pu être présent ce soir car il avait à *régler un problème de petit personnel*. Oui, voilà ce que Hasty avait dit exactement.

Un problème de petit personnel, se répéta Tim en proie à une terreur grandissante.

Oh, non ! supplia-t-il. *Non !*

Oubliant sa blessure, il descendit de voiture en toute hâte, le cœur battant à grands coups appuyés. Il revoyait en souvenir le beau visage inquiet de Jodie lui demandant d'être prudent quand il serait de nouveau à New York. Elle l'avait raccompagné jusqu'à sa voiture, devant le chalet, et ils s'étaient embrassés une dernière fois. Il ressentait encore la pression de ses lèvres sur les siennes, il ressentait encore l'étreinte de ses bras autour de sa nuque.

Oh, Seigneur, je vous en prie, pas ça !

Tirant la jambe, Tim Modin se rua vers la première cabine téléphonique en vue.

*

Où l'on retrouve Jodie et le révérend Gardner

Quelques heures plus tôt, vers la fin de l'après-midi, alors que la nuit était tombée sur le chalet du Dr Kyle, Jodie tremblait comme une feuille devant le révérend Gardner. Il l'avait ligotée à l'une des chaises du séjour et, accroupi devant elle, lui expliquait, les yeux dans les yeux :

— Tu peux crier tant que tu veux, ma jolie. Personne ne peut t'entendre ici. C'est tout le charme de ce genre d'endroit, pas vrai ?

Et pour lui prouver, il se mit à brailler à pleins poumons.

Puis il s'arrêta et, souriant :

— Tu vois, dit-il, il ne te servira à rien de crier. Désolé.

Comme Jodie le redoutait, l'état de sa mère s'était brusquement détérioré. Elle la voyait qui allait et venait derrière Gardner en marmonnant un baragouin répétitif. Son esprit s'était remis à battre la breloque et Jodie se demanda si, au bout du compte, ça ne valait pas mieux pour sa mère.

Gardner surprit l'un des regards que Jodie lançait derrière lui.

— OK ! c'est vrai. C'est vrai, prononça-t-il comme si elle avait soulevé une objection à voix haute. Bon, une petite minute et nous reprenons après, OK ?

Se redressant dans un soupir, il alla ouvrir la porte d'entrée et invita Margaret à sortir afin que sa fille et lui puissent « converser tous les deux ».

La dernière image que Jodie eut de sa mère, avant que la porte ne se refermât, fut celle d'une vieille dame en robe de chambre, heureuse d'aller trotter dehors par cette soirée d'hiver.

Gardner revint s'accroupir devant Jodie.

— C'est mieux comme ça, fit-il en lui souriant. Reprenons !

Alors il lui empoigna l'index de la main droite attachée à l'accotoir et se mit à le secouer de haut en bas puis de droite à gauche.

— Je te préviens, petite, qu'au moindre hurlement de ta part, je te fais deux, non, trois fois plus mal. Je ne tolérerai pas de comportement hystérique dans un pareil lieu.

Et il lui retourna l'index.

Elle se mit à hurler.

— Ne me dis pas que tu as mal, petite, vociféra le vieux dément par-dessus elle. Ne me dis pas que tu as mal !

La douleur à son doigt était intolérable mais elle savait que Gardner était capable de bien pire. Aussi parvint-elle, livide et pleurante, à retenir ses cris qui moururent bientôt dans sa gorge en un long sanglot étouffé.

— Bon, maintenant, au petit voisin, dit Gardner en tapotant du pouce le majeur de Jodie.

— Non, s'il vous plaît, gémit-elle, le cœur battant à tout rompre.

Insensible à ses larmes, il attrapa son majeur à pleine main.

— Je vous en prie, pas ça, fit-elle dans un hoquet d'horreur.

— En haut, en bas, commença Gardner secouant le doigt comme il avait fait tout à l'heure avec l'index. Maintenant à droite, à gauche… Et puis, attention, pas de cris ! Et puis, et puis…

Et il lui cassa le majeur.

Les yeux exorbités, elle laissa échapper un cri, incapable de le retenir.

— Chut ! fit Gardner en avançant ses lèvres parcheminées près de son oreille. Chhhhhhuuuuut ! J'aimerais te dire que ça va passer, mais non, ça ne va pas passer.

— Pou-pou-pourquoi ? demanda-t-elle d'une voix chevrotante, les yeux aveuglés par les larmes.

Il recula son visage ridé et lui prit la tête entre ses mains.

— Parce que je suis du côté du manche. Ou pour le dire avec les mots de Clinton, tu te souviens, le Président, eh bien, parce que je le *peux*. Et puis, tu sais (il eut un bref sourire), tout ce que je vais te faire ne sortira pas de cette pièce. Et même te semblera insignifiant au regard de ce que tu vas connaître avec l'un de mes Maîtres. Je pourrais te décapiter que je n'aurais encore rien fait en comparaison de ce qu'ils sont capables de te faire, Eux. Le Mal absout tous mes actes. Je n'existe pas pour Eux, tu n'existes pas, non plus. Aussi tout ce que je te fais n'est rien. Ta douleur (il lui releva du pouce une mèche de cheveux noircie par la sueur), tes larmes (il lui essuya une larme) ne sont (il sourit) rien.

Il se redressa et après un moment de silence, ajouta en dodelinant de la tête :

— Nous n'existons pas, toi et moi. Aussi rien ne compte de ce que toi ou moi pouvons faire ou endurer.

S'interrompant soudain, il tendit l'oreille puis leva un doigt devant son visage :

— Entends-tu, Jodie Stevenson ? Entends-tu ? C'est l'un d'Eux qui arrive. Oui, oui, voilà l'un de Ceux Qui Existent. Et il vient pour toi, Jodie Stevenson. Bon sang, il vient pour toi !

En proie à une félicité infernale, Gardner se recula et alla s'accroupir dans un coin comme un observateur mi-respectueux mi-craintif qui ne voudrait surtout pas troubler de sa présence l'arrivée d'un formidable prédateur.

Réprimant un sanglot nerveux, Jodie tourna les yeux vers la porte qui s'ouvrit sur Walter Skoll. Il marcha droit sur elle, le visage empreint d'une détermination trempée dans l'acier. Une sauvagerie incontestable émanait de tout son être, sous le vernis civilisé du costume trois-pièces. Il avait faim, cela était sensible comme peut l'être l'appétit d'une orque qui se dirige de toute sa puissance vers un jeune phoque égaré.

Le cœur tambourinant dans sa poitrine, Jodie pensa à l'homme à la blouse bleue. Elle pensa à l'agent d'entretien Davie Stedman, à ce qu'il lui avait montré dans les toilettes du grand magasin de Stamford quand elle avait quinze ans.

Ce que Walter Skoll allait lui faire subir, elle le savait, serait sans commune mesure avec ce qu'elle avait vécu au sous-sol du grand magasin de Stamford, ce serait infiniment pire.

Parce que Walter Skoll, c'était Davie Stedman à la puissance mille. Stedman ne représentait qu'un petit pervers frustré, mais Skoll, lui, c'était le Mal incarné.

Et surtout, parce qu'il n'y aurait pas cette fois de professeur Margaret Stevenson pour mettre un terme au cauchemar.

Maman ! pria-t-elle dans sa tête. *Oh ! maman, aide-moi. J'ai si peur !*

Mais sa mère était sortie se promener dans la nuit avec Dame Démence pour seule compagnie. Elle n'empoignerait pas Walter Skoll par les cheveux. Elle ne lui ferait pas cracher ses dents. Elle ne sauverait pas sa fille.

Walter Skoll s'arrêta devant Jodie et elle leva la tête.

— Pitié, murmura-t-elle. Pitié.

Elle s'adressait moins au Loup Walter Skoll qu'au Seigneur qui, là-haut, devait se boucher les oreilles et se cacher les yeux derrière ses doigts.

Jodie Stevenson vit-elle Walter Skoll ouvrir une gueule monstrueuse plantée de plusieurs rangées de crocs, tel un empilement de coupe-œuf, et se pencher sur elle avec l'imparable célérité d'une orque affamée ?

Le vit-elle *vraiment* ?

*

Où Tim appelle le chalet du Dr Kyle

Une boule sur l'estomac, Tim se faufila dans une cabine téléphonique et appela le portable de Jodie. Cela sonna plusieurs fois sans que Jodie prît l'appel. Au bout de la sixième sonnerie, la messagerie vocale se mit en marche. Tim raccrocha sans laisser de message.

Jodie, où es-tu ?

Il se souvint qu'elle lui avait glissé dans la poche de sa veste le numéro de téléphone du chalet, juste avant qu'il ne la quittât pour revenir à New York. Il sortit le papier bleu à carreaux et son cœur se serra en découvrant la fine écriture de Jodie.

Il composa le numéro. Aussitôt après la deuxième sonnerie, on décrocha :

— Allô !

C'était la voix du Dr Kyle. Tim ferma les yeux très fort ; ses doigts se crispèrent sur le combiné.

— C'est Tim Modin à l'appareil, dit-il.

— Qu'est-ce que vous lui avez fait, espèce de malade ? Qu'est-ce que vous avez osé faire à cette pauvre fille ? !

Le médecin, bouleversé, hurlait dans le téléphone, comme possédé d'une rage justicière.

Tim entendit quelqu'un dire à Kyle : « Passez-le-moi, docteur... Merci. » Puis, après quelques crachotements sur la ligne :

— Monsieur Modin, je suis l'inspecteur Stappleton... Monsieur Modin, vous êtes là ?

Tim se passa la langue sur ses lèvres desséchées et appuya son front à la vitre glacée de la cabine.

— Monsieur Modin... ?

— Oui, je suis là..., répondit Tim d'une voix d'outre-tombe.

Il savait qu'il devait poser la question. Ses doigts serrèrent le combiné encore un peu plus fort.

— Qu'est-il... qu'est-il arrivé, s'il vous plaît ? fit-il dans un souffle.

— Je suis désolé. Mlle Jodie Stevenson est morte ainsi que votre oncle. Le Dr Kyle a découvert les corps quand il est arrivé vers dix-huit heures. C'est... c'est affreux. Nous cherchons Margaret Stevenson qui a dû réussir à s'échapper. Elles étaient ensemble lorsque vous les avez vues pour la dernière fois, n'est-ce pas ? Où êtes-vous, monsieur Modin ? Il faudrait que nous parlions. Je...

Tim raccrocha.

Abasourdi, écrasé par le chagrin, il sortit de la cabine, plus chancelant qu'un ivrogne. Il se mit à marcher, au hasard, dans la bise froide de cette nuit de mort.

Deux sans-abri s'approchèrent pour lui demander du fric mais quand ils virent ce géant qui pleurait en silence, ils le laissèrent continuer son chemin après s'être concertés du regard, frères malheureux en l'indicible fraternité du malheur.

Tim marcha. Il marcha longtemps.

Cette nuit froide serait pour lui éternelle, il le savait.

Au bout d'un moment il sentit quelque chose de blanc et de léger qui voltigeait autour de lui, et qui lui effleurait le visage. Il cligna des yeux plusieurs fois. Du ciel noir tombaient de gros flocons. Ils tombaient depuis un bon bout de temps et de plus en plus dru. Le trottoir et la chaussée en étaient recouverts. Il s'arrêta, regarda les empreintes que ses pas solitaires avaient laissées sur la fine couche blanche. La neige semblait décidée à tenir cette fois, comprit-il avec un pincement au cœur, tout en ne quittant pas des yeux ses traces qui déjà disparaissaient sous le blanc.

— Oh ! Seigneur, laissa-t-il échapper avec un gémissement douloureux.

Sur la ville endormie, il neigeait bel et bien, et Jodie, qui avait tant désiré la neige pour Noël, jamais ne la verrait.

*

Où l'on voit une deuxième ombre marcher dans la nuit

La vieille femme aussi marchait depuis longtemps.

Bien sûr, pour son esprit, la notion de durée ne voulait plus rien dire, et pour son corps, la fatigue se muait en pure exaltation.

Elle avait perdu l'une de ses pantoufles, restée enfoncée dans une flaque boueuse, et sa robe de chambre, à force de s'agripper aux branches, s'était déchirée en lambeaux qui pendouillaient derrière elle. Mais celle qui autrefois répondait au nom de Margaret Stevenson continuait d'avancer quoique « avancer » ne signifiât plus rien pour elle. Les arbres, la nuit, le froid de décembre, les flocons qui tombaient, si elle les percevait, ne devenaient pas pour autant intelligibles à son esprit.

Elle marchait, marchait, devinant avec une sorte de fierté qu'à force de marcher elle finirait par danser. Et peut-être bien aspirait-elle à la danse, à n'être plus que danse. Il fallait simplement qu'elle continue de marcher, elle le sentait. La danse viendrait comme une récompense et la posséderait tout entière, enfin.

Elle avait tout oublié maintenant jusqu'à son nom, jusqu'à sa fille, jusqu'à son propre sexe et peut-être même son appartenance à l'espèce inquiétante des hommes.

En effet, savait-elle encore au moins qu'elle était humaine, Margaret Stevenson ? Allant dans la forêt blanchie de neige, elle était moins qu'une femme et, pourtant, elle était plus que toute l'humanité, aussi, cette humanité qui raisonne et qui se souvient mais qui ne pourrait jamais marcher comme Margaret Stevenson marchait cette nuit de décembre.

Une seule image lui revenait de temps en temps : un homme de guerre, monté sur un cheval puissant. Ce fantôme terrible était vêtu d'un uniforme gris taché d'un sang intrépide. Venait-il la chercher ? Venait-il lui apporter la danse ? Oh qu'il vienne donc, ce cavalier danseur ! Qu'il vienne, elle l'en priait, lui donner l'ardeur de la danse !

Mis à part les ronces qui accrochaient et blessaient la vieille femme, l'obscure forêt qui la recevait par cette nuit neigeuse se montrait plutôt bienveillante avec elle. Le froid n'était pas si vif qu'elle pût en mourir, et la nuit était claire, frappée haut d'une lune gibbeuse. Mais peut-être n'était-ce, pour la nature, que de l'indifférence à son égard. Peut-être Margaret Stevenson n'était-elle plus qu'une ombre de plus parmi le pullulement millénaire des autres ombres, solitaire célébrante d'un culte inintelligible dans un espace obscur qui la tolérait simplement.

Toujours est-il que la vieille femme accéléra encore le pas, à demi courant maintenant entre les arbres, marchant, marchant vers la danse, vers un monde de danse.

Et les animaux, devant elle, ne fuyaient plus.

*

Les jours suivants

Il continua de neiger les jours suivants.

Au matin du vendredi 19 décembre, le blizzard se mit de la partie, et New York ainsi que Boston se trouvèrent paralysées par plus de quatre-vingts centimètres de neige (ce qui, pour la Grande Pomme, pulvérisait son record d'enneigement enregistré en 1947). Plus aucun avion ne fut annoncé au départ ni à l'arrivée de ces grandes villes. Les routes furent fermées à la circulation. Et comme à l'ordinaire en pareil cas, l'activité économique connut un ralentissement fort préjudiciable. Les magasins ne vendaient plus rien faute de clients ; les usines, manquant de personnel, ne tournaient plus. Les gens restaient cloîtrés chez eux, attendant que le mauvais temps passe.

Mais il ne passa pas.

Les conditions météo empirèrent le week-end suivant. Le vent souffla jusqu'à cent trente kilomètres à l'heure sur les côtes et les températures à New York comme à Baltimore plongèrent pour se stabiliser aux alentours de – 10 °C. Dans certains États tels que le Maine, elles descendirent même au-dessous de – 30 C°. D'immenses congères, atteignant par endroits plus de trois mètres de haut, se formèrent dans les rues et sur les routes, rendant impossible tout déplacement de Boston jusqu'à Baltimore.

Comme on peut l'imaginer, ces intempéries freinèrent considérablement la police dans sa traque des fugitifs que les médias, à longueur d'articles et de flashes, se plaisaient à surnommer « les terroristes de l'intérieur ».

Le FBI, qui avait perdu cinq agents dans la tuerie de la Fondation Walter Skoll, se trouva sur la sellette pour avoir échoué à prévenir ces événements. Une presse virulente et un Congrès au diapason exigèrent des têtes, et obtinrent satisfaction ; des têtes tombèrent, nombreuses et importantes.

Le nouveau patron du FBI, aussitôt nommé, assura les médias de sa détermination à traquer sans relâche et jusqu'à leur capture les auteurs des récentes tueries. Il semblait convaincu mais ne convainquit pas grand monde.

La veille de Noël, le « révérend » Gardner se laissa appréhender par un agent du NYPD alors qu'il sortait d'un cybercafé où il venait d'envoyer plusieurs courriels. Lors de la conférence de presse qui suivit, le maire Michael Bloomberg se félicita de cette arrestation aux côtés de son chef de la police non moins rayonnant. Le FBI, quant à lui, fit profil bas. Aux enquêteurs qui l'interrogeaient Gardner avoua avec fierté être le cerveau des deux attentats du Regency et de la Fondation Walter Skoll. Il donna les noms de ses quatre « frères en Satan », dont deux étaient déjà arrêtés et les autres activement recherchés : l'anarchiste Michael Welling, le plasticien Forrest Magnus, le détective Tim Modin et l'ancienne journaliste Sarah Widar. Dans les courriels qu'il avait envoyés à différents journaux et au site officiel d'Oprah Winfrey, on découvrit qu'il appelait le « pays réel » à se révolter contre « les néobolcheviques de Washington ». Lui et « ses hommes » s'étaient « sacrifiés » pour que l'Amérique se réveillât enfin. « Les ennemis de la liberté » devaient être « descendus toutes affaires cessantes », y disait-il noir sur blanc tout en avançant que « la canaille de March » et « ses sbires au Sénat » allaient prendre prétexte de ces attentats pour faire passer au Congrès une loi « ignominieuse et liberticide » visant à restreindre la liberté de croyance. Et Gardner de noter : « Mais cette loi était en préparation depuis bien longtemps déjà, mes frères. Oui, l'hydre fédérale n'attendait qu'une occasion pour étendre sa mainmise sur les derniers bastions encore libres de notre pays : nos esprits et nos âmes. Aussi nous l'avons frappée avant qu'elle ne nous frappe. » Gardner englobait dans un même vomissement le « Léviathan fédéral » et le pape, « ce Big Brother multirécidiviste », sans oublier les Juifs, naturellement.

Selon lui, les libertés religieuses fondamentales étaient menacées et la Commission d'enquête sénatoriale conduite par March inaugurait une ère crépusculaire pour les croyances indépendantes. « Aujourd'hui, c'est le Triple Tiret, demain ce judéo-papiste de March s'en prendra à la petite congrégation au coin de votre rue. Mais moi, je veux pouvoir continuer de croire à ce que je veux croire et non pas croire aux dogmes que la conspiration judéo-vaticane veut m'imposer. »

Tous les mails envoyés ce jour-là par Gardner se finissaient de la même manière : « Américains, c'est une course contre la montre qui se joue à présent, et cette course est aussi une lutte à mort. Je vous ai montré la voie. Choisissez votre camp ! Réagissez ! »

Le pays réagit. Il se divisa.

Aux condamnations sans appel se mêlèrent des tentatives d'explication, voire de justification. Les adversaires les plus hostiles et les plus résolus voyaient dans l'affaire du Triple Tiret l'occasion rêvée d'éradiquer certaines sectes considérées comme dangereuses pour la sécurité nationale, qu'elles fussent d'inspiration sataniste ou non, d'ailleurs. Horrifiés par les tueries du Triple Tiret, les médias dans leur ensemble partageaient ce point de vue, ainsi qu'une majorité de plus en plus grande d'hommes politiques qui se sentaient à présent menacés dans leur légitimité et dans leur vie.

Les porte-parole de la scientologie harcelèrent les médias pour obtenir des droits de réponse ; on reparla aussi de l'influence des groupes de hard-rock et des cercles gothiques.

De son côté, Gardner trouva des avocats zélés dans les mouvements extrémistes et dans une frange non négligeable de la population. Des « plaidoyers pour la liberté » apparurent çà et là. On y disait que Gardner était peut-être un dément, mais que son combat pour la liberté méritait autre chose que l'asile ou la chaise électrique.

Des comités de soutien fleurirent çà et là, au Texas, dans le Minnesota, en Californie.

On se remit à lire Lysander Spooner.

À New York certains éditorialistes s'interrogèrent, pressentant un « syndrome Waco » à grande échelle dans le pays. Ils rappelèrent, fort à propos, que le FBI, en donnant l'assaut en 1994 contre la secte de David Koresh, avait suscité par contrecoup, l'année suivante, l'attentat terroriste de Timothy McVeigh contre le bâtiment fédéral d'Oklahoma City. « Combien de Timothy McVeigh sommes-nous prêts à supporter pour mettre hors d'état de nuire tous les nouveaux David Koresh d'Amérique ? », demanda le très sérieux *New York Post*.

Ce climat de tension explique sans doute pourquoi une information du *Boston Globe* passa totalement inaperçue. L'article, un entrefilet de cinq lignes, rapportait que, dans l'après-midi du 27 décembre, vers seize heures, alors que le blizzard avait cessé de souffler depuis la veille, Charles Winfield, qui randonnait dans les bois avec ses deux chiens, un setter et un scottish-terrier, avait trouvé le corps de Margaret Stevenson à environ cinq kilomètres du chalet où sa fille Jodie avait été assassinée. Le froid avait maintenu le corps de la vieille femme dans un état de conservation quasi parfaite.

« Bon sang, elle est morte en souriant ! », répéta plusieurs fois Charles Winfield à sa femme et à leurs amis venus aux nouvelles.

Lui seul devina que Margaret Stevenson avait fini par danser.

*

Où l'on retrouve Sarah près de la frontière canadienne

Sarah roulait sur une petite route montagneuse du Minnesota dont elle avait réussi, dans la nuit, à franchir la frontière avec le Wisconsin, à quelques kilomètres de Duluth.

Après s'être séparée de Tim à Tompkins Square, elle avait mis le cap à l'ouest et traversé de part en part le New Jersey, la Pennsylvanie, l'Ohio et l'Indiana avant de remonter vers le nord-ouest par l'Illinois et le Wisconsin. Elle avait eu soin d'emprunter des voies secondaires, délaissant les grands axes routiers, trop surveillés. Le fait d'avoir pris la direction de l'ouest et non du nord, comme le FBI l'avait supposé un temps, lui avait permis non seulement d'échapper aux barrages de police mais aussi au blizzard qui s'était abattu sur la côte le lendemain du drame à la Fondation, et Sarah espérait que Tim avait eu la même idée qu'elle. La même chance, aussi.

Non sans raison, le FBI avait pronostiqué que les fugitifs tenteraient de passer au Canada (l'agent Eliot March n'avait-il pas établi que le Triple Tiret y bénéficiait de tout un réseau d'appuis ?), mais on était à mille lieues d'imaginer que Sarah chercherait à le faire en contournant le lac Supérieur, soit par un long détour plein ouest et non en filant directement vers le nord.

Des centaines d'appels au standard du FBI confirmèrent ce dernier dans son erreur. On signalait la présence de Sarah à Boston, voire plus haut, à Portland dans le Maine. À Noël, certains témoins juraient l'avoir vue encore dans New York, errant par les rues sous les rafales de vent, et l'on finit par privilégier cette hypothèse, se convainquant que Sarah et Tim n'avaient pu fuir la ville à cause du blizzard.

Sarah ne mangeait plus que des repas à base de céréales et de fruits secs, qu'elle achetait de nuit dans les stations-service où elle faisait le plein d'essence et se lavait, et où parfois (mais c'était très rare) elle s'attardait à prendre un café. Cette nourriture lui permettait de tenir le coup tout en lui évitant de s'approcher de trop près des centres urbains. Elle avait beaucoup maigri.

Le plus souvent elle dormait dans sa voiture, garée sur le bas-côté d'une petite route, de peur d'être reconnue si elle s'aventurait dans quelque ville. Son portrait ainsi que celui de Tim passait en boucle sur les chaînes de télévision, elle le savait pour l'avoir entendu dire plusieurs fois à la radio.

Sa vie n'avait plus aucune valeur, mais elle avait un prix. Pas moins de trois cent mille dollars – offerts par le FBI pour toute information.

Ce 27 décembre pourtant, vers la fin de la journée, elle décida de courir le risque de louer une chambre dans un motel. Elle avait besoin de se laver et aussi de regarder la télé. Jusqu'alors la radio l'avait tenue informée, mais Sarah voulait revoir le visage de Forrest, une dernière fois.

Pour limiter le risque d'être reconnue, elle choisit un endroit isolé et peu fréquenté. Construit en pleine forêt, dans les montagnes accidentées qui bordent la côte nord du lac Supérieur, le Jack London Motel répondait en tout point à ce souci de discrétion. Il proposait à ses clients dix petites chambres (dont plus de la moitié était inoccupée) et un point de vue en surplomb sur la frontière canadienne. Jack London n'y avait jamais mis les pieds, mais on avait donné son nom à l'endroit pour rappeler que jadis les trappeurs gagnaient par ici le Canada.

La gérante ne lui posa aucune question si ce n'est sur le temps qui s'était mis au froid. Mais il ne fallait pas trop se plaindre, n'est-ce pas ? quand on voyait le blizzard qui avait soufflé sur la côte est, de Boston à Washington. Sarah en convint et demanda une chambre avec la télévision.

Quand elle dut remplir le registre de l'hôtel, elle donna le nom de Jodie Forrest. En hommage secret à ses deux amis.

Elle préféra régler sa note tout de suite.

Dans sa chambre, elle eut le temps de prendre une douche brûlante avant de regarder le 20 heures de CBS.

Sa cavale faisait encore partie des titres, juste après le blizzard qui avait frappé le nord-est du pays.

Avant de lancer le sujet, le journaliste fit observer que les conditions météo de ces derniers jours rendaient très difficiles les recherches de la police. Puis des images montrèrent l'immeuble de la Fondation Skoll. Un journaliste coiffé d'une chapka se tenait debout sur l'esplanade. Il rappela que Sarah Widar et Tim Modin, les « deux fanatiques du Triple Tiret, qui avaient tenté d'assassiner le sénateur March », étaient toujours en fuite. Leur gourou, Gardner, quant à lui, continuait de coopérer avec la police. Pour ce qui était de l'enquête, on avait trouvé chez Tim Modin le téléphone mobile de Jodie Stevenson. L'appareil était taché de sang et les analyses venaient de confirmer que c'était bien le sang de la jeune femme retrouvée morte dans le Massachusetts. On avait découvert aussi chez Tim Modin une mallette blindée contenant un million de dollars et sur la poignée de laquelle on avait relevé les empreintes de Gardner lui-même. Tout laissait à penser que cet argent venait de la revente des *Démons*, le tableau volé en septembre dans l'annexe de la Fondation à Harlem.

Puis on donna en images des nouvelles du sénateur March. On le vit sur le perron de sa résidence de Long Island, serrant la main du Président venu lui rendre visite. Marvin March portait un gant de cuir sombre à la main droite, « pour cacher ses blessures », précisa le journaliste en voix off, qui rappela ensuite que le sénateur avait perdu dans le drame sa jeune épouse enceinte de cinq mois et son fils Eliot dont on avait appris qu'il était un agent du FBI chargé d'infiltrer le Triple Tiret.

Le présentateur, de nouveau à l'image, rapporta que le sénateur March avait déclaré la veille au Sénat devant une assemblée debout pour l'applaudir qu'il continuerait de se battre en souvenir des siens, et qu'il ferait tout pour mettre un terme aux agissements criminels de certains groupuscules. S'il était vrai que le droit fait la force, comme l'avait dit Lincoln au Cooper Union, il était tout aussi juste que seul le droit ait la force. C'est ainsi que March avait fini son vibrant discours.

Sarah, dégoûtée, zappa sur Fox News.

Elle reçut l'image comme un uppercut en plein visage.

Forrest était là, à l'écran, vêtu d'une tenue orange et menotté. Deux malabars l'encadraient, armés de fusils d'assaut. On devinait qu'ils portaient un gilet pare-balles sous leurs parkas frappées des lettres FBI. Forrest était détenu dans l'île-pénitencier de Rikers Islands, apprit-elle. C'est-à-dire en enfer.

Il avait beaucoup maigri lui aussi et les yeux de Sarah se mouillèrent.

Ne pleure surtout pas, se dit-elle, réfrénant ses larmes.

Il fallait qu'elle se montre forte. Pour Forrest. Pour Tim, aussi, dont elle ne savait où il se cachait.

Sans chercher à dissimuler sa désapprobation, le présentateur de Fox News observa que la valeur des œuvres de Forrest Magnus s'était envolée ces derniers jours dans les salles de vente de New York. « Si vous êtes un tâcheron, vous voyez ce qu'il vous reste à faire », conseilla-t-il avec malignité.

Puis il enchaîna sur les violentes manifestations qui avaient émaillé les dernières quarante-huit heures.

Des centaines de milliers de personnes avaient défilé un peu partout à travers le pays pour défendre leur liberté religieuse prétendument menacée par la Commission de Marvin March. Car si l'Église de Satan d'Anton LaVey avait pris fait et cause pour « son frère d'armes » Gardner, d'autres mouvements lui avaient emboîté le pas pour des raisons aussi différentes que nombreuses, les uns défendant Gardner parce qu'il était un luciférien de stricte obédience, les autres parce qu'il avait une croyance minoritaire alternative, d'autres enfin parce qu'il était tout simplement en prison...

Ainsi, en Californie, trois adeptes de la Wicca s'étaient immolés par le feu devant les forces de police impuissantes.

Ainsi, tout ce que l'Amérique comptait de sectes soucoupistes s'était retrouvé à battre le pavé et même à le lancer en guise d'aéronef défensif contre des terriens en uniforme antiémeute.

Ainsi, sur les campus de San Francisco et de Los Angeles, l'extrême gauche transformationniste, hurlant à la conspiration contre les minorités, avait, elle aussi, donné de la voix et du poing.

Ainsi, dans le Montana, le Michigan et l'Arizona, des miliciens d'extrême droite avaient défilé au pas cadencé et avaient prévenu le gouvernement qu'ils s'opposeraient par tous les moyens dont ils disposaient à toute ingérence dans les croyances individuelles. Le « complot judéo-papiste et crypto-fédéral » formait le principal leitmotiv de leurs harangues.

Enfin, en Louisiane et au Texas, le Ku Klux Klan avait ressorti pour l'occasion ses robes blanches et ses croix enflammées.

De son côté, le Président avait tenu à rappeler qu'il avait été élu par...

Sarah éteignit la télé.

Sans le savoir, elle et ses amis avaient servi de détonateur à cette explosion de violence, et elle se rendit compte que l'opération *Démons* n'avait pas uniquement visé à dissimuler la nature sacrificielle des morts de Dolores et d'Eliot March afin que le sénateur devînt un Loup en toute impunité. Cette opération n'avait pas seulement eu pour but de débarrasser les Loups de ces petits empêcheurs de tuer en rond qu'étaient Sarah et Tim en leur faisant porter la responsabilité du carnage à la Fondation. Selon toute apparence, elle avait aussi été montée en vue d'un troisième objectif, que Sarah venait de comprendre et qui était en passe d'être atteint comme les deux autres.

L'opération *Démons* devait provoquer un séisme politique dont Sarah ne pouvait encore calculer l'onde de choc bien qu'elle en devinât déjà le sens.

Avec la collusion du sénateur March et du gourou sataniste Gardner, le général Fenryder pouvait, à loisir et dans l'ombre, souffler sur les braises d'un côté comme de l'autre et propager l'incendie à tout le pays.

Sarah se rendit à la fenêtre et regarda au loin vers la frontière canadienne, par-delà la forêt obscure qui descendait le long de la vallée. Elle savait à présent que Fenryder et ses Loups avaient réussi. Ils avaient mis en marche ce à quoi ils avaient patiemment œuvré depuis cent quarante ans. Par leur duplicité, le sénateur et le gourou étaient devenus les emblèmes d'une lutte dont le chaos devait être l'issue fatale et Fenryder le seul bénéficiaire.

Épilogue

Laureen Baldwin comprit tout de suite de quoi il s'agissait, avant même que l'homme qui venait de sonner à sa porte ne lui montrât son insigne.

— Madame Baldwin ? Agent William Madison, FBI. Pourrais-je vous poser quelques questions ?

Elle répondit par l'affirmative mais ne le laissa pas entrer. Scotty, son petit garçon de six ans, avait peur des étrangers, expliqua-t-elle.

— Oui, je comprends, madame Baldwin. Et sachez que je suis désolé pour ce qui vous est arrivé en Louisiane. Je ne serai pas long. (Il sortit de la poche de son costume une photo et la lui tendit.) Avez-vous vu cette personne ces derniers temps, madame Baldwin ?

Laureen prit la photo.

— C'est Sarah Widar, n'est-ce pas ?

— C'est bien elle, dit l'agent en hochant la tête. Nous savons qu'elle a téléphoné à la clinique où se trouvait votre petit garçon quelques jours avant qu'elle et ses complices n'attaquent la Fondation Walter Skoll.

— Et vous croyez qu'elle est venue se réfugier ici dans sa cavale ?

— Oui. Enfin, non. Nous nous demandions simplement si elle n'avait pas cherché à vous contacter, vous ou votre fils.

Elle releva les yeux sur l'agent puis lui rendit la photo.

— Mon fils et moi, dit-elle en croisant les bras, avons vécu des événements très pénibles qui nous ont conduits à venir nous installer en Californie, ici, dans cette maison que nous prête l'ancien agent de mon mari. Scotty souffre d'une aphasie traumatique sévère et les médecins que nous avons consultés nourrissent peu d'espoir de le voir un jour recouvrer l'usage de la parole. Dans ces circonstances, pensez-vous vraiment que je permettrais à une criminelle en fuite d'approcher Scotty ?

— Non, madame. Je comprends, madame.

— S'il y a un endroit sur terre que Sarah Widar ferait bien d'éviter, c'est San Diego, soyez-en sûr.

— Je comprends, madame. Je suis désolé de vous avoir importunée.

Elle regarda l'agent repartir vers sa voiture banalisée dont le pare-chocs étincelait au soleil, puis elle ferma la porte au verrou et regagna le salon.

— C'était la police, dit-elle en pénétrant dans la pièce qu'ensoleillait une large baie vitrée.

Assise dans le canapé en cuir blanc, Sarah tenait Scotty sur ses genoux. L'enfant jouait avec un Boeing miniature de la compagnie American Airlines.

— Je ferais mieux de partir alors, dit Sarah en lui rendant son regard.

Laureen s'agenouilla devant eux et sourit à Sarah.

— Et où iriez-vous ? (Elle posa sa main sur la sienne.) Croyez-moi, vous êtes en sécurité ici.

Sarah était arrivée deux semaines auparavant. Épuisée, traquée, affamée. Laureen l'avait trouvée devant la maison (elle lui avait donné son adresse en décembre sans penser qu'elles se reverraient dans des conditions si dramatiques). Elle l'avait aussitôt fait entrer à l'intérieur en sachant déjà qu'elle mentirait à la police si d'aventure celle-ci l'interrogeait sur Sarah. Ce qu'elle venait de faire cet après-midi, et elle en éprouvait fierté et réconfort. Après ça, le monde ne semblait plus aussi dégueulasse, plus aussi dur.

Comme bien des fois déjà, Laureen vit les yeux de Sarah mouillés de larmes. Mais comme les autres fois, Sarah refoula sa peine et aucune larme ne sillonna ses joues.

Le sourire de Laureen se fit plus tendre. *Tu es en droit de pleurer, Sarah*, pensa-t-elle.

Aussi loin que Laureen s'en souvînt, Sarah n'avait pas pleuré depuis son arrivée ici. Peut-être le faisait-elle la nuit dans sa chambre, quand Laureen et Scotty ne pouvaient la voir ni l'entendre. Peut-être ne pleurait-elle pas, tout simplement. Mais ça ne durerait pas toujours. Un jour, les larmes finiraient par couler. Laureen le savait.

Elle regarda son fils et, du bout des doigts, lui effleura la joue. Il continuait de s'amuser avec son Boeing, lui faisant décrire des arcs de cercle majestueux dans un ciel imaginaire et serein.

Scotty avait quitté la clinique où les médecins l'avaient gardé plusieurs mois sans obtenir d'amélioration de son état. Aussi Laureen avait-elle exigé qu'il rentrât enfin à la maison avec elle et cela faisait deux mois à présent qu'ils étaient réunis dans cette belle villa surplombant l'océan Pacifique. S'il ne parlait toujours pas, Scotty semblait cependant beaucoup moins malheureux qu'à l'hôpital. C'était déjà ça.

— Que diriez-vous d'un bon café ? Et d'un bon chocolat pour toi, Trésor ?

Ravi, Scotty approuva vivement de la tête.

Laureen se releva et disparut dans le couloir après avoir décliné d'un petit geste de la main l'aide que lui proposait Sarah.

Scotty se remit à jouer avec son avion.

— Toi, tu es un magnifique petit garçon, lui glissa Sarah à l'oreille avant de l'embrasser sur la joue.

Puis elle posa son menton sur sa petite épaule.

Et elle se rappela cette fin d'après-midi de décembre où Tim l'avait rejointe au Caffè Reggio. Il faisait froid dehors et la salle regorgeait de monde. Elle se souvint de la jeune mère qui allaitait son bébé au biberon et de la douceur mêlée d'inquiétude que cette scène avait fait naître en elle. Elle s'en souvint très distinctement et prit alors conscience qu'elle n'aurait jamais d'enfants de l'homme qu'elle aimait, qu'elle avait toujours aimé. Il aurait été un excellent père, pourtant. Forrest était bon et loyal. Et elle avait douté de lui. Il les avait sauvés, et elle avait douté de cet homme. Comment avait-elle pu ? Comment ?

Les larmes revinrent, et cette fois elle ne put les contenir. Elles roulèrent sur ses joues en silence. Sarah fouilla dans la poche de son jean et en tira un Kleenex. Scotty s'était arrêté de jouer et la regardait. Elle lui sourit à travers ses larmes.

— C'est rien, dit-elle. J'ai simplement quelque chose dans les yeux.

Mais c'était son cœur qui avait quelque chose.

Scotty l'entoura de ses bras et nicha son joli minois contre son visage. Touchée par sa tendresse infinie, Sarah se mit à sangloter comme une enfant.

— Quelque chose dans les yeux, essayait-t-elle de lui expliquer.

Tim et elle s'étaient crus forts et courageux, capables de terrasser le Mal absolu incarné par Fenryder. Mais les Loups les avaient brisés, brisés en mille morceaux plus misérables les uns que les autres. Elle découvrait enfin toute sa fragilité et combien les Loups leur avaient fait de mal. En se jouant de leurs amours et de leurs peurs. En semant le doute et la discorde dans leurs esprits. En rendant aussi Tim responsable de la mort atroce de Jodie et d'oncle Todd, tout comme il se sentait déjà responsable de la mort de son frère Kevin. Si les Loups n'avaient pas réussi à les tuer, ils avaient anéanti leur vie, et c'était sans doute pire.

Au bout d'un moment, les sanglots qui secouaient le corps de Sarah se calmèrent, et Scotty se recula un peu. Elle s'aperçut qu'il pleurait lui aussi.

— Quelle imbécile je fais, dit-elle en lui essuyant les yeux du bout des doigts. Je te cause du chagrin, mon chaton.

L'enfant la fixait à travers ses larmes qui tombaient doucement le long de ses joues. Son regard était intense, réfléchi, chargé d'une compassion qui n'était pas de son âge.

— Sa... Sa... Sarah, réussit-il à prononcer.

Alors elle serra l'enfant contre son cœur et se laissa emporter par la tristesse.

Dans la même collection

Russell Andrews	L'affaire Gideon	7408
Brigitte Aubert	Rapports brefs et étranges avec l'ombre d'un ange	6842
Alex Barclay	Darkhouse	8265
Stéphanie Benson	Le diable en vert	6952
	La mort en rouge	7776
	Requiem en bleu	7854
Sallie Bissell	La forêt offensée	7822
Laurent Botti	Pleine brume	5579
Philippe Bouin	Les croix de paille	6177
	La peste blonde	6360
Denis Bretin, Andrea H. Japp, Xavier Mauméjean, Jean-Bernard-Pouy, François Rivière, Maud Tabachnik	Sable Noir	7952
Serge Brussolo	Le livre du grand secret	5704
	La fille aux cheveux rouges - 1 Le chemin de cendre	8196
	La fille aux cheveux rouges - 2 Les rivages incertains	8197
Philippe Carrese	Graine de courge	5494
Thomas H. Cook	Les instruments de la nuit	5553
Alec Covin	Les loups de Fenryder	7985
	Etats primitifs	8360
William Diehl	Eurêka	7787
James Elliott	Une femme en danger	4904
	Adieu Eddie !	6682
Linda Fairstein	L'épreuve finale	5785
	Un cas désespéré	6013
	La noyée de l'Hudson	6377
Giorgio Faletti	Je tue	7828
	Droit dans les yeux	8276
Robert Ferrigno	Frères de sang	7497
Karin Fossum	Celui qui a peur du loup	8130
	Le diable tient la chandelle	8287
G.M. Ford	Déclarée disparue	8163
Lisa Gardner	Jusqu'à ce que la mort nous sépare	5742
	La fille cachée	6238
	Tu ne m'échapperas pas	7811

	La vengeance aux yeux noirs	8059
Caroline Graham	Ange de la mort	6511
	Un corbeau au presbytère	7536
	Sang bleu	7798
April Henry	Une mort pour une vie	8199
Andrea H. Japp	La voyageuse	5705
	Petits meurtres entre femmes	5986
	Le ventre des lucioles	6361
	Le denier de chair	7406
	La saison barbare	7800
Iris Johansen	Course à mort	7411
	Dernière cible	7642
	Cadavres menteurs	8164
Brigitte Kernel	Un animal à vif	6608
	Autobiographie d'une tueuse	6871
Yasmina Khadra	Le dingue au bistouri	5985
David L. Lindsey	Mercy	3123
Robert Littell	L'amateur	7770
	La défection de A.J. Lewinter	8131
Henri Loevenbruck	Le testament des siècles	8251
John Lutz	JF partagerait appartement	3335
Michael Marshall	Les Hommes de Paille	7407
	Les morts solitaires	7799
	Le sang des anges	8228
Val McDermid	Le tueur des ombres	6778
	Au lieu d'exécution	6779
	La dernière tentation	7409
	Quatre garçons dans la nuit	8025
	La fureur dans le sang	8391
	Le chant des sirènes	8392
Denise Mina	Garnethill	6574
	Exil	6176
	Résolution	7405
	Sanctum	8249
Estelle Monbrun	Meurtre chez tante Léonie	5484
	Meurtre à Petite Plaisance	5812
(avec Anaïs Coste)	Meurtre chez Colette	6978
Viviane Moore	Tokyo des ténèbres	6437
Joyce Carol Oates	Le ravin	7853
Gemma O'Connor	Adieu à la chair	7777
Robert B. Parker	La femme perdue	7653
T. Jefferson Parker	Pacific Tempo	3261
	L'été de la peur	3712
David Pascoe	Fugitive	7984
Michael Prescott	L'arracheur de visages	6237
	Le tueur des bois	6661
Douglas Preston &	La chambre des curiosités	7619
Lincoln Child	Les croassements de la nuit	8227
Philip Rosenberg	La lutte des seigneurs	7608
Greg Rucka	Protection rapprochée	7315

	La pire des trahisons	7537
	Écran de fumée	7823
Jacques Sadoul	Carré de dames	5925
Boris Starling	Vendredi saint	6722
	Vipère noire	7652
Whitley Strieber	Billy	3820
Dominique Sylvain	Travestis	5692
	Techno bobo	6114
	Sœurs de sang	6573
	Vox	6755
	Passage du Désir	8026
Maud Tabachnik	Un été pourri	5483
	La mort quelque part	5691
	L'étoile du Temple	5874
	Le festin de l'araignée	5997
	Gémeaux	6148
	La vie à fleur de terre	6440
	La honte leur appartient	6913
Boston Teran	Méfiez-vous des morts	7410
Carlene Thompson	Tu es si jolie ce soir	5552
	Noir comme le souvenir	3404
	Rhapsodie en noir	5853
	Six de cœur	6732
Charles Todd	Héritage mortel	7340
	Les fantômes d'Osterley	8198
Fred Vargas	Debout les morts	5482
	Un peu plus loin sur la droite	5690
	Ceux qui vont mourir te saluent	5811
	Sans feu ni lieu	5996
	L'homme à l'envers	6277
	L'homme aux cercles bleus	6201
	Coule la Seine	6994
	Pars vite et reviens tard	7461
Michael White	Rêves de loups	7810

8360

Composition Nord Compo
Achevé d'imprimer en France (La Flèche)
par Brodard et Taupin
le 2 mai 2007. 41557
Dépôt légal mai 2007. EAN 9782290357279

Éditions J'ai lu
87, quai Panhard-et-Levassor, 75013 Paris
Diffusion France et étranger : Flammarion